KB040290

나의 스승 이순신

이순신 장군의 생애

묵향 이상호

黙香 李相湖 著

일러두기

1. 본문은 필자 자신의 수양과 공부를 위해 엮은 바이므로, 장군께 향한 필자의 지극한 존경심에서, 장군의 심사언행(心思言行)에 대해서는 특히 경어를 사용했다.

2. 본문의 내용은 저자의 어투를 그대로 살리는 데 치중하였으나 너무 옛스러운 표현은 현대적 표현으로 일부 수정하였다. 또한 저자는 왜장의 이름을 한자로만 표기하였으나 현재 표기하는 일본어 명칭을 같이 병기하였다.

3. 저자는 척, 치와 같은 옛 길이의 단위만 사용하였으나, 독자의 편의를 위해 cm를 같이 병기하였다.

4. 본문의 단어 중 이해가 어려울 것으로 여겨지는 단어는 편집자가 해설을 추가하였다.

5. 본문은 그 골격을 춘원 저서 『이순신』과 노산 저서 『성웅 이순신』에서 취하여 엮은 바인데, 두 작가의 저술 내용이 일치하지 않은 점이 왕왕 있어, 이를 난중일기 또는 다른 문헌에 대조하여 취사 또는 추가 보정하였다. 그런데 특히 춘원 저서에 있어서는 그 표현 어휘가 가끔 과격하게 된 느낌이 없지 않아, 이러한 부분은 난중일기 또는 이충무공전서 등을 참고하여 그 표현을 다소 달리하기도 했으나, 그러나 기사 중 의아스러운 어떤 부분은 다른 문헌에 이를 대조할 길이 없어, 부득이 원문 내용을 그대로 인용한 것이 종종 있는데, 이 점에 대해서는 후일 그 정오를 판별할 수 있는 문헌을 구독할 경우, 그 오류가 밝혀지면 마땅히 수정해야 할 것임을 밝혀두는 바이다. (후의 연구에 의해 이순신 장군에 의해 새로이 밝혀진 내용이 있다하더라도 저자가 집필 당시 쓴 내용 그대로를 실었다. 단 명량해전의 12척의 배는 설명과 함께 본문의 상황에 따라 13척으로 수정하였다.)

6. 이 책의 본래 저자가 붙였던 제목은 '이순신 장군의 생애'였음을 밝혀둔다.

이순신 장군의 생애

나의 스승 이순신

묵향 이상호

나는 나의 소망을 버릴 수는 없다.
그러므로 그야말로 내 몸이 진토가 된 그 후라도 나의 영혼일랑 선생의 교훈을
세세생생 받들어 수련하는 공을 쌓아가고야 말 것이다.

<나의 스승 이순신> 발간에 부쳐

묵향(默香) 이상호(1906. 5. 15 ~ 2001. 12. 11) 선생은 본인의 장인으로 세상을 떠나신 지 어언 20여 년이 흘렀다. 묵향 선생은 충무공 나의 스승 이순신에 매료되어 그분을 흠모하여, 그 정신세계와 삶에 대해서 더 깊이 알아가고자 이 장군이 전투하던 현장과 거처하신 곳, 후손이 살고 있는 곳, 충무공 기념관 등을 답사하여 그곳에서 들은 전언, 자료와 문헌을 수집하고 정리, 분석하여 실증적인 연구를 평생 해오셨다. 그리고 이를 바탕으로 150여 편의 시조로 그분의 삶을 재조명해 놓으셨다.

그뿐만 아니라 묵향 선생은 공의롭고 신실하고, 겸손하신 이 충무공을 경외하고 섬기며, 그분 안에서 삶의 이유와 목적을 찾아가신 분이다. 이 충무공을 본받아 고결하게 살고자 하는 열망은 자신의 삶을 변화시키는 동력이 되었고, 나아가 가족과 주변 사람들의 삶에 변화를 일으키기 위해 온유함과 희생정신, 나누는 리더십을 발휘하셨다.

묵향 선생께서 돌아가신 직후 차분히 앉아 그분의 생각에 젖어 있다가 그분이 남기신 시조집을 서재에서 발견하고 읽던 중 '회개'라는 제목의 시 한 편이 마음에 와닿았다.

> 팔십 평생 지난 일을 곰곰이 회상(回想)하니
> 부지불각(不知不覺) 범한 악업 기억이 되살아나
> 뉘우쳐 괴로운 마음 달랠 길이 없어라.
> 남의 허물 내가 먼저 용서로 청산하고
> 내가 범한 허물 또한 용서받은 몸이 되어
> 고향 집 돌아갈 적에 걸림돌이 없과저.

이 글은 묵향 선생께서 십수 년 전에 쓴 글이지만 돌아가시기 전에 뵈었을 때도 지난 구십 평생의 삶이 모두가 잘못뿐인 것 같아 후회스러워 회개하고 생을 마치고 싶다고 하셨다. 내가 보기에 그분은 명예, 권력, 부귀를 좇는 삶을 살지도 않으셨고, 남에게 원망을 받는 일보다는 선을 베풀고 사셨으며, 평범한 소시민으로 검소와 절약이 몸에 밴 생활을 하셨다. 장례도 화장을 원해 좁은 국토에 자신의 사후 자리도 안 남기고 가신 분이다. 많은 잘못, 불의를 저지르고도 회개 없이 가는 이들이 많은데 하물며 이런 분이 뭐 회개할 것이 있을까 하는 생각을 했었다.

    그러나 그 후 기독교 관점에서 '회개'란 우리의 전인격과 삶을 깨끗이 씻는 것으로 덕지덕지 붙은 죄를 씻어내고 하나님으로부터 온 용서로 기쁨을 누리는 것임을 알았다. 묵향 선생께서는 일찍부터 죄를 인식하고, 죄를 거부하며, 자기 죄를 자복하는 참된 회개를 생활화하셨고, 하나님을 가까이함으로 마음을 치유하고, 겸손하게 주위를 화평케 하는 삶을 사셨다. 그렇게 하나님을 기쁘게 해드린 묵향 선생은 육신의 고향과는 비교할 수 없는 더 나은 본향에서 먼저 가신 호기원 권 사님과 재회하시어 주님이 주시는 참된 위로와 평안을 누리고 계실 것으로 믿는다.

    묵향의 <나의 스승 이순신>이 한 권의 책으로 나오기까지는 20여 년의 시간이 걸렸다. 손수 공병우 타자기를 두드려 집필하여, 고치고 다듬고 보완해 나가시며 온갖 정성을 다해 힘들게 만들어 놓으신 타자기 원고를 손자로 하여금 컴퓨터 문서화 작업을 해 달라고 부탁하시다가, 그 후에 취소하시고 출판할 만한 가치를 스스로 포기하시고 번거로움을 피하고자 원본만 막내 따님(이경희-필자의 아내)에게 맡기고 돌아가셨다. 그 후 처삼촌께서 찾아오시어 자네만이 형님이 쓰신 원고를 책으로 내드릴 수 있을 것 같아 부탁하신다고 하셨다. 그 후 처삼촌도 돌아가시고 시간이 상당히 흐른 이제서야 책으로 출간해 드릴 수 있게 되어 그동안 간직해왔던 죄송스러움에서 다소나마 벗어난 느낌을 받는다.

이 책은 본인의 회고록과 장아람 재단 30년사의 발간과 함께 이루어지면 의미가 더 있을 것 같아 서두르게 되었다. 이런 시간의 압박하에서 많은 분량의 타자기 원고를 워드 작업으로 바꾸고 다시 한 권의 산뜻한 책으로 만드는 많은 수고를 해준 박 실장께 깊은 감사를 드린다.

2024년 2월 사위, 최호준

묵향 선생의 "나의 스승 이순신"를 읽고

묵향 선생의 이 글은 전문 작가나 역사학자들이 쓴 이순신 장군에 대한 전기와는 집필 동기 자체가 판연히 달랐다. 그는 이순신 장군을 본받아 사는 것을 필생의 과제로 삼았던 만큼, 난중일기를 비롯한 춘원 이광수, 노산 이은상 등의 충무공 전기와 기타 자료를 바탕으로, 충무공의 삶과 정신이 주는 총체적 교훈의 탐구를 매일의 중요한 일과로 삼아 수십 년간 치밀하게 연구 수정해 가며 이 글을 집필하였다.

그렇기에 이 글은 단순한 행적의 기록 차원에 머물지 않는다. 충무공의 삶의 궤적을 따라가며 크고 작은 업적뿐만 아니라 소소한 일상사의 감정선까지 놓치지 않고, 각 일화마다의 감동과 소회를 무려 150여 편에 가까운 시조로 응축시켜 하나하나 진주처럼 꿰어가며 그 교훈을 자기화 해나간다. 마치 난중일기에 드러난 충무공의 위대한 삶과 정신이, 평범한 한 사람 묵향 선생의 삶과 정신에 투영되어 나간 병행 일기와 같다고 할 수 있을 것이다. 참으로 한 위인의 삶을 진심으로 본받아 살아내기 위해 온 힘을 다한 신실성과 철저함과 실천적 지혜가 돋보이는 희귀한 사례가 아닐 수 없다.

바로 이런 점 때문에, 지극히 존경하는 충무공의 우국 애민의 정신과 앞날을 내다보는 통찰력, 유비무환과 사태 해결의 지혜, 강직하면서도 자애로운 인품, 사즉생 생즉사의 투철한 군인 정신, 관용과 담대함과 겸손함 등에 감동될 때마다, 그리고 그 어떤 억울하고 위태한 상황에서도 먼저 나라를 생각하셨던 멸사봉공의 대목들을 대할 때마다, 목메어 글을 멈추곤 했을 묵향 선생의 진심이 글 곳곳에서 그대로 느껴져 읽는 이도 함께 울컥이며 감동케 되었다.

이렇게 평생을 바쳐 변함없이 충무공의 마음으로 살아가려는 극진한 노력과 성심이 있었기에 묵향 선생의 삶에는 세파에 물들지 않는 깊이와 고결함이 배어 나와, 마침내 주변에 선한 영향을 끼치며, 기품 있는 명문의 가풍을 후대에 드리워 놓기에 이르렀을 것이라 믿는다.

존경할 만한 어른이 희귀하고 긴 호흡으로 인생을 값지게 가꾸어 가는 사람들을 만나기 힘든 이때에, 널리 알려지진 않았으나 이처럼 존경스런 묵향 선생의 행적을 알게 되어 참으로 감사하다. 그 귀한 행적을 후세에 남기시려는 사위 석여 최호준 총장의 깊은 뜻에 의해 발간되는 이 책은, 읽는 누군가에게 또 다른 깊은 삶의 파문을 남길 수 있으리라 믿으며 심히 부끄러운 사족의 글을 덧붙인다.

후학 주태원 배상

9

머리말

　내가 이 세상에 태어난 때는, 저 굴욕적이었던 을사보호조약(을사조약, 을사늑약으로도 불리운다-편집자 주)이 맺어진 서기 1905년 바로 다음 해인 1906년 7월 6일이었다. 소위 을사보호조약이라는 것은, 비유컨대 병균과 충해로 등걸은 삭아가고 가지는 말라 들어 조금만 바람이 세게 불어도 곧 쓰러지게 된 늙고 병든 나무와 같은 상태에 빠져있는 우리나라의 정치적 허약성을 노려, 장차 우리나라를 식민지로 할 흉계의 선행(先行) 방책(方策)의 하나로 우리의 외교권을 빼앗기 위한 일제의 악랄(惡辣)한 의도에서 강제적으로 맺어진 치욕(恥辱)의 문서였다. 나라의 형세가 이처럼 비참하게 되었을 때에 태어나 자라는 어린 나에게 보이고 느껴지는 것은 오직 압제의 슬픔과 가난의 가련한 꼴이 있을 뿐 기쁨과 희망을 품게 하는 아무것도 없었다. 그래서 나는 망국의 백성이 된 것을 슬퍼하는 동시에 나라를 잃었다는 민족적 자책과 자괴심(自愧心)에 잠겨 명랑치 못한 소년 시절을 지냈다.

　그러나 그런 중에서도 나는 틈틈이 역사책을 뒤적이고, 선현의 말씀과 행적을 두루 살펴 봄에 의하여 우리도 일찍이 찬란한 문화의 꽃을 피웠던 슬기로운 겨레였고, 또 세계적으로 저명한 인물이 많았던 것을 알게 되는 중, 특히 이순신 장군은 그 위대한 공적과 숭고한 인격이 우리 온 겨레가 자자손손에게 전하여 찬양하고 존경하며 배우고 따라야 할 스승이심을 알게 된 것은 나의 정신 생활상 큰 활력소(活力素)가 되었다. 이 때에 나는 우리가 일제의 총독 치하에서 구차한 생활을 하게 된 것은, 그릇된 정치로 말미암아 당하는 겨레의 희생이요 불행일 뿐 그것으로 해서 하느님이 태어나게 해 주신 우리 생명의 존귀성에는 다른 겨레에 비해 조금도 다를 것이 없다는 신념을 갖는 동시에 총독 치하에서 사는 한 식민이기 이전에 하느님의 한 백성이라는 이념을 갖게 되었다. 그리고 이 이념과 신념을 나의 정신생활의 토대로 삼고 장군께서 끼치신 교훈을 배우고 본받는 것으로 나의 수양의 지표(指標)로 할 것을 작정했다.

이 무렵 나는 내가 가져야 할 직업을 고려함에 있어, 총독 치하에서 관리로 종사하는 것은 떳떳지 못한 것으로 여겼던 까닭에 당시 직업을 대별해서 사농공상(士農工商)이라 하는 중에서 사를 제외한 어느 하나를 택해야 하겠는데, 공업으로 말하면 이에 대한 기능이 있는 특수층의 사람들이 하는 것으로 알아(지금 생각으로는 잘못이었지만) 당초에 염두에 두지를 않았다. 그리고 가난한 중에도 가난한 이웃집에서 저녁거리가 없어 미전에 나가 쌀 한 되를 외상으로 청했다가 거절당하고 쓸쓸히 돌아가는 가련한 정상을 보고 측은한 맘을 금치 못하던 동정심과 "외상 장사는 하지 말라."는 속담이 연상되어 갖게 되는 이미지가 상충하는 것으로 미루어 상업 역시 나의 직업으로 합당하지 못한 것으로 판단하는 동시에, "농자는 천하지대본"이라 하는 것이 나의 맘을 끌었던 까닭에 나는 농사를 가업으로 삼고 이웃과 더불어 공존 공영하는 이상촌을 건설하고자 하는 의욕으로 마음이 쏠렸다.

그러나 나는 서울서 태어난 터라 농사를 모를 뿐만 아니라, 그 일을 능히 감당할 체력도 없었거니와 농토를 살 자금이 있었던 것도 아니었으므로 나의 의욕은 약년 20대에 있어서는 이를 현실에 옮길 수 없는 한 이상에 지나지 않았다. 그래서 나는 40여 년간 혹은 은행원으로서의 급료 생활, 또는 제지 공장, 피복 공장 등 경영에 참여해서 지내는 동안 항상 나의 꿈을 실현하기 위해 노력한 결과 40대에 이르러서부터 이천군 장호원(現 이천시 장호원) 또는 대덕군 진잠면(現 대전광역시 유성구 진잠동) 등지에서 농지를 매수하여 간접적으로(위임 경영) 영농을 시도했으나(후일 적당한 시기에 귀농할 것을 전제로 하여) 소기의 성과를 거두지 못한 것은 참으로 한스럽기 짝이 없거니와, 나의 정신생활 도야(陶冶)면에서도 하등 진전을 보지 못한 채로 늙어가는 유감에서 여생을 사는 동안, 아니 이 세상에 몇 번이든 오락가락 윤회(輪廻)하는 동안 나의 수련을 쌓아가기에 편리한 방법으로 이순신 장군의 사상, 정신, 행적 등은 분명히 알고 지내자는 생각에서 "이순신 장군의 생애"라는 글을 초록(抄錄)하기 시작했다.

그런데 장군의 생애에 대한 글을 쓴다는 것은, 나의 천박(淺薄)한 학식으로나 문장력으로서는 참으로 어려운 일이었다. 그러나 나는 자신의 공부를 위해 쇠공이를 갈아 바늘을 만든다고 하는 교훈을 마음에 새기며 쓰고 다시 쓰고 하기를 백을 셀 정도로 하느라 기초한 후 10년이 넘는 세월이 흘렀다.

　이 글을 쓰는 동안에 특별히 곤란했던 것은, 참고한 서적의 내용이 저작자 간에 일치하지 않은 점이 많은 것이었다. 그러한 것은 난중일기에 의해 취사했으나, 어떤 부분은 일기가 누락되어 그 정오를 판별하기가 어려웠으므로 이러한 부분은 각 저작자 간에 기사 내용이 다른 점을 지적해 두었다.

　이 때에 나는 일본의 유명한 문호 덕부노화(德富蘆花, 도쿠토미 로카-세계 1차 대전이 종결한 후, 인류사회의 평화를 위한 방책의 하나로, 지구상의 모든 나라가 새 기원을 채택하고 화폐를 통일할 것을 제창한 사람)가 이르기를 "농사 일을 하는 것은 글을 쓰는 것보다 더 어려운 작업이로다." 하여 글을 쓰는 것이 심히 어렵다는 것을 간접적으로 표현한 것을 상기하고, 글을 쓰기란 참으로 어려운 과업인 것을 재인식하는 동시에 특히 역사에 관한 글을 쓸 때는 그 기교보다 사실에 충실해야 할 것임을 절감했다. 그러므로 본고에 있어서는 특히 이 점에 주의하여 탈고(脫稿)한 후에도 다시 여러 번 수정을 가했으나, 그러나 아직도 더 보태고 덜고 다듬어야 할 점이 허다한 줄 알지만, 너무나 장구한 시일을 끌었기에 부족하나마 이제 붓을 놓기로 하고 여생이 허락되면 다시 더 다듬고자 한다.

1981년 12월 31일

세세생생世世生生
나의 스승으로 받들어 모실 어른, 이순신 장군

이순신 장군의 높은 인격과 크나큰 공적은 우리 겨레는 물론이요, 널리 천하에 알려져 높이 찬양되어지고 있는 바이어니와 내가 일찍이 소년 시절에 장군의 전기를 애독한 소감을 말하자면, 동서고금의 저명한 인물들의 집대성이 곧 장군의 인격인 것으로 느낀 것이다.

그것은 다름이 아니라 어느 한 사람이 갖추어 갖기 어려운 온갖 미덕과 재능을 장군께서는 고루고루 한 몸에 지녀 계신 것으로 내게 인식되었던 까닭이었다.

장군께서 누리신 54년 평생 공사 생활에 나타난 바, 곧
1. 일월같이 공명정대하신 품성
2. 바다같이 넓으신 도량
3. 태산처럼 높은 인격과 진중하신 처신
4. 지극한 애국심과 확고하신 자주정신
5. 만부부당(萬夫不當)의 무용과 신묘한 전술
6. 여합부절(如合符節)한 추리와 명약관화(明若觀火) 하신 통찰력

7. 비범한 경세지재(經世之才)와 원숙(圓熟)하신 외교적 수완

8. 명리를 초월하신 복무 자세

9. 초인간적인 인내력

10. 출천(出天)의 효도

11. 철저하신 검소와 겸허

12. 세련된 문필 등 장군의 비범한 자질과 출중하신 재능, 그리고 숭고한 사상과 철저하신 자주정신이 내 마음에 반영되는 정도가 점차로 높아짐에 따라서, 장군께 향한 나의 경앙심(敬仰心)과 찬탄이 더욱 고조되었다.

그리고 그 당시로 말하면 일제의 침략 정책에 말려들어 나라의 주권을 이미 상실한 뒤라 일제의 강압적 통치하에서 구차히 살 수밖에 없이 된 우리 겨레의 가련한 꼴이라든지, 또는 소위 동양척식(東洋拓殖)이라는 일제의 수탈(收奪) 기관에 의해 우리 농민들이 농토를 빼앗기고, 대대로 살아오던 정든 고향을 등지고 춥고 쓸쓸한 만주 벌판으로 살길을 찾아 남부여대(男負女戴) 줄을 지어 떠나는 비참한 광경을 보고서, 우리는 일찍이 찬란한 문화를 가져온 겨레라 하거늘, 우리가 어찌하다가 오늘날, 이 지경에 이르렀는가 하고 비분강개(悲憤慷慨)하여 마지않던 나에게 있어서는, 온갖 재덕에 충의를 겸비하고 높은 인격을 또한 갖추어 계신 이순신 장군이 우리 겨레의 한 어른이신 것을 알게 된 것이 무엇보다도 큰 기쁨인 동시에 다시없는 위안이기도 하였거니와 장군이야말로 우리 온 겨레가 높이 받들어 모시고 섬겨야 할 어른이시라고 생각하게 되었다.

17

그리하여 나는 이 어른을 내 스승으로 모시고, 그 일생을 통해서 실천으로 보여주신 교훈을 받들어 수행하는 것으로 내 생활의 지표로 할 것을 작정했다. 그리고 선생께서 지내신 가시밭길, 특히 임진왜란 때에 그 수에 있어서 절대적인 열세에 있었던 우리의 미약한 군비로써 천하에 두려움을 모르고 날뛰는 침략의 원흉 풍신수길(豊臣秀吉: 도요토미 히데요시)의 기를 꺾고, 부산에 상륙한 지 불과 20일에 서울을 점령하고 승승장구(乘勝長驅)하여 평양까지 밀고 올라간 소서행장(小西行長: 고니시 유키나가)을 비롯하여 내륙으로 깊이 들은 여러 왜장의 간담을 서늘하게 하는 동시에, 행장의 발을 결박해서 대동관에 가둠으로써 감히 평양 이북으로 더 진군치 못하게 하여 나라를 지키고 회복할 수 있는 바탕을 이루어 놓으시고도 도리어,

1. 극성스러운 당쟁과 시기에 찬 벼슬아치들의 음모로 누명을 쓰고 옥고를 당하기까지에 이르신 억울, 2. 수군을 무시하여 폐지하려고 까지 하는 역경 속에서, 심혈을 기울여 키우신 수군을 명리에 팔린 철없는 벼슬아치들이 간교무쌍(奸巧無雙)한 원균의 말을 믿고 막중한 통제사의 직책을 맡겨, 칠천 해전에서 일조에 무너지게 한 통분, 3. 모친 상사에 장례도 모시지 못하고 멀리 종군하여 떠나갈 때와 믿고 기대하시던 셋째 아드님의 목숨을 불공대천(不共戴天) 원수의 칼에 의하여 애이신 소식을 들으실 적의 애통, 4. 수군이 전멸한 지경에 이르른 뒤에 적수공권(赤手空拳)으로 나서시어, 주야로 노심초사하시며 심한 우중에도 쉬지 않고 연해 각지를 순찰하신 끝에 겨우 12척의 전선을 수습하여(후에 명량해전 일주일 전 송여종 장군이 전선을 수리 또는 건조를 통해 1척을 이끌

고 와 13척이 되었다고 밝혀졌다.-편집자 주), 그 열 배가 넘는 적선 133척을 상대하여 싸워 물리치기까지 겪으신 온갖 고난 등을 생각하면, 나는 나의 물심양면 생활상 여러가지 고통과 난치의 신병으로 낙심을 했다가도 돌이켜 주먹을 쥐고 다시 자기 수련에 힘을 기울이곤 했다.

그리하여 이 무렵 나는 스승께 나가서 그 가르치심을 받드는 심정으로 매일 아침마다 출근(현 조흥은행의 전신인 구 한일은행-조흥은행은 2006년 신한은행과 통합하였다-편집자 주)하기에 앞서, 선생의 전기를 반복해 읽고 그 기억을 새롭게 하는 것으로 일과를 삼았다.

이와 같이 하는 동안에 나는 선생께 대한 앙모심이 더욱 간절해지는 동시에 이 세상에서는 이미 친히 뵙고 섬길 수 없게 된 것이 한스러운 나머지 성묘나 유족 예방으로라도 나의 간절한 회포를 펴고자 했으나 당시 나의 사정은 여의치 못해 미루어 온 것이 급기야 1970년에 이르러서야 비로소 현충사(顯忠祠)에 참배하러 갔으니, 비록 사정이 그러했다 할지라도, 평생을 두고 선생을 앙모하여 마지않는 나로서는 그 참배가 너무 태만했음을 변명할 여지가 없는 바이다.

그러나 나는 이번 참배에서 다음과 같이 시조의 형식을 빌어 반세기에 걸친 회포를 펴고 나니, 무거운 죄책감이 다소 덜어지는 것 같기도 했다.

현충사에서

외롭게 사는 길을 뚜렷이 밝히시고
겨레의 금자탑을 이루신 임이시여
후생이 미성을 다해 삼가 분향하옵니다.

행장의 발을 묶고 수길의 기를 꺾어
나라 치욕 씻어내신 크나큰 그 공적을
어찌 다 말씀으로써 찬양할 수 있사오리.

겪으신 갖은 고초 겹치는 온갖 비애
억울하신 모든 사연 두루두루 살피오면
눈물로 밤을 지새우심 족히 짐작 하옵니다.

조국이 이제 다시 난구에 빠졌음이
임란에 못지않게 심각한 바 있사오매
우러러 임을 사모함이 더욱 간절하옵니다.

현충사를 재건하고 성지로 받드옴은
겨레의 창의(創意)정신 건재한 소이(所以)오니
이로써 자위하시고 명복을 길이 누리소서.

위에서 이미 서술한 바와 같이 선생께서는 천하가 들어서 그 높은 인격과 크나큰 공적을 칭송하는 위대한 어른이신 것을 알게 된 것이 나의 가장 큰 기쁨이요 다시없는 위안이었거니와, 나는 그 교훈을 받들어 따르기에 온갖 힘을 다했으나, 그러나 20대로부터 시작하여 희년(稀年)이 머지 않은 오늘에 이르기까지 장장 45년에 아무런 진전이 없이 제자리걸음을 하고 있으니, 스스로 부끄러움을 금할 길이 없는 바이다.

그러나 나는 나의 소망을 버릴 수는 없다. 그러므로 그야말로 내 몸이 진토가 된 그 후라도 나의 영혼일랑 선생의 교훈을 세세생생 받들어 수련하는 공을 쌓아가고야 말 것이다.

1970년 12월 31일

1부
정읍(井邑) 현감(縣監)이
되기까지의 경력

1. 탄생

겨레를 죽음에서 구하여 내실 임이
충직한 덕수 이문에 아기로 태어나시도다.

멀리 고려 초엽부터 충직정대하기로 명성이 높은 선조 중랑장(中郎將)1 돈수공(敦守公)의 정신과 기백이 면면히 이어 내린 덕수 이문에 기운찬 고고(呱呱)의 소리가 만당하였으니, 이는 곧 장차 나라를 멸망에서 건지고 겨레를 죽음에서 구출하실 어른, 이순신 장군(이하 선생으로 호칭함)의 탄생으로, 그때는 이조 중엽 인종 대왕이 등극하시던 을사년 3월 8일(서기 1545년 4월 28일)이었고, 그곳은 한양(서울)의 남산 밑 건천동(乾川洞: 중구 인현동)이었다.

선생의 증조부는 일찍이 성종 때에 태자(연산군)의 스승이 되셨고, 2대를 이어 대관(臺官)2의 벼슬을 지낸바, 매양 불의를 탄핵함이 너무도 엄격했던 까닭에 "호랑이 장령(掌令)3"이라는 별명이 붙을 정도이었다 함을 미루어 선생의 충직 정대하신 성격이 우연의 소치(所致)가 아닌 것을 짐작할 수가 있다. 고조부(백록百祿)는 당시 깨끗한 선비였으나,

---

1. 중랑장: 고려 때 정5품의 벼슬(무관)
2. 대관: 사헌부(司憲府-시정(時政)을 논집(論執)하고 규찰(糾察)과 탄핵의 책임을 맡은 관청)의 대사헌(大司憲-사헌부의 정2품의 으뜸벼슬)이하 지평(持平-사헌부의 정5품 벼슬)까지의 벼슬아치를 일컬음.
3. 장령: 사헌부의 정4품 벼슬

정암(靜菴) 조광조(趙光祖)4 선생을 몰아 죽인 이른바 기묘사화(己卯士禍)5
에 걸려들었던 것을 거울삼아, 그 부친 정(貞)은 벼슬에 뜻을 두지 않고
평민으로 지낸 까닭에 가세가 넉넉지 못했다.

선생께서 아직 8세의 소년일 때에, 어머님 변(卞) 씨의 친정인 아산 뱀
밭(아산군 염치면 백암리)으로 낙향하신 까닭에 뱀밭이 그 고향처럼 되었다.

2. 소년 시절

군사 지휘 놀이로서 소년 시절 지내시고
학문을 닦으실 제 칼에 뜻을 더 두심은
지신 바 막중한 사명감이 확호하신 소일러라.

선생께서는 어려서 마을 아이들과 놀 때부터 항상 진을 치는 시늉
을 했고, 그럴 때마다 스스로 대장이 되어 아이들을 지휘했으며, 매양
활을 메고 다니면서 어른이라 할지라도 의리에 어긋나는 일이 있으면
활을 당기는 호걸스러운 천품을 타고 나셨다.

위의 두 형님과 학문을 닦으실 때도 매양 붓을 던지고 칼을 쥘 뜻을
더 품으셨으니, 그 평생 지내신 행적으로 미루어 볼 때, 이야말로 하늘

---

4. 조광조: 중종대왕 때의 학자. 호를 정암이라 한다. 서기 1482년에 출생, 1519년에 사망. 도학
이 높기로 유명하여 당시에 견줄 자가 없었다. 중종대왕의 신임을 받아 모든 부패한 제도를
일신하여 나라를 바로잡고자 하다가, 반대파의 모해(謀害)로 능주(綾州)로 귀양갔다가 적소
(謫所-죄인이 유배 가서 있는 곳)에서 사사(賜死)됨. 나중에 문묘(文廟)에 배향(配享)함.
5. 기묘사화: 중종 14년에 남곤(南袞)과 심정(沈貞)이 조광조 및 명사를 죽이고 쫓아낸 일.

이 시키신 바인 것을 짐작하게 되는 동시에, 선생께서는 어린 시절부터 "사나이 세상에 난 이상 나라가 위태한 때에는 마땅히 목숨을 걸고 나가 싸워야 한다."는 각오가 확호(確乎)하시었던 것을 또한 알 수가 있는 바이다. 그리고 선생께서 아직 출생하시기 전에 그 모친 꿈에 시아버님이 이르시기를, "아기가 나면 반드시 귀하게 되리니 그 이름을 순신이라 부르라."고 하시더라는 것을 시아버님께 고한 즉, 시아버님은 이를 이상히 여겨 점을 쳐 보매, "길하다. 나이 50이 되면 응당 칼을 짚고 명장이 되리라."는 괘(卦)가 나왔다는 것으로 미루어 보아 선생께서 어린 시절부터 칼에 뜻을 두심은 우연한 일이 아니라고 하겠다.

3. 식년(式年) 무과(武科) 급제(及第)

이십 대로 시작하여 무예를 닦으시매
궁술로나 기마로나 이름난 무사들이
아무도 감히 견주어 맞설 자가 없었도다.

일찍이 무예에 깊은 관심을 두신 선생께서는 드디어 22세 되시던 해부터 말 달리기, 활쏘기 등에 열중하셨는데, 당시 무용으로나 힘으로나 이름난 무사들이 아무도 감히 그 앞에 맞설 자가 없었고, 그리고 그 언행에 추호도 허튼 일이 없는 위엄에 머리를 숙이지 않는 자가 없었다.

28세 되시던 해에 별과(別科)6에 응시하셨는데, 그때 달리던 말이 실

---

6. 별과: 본과 외에 따로 베푼 과의 시험

족하여 거꾸러지는 바람에 낙마하여 다리뼈가 부러지는 지경에 이르렀으나 선생께서는 조금도 당황한 기색이 없이 곧 한 발로 일어서서 곁에 있는 버드나무 껍질로 다리를 처매시니, 이를 지켜본 모든 사람이 그 담력과 용기를 찬탄하여 마지않았다.

32세 되신 해에는 식년무과(式年武科)7에 급제하시어, 이를 선조에 고하기 위해 성묘를 하셨는데, 마침 무덤 앞에 세웠던 돌사람이 넘어져 있어 이를 바로 세우기 위해 수십 명이 힘을 모았으나 끄떡도 하지 않으매, 선생께서 웃으시며 장정들을 물러나게 하신 후, 청포(靑袍)8도 벗지 않으신 채 등으로 밀어 돌사람을 거뜬히 일으켜 세우시니 모두 혀를 내두르며 경탄했다.

4. 명리를 초월하신 복무 자세

오로지 충의로서 본분을 삼으시고
타고나신 나라 염려 종시일관(終始一貫) 하옵실 뿐
추호도 명리영달을 추구하지 않으시다.

선생께서는 식년무과에 급제하셨으나, 당시 집권한 벼슬아치들이 나라를 위하기에 앞서, 자기 일가 일파의 명리를 추구하기에 여념이

---

7. 식년무과: 군인으로서 벼슬을 하는 시험을 보는 데, 미리 그 시기를 정해 놓고 하는 것.
8. 청포: 푸른 빛깔의 도포(道袍-통상 예복으로 쓰는 옷. 넓은 소매 뒷자락에 딴 폭을 댄 것).

없었으므로, 자격은 여하간에 자기네 파당의 혈연(血緣)으로 하여금 요직을 점유케 하고, 뇌물과 아첨의 정도에 따라 벼슬을 좌우하고 있었던 터라 선생과 같이 일신의 명리를 위해 구구(區區)한 언행을 아니 하시는 존재를 알아줄 까닭이 없었다.

그러므로 선생께서는 무과에 우수한 성적으로 급제하셨건만, 진작 벼슬길에 오르지 못하고 계시다가 급제하신 지 열 달 만에야 어린 시절에 한동네에서 같이 자라던 이로, 이미 그 벼슬이 재상의 지위에 오른 예조판서(禮曹判書)9 류성룡(柳成龍)10의 추천으로 오늘날 제도로는 지방의 한 파견 장교에 불과한 함경도 동구비보(童仇非堡) 권관(權管)11으로 임명되셨다.

선생께서 미관말직으로 남북을 통하여 전전(轉轉)하실 당시, 그 인격이 고매(高邁)하고 재덕이 겸비하며 충의 정신이 철저하다는 소문에, 율곡(栗谷)12 선생은 깊은 관심을 가지고 상면하기를 원했으나, 선생께

---

9. 예조판서: 문교(文敎), 예악(禮樂), 제전(祭典), 연향(宴享-국빈을 대접하는 잔치) 등을 맡은 부의 장관.

10. 류성룡: 선조 때 이름난 재상, 특히 이순신 장군을 추천해서 전라좌수사가 되게 한 공로자이다. 자는 이견(而見)이요, 호는 서애(西厓)이며 본은 풍산(豊山)이다. 중종 37년(1542년)에 출생하니 이순신 장군보다 3년 선배이다. 임진란 때 도체찰사(都體察使) 또는 영의정의 신분으로 정무와 군사에 임했었다. 명나라 응원군 이여송이 벽제(碧蹄)에서 패하여 돌아간 후로는 명군을 믿을 수 없다 하여 자력으로 싸울 방책을 세우기에 힘썼다. 선조 40년(1607년)에 사망하니 때에 나이 66세였다. 시호를 문충(文忠)이라 했다. 그의 고향인 안동 낙동강 강가에 병산서원(屛山書院)이 있다. 임진란의 중대한 문헌인 징비록(懲毖錄) 외에 문집 10권이 있다.

11. 권관: 각지의 종9품 무관.

12. 율곡 선생: 이이(李珥, 1536~1584) 본관 덕수. 신사임당(申師任堂)의 자제요 이순신 장군의 9촌 조카로 자는 숙헌(叔獻)이요 율곡은 그의 호이다. 선조 때 유명한 재상으로 13세에 진사 초시에 급제 후 아홉 번이나 과시(科時)에 장원하여 이름을 천하에 떨쳤고, 대제학(大提學) 및 육조의 판서를 역임하여 좌찬성(左贊成)에까지 이르렀다. 만언봉사(萬言封事)를 상소하여 정치상 중요한 헌책을 했으며, 동서

서는 관직에 있는 사람으로서 사사로이 권문에 출입하는 것을 떳떳지 않게 생각하시는 터이라(벼슬을 위해 세도(勢道) 권문(權門)의 문턱이 닳도록 출입하는 이들에 비하여 얼마나 대조적이뇨!) 율곡 선생은 그 기회를 얻을 수 없으매, 류성룡에게 그 알선을 청하기까지 했다.

류성룡으로 말하면 당시 명성이 높은 재상으로서 그 지위가 일개 권관인 선생으로서는 도저히 상대가 아니 되는 신분이었으나, 그러나 그는 일찍이 선생의 인물이 출중하심을 잘 알고 있어 사적으로는 막역한 교분이 있는 터라 율곡 선생은 그의 알선을 힘입어 선생을 만나려 한 것이고 이조판서(吏曹判書)13로서 미관말직의 한 관원을 만나보기 위해 다

당쟁이 발생하자 그 조정에 힘썼고, 모든 폐해를 시정할 것을 또한 상소했다. 학규(學規)와 격몽요결(擊蒙要訣)을 지어 후진을 양성하고, 사창(社倉: 각 고을 사환미—각 고을에서 춘궁기에 곡식을 백성에게 꾸어 주었다가 가을에 받아들이는 곡식—를 보관하는 곳집. 지방 관아의 간섭을 떠나서 민간에서 직접 경영하게 한다.)을 설치하여 국민을 구제했으며, 향약을 지어 향속 순화에 힘을 기울이기도 했다.

13. 이조판서: 문관의 선임, 공훈과 봉작(封爵—의빈(儀賓: 부마도위(駙馬都尉) 즉, 임금의 사위), 내명부*, 외명부** 및 관원의 성적 고사에 관한 일을 맡은 부의 장관.
* 내명부(內命婦): 빈(嬪 정1품), 귀인(貴人 종1품), 소의(昭儀 정2품), 숙의(淑儀 종2품), 소용(昭容 정3품), 숙용(淑容종3품), 소원(昭媛 정4품), 숙원(淑媛 종4품) 등을 일컬음.
** 외명부(外命婦): 공주(公主), 옹주(翁主), 부부인(府夫人—대군의 아내), 봉보부인(奉保夫人—임금의 유모로 종1품), 군주(郡主—왕세자의 적녀의 봉작), 현주(縣主—왕세자의 서녀의 봉작), 군부인(郡夫人—정1품 및 정1품 종친 아내의 벼슬 품계), 정경부인(貞敬夫人—정1품 및 종1품의 종친이나 문무관의 아내의 벼슬 품계), 정부인(貞夫人—정2품 및 종2품의 종친과 문무관 아내의 벼슬 품계), 숙부인(淑夫人—정3품의 종친 및 문무관 중 당상관*** 의 아내의 벼슬 품계), 숙인(淑人—정3품으로서의 당하관****, 종3품의 종친 및 문무관의 아내의 품계), 영인(令人—4품 문무관 아내의 벼슬 품계), 공인(恭人—정5품, 종5품의 종친 및 문무관 아내의 벼슬 품계), 의인(宜人—정6품의 종친 또는 종6품의 문무관 아내의 벼슬 품계), 안인(安人—7품 문무관 아내의 벼슬 품계), 유인(孺人—정,종9품의 문무관 아내의 벼슬 품계) 등을 일컬음.
*** 당상관(堂上官): 정3품 명선대부(明善大夫), 통정대부(通政大夫), 봉순대부(奉順大夫), 절충장군(折衝將軍) 이상의 품계의 벼슬아치.
**** 당하관(堂下官): 당하의 벼슬아치. 창선대부(彰善大夫—정3품의 종친), 정순대부(正順大夫—정3품의 의빈), 통훈대부(通訓大夫—정3품의 문관), 어모장군(禦侮將軍—정3품의 무관으로 외부로부터 받는 모욕을 막는 장군이라는 뜻이다.

른 재상의 알선을 청하다니! 참으로 고금을 통해 희귀한 일이로다!) 류성룡도 나라를 위해 훌륭한 인재가 등용되기를 원해 상면하기를 간곡히 권고했으나, 동종(同宗) 간에(선생은 율곡 선생보다 연치로는 9년 아래였으나, 항렬(行列)로는 19촌 아저씨였다.) 상면하는 것은 좋은 일이나, 그러나 그가 벼슬을 주는 대신의 지위에 있는 동안에는 만나지 않으리라 하시고 이를 사절하셨다.

이상의 사실은 당시 병조판서(兵曹判書)14이던 김귀영(金貴榮)이 선생의 높은 인격과 겸비한 재덕에 호감을 가져, 자기의 서녀로 하여금 그 소실을 삼게 하려고 중매 아비를 넣어 청혼하였을 때에, "내가 이제 벼슬길에 처음 나온 사람으로서 어찌 권문에 발을 붙일 수 있으랴." 하시고 거절하셨던 사례와 그리고 재상(宰相) 유전(柳㙉)이 선생의 화살통이 훌륭한 것에 탐을 내어 갖고자 했을 때에(뇌물을 바치기를 원하는 이에게 있어서는 얼마나 좋은 기회였으랴.), "화살통 하나쯤 드리기가 어렵지 않습니다마는 남들이 알면 대감과 저를 어떻게 평할지 그것이 두렵습니다. 화살통 하나로 이름이 욕된다면 어찌 애석한 일이 아니오리까?" 하시어 유 재상으로 하여금 깨닫게 하신 것과 아울러 명리를 초월하신 선생의 개결성(介潔性: 성질이 아주 꼿꼿하고 깔끔하다-편집자 주)과 철저하신 자주정신의 상징인 것이다.

이상의 사실을 통하여 우리는 선생의 개결하신 품성과 철저하신 자주정신이 어떠하심을 엿보았거니와, 이제 그 임무에 충실하셨던 일단

---

14. 병조판서: 무선(武選-무관, 군사, 잡직을 뽑는 일과 무과에 관한 일), 군무, 위의, 병갑(兵甲), 기장(器仗-병기와 의장), 우역(郵驛-공문을 중계하여 전달하고 공용의 마필을 이바지 하는 곳), 문호, 관약(管籥-생황, 단소 등 악기) 등의 정무를 맡은 부의 장관.

을 또한 살펴보기로 한다.

함경 감사(監司)15 이후백(李後白)이 새로 도임하여 여러 고을을 순찰하며 변방 장수들을 시험할 때 그의 매를 맞지 않은 사람이 거의 없다시피 되어, 그를 일러 "곤장감사(棍杖監司)"라 할 정도로 엄했다.

그런 감사였건만 선생의 임지인 동구비보(童仇非堡)에 이르러서는 본시부터 선생의 품성이 공명정대할 뿐만 아니라 그 임무에 충실하여 조금도 빈틈이 없다는 소문을 들은 바도 있었지만, 과연 규율이 엄정하고 또 당장 알아 볼 수 있는 높은 인격에 위압감을 느끼기도 한데다가 선생께서 인사 끝에 "사또16의 형벌이 너무 엄해서 변방(邊方) 장수들이 모두 손발 둘 곳을 몰라 합니다." 하고 진정하시는 바람에 감사도 할 말이 없어, "낸들 어찌 옳고 그른 것을 가리지 않고 덮어놓고 그럴 리야 있겠는가?" 하며 선생께 대해서는 극구칭찬할 뿐 아무 벌이 없었으니, 이는 곧 선생의 높은 인격과 능란(能爛)하신 교제술의 소이(所以)이기도 하거니와, 선생께서는 항상 그 임무에 충실하여 언제나 누구에게나 책을 잡힐 허점이 없이 하셨다는 것을 또한 짐작할 수 있는 바이다.

---

15. 감사: 오늘날의 도지사와 같음.
16. 사또: 부하의 장수나 군사가 주장에게 일컫는 말.

5. 엄격하신 공사 구별

그 어느 경우에도 공도가 아닌 바엔
어떠한 권위에도 단호히 항거하여
사익이 감히 공익 앞에 설 수 없게 하시도다.

선생께서 훈련원(訓鍊院)17 봉사(奉事)18로서 인사 관계 직무를 관장하실 당시, 상관인 서익(徐益)이 차서를 무시하고 사사로이 친분이 있는 사람을 승진시키려 할 즈음, 이를 반대하여 아랫사람을 특별히 공로도 없는 터에 차서를 뛰어 승차(陞差)시키면, 마땅히 올라가야 할 사람이 밀리게 되므로 부당한 처사라 하여 그 불가함을 지적하니, 서익이 상관의 권위로써 누르려 했으나, 선생께서는 끝까지 굽히지 않고 과감히 공정을 주장하여 서익의 정당치 못한 처사를 저지하셨다.

그리고 발포(鉢浦: 고흥군 도화면 내발리) 만호(萬戶)19로 재임하실 때, 전라좌수사(全羅左水使)20 성박(成鎛)이 발포 객사21 뜰에 있는 오동나무로 자기의 거문고를 만들기 위해 이를 베어가려 하매, 이 나무는 나라의

---

17. 훈련원: 군졸의 재주를 시험하고, 무예의 연습과 병서의 강습을 맡은 관청.

18. 봉사: 내의원(內醫院), 군기시(軍器寺)*, 관상감(觀象), 사역원(司譯院), 종묘서(宗廟署), 전생서(典牲署)**, 훈련원 등의 종8품 벼슬.
* 군기시: 병기, 기치(旗幟), 융장(戎裝-전투형 장비)
** 전생서: 제향에 쓸 양, 돼지들을 기르는 일을 맡아 보는 관청.

19. 만호: 각 도와 진(鎭)에 붙은 무관직(수비대장)의 하나로 종8품 벼슬.

20. 전라좌수사: 전남도의 수군을 통솔하는 벼슬.

21. 객사: 고을마다 있던 관사.

것인즉 비록 수사라 할지라도 사사로이 쓰기 위해서 베일 수가 없는 것이라 하여 베지 못하게 하셨다.

위의 두 가지 사실은 비록 상관이라 할지라도 공사를 구별할 줄 모르는 부당한 처사에는 결단코 묵종(黙從)하지 않으신다는 선생의 강인한 정신의 발로로서 불의에 대처하는 떳떳한 사나이의 태도를 밝히신 것이라 하겠다.

6. 전라 감사 손식(孫軾)의 인식을 새롭게 하신 군사 지식
타고나신 충의정신 철저하신 사명감에
연무에 아울러서 병서를 섭렵하사
진법과 모든 전술에 무불통달(無不通達) 하시도다.

선생께서는 어려서부터 나라가 위태한 지경에 이르렀을 때는 마땅히 나가서 싸워야 할 것이라는 각오가 투철하셨거니와, 앞일을 능히 예측하시는 밝은 추리력은 필연코 왜의 침략이 있으리라는 판단 하에, 진작부터 무예 연마에 아울러 병서를 두루 섭렵하셨던 까닭에, 군사에 관해서는 막힐 것이 없을 정도로 정통하여 계신 터이라, 지난해 식년 무과에 응시할 때에 병서(兵書) 강독관(講讀官)으로 하여금 그 해박한 군사 지식에 감탄하여 마지않게 하셨던 것이었다. 그런데 선생께서 발포 만호로 재임하실 당시, 전라 감사 손식(孫軾)이 어떤 자의 모략을 듣고 선생을 벌주기 위해 불러다 놓고 진치는 법을 강(講)하게 하고, 또 진도를 그리라 한 바 선생은 조금도 서슴지 않으시고 하나도 틀림없이 진치는 법을 강하신 후에, 곧 붓을 들어 진도를 정밀하게 그려내시어 손 감사로 하여금 잘못 인식한 것을 뉘우치게 하셨다.

7. 검소로 나타내신 박애 정신

남의 수고 아껴줌이 인정의 바탕이요
그 수고 덜어줌이 사랑으로 여기시어
평생을 오직 검소로 일관하여 지내시다.

선생의 일상생활이 지극히 검소하시었던 것은 삼도수군통제사(三道水軍統制使)22로 한산도(閑山)23에 계실 당시, 체찰사(體察使)24 이원익(李元

---

22. 삼도수군통제사: 충청, 전라, 경상 등 삼도의 수군을 통솔하는 벼슬.

23. 한산도: 경상남도 남쪽 30리 지경에 위치하여 안으로는 능히 많은 배를 감출 수 있고, 밖에서는 안을 들여다 볼 수 없게 된 곳이어서 호남을 침범하려는 왜적의 배를 막기에 가장 적당한 곳이다.

24. 체찰사: 나라에 난리가 났을 때 임금을 대신해서 그 지방에 나가 일반 군무를 통찰하는 것인데. 재상이 겸임한다.

翼)25과 어사26 황신(黃愼)27이 각각 한산도의 군무를 시찰할 때, 통제사의 거처(居處) 범절(凡節)이 일반 군사나 조금도 다를 것이 없었고, 통제

---

25. 이원익: 태종대왕의 왕자 익녕군(益寧君)의 증손으로 명종 2년(1547년)에 출생하니 이순신 장군보다 2년 연하이다. 23세에 등과하여 승문원(承文院)*에 들어갔으나, 천성이 침착하고 사교를 즐기지 않아 공무가 아니면 밖으로 나가는 일이 없었으므로 그의 존재는 잘 알려지지 않고 있었지만 서애 류성룡과 율곡 선생은 그를 어진 이로 알았으며 특히 율곡 선생은 그 재능을 인정하여 조정에 추천하기도 했다. 나가서 지방관이 되어서는 많은 치적을 올렸고, 내직으로 들어와서는 형조참판(刑曹參判)**을 지낸 후 임진란이 나기 바로 전에 이조판서로서 평안도 순찰사***를 겸해 떠났다. 선조대왕은 특히 그를 정헌(正憲-정2품)으로 올리고 관찰사****로서 순찰사의 임을 겸하게 하셨다. 계사년에 명장 이여송이 평양을 칠 때에 협력했고, 그 후에도 계속해서 전쟁에 공로가 많아 숭정(崇政-종1품)으로 가자(加資-정3품 통정대부(通政大夫) 이상의 품계)했으며, 을미년에는 우의정으로서 4도 도체찰사를 겸해 본부를 영남에 차렸다. 이순신 장군에 대해서는 특별히 깊은 이해를 가져 피차 그 인격을 존경하며 지냈으며, 장군이 투옥되었을 때에는 장계(狀啓)를 올려 그의 무죄를 역설했다. 무술년에 전쟁이 끝난 뒤에 좌상(左相)이 되어 군사를 수습하기에 힘썼고, 갑진년에는 호성공신(扈聖功臣)으로 완평(完平) 부원군(府院君)의 작호(爵號)를 받았다. 광해 때에는 영의정으로서 광해의 비정(秕政)을 바로 잡기에 진력했으나 이루지 못하고 도리어 귀양을 갔다가 인조반정 뒤에 다시 영의정이 되었다. 뒤에 금양(衿陽)의 전원으로 물러나 살다가 인조12년(1654년)에 88세로 세상을 떠났다. 시호를 문충이라 하고 인조의 묘정(廟庭)에 배향했다.
* 승문원: 교린(交隣)의 문서를 맡은 마을.
** 형조참판: 육조의 하나로 법률, 소송, 노예 등에 관한 일을 맡은 부의 차관.
*** 순찰사: 병란이 있을 때 지방의 군무를 순찰하는 임시 벼슬.
**** 관찰사: 오늘날의 도지사와 같음.

26. 어사: 특별한 사명을 띠고 지방에 나가는 임시 관리.

27. 황신: 자는 사숙(思叔)이요, 호를 추포(秋浦)라 한다. 창원 사람으로 명종 17년(서기 1561년)에 출생했다. 총명한 사람으로 사륙문(四六文)에 능숙했다. 임진란 때에 의주 행재까지 임금을 찾아가서 사서(司書) 또는 지평(持平)이 되어 명나라 송경략(宋經略)을 접반하는 소임을 맡았고, 세자 광해를 따라 남으로 내려가 체부*의 종사관이 되기도 했다. 이순신 장군과는 군사를 의논하기 위해 왕래했으며, 통행사(通行使)로서 명나라 사신을 따라 일본에도 갔다. 전쟁이 끝난 뒤에는 부여에서 한가한 생활을 하다가 광해 때에 공조와 호조판서를 역임했고, 회원(檜原) 부원군(府院君)**의 작호를 받들기도 했다. 광해 9년(서기 1594년)에 사망하니 향년이 56세이었다.
* 체부: 체찰사가 머물러 집무 하는 곳.
** 부원군: 국구 즉 임금의 사위.

영에 여자라곤 찾아볼 수 없었다는 것으로 미루어 충분히 짐작이 가고 남는 바이어니와, 다음에 의하여 선생의 검소하신 생활의 일면을 직접 엿보고 가기로 한다.

1. 벼슬살이를 위해 남북으로 전전하실 당시, 그 침실을 보면 오직 한 벌 금침과 갈아입으실 의복이 있을 뿐인 것이, 마치 수도하는 산승의 처소와 같았다.

2. 충청 병사(兵使)28의 군관으로 근무하실 때, 고향에 다녀오실 동안에 남은 양식은 반드시 영(營)으로 돌려보내셨으니, 이는 공사 구별에 엄격하신 천성의 소치이기도 하거니와, 또한 선생의 생활이 다시없이 검소하셨던 까닭에 능히 그리하실 수 있었던 것이었다.

위의 사실과 같이 선생께서 생활을 그처럼 검소하게 하시는 것은, 만민이 평등하게 다 잘살게 되기 전에는 어떠한 일부 사람만이 사치한 생활을 해서는 안 된다는 의미도 되거니와, 사치는 결국 많은 사람으로 하여금 피땀을 흘리게 하는 것이므로, 피땀을 흘리는 것을 가엾게 생각하는 마음으로서는 사치한 생활을 삼가야 할 것이라는 견해이신 것을 또한 짐작하여 알만한 것이다.

8. 분명히 하시는 예와 정의 한계
부하를 자질(子姪)처럼 사랑하고 아끼시되

---

28. 병사: 병마절도사(兵馬節度使)의 준말. 지방의 병마(육군)를 지휘감독하는 무관.

정과 예를 구별하여 넘나들지 않게 하사
예절이 정으로 하여 상치 않게 하시도다.

선생께서는 항상 그 부하 장병에게 온정으로 대하셨으나, 정에 흘려 웃어른으로서의 위엄을 잃는 일이 없게 하셨다. 다음은 선생께서 웃어른으로서의 위엄을 지키시는 도리를 엿볼 수 있게 하는 사실의 일단이다.

선생께서 충청 병사(兵使)의 군관으로 복무하실 당시, 어느날 밤에 병사가 취했을 때에 선생의 손을 잡고 평소 친히 아는 관계로 데려다 군관을 삼은 어떤 이의 방으로 놀러 가자 했는데, 선생께서는 대장으로서 군관을 사사로이 가 보는 것은 옳지 못한 일이므로, 짐짓 취한 체하면서 병사의 손을 잡고, "사또께서 지금 어디로 가자는 거죠?" 하고 반문하시니, 병사가 문득 그 잘못을 깨닫고 "내가 취했군! 취했어!" 하며 자기 행동을 부끄러이 여겼다.

9. 영락없는 추리와 정확한 판단

현실을 거울삼아 장래를 예견하고
동정으로 미루어서 의중을 측량하여
점치신 모든 귀결이 여합부절(如合符節)29 하였도다.

---

29. 여합부절: 부절을 맞추는 것과 같이 사물이 꼭 들어맞는 형편.

선생께서 일찍이 무예에 뜻을 두시어 그 연마에 정진하신 것이나 병서를 두루 섭렵하고 전술을 익히신 것이 다만 일시적 호기심에서가 아니고 장차 나라를 위해 유용하게 쓸 때가 있을 것이라는 의도였던 것으로 추리할 수 있는 점으로나, 또는 임진 이후 왜란 중 항상 적이 의도하는 바를 미리 짐작하고 거기에 대응책을 강구하여 진퇴를 적절히 함으로 매양 크게 승리를 거두신 사실로 미루어 볼 때, 선생께서는 능히 장래를 점치는 지혜와 남의 폐부를 투시하는 형안을 가지신 것을 짐작해 알 수 있는 바이어니와 여기서는 선생께서 일찍이 발포 만호로 복무하실 당시, 상관의 정당치 못한 의중을 미리 짐작하고 그에 적절히 대처하신 사실을 살펴보기로 한다.

발포 객사 뜰에 있는 오동나무를 베어 자기의 거문고를 만들려다가, 선생의 반대로(본문 5 참조) 그 뜻을 이루지 못해 앙심을 품고 있던 전라좌수사 성박이 갈리고 그 후임으로 이용(李戭)이 신임했을 때에, 선생은 평소와 조금도 다름없이 그 임무에 충실하실 뿐 수사가 새로 도임했다 하여 그에게 영합하고자 하는 표정을 짓지 않으시매, 이용이 이를 불만히 여겨 죄 줄 심산으로 관하 다섯 군데 포구의 군대를 점검한바, 다른 네 군데의 결석자가 훨씬 많았고 발포에는 다만 4명의 결석자가 있었을 뿐이었건만 이용은 다른 포구의 결석자가 많은 것은 불문에 부치고, 오직 발포에 결석자가 있었음을 탓하고 이를 장계(狀啓)30하여 죄주기를 청했다.

---

30. 장계: 감사나 임금의 명을 받들고, 지방에 나간 벼슬아치가 위에 글을 써서 올리는 것.

이 때에 선생께서는 이미 조사해 둔 다른 포구의 결석자 명단을 손에 쥐고 태연히 계셨다.

이 사실을 수사영(水使營)에 있는 사람들이 수사에게 보하여 말하기를 "사또의 올린 장계가 후환이 될 것이라." 하니 이용이 허겁지겁 군사를 시켜 말을 달리게 하여 장계를 도로 찾아오게 했음은 보는 사람들로 하여금 인격의 높고 낮음이 그 지위와는 반대로 된 느낌을 갖게 했다.

이용은 그 후에 전라 감사와 함께 수비하는 장수들의 우열을 논하는 자리에서 발포 만호를 가장 아랫자리에 두려다가 당시 전라 도사(都事)31로서 동석했던 조중봉(趙重峯)으로부터, "듣건대 이순신의 군사 다스리는 법이 우리 도에서는 으뜸이라 하는데, 다른 모든 장수를 그 아래 둘지언정 그를 남의 아래 두는 것은 불가한 일이오." 하는 지적을 받았다. 그 정도로 이용은 선생을 괄대(恝待)했었다.

그러나 그 후 차차로 선생의 공명정대하신 인품을 알게 되어, 이용은 선생과 사귀어 볼 생각에서 후일 그가 함경도 남병사로 취임했을 때, 자청하여 선생을 자기의 군관으로 삼고 군무의 대소사를 막론하고 의논하지 않는 일이 없었으니, 이때야말로 선생께서 일생동안 가시밭길을 가시는 중에 일시나마 위로를 받으신 시절이었다.

---

31. 도사: 이 장면에서의 도사는 감영(監營-도청)의 종5품 벼슬.

10. 여하한 경우에도 변치 않으시는 대장부의 엄연한 자세
태산의 진중함을 본받아 계시온 듯
죽음이 당면해도 기색이 태연 하사
대장부 엄연한 자셀 변치 아니하시도다.

태산처럼 진중하신 선생의 처신은 앞으로 나올 여러 장면에서 자주 볼 수 있겠거니와, 여기서는 선생께서 일찍이 함경도 조산보(造山堡) 경원군 만호(萬戶)로서 녹둔도(鹿屯島) 둔전관(屯田官)32을 겸임하실 때에 있었던 사실을 살펴보기로 한다.

녹둔도는 두만강 물이 바다로 들어가는 목에 있는 외로운 섬으로 오랑캐가 자주 침범하는 곳이었으나, 멀리 떨어져 있는 까닭에 많은 군사를 배치하지 못한 곳이어서, 동 지역의 수비상 만전을 기할 수가 없으므로, 당시 그 지역의 수비 책임을 맡으신 선생께서는 수비군의 증원을 청하시었으나, 병사 이일(李鎰)은 그 요청을 청허하지 않았다.

그런 중에 어느 날 안개로 지척을 분별하기 어려운 때에, 오랑캐 두목 사송아(沙送阿)와 갑청아(甲靑阿)를 선두로 한 적의 무리가 쳐들어왔는데, 그날 마침 수비군은 뒤 언덕에서 추수하고 있었고, 목책 안에는 다만 10명의 군사만이 지키고 있다가 갑자기 쳐들어오는 적의 기병에게 수호장 오형(吳亨)과 감독관 임경번(景藩) 등이 전사했다. 이 급보를 접하고 선생은 곧 나가시어 유엽전(柳葉箭)33을 쏘아 적장을 모조리 쓰

---

32. 둔전관: 어떤 중요한 곳에 군사가 오래 머물게 된 때에, 거기서 농사를 짓고 있게 된 밭을 관리하는 관원.

33. 유엽전: 살촉이 버들잎과 같은 화살.

러뜨리고, 포로로 잡혔던 동포 60여 명을 도로 빼앗아 오셨다. 이 전투로 선생께서는 왼편 다리에 화살을 맞으셨으나 군사들의 사기가 떨어질 것을 염려하여 남몰래 화살을 뽑아 버리고 태연한 자세로 싸워 적을 물리치셨다.

이와 같이 선생께서는 목숨을 걸고 적도를 물리치는 데 성공하셨건만, 병사 이일은 군사를 증원해 주지 않은 자기 실책을 감추기 위해, 패전했다는 이유로 문책하여 죽이고자 선생을 불러들였다.

사태가 이쯤 되니, 병사의 군관으로서 선생과 뜻이 맞을 뿐만 아니라 그 인격을 존경해서 친밀히 지내던 선거이(宣居怡)34라는 이가 병사에게 불려 들어가시는 선생의 손을 잡고 눈물을 흘리면서 "술이나 한 잔 드시고 들어가시오." 하고 권한 바 선생께서는 "죽고 삶이 천명이어늘 술은 먹어 무엇하리까." 하시는 대답이 천연하사 조금도 마음에 동요가 없으신 듯 했다.

선 군관이 다시 "물이라도 한 모금 마시어 목을 축이시오." 하고 거듭 권했으나 "목이 마르지 아니하오." 하시고 추호도 그 기색에 변함이 없이 병사의 앞으로 나아가 억지로 패군의 죄를 씌워 죽이려는 것

---

34. 선거이: 전남 보성 사람으로 자는 사신(思愼)이라 하고 호는 친친재(親親齋)라 했다. 명종 5년(서기 1550년)에 출생하니 이순신 장군보다 5년 후 생이다. 문무에 탁월했으며 지혜와 방략이 출중했다. 이순신 장군께서 함경도 북쪽 변방에서 활약하실 때에 병사 이일의 계청관(啓請官 –임금께 아뢰어 청하는 글을 쓰는 직분)으로 있었다. 39세 때에 남으로 내려가 성주 목사 또는 전라 수사 등을 역임했고, 임진란 초기에 권율 장군과 함께 행주 전투에서 큰 공을 세웠다. 충청 병사와 수사로 활약할 때에는 왜적으로 하여금 "비장군(飛將軍)"이라는 별명을 붙이게 할 정도로 맹위를 떨쳤다. 이순신 장군께서 삼도수군통제사가 되신 후 둔전 개척과 경리로 한산도에서 장군을 도왔다. 병신년에 황해 병사로 전출했다가 병으로 인해 고향으로 돌아가 세상을 떠났다. 다음은 이순신 장군께서 수사 선거이와 작별을 아끼어 지으신 글이다. "북쪽에 갔을 때도 같이 일하고, 남쪽에 와서도 사생결단 같이 했었소. 오늘 밤 이 달 아래 잔을 나누곤 내일이면 우리 서로 나뉘겠구려."

에 항의하여 "이번 싸움에서 우리 군사가 잘 싸워서 적을 물리치고 동포 60여 명을 구출하였는데 어째서 이를 패군이라 하며, 그리고 군사가 적어 수비에 만전을 기할 수가 없으므로 증원을 청했건만 사또께서 허락하지 않으셨고, 또 그 문서 목록이 갖추어 있은즉 만약 조정에서 이를 알면, 죄가 제게 있지 않고 사또께로 돌아가리이다." 하시니, 병사 이일이 도리어 열적어 입을 다물고 감히 형벌을 감행하지 못했다.

11. 철저하신 애국 정신

처우가 부당하되 개의치 않으시고
나라 위한 일편단심 변하지 않으시니
그 어느 애국지성이 이에 더함 있으리오.

선생의 평생 생활이 도시 애국적으로 시종일관하셨거니와, 여기서는 선생께서 전라좌수사로 승진하시기 전에, 미관말직(微官末職)으로 복무하실 당시 발휘하신 애국지성을 엿보기로 한다.

1. 발포만호 시절

선생의 군사 관리가 엄격하고 정밀하셨던 것은 다시 말할 나위도 없는 바이지만 발포 만호로 재임하실 때에 군기정비야말로 타의 모범이 될 만한 것이었다. 그런데 선생께서 일찍이 훈련원 봉사로서 복무하실 당시, 상관이었던 서익이 군기경차관(軍器敬差官)35이 되어서 발포로 내려와 군기를 조사할 때에 전에 선생으로 해서 자기 위신이 깎였던(본문 5 참조) 분풀이로 사실과는 정반대로 보고하여 선생을 파직시켰다. 그 후 넉 달 만에 그 억울함이 밝혀져 훈련원 봉사로 복직하셨으나 강등을 면치 못하셨으되 이에 조금도 개의치 않으셨다.

2. 함경도 건원보(乾元堡) 함북 경원군 권관 시절

건원보는 오랑캐들의 침범이 잦은 곳으로서 조정에서는 항상 그 퇴치에 힘을 기울였으나 성공하지 못했다. 그런데 선생께서 건원보의 권관이 되신 후, 기이한 계책을 써서 오랑캐 두목을 사로잡는 큰 공을 세우심에 대하여 조정에서는 오랫동안 걱정이던 변방의 근심을 하루아침에 쓸어버림을 다행이 여겨 큰 상을 내리려 할 즈음, 당시 함경도 북병사로 있던 김우서가 이를 시기해 "이순신이 오랑캐를 퇴치하는 일에 대해서 품하지 않았으니 그것은 옳지 못한 일이오." 하고 불평함에 따라 모처럼 내리려던 상훈을 취소했으니 김우서의 좁은 소견은 다시 말할 나위도 없거니와 당시 조정의 주견없는 처사야말로 가소로운 일이라 하지 않을 수가 없는 바이다.

그는 하여간 선생께서는 애국심에 조금도 변함이 없이 한결같이 그 소임에 충실하셨다.

3. 조산보(造山堡) 만호로 녹둔도(鹿屯島) 둔전관(屯田官)을 겸임하시던 시절

앞에서(본문 10) 이미 서술한 바와 같이, 이일은 자기의 실책으로 오

---

35. 군기경차관: 군대의 무기를 조사하는 관리.

랑캐가 쳐들어 오기에 이르도록 한 허물을 감추기 위해 선생을 문책해서 죽이려다가 선생의 의연한 태도와 논리정연한 항의에 도리어 말문이 막혀 형벌을 강행하지 못하고 하옥시킨 후, 자기에게 유리한 말로 꾸며서 장계를 올렸다. 선조대왕은 이일의 장계를 보시고 "순신이 패전했다고 할 수는 없으나 책임이 있는 일인즉 백의종군(白衣從軍)36 케 하라." 하는 명을 내리시니 선생께서 일생에 두 번 당하시는 첫 번째의 백의종군이었다.

선생께서는 오랑캐의 살을 맞으신 것도 감추고 싸워 적을 물리치시고도 도리어 백의종군이라는 일종의 벌을 받으셨으나 나라와 겨레를 위해 헌신하고자 하시는 생각에는 추호도 움직임이 없으셨다.

위에서 열거한 사실들은 벼슬살이를 녹봉(祿俸)을 타기 위한 방법이나 또는 권세를 잡으려는 수단으로 삼는 사람들로서는 도저히 추종할 수 없는 선생의 열렬하신 애국지성의 발로인 동시에 성실한 직무 이념의 실천이신 것이다.

12. 소신대로 관철하시는 친고 행동

대장부 마땅히 지켜야 할 도리라면
주목하는 좌우의 이목이 여하간에
소신을 실천하심에 주저하지 않으시다.

---

36. 백의종군: 벼슬이 없는 몸으로 군대를 따라 전장으로 가는 것.

선조 8년에 심의겸(沈義謙)과 김효원(金孝元) 두 사람의 반목질시(反目嫉視)로 발단한 당쟁이 극도에 이르른 선조 22년에, 문란한 정치로 말미암아 발생한 갖은 폐단을 보다못해 정여립(鄭汝立: 율곡 선생의 뒤를 이어 나라의 비정(秕政)을 간하다가 뜻을 이루지 못해 관직을 버리고 전주로 내려가 살았음) 이 난을 이으켰으나 성공하지 못하고 진안(鎭安) 죽도(竹島)에서 자결하니, 조정에서는 그 시체를 올려다가 종로에서 효시(梟示)37했다.

이 때에 한백겸(韓百謙)이라는 사람이 정여립의 시체 앞에서 통곡하고 수렴하여 장사를 지낸 사실이 알려져, 한백겸이 추국(推鞫)38을 당한 후 쫓겨난 일을 비롯해 동 사건으로 조정의 관원과 선비들이 많이 얽혀든 중에, 정언신(鄭彦信)은 그 지위가 정승의 자리에 있었건만 정여립과 일가붙이라는 단순한 이유로 잡혀서 남해로 귀양을 갔다가 세상을 떠나는 등 억울한 형벌과 죽음이 연달아 일어나던 때였다. 또한 전라도 도사39 조대중(曺大中)이 사랑하는 기생을 보내면서 눈물을 지었던바 조대중이 정여립의 죽음을 슬퍼해 울었다고 전파되어 그로 인해 모진 매 아래 목숨을 잃는 지경에 이르는 무시무시한 판국이었다.

이러한 때에 선생께서 전라도에서 차원(差員: 출장원)으로 상경하시는 도중에, 마침 조대중의 수색물을 가지고 올라가는 의금부도사를 만나

---

37. 효시: 목을 베어 높은 곳에 달아 뭇사람에게 보이는 것. 군법에 의한 처형의 하나로 뭇사람을 경계시키기 위한 것.

38. 추국: 의금부(임금의 명령을 받들어 죄인을 캐어 묻는 사무를 보는 관청)에서 특지(임금의 특명)에 의해서 죄인을 캐어 묻는 것.

39. 도사: 본문에 도사라고 하는 것이 두 군데 있는데, 전자는 감영(도청)의 종5품 벼슬의 하나이고, 후자는 의금부의 종5품, 또는 종9품의 벼슬이다.

셨는데, 그 도사로 말하면 일찍부터 선생과 친분이 있는 사이라 그가 말하기를 "공의 편지가 수색물 중에 들어 있는데 공을 위해 그 편지를 뽑아냄이 좋지 않으리까?" 하며 호의를 표했다. 도사의 호의에 대하여 선생께서는 태연한 자세로 대답하시기를 "이미 국가 관리의 수색물 중에 들어있는 것을 사사로이 뽑아내는 것은 옳지 못할 뿐만 아니라, 내 그로 더불어 피차에 문안 편지를 한 것에 그치거늘 무엇을 구애하리요." 하시고 단연히 도사의 호의를 사절하여 대장부의 어엿한 자세에 금이 가지 않게 하셨다.

그 후 조대중의 시체가 고을 앞을 지날 때에 선생께서는 서슴지 않고 길가에 나가서 곡하고 보내셨으니 이는 상기한 바 재상 정언신이 죄인 정여립과 일가붙이라는 단순한 이유로 투옥 당하는 살벌한 시국에 옥사로 정 정승을 찾아 위문하기에 조금도 주저하지 않으신 사실과 아울러, 선생께서는 친지간에 마땅히 해야 할 인사라면 세상의 이목이 여하간에 이에 구애함이 없이 당신의 소신대로 실행하고야 마시는 사례들인 것이다.

죄인 정여립과 일가붙이라는 단순한 이유로 잡혀서 귀향살이를 갔다가 세상을 떠난 재상 정언신은 일찍이 함경도를 순찰하다가 당시 건원보 권관으로 복무하시던 선생께서 그 아버님 부음(訃音)을 접하고 분상(奔喪: 먼 곳에서 어버이의 죽음을 듣고 집으로 급히 돌아감)하시는 것을 알고 그 지극한 효성으로 해서 혹시 몸이 상할까 하는 염려에서 몇 번이나 사람을 보내어 그 뒤를 보살피게 했을 정도로 진작부터 선생의 비범한 재덕을 알고 아꼈던 것이었다. 그런 까닭에 선생께서도 정 재상이 정여립의 일로 투옥된 소식을 접하시자 곧 옥문으로 달려가 위문하기를 서슴지 않으셨는데, 그 때 마침 금부도사가 동료들과 당상에서 술과 노래로 즐기는 것을 보고 분개하시어, "죄가 있고 없고 간에 나라의 재상이 옥에 갇혔거늘 어찌 감히 당상에서 술을 마시고 노래를 부를 수가 있겠는가?" 하고 꾸짖으시어 그들로 하여금 얼굴 빛을 고치고 사과하게 하셨다.

13. 정읍 현감
백성을 위주하여 봉사하는 민본행정
정읍 태인 두 고을서 실천하여 보이시니
성주를 어버이처럼 백성들도 받드도다.

선생의 높은 인격과 비범하신 재능으로서 겨우 동구비보 권관으로 출사(出仕)하신 지 13년 만에(32세 되시던 해 12월로부터 45세 되시는 12월까지) 비로소 전라도의 한 작은 고을인 정읍 현감(縣監)40이 되셨으니, 선생의 승진이 이처럼 늦은 것은 다시 말할 것도 없이, 당시 극성한 당쟁으로 말미암아 정치가 문란해 짐에 따라 인재 등용에 공평을 잃었던 까닭이어니와 그는 하여간에 선생께서 일찍이 함경도 남병사의 군관으로 지내실 때와(본문 9 참조) 같이 자위하실 수 있는 기회가 도래한 것이었다.

---

40. 현감: 작은 고을의 원(군수).

백성을 아끼고 사랑하기를 친 자녀처럼 하시는 선생의 어진 정사에 정읍 백성들이 감격해 원님을 어버이처럼 받들어 모셨거니와 선생께서 현감으로서 오랫동안 비어 밀린 정사가 첩첩히 쌓인 태인현(泰仁縣)을 겸치하시게 되자, 쾌도(快刀)로 난마(亂麻)를 베어내듯 모든 밀린 사건을 신속히 처결하시니, 태인 백성들도 또한 격양가(擊壤歌)41를 부르며 새 성주의 밝으신 다스림을 칭송해 마지 않았다.

이 무렵 선생의 모친께서 일찍이 작고한 두 아드님의 소생을 데리고 오셨는데, 선생께서는 이 조카들을 당신의 자녀들보다 더 아끼고 교육시켜 장가를 들게까지 하시느라고 당신의 자녀들 혼기를 놓치기도 하셨다.

이로써 우리는 선생께서는 동기간 우애도 돈독하셨다는 것을 알게 되는 동시에, 당신의 자녀들 혼기를 놓치시게 된 것은 그만큼 공무에 열중하셨다는 것을 뜻하는 것도 되려니와 다른 면으로는 여러 자질들의 혼사를 겹쳐 하시기에는 그 살림살이가 유여치 못하셨다는 것을 또한 의미하는 것으로 여기서도 우리는 선생의 관직 생활이 다시없이 청렴하셨던 것을 살필 수 있게 되는 바이다.

---

41. 격양가: 중국 당요(唐堯) 때에 늙은 농부가 태평한 세월을 즐겨해서 부른 노래.

저자가 제본한 책에 실린 현충사 입구 사진

2부
왜의 침략 준비와
우리 조정의 한만(汗漫)한
국방 태세

14. 통신 부사 김성일(金誠一)의 가증한 파쟁심(派爭心)

나라가 없은 담엔 만사가 휴의(休矣)어늘
아무리 당쟁으로 마음이 팔렸기로
존망이 달린 국가 대사에 거짓말을 어이했나.

왜국의 풍신수길은 소위 전국시대를 수습한 그의 상전 직전신장(織田信長: 오다 노부나가)의 뒤를 이어 마침내 통일을 성취한 후 우리나라와 명나라를 제 손아귀에 넣을 야망을 품기에 이르렀다.

그래서 수길은 우리나라의 실정을 정탐하기 위해 귤강광(橘康廣: 유즈야 야스히로), 대마도 성주 종의지(宗義智: 쇼 요시토시), 중현소(玄蘇: 겐소-왜 외교승려) 등을 시켜 혹은 일본이 명나라를 정벌하려 한다는 말로 위협하기도 하고, 혹은 우리나라와의 수호의 필요성을 강조해 말하면서 우리의 모든 형편을 낱낱이 알아보는 한편 전쟁 준비에 몰두하고 있었다.

그런데 우리 조정에서는 오랫동안 누려온 승평(昇平)에 도취(陶醉)해 서로 반대당을 헐뜯는 것으로 능사(能事)를 삼고 국방대책을 소홀(疏忽)히 하여 왜국에서 가져온 조총을 연구해 볼 생각을 전혀 하지 않고, 군기고에 처박아 두는 한만(汗漫)한 자세를 보여 왜로 하여금 더욱 침략의 야망을 굳히게 했다.

왜가 하도 빈번히 내왕하니 우리 조정에서도 늦게나마 왜를 알아볼 필요를 느껴 통신사(通信司)[1]를 보냈던 바, 정사 황윤길(黃允吉)은 왜국에

---

1. 통신사: 옛날 우리나라에서 일본으로 보내던 사신.

다녀와서 보고하기를 "왜국 천하를 좌우하는 풍신수길은 그 용모가 표독하고 눈이 반짝이며 지혜와 담력이 있어 보이는 인물로서 반드시 전란을 일으킬 위험이 있는 자이올시다." 한 것에 반하여 부사 김성일 (金誠一)은 수길을 평하여, "그는 눈이 쥐와 같은 자로서 그리 겁낼 인물이 못 됩니다." 하고 보고했다.

부사 김성일이 정사 황윤길과 상반된 보고를 한 것은, 정사 황윤길이 자기 당의 반대파인 서인[2]이라는 이유에서 그러한 것인즉, 김성일의 비뚤어진 심사는 마땅히 타매(唾罵)를 받아야 할 일이어니와 당시 벼슬아치들은 나라를 생각하기보다 자기 당의 주장을 살리고 명분을 세우는 것으로 능사를 삼고, 또 동서 양당을 막론하고 싸움이 일어나리라는 씁쓸한 말보다는 없겠다는 말이 좋아, 지금 천하가 태평한 시

---

2. 서인: 이조에 있어서 유학(공자와 맹자의 학문)과 비유학의 대립, 왕실과 외척의 내홍(內訌-내부에서 저희끼리 일으킨 분쟁), 제도상의 결함 등으로 오랫동안 알력으로 여러가지 참극이 연달아 있어 오던 중, 선조 때에 이르러 심의겸(沈義謙)의 아우 충겸(忠謙)이 전랑*의 물망에 오르게 되자 김효원(金孝元)은 심의 형제가 외척이라는 이유로 이를 반대했는데, 이때에 심의겸은 이것을 자기에 대한 보복이라 생각했다(심의겸은 명종 왕비의 친제 심강(沈鋼)의 아들로서 이량의 포학을 눌러 선비의 위급을 구한 관계로 선배 선비들의 지지를 얻어 39세 때에 대사헌(大司憲)에 오른 인물로서 김효원이 전랑의 물망에 오르게 되자 김효원은 권문세가에 출입하는 인물이므로 전랑과 같은 청환(淸宦)**은 적합하지 않다 하여 반대한 것에 대한). 그래서 이로부터 심, 김 양인 사이에는 반목질시가 점차로 노골화 했다. 그 결과 심의겸을 지지하는 사람들은 김효원이 심의겸에 대하여 보복을 기도함이라고 비난했고, 김효원에게 속한 사람들은 심의겸이 정당하지 못하다 하여 대립하게 되었는데, 당시 김효원은 서울 동쪽 낙산(駱山) 밑에 살았으므로 그 일파를 동인이라 했고 심의겸의 집은 서쪽인 정동에 있었으므로 그 일파를 서인이라 했다. 그리하여 조정은 동서 양파로 갈려 각각 자기 당의 이익과 명분을 세우기에 급급하여 서로 상대방을 헐뜯는 것으로 일을 삼아 급기야 나라를 망치기에 이르렀다.
* 전랑: 육조 중 이조에 속한 정5품의 벼슬. 관리를 전형하는 사무를 관장함.
** 청환: 학식과 문벌이 높은 사람에게 시키는 벼슬
참고: 이순신 장군을 벼슬길에 오르도록 한 재상 류성룡은 동인이었는데, 나중에 동인이 남북으로 분파할 때에 우성전(禹性傳)과 함께 남인의 영수(領首)가 되었다.

절에 부질없이 군비를 확장하여 명과 왜의 의심을 살 것이 없다는 것으로 묘의(廟議)3가 귀일함에 따라 부사 김성일은 칭찬하고 정사 황윤길은 공연히 조정을 놀라게 했다 하여 책망을 하기까지 했고 군비를 하지 않기로 결정했으니 이 얼마나 가소롭고 한심스러운 일이었느뇨.

이 때 대마도 성주 종의지는 두 나라 사이에 싸움이 일지 않기를 원해 그의 친척 평조신(平調信)과 중현소를 보내어 풍신수길이 명나라의 조공(朝貢)4을 통치 못하는 것을 분히 여겨 난을 일으키려는 바 조선에서 이 뜻을 명나라에 전달해 일본으로 하여금 조공의 길을 트게 하면 무사할 것이라는 말로 김성일에게 귀띔했건만 김성일이 이를 듣고도 못들은 체하며(왜는 절대로 전란을 일으키지 못하리라고 한 자기 보고와 상반하므로) 그것을 조정에 보고하지 않은 것은 가증하기 짝이 없는 바이어니와 선위사(宣慰使)5 오억령(吳億齡)이 중현소의 말을 듣고 놀라 이를 조정에 보고했건만 조정은 오억령이 부질없는 말로 민심을 소동시킨다 하여 파직시킨 것은 더욱 통탄해 마지 않을 일이었다.

---

3. 묘의: 조정의 회의.

4. 조공: 속국이 주권국에게나, 제후국(諸侯國)이 천자에게 물건을 바치는 것.

5. 선위사: 재해 또는 병란이 지난 뒤에 임금의 명령을 받들고 백성의 질고를 위문하는 임시 벼슬.

15. 천의로 되어진 느낌이 짙은 전라좌수사
무서운 시련이던 임란을 앞에 두고
바다를 지켜야 할 중임을 이으시니
이 어찌 하늘의 섭리가 아니랄 수 있으리요.

선생께서는 재상 류성룡의 추천으로 고사리진(高沙里鎭)과 만포진(滿浦鎭: 평북 강계군) 첨사(僉使)6로 두 번이나 임명되시고서도 철없는 대관들의 시기에 찬 방해로 인해 그 임명이 취소되기까지 한 일이 있었던 판국에 있어서 전라좌수사에 승진하신 것은(47세 되시던 해 2월, 서기 1591년) 장차 이 나라가 겪어야 할 엄혹한 시련에 빠지게 될 때, 우리 겨레를 구출하려는 하늘의 섭리가 아니었던가 하는 생각이 드는 바이어니와 특히 임란 중에 장군(여기서부터 장군으로 호칭한다. 앞으로 나올 문장의 내용이 장군으로 호칭하는 것이 더 적절하겠기로)께서 열세의 병력으로 강대한 적을 크게 격파하는 전과를 올리실 때마다, 꿈에 신인이 나타나서 싸움에 이길 방책을 일러준 사실이 여러 번 있었던 것으로 미루어 볼 때, 그 생각이 더욱 굳어지는 바이다.

그리고 장군께서 전라좌수사로 도임(到任)하실 때 어떤 이의 꿈에 하늘 닿는 큰 나무에 수만 명 사람이 올라 앉았는데, 갑자기 광풍이 불어 나무가 뿌리채 흔들려 쓰러지게 되자 수만 명 사람들이 아우성을 치니, 어디서 난데없이 한 장수가 나타나서 쓰러지는 나무를 한 어깨

---

6. 첨사: 첨절제사(僉節制使)의 준말. 첨절제사는 병마절도사(兵馬節度使-지방의 병마를 지휘하는 무관)의 관할에 딸린 정3품의 관직. 다만 목사와 부사의 소재지에는 수령이 겸임하는데, 전임인 경우에는 약하여 첨사라고만 일컬음.

로 떠받들기로 하도 이상해서 달려가 보니 그 장수가 바로 이순신 장군이었더라는 것이었다. 이로써 미루어 볼지라도 하늘은 그 어떤 이의 꿈을 통해 장차 이 나라가 위태한 지경에 이르렀을 때에 장군으로 하여금 구하게 하실 것을 암시하신 것이라고 할 수가 있는 바이다. 뒷사람이 이 꿈 이야기를 가지고 중국의 송나라 때 충신 문천상(文天祥)[7]이 하늘을 떠받들던 꿈에 비기기도 했다.

16. 무시된 율곡(栗谷) 선생의 10만 양병의 헌책(獻策)

왜란을 염려하신 율곡 선생 군비헌책
부질없는 공론으로 무시하던 시절이라
굴강에 매여 조는 배들 조개 집이 되었도다.

도학으로 이름이 높은 율곡 선생은 낡은 정치를 개혁해서 국풍을 청신하게 할 것을 상소했고, 또 동서 양당의 쟁의는 급기야 나라를 위태롭게 할 것이라 하여 그 조화에 힘을 기울인 분으로 머지않아 왜란이 있을 것을 예언하고 10만 양병을 제의한 바 있었다.

그러나 오랜 관습에 젖은 조정은 율곡 선생의 혁신 정책에 호응하기를 즐겨하지 않았고, 또 목전의 안일에 도취해 평화시대에 군비를

---

7. 문천상: 중국 송나라의 충신. 공제(恭帝) 때에 원나라 군사가 침입함에 근왕(勤王)의 군사를 일으켜 막았으나, 성공하지 못하고 사로잡혀 대도(大都)에 호송되었다. 원나라 세조는 변절을 권했으나 듣지 않았다. 그가 옥중에서 지은 노래 정기가(正氣歌)는 만고에 빛나는 유명한 저작이다.

확장하는 것은 부질없는 짓이라 하여 결국 율곡 선생의 헌책은 채납 되지 않고 말았다. 조정의 국방상 관심이 이처럼 등한했으므로 지방 의 병영과 수영의 군기가 해이하지 않을 수가 없었다.

제도로 말하면 병선은 새로 지은 지 8년 만에 중수해야 하고 그 후 6년이 되면 개조해야 하고 그리고 또 6년이 지나면 폐하고 새로 지어 야 하는 것이건만 차차 법이 해이하여 1년에 두 번 뱃바닥을 굽는 것 조차 벌제위명(伐齊爲名)8이 되고 말았다.

그러므로 새로 수사가 되신 장군께서 도임하신 후 본영의 현황을 순찰하실 때에 굴강(방파제) 안에 대, 중, 소맹선9 17척이 매어 있었으나 그것은 당시 제도에 따른 수효만 채운 것이었을 뿐으로 배들은 반 넘 어 썩고 이름모를 조개들만 뱃전에 다닥다닥 붙어 있었으며, 군사로 말하면 병적 수의 반 가량은 군사 임무를 감당할 수 없는 늙은이거나 그렇지 않으면 이름만 있고 사람은 없는 형상이었다.

---

8. 벌제위명: 어떤 일을 하는 체하고 실상인즉 딴짓을 함을 이르는 말.

9. 대맹선(大猛船): 옛날 우리나라에서 쓰던 전선 중에 가장 큰 배. 3층으로 되었고 사면에 창이 있 다. 중맹선-대맹선 보다 조금 작은 배인데, 뒤에 방선(防船)이라 고쳐 일컬었다. 소맹선-병선 중에 가장 작은 배.

17. 거북선

왜적이 미구불원(未久不遠) 범할 것에 대비하사
진작부터 연구하신 거북선을 지으시니
오늘날 장갑선의 시조로 높이어진 배일러라.

　전라좌수사로 도임하신 장군께서는 관하 각진의 병선을 일일히 점검하여 낡은 배는 수리하게 하시는 한편, 미구불원 닥칠 것으로 내다보신 왜란에 대비할 방책의 하나로 진작부터 연구한 거북선 건조에 착수하셨다.

　거북선 건조의 책임을 맡은 도편수 한대선은 장군께서 정읍 현감으로 재임하신 중에 사귀어 그로 하여금 여러 번 거북선의 모형을 만들게 했던 사람이었거니와 그는 일찍이 장군께서 그에게 거북선의 모형을 만들게 하신 의도와 도임 초에 곧 거북선 건조에 착수하시는 까닭을 잘 이해하는 사람인지라 빨리 거북선을 완성하기 위해 온갖 성의와 노력을 기울였다.

　이 무렵 장군께서는 귀동이와 돌쇄라는 사람을 시켜 오늘날의 폭발탄과 같은 성능을 가진 무기도 만드셨고 또 바닷 속에 쇠사슬을 걸어 적선을 전복시킬 수 있는 비밀 장치도 하셨다.

　여기서 우리는 우리 겨레의 명예로운 거북선이 어떠한 것인지 알아보는 동시에 그 진수식 광경을 보기로 한다.

거북선 출처: 이충무공전서

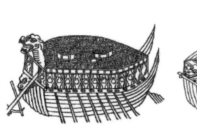
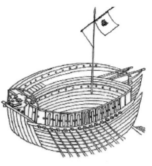

충무공전서 - 전라좌수영거북선　　　　충무공전서 - 통제영거북선

가. 거북선의 모양

선체는 거북의 무늬를 본따서 덮고 중요한 부분은 철갑을 씌우고 등에는 날카로운 못을 박았으며 이물(배의 머리 쪽)에는 길이 4척 3촌 (136.4cm), 넓이 3척(90.9cm)의 거북의 머리가 만들어졌는데, 그 속에 유황(硫黃)과 염초(焰硝)를 태워 입으로 연기를 토하게 되었다. 선체 좌우에는 난간이 있고 머리를 비롯해서 선체 좌우에 도합 72개의 포혈 (砲穴)이 있고 14개의 문이 있으며 20개의 노가 있다. 등에는 1척 5촌 (45.5cm) 가량의 구멍을 내어 돛을 세우고 뉘이기에 편리하게 했다. 내부는 2층으로 되었는데 상하층에 각각 방을 꾸몄다.

나. 거북선의 크기

밑판의 길이 64척 6촌(1957.6cm), 머리쪽의 넓이 12척(363.6cm), 허리쪽의 넓이 14척 5촌(439.4cm), 꼬리쪽 넓이 10척 6촌(321.2cm), 좌우현의 높이 7척 5촌(227.3cm), 맨 아래 첫째 판자의 길이는 68척(2060.6cm)인데 차츰 더 길어져 맨 위 일곱째에 이르러서는 113척(3424.2cm)으로 길어지고 판자의 두께는 4촌(12.1cm)판이다.

다. 거북선의 수용 능력

장교 외에 군사 160명이 탈 수 있다. 군사 160명 중 40명은 노를 젓는 군사로 두 패에 갈라 서로 교대하고, 72명은 72개의 포혈을 맡고, 36명은 포수의 번을 갈고, 나머지 12명은 밥을 짓고 소제를 한다. 아래 층에 있는 방 24간 중 2간에는 철물을 두고 3간에는 화포와 병기를 두고 19간에는 군사가 쉰다. 웃층에 있는 두 방 중 좌편 방은 선장이 거처하고 우편 방은 장교가 거처한다.

라. 거북선의 성능

속력이 다른 배의 3배이다. 거북의 입으로 연기를 토해 자신의 형체를 감추어 적선으로 하여금 사격의 목표를 잃게 한다. 전후 좌우 72개 포혈에서 일제히 방포(放砲)하고 활을 쏘면 전신이 불이요 화살이어서 적선이 감히 접근하지 못한다. 선체가 큰데다가 지은 목재가 든든하고 배의 중요한 곳은 철갑으로 덮고 날카로운 못을 거꾸로 박았으므로 적이 배에 뛰어 오를 수가 없다. 배가 크므로 물과 양식을 많이 실어서 오래 항행할 수가 있다.

거북선의 진수식 광경

때는 ○○○이요(춘원 저 본문에 "늦은 봄"이라 한 것은-뒤에 거북선의 완성시기에서 춘원 저서의 시기 상 모순을 논하였다.-적절한 표현이 아니기로 여기서는 부득이 000으로 했다.), 곳은 전라도 좌수영 앞바다이다. 구경꾼들은 돌산도(突山島)와 대섬(장군섬) 등 모든 산에까지 하얗게 둘러섰다. 거북선 이물과 고물(배의 뒷쪽)이며 좌우현에 달린 오색기가 바람에 춤추듯 펄럭이니 수영 앞바다에 축제 분위기가 퍼지고, 6읍(邑) 7진(鎭)에서 모인 병선의 깃발이 또한 힘차게 휘날리매, 굴강이 온통 활기로 가득 찬 듯했다. 식장에는 본관 수사 이하 우후(虞候)10, 군관을 비롯해 각 읍 수령, 첨사, 만호, 군관들이 구군복(具軍服)으로 위의를 드러내어 좌정하고, 굴강에는 새로 지은 바닷물빛 군복에 보름달처럼 둥근 수군패를 달아 입은 500명 수군들이 질서정연히 늘어서서 대기하고 있었다.

이윽고 오정이 되어 바다의 사리물11이 불어남에 따라서 "쿵" 하고 울리는 북 소리와 동시에 "쾅"하고 아단단지12가 터지면서 무수한 화전(火箭)13이 쏟아져 나와 공중에 떠돌았다. "쿵"하는 북소리에 맞춰 도편수 한 대선이 거북선을 잡아맨 줄을 끊고 500명 군사들 손에 벌이줄(件里뿐)14이 풀려지자, 거북선이 요란한 소리와 용이 오르는 듯한 물보라를 내면서 웅장한 뱃바닥을 물에 잠그는 순간, 수사 이하 30명 장수와 천여 명 군사들은 서로 기약이나 한 듯이 일제히 "으아" 하고 함성을 올렸다.

거북선이 뱃바닥을 바닷물에 담그자, 유량(嚠喨)한 군악이 시작되고 이어서 조영도감(造營都監) 김운규(金雲珪)가 앞을 서서 인도함에 따라서

---

10. 우후: 지방의 병영 또는 수영의 한 벼슬. 병사 또는 수사의 부관.

11. 사리물: 음력 보름과 그믐에 바닷물이 불어나는 것.

12. 아단단지: 소이탄과 같이 된 폭탄.

13. 화전: 폭발물을 장치한 화살.

14. 벌이줄: 물건이 버틸 수 있도록 이리저리 얽어매는 줄

수사 이하 부사, 첨사, 만호 등 여러 장수가 뒤를 이어 다릿널을 밟고 배로 오르는 장면이 참으로 장엄했다. 여러 장수가 오른 뒤를 이어 수군 160명이 올랐건만 겉으로 보기에 배는 빈 듯했고, 다만 그 무섭게 쩍 벌린 아가리가 금시에 무슨 요란한 소리를 지를 것만 같아 사람들의 주목을 끌었다.

이윽고 거북선의 아가리에서 "우후후" 하는 요란한 소리를 내는 동시에 시커먼 연기를 토하고 이어서 "꽝" 하는 대완구(大碗口) 소리와 함께 아름드리 불꽃이 치솟으면서 무수한 화전이 공중으로 쏟아져 나갔다. 이 때에 좌우로 뻗은 20개의 노가 일제히 물을 당기니 거북선은 바람과 물결을 한꺼번에 일으키면서 굴강을 벗어나 쏜살같이 앞바다로 나아갔다.

대, 중, 소맹선들이 힘을 다해 거북선의 뒤를 따랐으나 마치 젖먹이와 날랜 어른의 경주를 보는 것 같았다. 선장이 "둥둥" 울리는 북소리를 따라서 거북선이 자유로이 날아가는 갈매기처럼 좌수영 앞바다를 몇 바퀴 돌아왔다. 처음 그를 따르던 여러 배들은 어느덧 저 뒤에 떨어져서 화전같이 달리는 거북선을 바라보고 서 있을 뿐이었다. 여기저기 산기슭에 둘러선 구경꾼들은 이 놀라운 광경을 보고 "야아, 야아!" 하고 함성을 올리면서 감탄해 마지 않았다. 그리고 그들은 이렇게 놀랍고 신통한 배를 지어내신 사또는 범상치 않은 어른이시라고 생각하는 동시에 이런 훌륭한 어른을 사또로 모신 자기네를 자랑스럽게 생각했다.

그리하여 거북선 건조에 성공한 것이 대중 앞에 증명되는 동시에, "저것을 만들어 무엇에 쓰려나? 저 육중한 괴물이 물에 뜰까?" 하던 여러 사람들의 비난과 의혹을 뒤엎어 놓았다.

그런데 진작부터 거북선 건조를 탐탁히 여기지 않고 뒷공론만 하던 몇몇 관원들은 자기네 생각이 빗나가고 거북선이 놀라운 힘을 발휘하는 가운데 진수식이 장엄하게 진행되는 광경을 반갑지 않은 눈으로 관망했다. 특히 관원 중 어떤 이는 "어, 장하시오! 사또는 신인이시오." 하고 찬사를 하기도 했으나, 그러나 속으로는 동인 류성룡이 천거한 이순신 장군이 크게 성공하는 것에 불만해 불순한 맘을 품고 소위 제승방략(制勝方略)15이라는 것을 지어 수군을 전폐할 것을 주장하는 호군(護軍)16 신립(申砬)에게 이 사실을 알리는 동시에 앞으로 20척의 거북선을 더 지어 대대적으로 수군을 확장할 계획을 세우고 있다는 것을 연통할 생각을 품기까지 했다.

여러 관원들의 축사 중에 녹도(鹿島) 만호 정운(鄭運)17과 군관 송희립

---

15. 제승방략: 왜의 침략이 있을 경우, 왜국은 섬나라인 까닭에 수군이 발달했으므로 바다에서 싸우는 것은 불리한즉, 차라리 내륙으로 끌어들여 일거에 무찌르는 것이 상책이라고 하는 호군 신립의 이론.

16. 호군: 오위(중위, 좌위, 우위, 전위, 후위)의 정4품의 한 벼슬. 현직이 없는 문관, 무관, 음관(蔭官-생원과 진사*를 뽑는 과거를 보지 않은 사람으로서 조상의 덕으로 얻은 벼슬)으로 시켰음.
* 생원과 진사: 소과(생원과 진사를 뽑는 과거의 종장- 이틀 또는 사흘에 나눈 마지막 날의 시험보는 마당)에 합격한 사람. 나이 많은 선비를 그 성에 붙이어 일컫는 말.

17. 정운: 본관 하동. 훈련 참군 응정(應鼎)의 아들로 중종 28년(서기 1543년)에 출생하니 이순신 장군보다 2년 연상이다. 자를 창진(昌辰)이라 한다. 어려서부터 의협한 성격이 투철해 언제나 절개 아래 의롭게 죽기를 스스로 기약했고, 평소 몸에 지닌 칼에 "정충보국(貞忠報國)" 넉자를 새겨 검명(劍銘)을 삼고 충의로 일생을 보냈다. 일찍 무과에 올라 거산(居山) 찰방(察訪)*이 되었을 때 감사의 수행인이 불의한 장난을 하고 다니므로 잡아다가 매를 때렸던 관계로 감사에게 미움을 사서 급기야 벼슬을 버리고 고향으로 돌아갔다가, 다시 경상남도 웅천 현감으로 임명되었으나 거기서도 곧 물러났다. 얼마 뒤에 해주 판관(判官)이 되었을 때도 그의 강직한 성격과 정의감으로 해 목사의 미움을 받아 파직 되었다. 해주에서 돌아올 적에도 망아지 한 마리 끌고 오는 것이 없어 모든 사람이 그의 청렴을 칭송했다. 임진년에 녹도 만호로서 이순신 장군의 심복 부하로 활약하다가 부산 해전에서 선봉으로 나서 적군에게 큰 타격을 주고 싸우던 중 전사했

63

(宋希立)이 올린 축사는 유달리 곡진했거니와 특히 정 만호는 "사또! 거북선이 20척만 있으면 왜를 염려할 것이 없으리다." 하고 그 가슴에 부푸는 희망의 물결을 누르지 못하는 듯 했다.

　정 만호와 송 군관은 천성이 개결(介潔)하고 충의 정신이 강한 사람으로서 장군께서 도임 후 초도 순찰을 하실 때에 충직한 언행으로나 또는 평소 소임에 충실했던 형적이 역력한 점으로 보아 믿을만한 인물들로 인정하신 사람이었거니와, 그들도 관후장자의 풍모를 갖추어 계신 장군의 인품, 공명정대하신 처사, 역대 수사들에게서 볼 수 없었던 투철하신 애국애족 사상, 확호하신 자주 정신에 감복했다. 그래서 당시 거북선 건조를 비웃고 뒷공론 하던 사람들과는 달리 거북선 조영을 적극 지지하고 협력했었다.

거북선의 완성 시기

　거북선이 완성된 시기에 대해서 노산과 춘원의 견해가 다르기에, 그 다른 점을 지적하는 동시에 이에 대한 나의 소견을 첨기한다.

　춘원은 그 저서 『이순신』에서 "선조 신묘년 2월! 이것은 세계 최초의 장갑선인 조선 거북선이 처음으로 지어진 심히 영광스럽고 기념할 만한 달이다(그 전집 12권 171면 하단 18행~172면 상단 1행)." 한 것은 이순신 장군께

　다. 그가 쓰러지자 적군들은 "정 장군이 죽었으니 이제 싸우기가 쉽게 되었다"고 할 정도로 그를 무서워했다. 순국 후에 병마절도사로 추종하고 다시 병조참판을 가증(加贈)했다. 이순신 장군께서는 조정에 장계하여 녹도에 있는 이대원(李大源) 사당에 그 영위를 함께 모시게 했다. 그의 고향인 영암에서도 효종 3년(서기 1652년)에 충절사(忠節祠)를 세우고 제사했다.

* 찰방: 옛날에 통신 수단으로 말이 최대한으로 달릴 수 있는 거리마다 역을 설치하고, 그 역마다 말을 두어 릴레이 식으로 통신하게 했는데, 각 역의 사무를 관장하는 벼슬.

서 신묘년(서기 1591년) 2월 13일에 전라좌수사로 도임하신 후 첫 공사로 거북선 건조에 착수하신 것을 의미하는 것으로 보아 수긍할 수 있으나, "정월 보름께 기공하여 만 2개월 반을 허비하여 처음으로 이루어진 거북선 운운(동 전집 174면 상단 1,2행)" 한 것은 다음 두 가지 점에 모순이 있다.

　가. 장군께서 수사로 도임하신 것이 선조 신묘 2월 13일 이었는데, 그해 정월에 착수 운운한 것이 한 모순이요(거북선 모형을 만들어 보신 것은 정읍 현감 시절부터이었지만, 그 건조에 착수하신 것은 수사로 도임하신 후이었으므로).

　나. 착공한 지 두 달 반만에 거북선 진수식이 거행된 것으로 했는데(전집 174면 상단 2~5행) 2월 보름부터 두 달 반이면 4월 그믐께일 것인데, 3월에 진수식 운운한 것이 또 다른 하나의 모순이다.

　노산은 그의 저서 『성웅 이순신』에서 거북선 완성이 임진년 4월이라(190면 11행) 했는데, 난중일기에는 임진년 3월 27일에 이미 거북선에서 대포를 쏘는 시험을 했다는 기사가 있은 즉 이것으로 미루어 보면, 거북선은 이미 임진년 4월 이전에(춘원 저서의 기사대로 하면 신묘년 3, 4월 경) 준공된 것으로 상상할 수가 있는 바이어니와, 노산의 기록과 같이 거북선의 준공이 임진년 4월이라면 임진년 1월부터 시작된 난중일기에 그 건조 상황이 자세히 실려 있을 것인데(왜란에 대비하기 위한 모든 작업 즉 성축을 수리하고 돌을 뜨고 해자(垓子)18를 파고 바닷 속에 쇠사슬을 걸고 폭탄을 제조하는 등 기사가 낱낱이 있는 것으로 보아) 동 기간 중 그러한 기사를 볼 수 없는 것이 이상하다고 하지 않을 수 없는 바이다. 나는 이 점에 대해서 여러모로 생

---

18. 해자: 적의 침입을 막기 위해 성 주위에 판 못.

각한 끝에 거북선 완성에 대한 견해가 두 작가 간에 달랐던 것으로 추측하고, 즉 춘원이 말하는 완성은 거북선이 준공되어 능히 항해할 수 있게 된 것을 의미하는 것이고, 노산은 전투에 가능하도록 하는 보강 공사가 끝난 때를 완성이라고 한 것이리라는 판단하에 거북선이 물에 떠서 달릴 수 있는 단계에 이르른 이상 그 진수식이 의당 있었음직한 일이기에, 진수식에 대한 기사는 춘원의 저술 내용을 그대로 인용했다.

18. 수군 존치의 필요를 강조하신 상소

왜국이 포구마다 병선을 많이 짓고
군비에 몰두함이 심상치 않사오니
아마도 율곡의 눈이 밝았는가 하나이다.
바다를 범할 적이 없지 아니하옵는데
육전에 편중함은 만전지계(萬全之計) 못 되오니
청컨대 수륙 양군을 함께 길러 두옵소서.

소위 제승방략이라는 것을 지어내어 만약 왜가 침략할 경우에는 내지로 유인해서 일거에 격멸한다고 호언장담하는 신립은 수군이 머리를 들고 일어서는 것이 불쾌해서 서인의 선배들과 의논한바, 서인들은 "이순신으로 하여금 크게 성공하게 하는 것은 결국 류성룡의 세력을 돋구는 것이라." 하여 거북선 건조를 막도록 당론을 세우고 신립으로 하여금 수군 전폐를 주청하는 상소를 올리게 했다.

선조대왕은 신립이 올린 상소보다 한걸음 앞서 올린 이순신 장군의 상소와 거북선의 도본을 보시고 매우 만족하여 재삼 감상하시던 차에 수군 전폐를 주장하는 신립의 상소를 보시고 "이렇게 훌륭한 거북선을 왜 없애자는가? 적이 바다로 오겠거늘 어찌 주사(舟師)19를 없애라는가?" 하시고 신립이 상소한 뜻을 의아하게 여기시었다.

거북선 건조와 수군 확장 문제로 하여 조정에서는 논란이 많았으나, 결국 군비를 확장하는 것은 명과 왜의 의심을 살 염려가 있다는 것과(얼마나 가소로운 일이뇨!) 설사 왜가 침범한다 할지라도 우리에게는 제승방략이 서 있으므로 염려할 것이 없다는 것으로 묘의가 결정된 까닭에 대왕은 입직 승지로 하여금 수군을 전폐한다는 교지(敎旨)를 쓰라고 명하셨다. 이에 앞서 거북선의 건조와 수군 확장 문제로 하여 조정에서 크게 논쟁이 벌어지자 류성룡은 이 수사가 대관들로부터 미움을 사게 될 것을 염려하여 수군을 너무 눈에 띄게 확장함을 삼가라는 연통을 했다. 류성룡의 편지를 받아 보신 장군께서는 당쟁과 시기로 해서 거북선이 제물이 될 것을 직감하시고 곧 장계를 올려,

"근자에 동해 왜국 쪽으로부터 나뭇조각이 전에 없이 많이 떠내려오고 또 왜국에 표류했던 어민들의 말에 의하오면, 왜는 미구에 우리나라와 명나라를 치기 위해 30만 대군을 출동시킨다는 소문이 돌고 있을 뿐만 아니라 포구마다 병선을 대대적으로 짓고 있다 하옵는데, 이로써 고찰하오면 일찍이 왜란을 염려하여 10만 양병을 헌책한 율곡의 의견이 적중하는 것으로 사려되옵는바, 바다로 오는 적을 막는 길

---

19. 주사: 수군을 달리 이르는 말.

은 수군만 한 것이 없사오니 이제라도 지상군과 함께 수군을 강화하여 나라의 울타리를 든든히 하시옵소서." 하여 나라를 위한 곡진한 뜻을 주상하시었다.

이 상소문은 선조대왕이 신립의 상소에 대해 윤허(允許)하시는 고지(4품 이상의 벼슬의 사령)를 승지(承旨)20로 하여금 쓰라고 명하시는 찰나에 다른 승지가 어전에 받들어 올렸다.

대왕은 이 수사의 곡진한 상소문을 보시고 무릎을 치며 그 충성과 문장을 칭찬하시고, 시립한 신하들에게 상소문을 내어 보이신 후 이미 승지로 하여금 교지를 쓰게 하신 명을 거두어 "붓을 멈추라." 하시고 친히 붓을 들어 이 수사 상소문에 "미쁠 윤(允)21" 자를 쓰시어 그 주청한 바를 채납한다는 어의를 밝히시었다.

이에 따라서 신립의 주청은 자연 기각되고, 수군은 바야흐로 폐지되고 말 비운을 면하게 되었다.

그런데 이날 어전에 시립했던 서인들은 어전에서 물러 나온 후, "이순신이 글씨를 잘 써서"라는 말을 퍼뜨렸으니, 그것은 이 장군의 의견이 옳았다는 말을 하기가 싫은 것은 물론이요, 변방의 한 무신에게 글을 잘한다는 명예조차 갖게 하지 않으려는 비뚤어진 심사인 것이었다. 그러므로 장군께서는 류성룡이 염려한 바와 같이 이로부터 서인들의 미움의 대상이 되셨고, 특히 수군을 없애자던 신립은 "어디 두고 보자." 하고 앙심을 품기까지 했다.

---

20. 승지: 오늘날 제도로는 대통령의 비서 또는 공보관에 해당한다.

21. 임금이 신하의 상소문에 "미쁠 윤" 자를 쓰는 것은 그 상소를 채택한다는 뜻을 표시하는 것이다.

19. 왜란에 대처할 독자적 국방 준비
서인의 육전주의 거북선을 배척하고
동인들 비전론이 군비 반대하는 중에
바다를 지킬 온갖 준비 홀로 지고 하시도다.

수군은 바야흐로 폐지될 뻔했던 비운을 만회하기는 했으나, 그러나 서인들의 육전주의와 동인들의 비전론으로 해서, 장군의 수군 확장 계획은 많은 타격을 받게 되었다.

이러한 역경 속에서 장군께서는 관하 각 진의 군사 조련과 성지 수축을 견고히 하고 해자를 보수하시는 한편, 만난을 극복하시고 병기와 병선은 물론이요, 소금가마 제조와 물목이 좁은 바닷속에 쇠사슬을 장치하는 공사 등으로 나라의 방비 책임을 온통 홀로 지신 듯 일야로 심혈을 기울여 침략에 대비하고 계셨다.

그런데 오랫동안 승평(昇平: 나라가 태평함-편집자 주)에 도취해 무사안일을 위주하는 조정은 왜란이 있으리라는 통신 정사 황윤길의 씁쓸한 보고보다는 풍신수길이 감히 전란을 일으킬 위인이 못 된다는 부사 김성일의 안이한 말을 채택했던 까닭에 국방에 등한했을 뿐만 아니라, 만약에 왜가 침범할 경우에는 내지로 끌어들여 일거에 무찌른다는 신립의 소위 제승방략을 만전지계(萬全之計)로 알아 도리어 장군의 수군 확장 계획을 억제까지 했으니, 이 어찌 한심하고 가소로운 일이 아니리요!

3부
왜구의 침입

20. 임진란을 결정적으로 불리하게 한 경상 좌우 수사의 죄책

만백성 죽게 되고 한목숨 살기 위해
범 같던 수사또님 권위가 돌변하여
고양이 본 쥐가 되어 도망하는 꼴이라니!

우리 조정은 승평에 도취해서 국방을 한만히 하고 있을 동안에, 왜국의 풍신수길은 국력을 기울여 착착 진행한 전쟁 준비를 끝내고, 드디어 700척 전선과 수륙 양군 167,700명(육군 158,700명, 수군 9,000명)을 대마도(對馬島)에 집결시켜 놓고 국경을 범할 틈을 엿보고 있었다.

날이 맑을 때면 부산서 보인다는 대마도에 적선 700척과 16만 대군이 집결해 있는 것을 전혀 몰랐을 뿐만 아니라, 임진년 4월 12일 왜적의 6장인 소서행장(고니시 유키나가)이 1진으로 전선 90척에 휘하 장병 18,700명을 거느리고 대마도를 떠나 가덕(加德), 천성(天城) 앞바다를 지날 때에 아무도 막는 자가 없으매, 소서 행장은 무난히 국경을 넘어 4월 13일 미명에 마치 저희 나라 포구로 들어가듯 부산에 상륙했다. 적의 1진인 소서행장이 이처럼 아무런 제지를 받지 않고 상륙하니 그 뒤를 이어 나머지 600여 척 적선이 속속 부산으로 들이 닿았다.

이에 앞서 경상우수사 원균은 가덕 첨사 전응린(田應麟)과 천성 만호 황정(黃珽) 등으로부터, 적선 90여 척이 부산으로 향해 간다는 보고를 받고 아직 자기 눈으로 적선을 확인하기도 전에 해상에 떠가는 고기잡이 선단을 보고 과연 적이 대거하여 오는구나 하고 지레짐작으로 황겁해서 만여 명 군사와 백여 척 병선을 버리고 도망하여, 평소 범같이 무서워 보이던 위엄이 삽시간에 스러지고 고양이 본 쥐의 꼴이 되고 말았으니 참으로 가소롭고 한심스럽기 짝이 없는 일이었다.

바다를 지켜야 할 수사가 이처럼 도망하는 꼴을 보다못해, 옥포 만호 이운룡(李雲龍)이 "사또 어디로 가시오? 사또는 나라의 간성(干城: 나라를 지키는 군인이나 인물—편집자 주)이 되셨으니 적이 침범하면 마땅히 나가서 싸워야 할 것이요 죽더라도 맡은바 지경에서 죽음이 옳겠거늘, 만여 명 군사를 거느린 대장으로서 한 번 싸워보지도 않고 도망하다니 말이 되오. 이제 경상도 수군이 흩어졌다지만 아직 다시 모을 수가 있고 또 전라도 수군을 청해 올 수도 있으니 사또는 뭍으로 오르기를 단념하고 어서 싸울 대책을 강구하시오." 하고 강경히 항의하는 바람에 원균은 만만치 않은 이 만호에게 발목이 잡혀 할 수 없이 이영남(李英男)을 시켜 전라 좌수영에 청병장을 보냈다.

한편 경상 좌수영은 부산에서 20리 미만의 지점에 위치한 곳이었음에 불구하고, 수사 박홍(朴泓)은 부산이 위급함을 알고도 구할 생각은 않고 왜군이 부산을 에워쌌다는 소식을 듣기가 무섭게 가족을 동래로 피란시킨 후 몸에 경보를 지니고 뒷산에 올라 부산진의 형세를 살피다가 마침내 "위급하다, 구하라." 하는 부산 첨사의 최후통첩을 받자, 말을 달려 도망했다.

이에 앞서 좌수영 군관 중에는 의협과 용기가 무리에 뛰어난 장수들이 없지 않아 군사를 풀어 부산을 돕자고 했으나, 수사 박홍은 군사를 가벼이 움직일 수 없다 하고 듣지 않으므로 군사들은 수사의 의중을 알아채고 미리들 피했다.

그런 중에도 군사 만여 명을 거느린 수사로서 한 번 싸워보지도 않고 도망하는 비겁한 꼴을 보고 의분을 참지 못해 활을 당기어 달아나는 수사의 등을 쏜 사람이 있었으니 그는 군관 오억년이었다. 박홍은 말에서 떨어졌으나 죽지는 않았다. 오 군관은 아직 남아 있는 군사를 모아 외로운 군사로 성을 지켜 싸웠으나 중과부적으로 전원이 비참한 최후를 마치고야 말았다.

이때에 만약 경상 좌우 수사가 그 부하 장수들의 말과 같이 나라의 간성이 된 사명감으로 적을 막아 싸웠다면 적의 후속 부대가 그렇게 속히 건너오는 것을 다소 늦출 수도 있었을 뿐만 아니라, 이미 상륙한 적군들도 그처럼 속히 내지로 깊이 들어오지 못했을 것을 미루어 생각하면, 경상 좌우 수사들은 임진란을 결정적으로 불리하게 이끈 일차적 죄책을 면할 수가 없다고 하겠다.

21. 부산 함락

목숨이 아깝거든 어서들 물러가라
나는 비록 혼자라도 최후까지 싸우다가
원귀가 된 그 후라도 부산성을 지키리라.

부산 첨사 정발(鄭發)은 영도(影島)로 사냥을 나갔다가 왜의 배가 대거 온다는 급보를 듣고 급히 돌아왔으나 당시 정세를 바로 판단하지 못해 긴급히 했어야 할 방비 대책을 완만히 했던 까닭에 적으로 하여금 쉽게 성을 넘어오게 한 것은 실책이었으나, 그는 경상 좌우 수사들과 같이 그렇게 비겁하지 않았으므로 6,000명 군사와 더불어 목숨이 다하는 순간까지 용감히 싸우다가 중과부적이라 마침내 비참 무쌍한 최후를 마치고 말았다.

정 첨사가 항전하던 상황은 어떠했나?

소서행장의 군사가 부산성을 쉽게 넘어오자 하룻밤새 부산성은 피바다와 잿더미로 화했고, 남녀노소 피란민들은 아우성을 치며 살길을 찾아 이리저리 방황했다.

이때 우리 군사는 이미 5,000명이 죽고 나머지 천여 명 군사는 살이 다해 활조차 쏠 수 없게 되니, 비장(裨將)1 황운(黃雲)이 한때 피하기를 첨사에게 청했으나, "사나이 죽을 지언정 어찌 도망을 하리요, 나는 비록 혼자라도 목숨이 다하는 순간까지 싸우다가 원귀가 된 그 후라도 부산성을 지키리라." 하고 칼을 들고 성문 밖으로 뛰어나가니, 밤새도록 싸워 피곤이 심한 데다가 아침도 먹지 못해 맥이 빠진 군사들이 정 첨사의 비장한 결의에 다 감복해서, "우리도 사또를 따라 이 성의 원귀가 되고 말리이다." 하고 최후의 힘을 다해 칼조차 없는 군사는 활집과 몽둥이를 들고 싸우다가 전원이 참혹하게 죽었다.

이 전투에서 적군의 죽은 것도 사천 명이 넘었으니, 당시 새로운 무기로 위력을 발휘하던 왜의 조총 앞에서 우리 군사가 얼마나 용감히 싸웠던가를 가히 짐작할 만한 것이다.

---

1. 비장: 감사, 유수(留守: 개성, 강화, 광주, 춘천 등 요긴한 곳을 맡아 다스리는 벼슬), 병사, 수사 등 지방 장관을 따라 다니는 관원의 하나.

22. 동래 함락

은정(恩情)을 따르자니 의리에 금이 가고
의리를 지키자면 은정이 깨어지니
한 몸이 두 틈에 끼어 좌우 진퇴양난이라.
어차피 함께 못할 의리와 은정이니
부자은정 접어놓고 군신지의(君臣之義) 살리어서
이 목숨 다하기까지 성을 지켜 싸우리라.

동래 부사 송상현(宋象賢)은 왜군이 부산성을 친다는 정보를 받자 경상좌병사 이각과 인근 고을에 청병해서 공동작전으로 항전할 계획을 세웠다. 병사 이각은 동래 부사 작전 계획에 동의해서 조방장(助防將) 홍윤관(洪允寬), 울산 군수 이언함(李彦諴)으로 더불어 칠천 병마를 거느리고 와서 동래부에 포진했으며 양산 군수 조영규(趙英珪)도 군사 이천 명을 거느리고 와서 동래부에는 군사가 이만 명이 집결되어 그만하면 적을 대항해 싸울만한 병력을 갖게 되었다.

그런데 병사 이각은 부산이 함락되고 경상좌수사 박홍이 달아난 정보를 듣자 싸울 뜻을 잃어 성 밖으로 나가서 독전한다는 핑계로 송 부사를 속이고 소산(蘇山)으로 들어가 숨고 울산 군수 이언함도 달아나고야 말았다. 그러나 이언함은 달아나는 도중에 적장에게 잡혀 길라잡이가 되어 송 부사에게 항복을 권하다가 노염에 찬 송 부사의 칼에 죽게 된 찰나에 적장이 송 부사의 팔을 후려치는 바람에 목숨을 구했다.

병사 이각과 울산 군수 이언함이 달아난 까닭에 송 부사의 작전 계획이 틀어지고 마니, 부득이 송 부사는 외로운 군사로 성을 지켜 싸울 수밖에 없었다.

적장은 동래성을 공격하기에 앞서 무장하지 않은 군사를 시켜 큰 판대기에 길을 빌리라는 글을 써서 성안으로 던졌다 동래 부사 송상현은 이를 받아보고 곧 "죽기는 쉬워도 길을 빌리기는 어렵다."라는 글로 대답하여 거절한 후, 스스로 주장이 되어 외로운 군사로써 적장 모리휘원(毛利輝元: 모리 데루모토)의 오만 대군을 대항하여 최후의 일각까지 싸우다가 비참하게 마지막 숨을 거두었다.

송 부사는 죽기 전에 죽을지라도 이 나라의 신하 된 정절과 예를 잃지 않으리라 하여 갑옷에 조의(朝衣)를 껴입고 한 손에 칼을 들고 다른 한 손에 병부(兵符)2와 인(印)을 쥐고 독전했다.

적장 중에는 평조익(平調益: 대마도주 평조신의 친척으로 일찍이 동래부에 왔을 때 송 부사의 관대를 받은 사람)이라는 장수가 있어서, 송 부사를 향해 칼을 휘두르는 저희 군사를 제지하고 송 부사에게 몸을 피하기를 권했으나, 송 부사는 "내가 왕명으로 이 성을 지키거늘 죽기 전에 이 자리를 떠날 수 있으랴!" 하고 버티었다.

평조익은 송 부사의 옷자락을 당겨 거듭 피하기를 재촉했으나, 그러나 부사는 끝끝내 그의 후의를 물리치고 의연히 독전하다가 두 팔이 다 적군의 칼에 의해서 떨어지매, 엎디어서 입으로 병부를 물고 일

---

2. 병부: 발병부의 준말. 군사를 움직이게 하는 표적. 직경 7센티미터, 두께 1센티미터 가량의 둥글 납작한 면의 한 복판에 "발병" 두 글자를 쓰고 이와 서로 응하여 다른 면에 길이로 어느 관찰사 (감사) 어느 절도사(節度使)* 등 칭호를 내리 쓰고, 한 가운데를 쪼개어 오른 쪽 책임자에게 주고, 왼쪽은 임금이 가졌다가 동병할 필요가 있으면 그 쪽과 교서를 내린다. 받은 이는 이것을 맞추어 본 뒤 동병에 응한다.
* 절도사: 병마절도사의 준말(수군 역시 통일). 지방의 병마(육군) 또는 수군을 지휘하는 무관.

어나 독전하다가 급기야 적장의 칼로 목이 마저 떨어지고 말았다. 이때 그의 애첩 김섬(金蟾)도 부군을 따라 자결했다.

송 부사는 전사하기 전에 이미 일이 그릇됨을 짐작하고 호상(胡床)3에서 내려 북향하여 임금께 절하고 부채를 들어 한 글을 쓰니, 그 글은 다음과 같다. "외로운 성이 적에게 에워싸였으되 다른 진이 본체 아니하도다. 군신의 의는 무겁고 부자의 은정은 가볍도다." 이 글만으로도 우리는 당시 송 부사가 외로운 군사로써 성을 지켜 싸우던 비통한 심정을 충분히 짐작하고 남는 바이다.

23. 경상 좌우 병사의 도피
좌병사 뒤를 이어 우병사 잠적하매
각 고을 수령들이 다투어 피신하니
마침내 영남 대로가 왜적들의 판일러라.

동래 부사를 속이고 소산으로 들어간 좌병사 이각은 왜군이 패하면 동래로 돌아와서 전승의 공을 한몫 보고, 사불여의(事不如意: 일이 뜻대로 안 되다-편집자 주)할 경우에는 도망할 작정을 하고 있다가, 동래가 함락된 정보를 듣자, 병영으로 돌아와 군마에 무명 천 필을 실리고 처첩을 서울로 피란케 했다.

---

3. 호상: 중국에서 쓰는 걸상의 하나.

이 때에 관하 열세 개 읍에 오만 대군을 거느린 병사로서 한 번 싸워보지도 않고 피란 짐만 꾸리는 병사의 용렬하고 비겁한 꼴을 보다못해 진무(鎭撫)4가 항의하다가 병사의 칼로 목이 잘리고 말았으니 참으로 어이없는 일이었다. 이각은 처첩을 서울로 떠나게 한 후 자신마저 빠져나갈 궁리를 하다가 마침내 판관(判官)5 안성(安性)을 속여 안성이 성을 지켜 싸우면 자기는 서산으로 나가 싸워 내외협공 한다 하고 성을 빠져나가 처첩의 뒤를 따라 말을 채찍질하여 북으로 달렸다.

아! 가증하고 가증하도다! 벼슬아치들. 평온무사한 때에는 백성들에게 호위를 떨치면서 갖은 호강을 하다가, 나라가 위태한 때에 막중한 소임을 저버리고 염치없이 도망질을 하다니! 참으로 가소롭고 한심하기 짝이 없는 일이로다.

좌병사 이각이 도망한 소식을 듣자 우병사 조대곤이 또한 자취를 감추매, 주장을 잃은 5만 대군이 한 번 떳떳하게 싸워보지도 못하고 흩어지고 말았다. 이 소식을 들은 인근 각처 수령들은 이미 일이 그릇된 것을 짐작하고 서로 앞을 다투어 도망하니, 영남 모든 골이 빈집처럼 되고 말았다.

그러므로 부산서 서울로 통하는 세 갈래 길 중, 가운데 길을 맡아 북진하는 적의 1진 소서행장의 군사는 부산과 동래서 크게 싸웠을 뿐, 양산을 거쳐 밀양을 함락시키고, 청도, 대구, 선산 등 큰 고을을 지나 상주에 이르러서 이일의 군사를 가벼이 물리치고 천험 관문 문경새재를

---

4. 진무: 병사를 돕는 벼슬. 종2품과 정3품의 두 계급이 있다.

5. 판관: 여러 관청의 종5품 벼슬.

무난히 넘었으며, 2군 가등청정(加藤淸正: 가토 기요사마)의 군사는 기장, 울산, 경주, 영천을 통해 북진했고, 3군 흑전장정(黑田長政: 구로다 나가마사)의 군사는 비록 진주 공격에는 실패했으나, 김해, 성주, 무현, 지례(知禮)를 휩쓸고 추풍령을 무난히 넘으니, 서울로 통하는 큰길이 왜적의 떼로 까맣게 덮였다.

동래가 위태하게 되었을 때, 이를 돕기 위해 출동한 밀양 부사 박진은 도중 황산에서 적을 막다가 소서행장과 송포진신(宋浦鎭信: 마쓰라 시게노부) 등 왜군에게 패하여 죽었다. 이 무렵 다대포 첨사 윤홍신도 그 아우 홍제와 함께 전사했다.

24. 전라 순찰사 이광(李洸)의 무모한 군사 지휘
삼남 각지 연합군을 출동시킨 이 순찰사
군사 지휘 어이 그리 분별없이 하였던가?
스스로 오만 대군이 무너지게 만들다니!

적군이 영남 각지를 휩쓸고 질풍같이 북진하여 서울을 범할 태세를 갖추고 용인에 유진하고 있을 즈음, 출동한 우리 군사 오만 명이 미처 접전이 되기도 전에 스스로 무너진 부끄럽고 어이없는 일이 있었는데, 그 사실인즉 다음과 같은 것이었다.

왜적이 침입하자 경상도에는 김수(金晬), 전라도에는 이광(李洸), 충청도에는 윤국형(尹國馨) 등이 순찰사로서 적을 막기로 했었다. 전라 순찰사 이광은 당초에 동래와 부산이 함락되고 적군이 질풍같이 서울로 향해 올라가매, 서울을 돕기위해 출동했었으나 조정이 서울을 버리고 북으로 떠났다는 정보를 듣자 군사를 돌려 전주로 돌아갔다.

이때 전라도 사람들은 이광이 싸우지 않고 돌아온 것을 크게 비난하니 이광은 이를 스스로 민망히 여겨 충주로부터 죽산을 거쳐 북진하는 적을 막으려고 충청, 경상 두 도의 군사와 합세하여 용인으로 출동했다.

삼도 군사가 용인에 이르매 적은 이미 북두문(北斗門) 산성에 누(壘)6를 쌓고 있었다. 이 때 이광은 마땅히 높고 험준한 곳에 진을 치고 용인 성내의 적세를 정찰한 연후에 작전 계획을 세우고 전투를 개시해야 할 것이언마는, 그는 용인에 이르자 다짜고짜로 군사를 믿고 용사로 이름있는 백광언(白光彦)과 이시례(李詩禮) 등을 시켜 북두문의 적진을 습격하기를 명했다.

백광언과 이시례는 수백 명의 선봉을 거느리고 북두산에 올라 적루(吊樓)에서 10여 보 쯤 떨어진 곳에서 활을 쏘아 싸움을 돋우었으나, 적진에서는 도무지 응전하는 빛을 보이지 않으매, 백광언과 이시례는 적군이 두려워서 감히 나서지 못하는 것이라 오산하고 의기양양해서 함성을 올리고 더욱 싸움을 돋우었지만 적진은 의연히 잠잠할 뿐이었으므로, 두 선봉장을 위시해서 우리 군사들은 맘을 놓고 혹은 전통을 벗어 걸고, 혹은 웃통을 벗고 땀을 들이는 한만한 자세를 취하고 있을 즈음, 갑자기 우레같은 함성이 나는 동시에 서리같은 긴 칼을 휘두르

---

6. 누: 전쟁이 있을 때 적의 공격에 대한 방비책으로 성이나 목책을 쌓아 올린 것.

고 누로부터 적군이 쏟아져 나와 닥치는 대로 우리 군사를 죽이니, 선봉장 백광언과 이시례는 창황망조(蒼黃罔措: 너무 급하여 어찌할 바를 모름-편집자 주) 하여 말에 오르다가 서리같이 번쩍이는 적장의 칼에 쓰러지고 그 부하 군사들이 거의 함몰하는 지경에 이르렀다.

사태가 이에 이르매 삼도 순찰사들은 크게 놀라 휘하 군사들을 버려두고 각기 말을 달려 도망하니, 주장을 잃은 군사들이 뿔뿔이 흩어져, 오만 대군이 한번 버젓하게 싸워 보지도 못하고 무너지는 기막히고 한심하기 짝이 없는 지경에 이르고 말았다.

오만 대군을 힘들이지 않고 무너뜨린 적군은 기세가 등등하여 북진하는 중에 수원 독성에서 권율(權慄)7 장군의 진을 공격했으나, 쉽게 무너지지 않으므로 버려두고 질풍처럼 서울로 향해 진군했다.

25. 명장으로 첫 손꼽는 순변사 이일(李鎰)의 초라한 출전

적군이 대거 하여 밀물처럼 닥치거늘
백 명 미만 군사로써 이 순변사(巡邊使) 출전하니
홍수에 무너진 둑을 호미로 막는 격이로다.

---

7. 권율: 안동 사람으로 자는 언신(彦愼)이요 호는 만취당(晩翠堂)이라 한다. 중종 32년(서기 1537년)에 출생하니 이순신 장군보다 8년 연상이다. 임진란 때 수원 독성을 능히 지키고 행주산성(幸州山城)에서 적을 대파했다. 뒤에 도원수가 되어 전군을 지휘했다. 선조 32년(서기 1599년)에 사망하니 때에 나이 63세이었다. 뒤에 선무공신(宣武功臣) 1등으로 책정하고 영의정으로 추증(追贈)했으며 시호는 충장(忠莊)이라 했다.

경상좌병사 박홍이 달아나면서 부산이 함락된 것을 조정에 보고한 경보가 서울에 도착한 것은 4월 17일이었다. 박홍의 경보를 받은 조정은 놀래어 발칵 뒤집혔거니와 선조대왕은 사태가 이 지경에 이른 것은 김성일이 왜국에 다녀와서 보고를 잘못한 탓이라 하여 우선 김성일을 잡아 올리라 하시니 김성일은 마침 경상우병사로 임명되어 부임하는 중에 나포되었다.

대왕은 영의정 이산해(李山海), 좌의정 류성룡, 우의정 이양원(李陽元) 등을 불러 방어 대책을 물으셨으나 삼정승은 맥맥히 서로 보고만 있을 뿐 아무 말을 못 했다(일찍이 십만 양병을 제의한 율곡 선생의 계책을 부질없는 공론이라 배척하고 태평세월을 구가하고 있었으니 그럴 수밖에!).

얼마 후에 좌의정 류성룡의 주청으로 대왕은 병조판서 홍여순(洪汝諄)을 갈아 김응남(金應南)으로 대신케 하고 류성룡으로 도체찰사(都體察使)8를 삼으시니, 이는 평소 류성룡에 대한 대왕의 신임이 두터우셨던 까닭에 병마의 전권을 그에게 맡기시려 함이었다.

류성룡은 새로 병조판서가 된 김응남으로 부체찰사를 삼고, 옥중에 있는 김여물(金汝岉: 인조반정 공신 김유(金瑬)의 아버지로 일찍이 조정에서 제승방략을 채택할 때에 바다로 오는 적을 바다에서 막지 않고 내지로 끌어들여 싸운다는 것이 어디 당한 말이냐고 불평한다 하여 투옥된 사람)을 특사해서 수원(隨員: 벼슬이 높은 사람을 따라다니며 돕고 보살피거나 외교사절에 수행하는 사람—편집자 주)을 삼고, 당대 명장으로 첫손을 꼽는 이일에게 순변사9를 명하시도록 위에 주청하여 적을 막도록 했다.

---

8. 도체찰사: 전시 군직의 하나. 의정이 겸직한다. 전시에 임금을 대신해서 군무를 총찰하는 벼슬.

9. 순변사: 군무를 띠고 변경을 순회하며 검사하는 특사.

그러나 이일이 거느리고 나갈 군사가 없었으니 실로 한심스럽기 짝이 없는 일이었다. 이일이 막중한 명을 이은지 사흘이 되어도 군사가 모이지 않아 겨우 백 명 미만의 군사를 인솔하고 먼저 서울을 떠나고, 별장(別將)10 유옥(兪沃)으로 하여금 군사를 모아 뒤를 따르도록 했으니, 밀물처럼 밀어닥치는 16만 적군의 방어 대책으로는 그야말로 홍수에 터진 방죽을 호미로 막으려는 것이나 다름이 없는 한심하고 가소로운 일이었다.

26. 신립(申砬)의 호언장담(豪言壯談)에
도리어 불안해 하시는 선조대왕의 신칙(申飭)

적도가 무모하게 내지로 깊이 듦은
병법을 모르는 자 어리석은 소치 오니
소신이 불출순일(不出旬日)11에 적을 토멸 하오리다.
변협(邊協)12이 왜를 일러 어렵다 하였거늘
그대는 어이 그리 쉽게 이르느뇨?
경적(輕敵)은 군사에 금물인즉 경은 이를 명심하라.

비록 백 명 미만의 군사일 망정 그래도 당대 명장으로 알려진 이일이 순변사가 되어 남으로 내려가니 조정이나 민간이나 그 첩보(捷報)를

10. 별장: 별군(본대 밖에 따로 독립한 군대)의 주장.

11. 불출순일: 열흘이 다 못가서라고 하는 한자.

12. 변협: 이조 선조 때에 명신. 명종 10년에 왜구를 격파하는 공을 세운 사람.

기대했으나 밀양이 함락되고 경주가 점령되었다는 경보가 연달아 올라오매 서울 인심은 물이 끓듯 동요했다.

이일로 순변사를 삼아 남쪽으로 내려 보낸 후, 그 첩보만 기다리던 조정은 밀양과 경주가 함락되었다는 급보를 받고 당황하여 소위 제승방략을 지어내어 호언장담하는 신립으로 하여금 도순변사를 삼아 적을 막게 했다.

신립이 도순변사의 명을 이고 출정할 즈음 선조대왕께 숙배(肅拜)할 때에, "그대는 무슨 계교로 적을 막으려 하느뇨?" 하시니, 신립이 아뢰기를 "외로운 군사로(16만 대군을 어찌 외로운 군사라 생각했는가?) 깊이 듦은 패하는 장본이온데 적도가 부산에 상륙한 후 곧 내지로 깊이 들어오기만 힘쓰는 것은 병법을 모르는 소치이온즉, 소신이 비록 재주 없사오나 불출순일(不出旬日)에 적을 토멸하오리니 상감께옵서는 염려를 부리소서" 하고 흰소리를 했다.

이때에 대왕은 신립이 너무 쉽게 하는 말에 도리어 불안을 느끼시고 "변협이 이르기를 왜가 가장 어렵다 하였거늘 경은 어찌 그리 쉽게 이르느뇨?" 하시고 "적을 경시함을 삼가 만에 하나라도 대사를 그르침이 없게 하라" 하시고 신칙(申飭: 단단히 타일러 경계함-편집자 주) 하셨다.

신립이 빈청(賓廳)13에 나와 삼정승에게 하직을 고하고 계하(階下: 섬돌이나 층계의 아래-편집자 주)에 내리려 할 즈음 머리에 쓴 사모(紗帽)가 떨어졌다. 신립은 땅에 떨어진 사모를 집어쓰고 출정의 길을 떠났으나, 이것을 본 사람들은 다 불길한 징조로 여겨 실색(失色)했다.

---

13. 빈청: 대신과 비국(備局: 비변사, 군국의 사무를 맡아서 처리하는 관청)의 당상관들이 모여서 회의하는 곳. 궁중에 있다.

27. 순변사 이일의 경거망동

한 사람 군살망정 아쉬운 이 마당에
명장이 오셨다고 힘을 내어 나온 군사
교련이 비록 틀렸기로 목을 어이 벤단 말씀!

순찰사 이일이 백 명 미만 군사를 거느리고 상주 지경에 이르렀을 때, 목사(牧使)14 김해(金澥)는 이미 일이 그릇됨을 짐작하고, 판관 권길을 속여 순찰사를 맞으러 간다 하고 군사 200명을 거느리고 나간 후, 중로에서 군사들을 쉬라 하고 어디론지 종적을 감추었다.

이일이 상주읍에 당도하던 날 마중 나간 사람은 판관 권길 뿐이요, 목사가 보이지 않으매 이일은 대노하여, "목사는 어디 갔느냐?" 하고 호통했다. 판관 권길은 당대 명장이 출동했다는 말은 이미 들었으나, 이일을 면대하니 과연 기골이 장대하고 눈초리가 위로 찢어지고 목소리가 큰 것이 장수의 위엄이 있어 보였다. 그래서 권길은 위압감을 느끼는 가운데, "본관 사또는 상사또(이일을 일컫는 말)의 마중을 나갔소이다." 하니 이일은 자기를 맞으러 나갔다는 목사가 보이지 않는 것이 의아한 동시에 불쾌감이 왈칵 일어나 한결 더 노기에 찬 목소리로 "군사들은 다 어디 갔느냐?" 하고 호통했다.

권길은 목사에게 속은 것이 분하기도 했지만, 죄없이 호통을 당하는 것이 억울하여, "본읍 군사들은 목사가 인솔하고 갔소이다 마는 군사가 없는 것은 상주만이 아니고, 영남 각 읍에 군사라고 있는 것의 더러는 대구로 가옵고 더러는 상사또 내려오시기를 기다리다 못해 흩어

14. 목사: 크고 중요한 고을의 병권을 가진 원. 정3품

져 어느 고을엘 가든지 남은 것은 늙은이거나 병신들뿐이오니 본군엔들 군사가 있을 수 있으리까?" 하고 군사 없는 것이 자기의 탓이 아니라는 뜻으로 대답했다.

권길의 뼈 있는 대답에 이일은 더욱 노해서 이유야 여하간에 군사가 없는 것을 책잡아 권길의 목을 베라고 호령했다. 권길은 "소인마저 없이하시면 상사또는 군사 하나 없이 무엇으로 적을 막으시려오? 소인도 오래 국은을 입은 몸으로 나라가 위태한 때에 이대로 죽는 것이 한이 되오. 소인을 오늘 밤만 살려 두시면 천 명 군사 하나는 모아보리이다. 그런 후에 소인을 죽이셔도 늦지 않을까 하오." 하니 이일이 권길의 말을 듣고 그럴 듯이 여겨 그 목을 베일 것을 보류하고 나가서 군사를 초모(招募)하기를 명했다.

권길이 모군하러 나간 그 밤에 이일은 미처 피란하지 못한 기생을 셋이나 수청을 들여 늦잠을 자고 나서 권길이 초모해 온 군사 900명을 보고 이렇게 군사가 있는데 미리 모아서 조련을 아니했다는 죄목으로 권길을 곤장 80도에 처했다. 그뿐만 아니라 권길이 군사를 초모할 때에 서울서 당대 명장이 내려왔다는 말에 용기를 내어 나온 의용군의 교련이 잘못되었다고 두 농군의 목을 베기도 했다.

16만으로 헤는 대적을 막으러 나가는 도중에 더구나 부산, 동래, 밀양 등 큰 골을 이미 함락시키고, 파죽지세로 밀어닥치는 강대한 적을 막아야 할 막중한 사명을 띤 장수로서 거느리고 온 군사라곤 백 명도 아니 되는 기막히고 급한 마당에 기생을 수청 들여 늦잠을 자고 나서 의용군의 목을 토막 치듯 베어 던지는 장수를 믿고, 목을 늘여 그 첩보를 기다리는 서울 관민들의 기대야말로 나뭇가지에서 고기를 얻으려는 것이나 다름이 없는 일이라 하겠다.

28. 상주 패전
막중한 사명으로 출정한 이 순변사
농군으로 변장하여 도망을 하였으니
일컫던 당대 명장이 허풍선이 아니었나!

이일은 권길이 밤새 초모해 온 의용군의 교련이 틀렸다고 두 농군의 목을 토막 치듯 베었거니와, 선산이 함락된 정보를 제공하기 위해 달려온 개녕 사람을 민심을 소동시켰다 하여 그 목을 또 베었다.

그런데 개녕 사람의 목에서 흘러 땅에 괴인 피가 미처 잦기도 전에 적군이 달려들었다. 이일은 선봉으로 내세운 군사들이 조총에 맞아 골패짝 쓰러지듯 하는 것을 보고 황겁해서 죽어가는 군사들을 버려두고 말을 달려 도망하다가 형세가 급하매 말을 내려 군복을 벗어 던지고 촌가 울타리에 널린 농부의 잠방이를 훔쳐 입고 충주로 달아났으니, 그를 일러 당대 명장이라 한 것이 참으로 우스운 일이 되고 말았다.

여기서 우리는 순변사 이일의 인간성을 좀 더 자세히 살피기 위해, 이순신 장군의 일기를 빌어 보기로 한다.

갑오년 11월 25일, 흐림
새벽 꿈에 이일을 만나 내가 많은 말을 하여 이르기를, "이같이 나라가 위태한 때에 몸에 무거운 책임을 진 사람으로서 나라의 은혜를 갚을 생각은 하지 않고, 배짱 좋게 음란한 계집을 끼고서 관사에는 들어오지 않고 성 밖 여염집에 머물러 남의 비웃음을 받으니 그래 어떠하며 또 수군 각 고을과 포구에 배정된 병기를 육군에서 독촉하기에 바쁘니 이것은 무슨 까닭이냐?" 하니 이일이 말이 막혀 아무 대답을 못 하는 것이었다.

우리는 이 일기를 읽을 때에 이일이 막중한 책무를 띠고 출전하는 장수로서 상주 고을에 이르러 하룻밤에 기생을 셋이나 들여 수청 하게 한 망동과 그리고 그가 일찍이 함경 병사로 있을 때에, 자기의 실책을 감추기 위해(본문 9, 10 참조) 당시 조산보 만호로서 녹둔도 둔전관의 직을 겸하시던 이순신 장군을 사형에 처하려고 문죄하다가 논리가 정연한 장군의 항의와 의연한 태도에 도리어 기가 꺾여 형벌을 강행하지 못하고 사실을 왜곡한 장계를 올려 이순신 장군으로 하여금 백의종군이라는 일종의 처벌을 받으시도록 한 사실을 상기하고, 그의 올곧지 못한 인간성을 재인식하는 동시에 이러한 인물을 당대 명장이라하던 당시의 풍조를 웃지 않을 수가 없는 바이다.

29. 신립의 전사
천험 관문 문경새재 한만히 비워 놓고
충주로 적을 들여 신립이 전사하니
이른바 제승방략이 무색하게 되었도다.

소위 "제승방략"을 내세워 호언장담하는 신립이 도순변사의 중책을 띠고 자신만만하여 3천 병마를 거느려 충주성 북녘에 진을 치고 종사관(從事官)15 김여물과 충주 목사 이종장(李宗張)으로 더불어 적을 막기로 하다가, 순변사 이일이 상주에서 패하여 자기 진으로 들어오매, 그로 하여금 선봉을 삼아 공을 세우게 하여 상주서 패한 죄를 속하기로 했다.

이 때에 적을 막는 계책에 있어 의론이 두 갈래로 갈렸다. 그 하나는 적이 새재를 넘어 충주로 들어오기를 기다려 기병으로 일거에 깨뜨리면 반드시 이길 것이라는 신립의 주장이요, 다른 하나는 적이 아직 천험(天險) 관문(關門) 새재를 넘지 못하고 있으니 마땅히 새재를 지켜 군사를 수풀 속에 숨기고 깃발과 연기를 많이 보여 적으로 하여금 우리의 군세를 알지 못하게 하여 감히 새재를 넘지 못하게 하자는 것이었다.

신립은 일단 김여물과 이종장 등의 의견에 따라 새재를 살피기는 했으나, 그는 그가 항상 주장하는 소위 "제승방략"에 도취해서 새재를 지키자는 김여물의 헌책을 물리치고 자기 주장을 고집해서, 하늘이 마련해 놓은 천험관문 새재를 비어놓고 적이 충주로 들어오기를 기다려 싸우다 참패했을 뿐만 아니라 목숨까지 잃고 말았으니, 이른바 그의 "제승방략"은 무모한 계책이었음이 자명해지고, "불출순일에 적을 토멸하오리니 상감께서는 염려를 부리소서" 하던 그의 호언장담은 무색해지고 말았다.

여기서 우리는 일찍이 김여물이 신립의 "제승방략"을 반대하다가

---

15. 종사관: 각 군영이나 포도청(오늘날의 경찰서)에 매인 한 벼슬.

조정을 비방한다 하여 투옥되었던 사실(본문 25 참조)을 상기하는 동시에 신립과 김여물의 밝고 어둠이 자연히 비교되어지는 바이다.

이때에 이일은 그 도망질에 익숙한 걸음을 달려 강원도, 함경도, 황해도 등 산속으로 숨어 다니면서 조정을 찾아 평양으로 갔다.

우리는 위에서(본문 28) 이순신 장군의 일기에 의해서 이일의 인간성을 충분히 살폈거니와, 그가 상주에서 패주하고 다시 충주에서 거듭 패주하는 장면을 봄에 있어서, 일찍이 그가 함경 병사 시절에 자기의 실책을 감추기 위해 이순신 장군이 패전했다는 이유로 문죄하여 처형하려다가, 사세가 여의치 못하매 자기에게 유리하도록 조작한 장계를 올려, 이순신 장군으로 하여금 벌을 받으시게 한 사실을 다시 상기하고 거듭 비소(鼻笑)하지 않을 수가 없는 바이다.

30. 몽진(蒙塵)

상주 충주 연패보에 상감마마
창황(蒼黃: 어찌할 겨를 없이 매우 급함-편집자 주)하사
캄캄한 그믐밤에 파천(播遷)16 행차(行次)17 납시는데
야속타 비조차 내려 등불마저 끄단말가!

이일이 상주에서 패했다는 급보에 선조대왕은 "이를 어찌한단 말이

---

16. 파천: 임금이 도성을 떠나 피란하는 것.

17. 행차: 웃어른이 길 가는 것을 공경해서 일컫는 것.

냐." 하시고 용상에서 발을 구르시며 자못 황급해 하셨다. 조정은 한참 술렁인 끝에 결국 파천하는 길 밖에 별도리가 없다 하여 피란에 필요한 채비를 하기에 분주했다. 미투리, 유삼(油衫)18, 보교(步輀)19 같은 것들이 대궐안으로 연방 실려 들어가는 것을 본 종친(宗親)20과 백성들은 대궐밖에 모여 통곡하면서 "우리를 버리고 어디로 가시오?" 하고 아우성을 쳤다.

이 때에 영부사(領府事)21 김귀영(金貴榮)이 대가(大駕: 임금이 타는 수레-편집자 주)가 서울을 떠나시다니 안될 말씀이요." 하며 분개한 눈으로 영의정 이산해와 좌의정 류성룡 등을 노려보니, 대왕은 이에 감동하사 "종사(宗社)22가 예 있거늘 어디로 가랴." 하시고 서울을 떠나지 않기로 하셨다.

그러나 당대명장으로 일컫는 이일이 상주에서 패했다는 놀라운 정보에 이어, "불출순일에 적을 평정하오리다." 하던 신립조차 전사했다는 경보와 아울러 적군이 금명간 서울을 범하리라는 정보가 연달아 올라오매, 대관들은 어전에서 그 대책을 토의했으나 아무런 묘책을 내는 이가 없고, 사태가 이제 더 지체할 수 없다하여 마침내 대가를 모

---

18. 유삼: 비와 눈을 막기 위해 옷 위에 껴입는 기름에 결은 옷.

19. 보교: 가마의 한 가지.

20. 종친: 임금의 친족

21. 영부사: 중추부(中樞府-처음에는 숙위(宿衛)와 군기(軍機)를 맡았다가, 뒤에 일정한 현직이 없는 당상관의 벼슬자리로 되고, 고종 31년에 중추원(中樞院)이라고 고쳐 의정부에 붙임)의 으뜸 벼슬.

22. 종사: 종묘와 사직. 종묘는 임금의 사당이고, 사직은 한 왕조의 기초이다.

시고 서울을 떠나기로 작정했다.

이 때, 장령(掌令) 권협(權悏)이 통분을 참을 수 없어 어전으로 나가 큰 소리로 "상감, 못가시오. 종사가 예 있삽거든 어디로 가시오?" 하고 며칠 전에 대왕이 하시던 말씀을 그대로 옮기며 이마를 땅에 조아렸으나, 모시던 대관들이 이를 저지할 뿐 아무 반응이 보이지 않으매, 권협이 더욱 분을 못 이겨 섬돌에 머리를 두드려 피를 내며 통곡했으나, 이에 아랑곳없이 마침내 대왕은 좌의정 류성룡과 도승지 이항복(李恒福)23의 재촉을 받으시며 밤중 사경(四更)24에 더구나 억수같이 퍼붓는 우중에 궁성을 납시는데, 이미 병조판서 김응남으로 하여금 소집케 하신 위사(衛士: 상감을 호위하여 모시는 고위 군사)는 누구나 나서는 자가 없었고, 심지어 종친이나 대관들 중에도 온다간다 말없이 슬몃슬몃 빠져나가 궁중이 적막하기가 이를 데 없이 된 때이고 보니, 비참한 파천의 행차가 한결 더 처량했거니와 억수같이 퍼붓는 비에 옷이 젖어 살에 붙고 촛불마저 밝힐 수 없어 지척을 분별키 어려운데, 말굽이 진흙에 빠져 엉금엉금 기는가 하면, 흙탕물이 되어 철철 흐르는 내가 앞을 막아 그 신산스러운 정경은 이루 형언키 어려웠다. 그러나 그것은 약과였다. 쫓기는 두려움에 잠겨 제대로 쉬어 보지도 못하고 천방지축 밤길을 걷고, 이튿날 혜음령(惠陰嶺) 고개를 넘을 때에는 빗방울이 굵

23. 이항복: 선조 때의 공신. 자는 자상(子常)이며 호는 백사(白沙)이다. 이몽양(李夢陽)의 아들로서 위인이 영리하고 지모가 많았다. 문과에 급제한 후 벼슬을 지내는 중, 임진란 때 도승지로서 임금을 보좌했고, 명나라에 원병을 청하기를 주장했다. 광해 때는 패모(廢母: 왕이 왕대비를 폐위함-편집자 주)를 반대하다가 쫓겨난 일도 있었지만, 임진란 때에 세운 공로로 오성(鰲城) 부원군(府院君)의 작위를 봉승하기도 했다. 문충공(文忠公)이라 시호(諡)했다.

24. 사경: 하룻밤을 다섯 등분한 네째 부분. 대개 새벽 두시 전후.

기가 우박과 같은데, 때마침 부는 서풍이 일행의 면상을 두들겨 눈을 뜰 수 없는 고통과 도저히 참고 견디기 어려운 배고픔은 평생에 일찍이 느끼지 못했던 괴로움이었다. 그런 중에서도 임진강을 넘기만 하면 피란이 되는 듯, 물을 잔뜩 먹어 말굽이 쑥쑥 빠지는 임진강 언덕을 향해 걸음을 재촉하는 것이었다. 이 때 대왕을 모셔 따르던 시종(侍從)과 대간(臺諫)들 중에는 다리 아프고 배고픔을 견디지 못해 슬몃슬몃 떨어지는 자가 적지 않았으매, 대왕의 행차는 더욱 초라하게 되었다.

대왕이 서울을 떠나실 때 모시어 떠난 왕자는 세자 광해군(光海君), 넷째 왕자 신성군(信城君), 다섯째 왕자 정원군(定遠君)이었고, 첫째 왕자를 비롯한 다른 왕자들은 강원도와 함경도로 각각 떠났다. 서울을 아니 버리기로 작정한 것이 며칠도 안되어 결국 상감이 파천의 길에 오르시매, 흥분한 백성들이 떼를 지어 우선 장예원(掌隷院)25과 형조(刑曹)26에 방화한 후, 내탕고(內帑庫)27로 들어가 온갖 재물을 끌어내고, 창경궁(昌慶宮)28과 경복궁을 비롯해 남대문 창고에 불을 질러 온 장안에 화광이 충천했다.

---

25. 장예원: 공사 노비의 문서가 있는 곳.

26. 형조: 법률, 소송, 노예들의 일을 맡은 관청.

27. 내탕고: 임금의 사사 재물을 두는 곳.

28. 창경궁: 수강궁의 고친 이름. 선조 25년 왜란에 화재를 보았다가, 광희 8년에 중건했는데, 지금은(저자 집필 당시) 창경원이라 일컫는다(1909년, 이곳에 박물관·동물원·식물원 등을 설치하고 이름을 창경원으로 고쳤다가, 1984년에 동물원·식물원을 서울대공원으로 옮기고 창경원이란 이름을 창경궁으로 다시 환원하였다–편집자 주).

저자가 제본한 책에 실려있던 현충사 사진

4부

옥포해전(玉浦海戰)
쾌승의 전과를 올리는 동안
쫓기고 쫓기는 조정(朝廷)

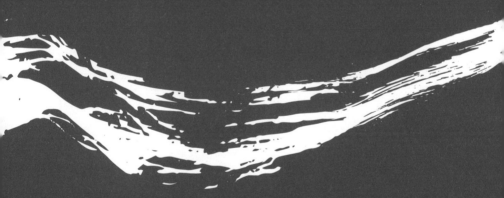

31. 전라(全羅) 좌수영(左水營)의 군사회의

도적이 들었으면 오직 나가 싸울 따름
왈가왈부 갱론여지 없는 줄로 아옵기에
소인은 무엄하오나 감히 퇴장 하나이다.

경상 우수사 원균의 청병장을 받으신 장군께서는 선조대왕이 몽진 (蒙塵)[1]하시던 임진년 4월 29일 밤 관하 각 진의 장수들을 진해루(鎭海樓)[2]에 회동케 하신 후, 군사회의를 열어 청병장에 관한 대책을 토의하셨다.

녹도 만호 정운, 좌수영 군관 송희립, 광양(光陽) 현감 어영담(魚泳潭) 등 용맹이 무리에 뛰어나고 충의정신이 투철한 장수들은 곧 나가서 싸울 것을 강경히 주장하였다. 그러나 경상 좌우 주사는 다른 여러 도의 수군을 합친 것보다 우세한 터인데 쉽게 무너진 것으로 보아, 전라 좌도의 단약(單弱)한 주사로서는 도저히 승산이 없을 뿐만 아니라 우리가 호남을 지키고 있으면 적도 우리의 세력을 헤아릴 길이 없어서 쉽게 호남으로 침입하지 못하리라는 것과, 조정에서 아직 아무런 분부가 없는 이 마당에 동병하는 것은 법에 금하는 바라는 이유를 들어, 출병이 불가하다고 하는 어떤 장수[3]의 의견에 동조하는 이들이 있어 회

---

1. 몽진: 임금이 난리를 피해 다른 곳으로 옮겨 가는 것.
2. 진해루: 전라 좌수영이 있는 여수 시가에서 어디서나 다 볼 수 있는 높은 곳에 위치해서 수영의 앞바다가 환히 내다보이는 경치가 가려한 정자이다. 이 정자는 역대 수사들의 놀이터로 되어 있으나, 이순신 장군께서는 도임 후 한 번도 이 정자에서 놀이를 채리신 일이 없었다.
3. 어떤 장수: 이순신 장군께서 영남 수사 원균의 청병장에 대한 대책을 토의하시는 군사회의에서 출전을 반대한 사람을 춘원은 순천 부사 권준(權晙)이라고(그 전집 12권 216면 상단 17행) 한 것

의는 찬반 양론으로 대립했다.

밤이 깊어 황초를 갈아 붙이도록 결론을 짓지 못하니, 녹도 만호 정운이 자리를 차고 일어나 흥분한 목소리로 "적이 문턱에 와 닿았는데 경상도니 전라도니 구별하여 공론만 하니 그래 전라도만 우리 땅이고 경상도는 우리 땅이 아니란 말씀이오? 소인은 무엄하오나 이런 자리에 더 있을 수 없소." 하고 퇴장하니 회의장이 숙연해졌다.

32. 군관 송희립(宋希立)의 열렬하고 조리 정연한 발언
영남이 무너지면 호남인들 성하리까!
공연한 논쟁으로 실기할까 염려오니
청컨대 이 밤이 새기 전에 출동령을 내리소서.

정 만호가 결을 내어 퇴장하기 직전에 군관 송희립이 분개한 표정으로 앞가슴을 떡 벌리고 성긋성긋한 수염을 숭글거리며 자기보다 직품이 높은 장수의 의견을 반박하여 "영남을 지키지 못하고 호남을 지킨다는 것은 문을 지키지 않고 방을 지키려는 것과 다를 것이 없는 것으로 전라도 수군은 전라도만 지키면 고만이라는 말씀은 옳지 아니하고, 그리고 지금 적군이 중토에 편만하여 서울 길이 어찌 되었는지 알

에 반하여, 노산은 낙안(樂安) 군수 신호(申浩)라 하여 두 저자의 기사가 서로 다르기에, 이를 난중일기에 의해서 확변하려 했으나, 군사회의가 있던 임진년 4월 29일 일기가 누락되어 그 정오를 판별하지 못하겠기로 후일 다른 문헌에 의해 이를 밝힐 수 있을 때까지 그 이름을 밝히지 않고 다만 어떤 장수라고만 하여 둔다.

수 없을 뿐더러 적군이 당전(當前)하면 선참후계(先斬後啓) 하는 것이 병가의 법인가 하오. 그러니 사또께서는 녹도의 말씀과 같이 이 밤으로 행선토록 분부 계시기를 바라오.” 하고 우렁찬 목소리로 말했다.

자기의 밝은 견해를 자랑하듯 출전이 불가한 이유를 장황히 들어 열변을 토하던 장수는 일개 군관인 송희립이 자기의 의견을 정면으로 반박하는 것을 괘씸하게 여겼으나 송 군관의 조리가 정연한 논리에 아무런 반대의 이유를 찾지 못해 잠자코 있었거니와 송 군관의 기운찬 발언은 여러 장수들의 마음에 많은 감동을 준 듯 하다.

33. 대기 명령
국토를 수호함이 우리의 책무어늘
나라에 들은 도적 어찌 좌시 할까보냐!
단연코 나가 싸우리니 제징은 대기 청령하라.

장군께서는 원군의 청병장에 관한 대책을 관하 장수들에게 물으실 뿐 침묵을 지켜 당신의 의견을 발표하지 않으셨으니 그것은 우선 관하 여러 장수들이 어떠한 생각을 가지고 있는가를 알아보시려는 것과 당신의 의견을 먼저 발표하시기보다는, 관하 장수들의 전의를 환기시키는 것이 더욱 효과적이라고 생각하신 까닭이었다.

이제까지의 토의 상황으로 보아 장군께서는 누가 어떠한 생각을 하고 있는지를 살피셨거니와 송 군관과 정 만호의 열렬하고 확호한 전의 표명으로 보거나, 그리고 일개 군관인 송희립이 출전을 반대하는 상관의 의견을 반박하는 발언에 앞서, 지지부진(遲遲不進) 결론을 내리지 못하는 회의에 불만을 품고 정 만호가 퇴장하자 장내가 숙연해 지면서 아무도 감히 다시 입을 열지 못하고 묵묵히 앉아 있는 점으로 보아, 이제 결론을 내릴 때가 성숙한 것으로 판단하시어 통인(通引)4으로 하여금 정 만호를 불러들여 자리에 앉게 하신 후 단연코 나가 싸울 확호한 결의를 표명하시는 뜻으로 허리에 차신 "삼척서천 산하동색(三尺誓天 山河動色)5"을 뽑아 휘두르시니 공중에 한줄기 무지개가 일어나고, 장군의 두 눈은 불을 뿜는 듯 빛나 보였다.

　장군께서 큰 칼을 휘둘러 뽑으신 후, 엄숙한 표정으로 "국토를 수호함이 우리의 임무어늘 나라에 들은 도적 어찌 좌시할까 보냐! 단연코 나가 싸울 것인즉 제장은 촌각을 지체말고 출동 태세를 정비하여 5월 초 3일 밤 물이 들기까지 본영 앞바다로 집결하여 대기청령하라." 하시고 영을 내리셨다.

　영이 내리자 좌중은 숙연해지며 출전을 원치 않던 장수들 안색에는 불안한 빛이 감돌기조차 했다. 그러나 장군의 힘찬 음성과 엄숙하신 표정에 자연히 머리가 수그러져 누구 한 사람 감히 이의를 제기하지 못했으며, 결국 나가서 싸우지 아니 할 수 없는 사세임을 깨달아 모두 자리에서 일어나 칼을 받들어 맹세의 뜻을 표하고, 차례로 군령장

---

4. 통인: 지방 관아의 장관 앞에서 잔심부름 하는 사람.

5. 삼척서천 산하동색: 석자나 되는 큰 칼을 들고 하늘에 맹세하니, 산과 바다도 그 굳은 결의에 감동하는 듯하다고 하는 뜻으로, 이순신 장군께서 애용하시는 큰 칼에 새긴 글귀. 그러므로 "삼척 서천 산하동색"이라 하면 곧 장군의 애용검을 의미하게 된다.

에 이름을 써서 어김이 없을 것을 다짐했다.

이리하여 장군께서는 여러 장수들의 마음을 하나로 묶고 출전할 각오를 굳히게 하셨다.

34. 경상 연해로의 출동

무장을 정비하고 대기하던 모든 병선

임진년 5월 4일 미명(未明)에 출범하여

창파를 갈아 헤치며 큰 바다로 나가도다.

왜적을 격멸하여 치욕을 씻어내일

막중한 사명으로 원정하는 우리 주사

바다도 편을 드는 듯 잔잔하여 지도다.

장군께서는 평소 어떠한 일이거나 그 일의 완급선후(緩急先後)의 차서를 때에 맞게 하셨다. 그러므로 부산, 동래가 함락된 경보가 왔을 때나 경상 우수사 원균의 청병장을 접수하셨을 적에 있어서도, 일이 통분하다 하여 이성을 잃는 감정에 빠지지 않으셨고 사태가 급박하다 하여 서두르지 않으셨다. 우선 장계를 올려 조정의 분부를 기다리시는 한편, 군사회의를 열어 관하 각 진의 장수들로 하여금 나가서 싸울 각오를 굳히게 하신 후, 병선과 병기를 점검하고 시수(柴水: 땔나무와 마실 물-편집자 주)와 군량을 충분히 싣는 등 만반 준비를 갖추게 하시고서, 5월 4일 미명에 판옥선 24척 외에 각종 배 61척을 인솔하고 원정의 길에 오르시었다.

이때 중부장의 부서를 맡은 광양 현감 어영담이 경상도 해로에 가장 밝으므로 앞을 서서 인도하고, 다른 모든 장수들은 각각 이미 명을 받은 부서에 의해 일렬종대로 줄을 이어 나갔다.

각 장수의 맡은 부서는 다음과 같다.

중위장(中衛將) **방답첨사**(防踏僉使) **이순신**(李舜臣)

좌부장(左部將) **낙안군수 신호**(申浩)

우부장(右部將) **보성**(寶城) **군수 김득광**(金得光)

전부장(前部將) **흥양 현감 배흥립**(裵興立)

중부장(中部將) **광양현감 어영담**(魚泳潭)

유군장(遊軍將) **발포 가장**(假將) **영군관**(營軍官) **훈련 봉사 나대용**(羅大用)

후부장(後部將) **녹도 만호 정운**(鄭運)

좌척후장(佐尺後將) **여도**(呂島) **권관 김인영**(金仁英)

우척후장(右斥候將) **사도**(蛇渡) **첨사 김완**(金完)

한후장(扞後將) **영군관 급제 최대성**(崔大晟)

참퇴장(斬退將) **영군관 급제 배응록**(裵應錄)

돌격장(突擊將) **영군관 이언량**(李彦良)

대소 병선 85척6이 선두를 동으로 하여 일렬 종대로 꼬리를 물고, 마침 동천에 떠오르는 불덩이 같은 아침 햇빛이 부채살처럼 바다에 퍼져 빛나는 물결을 좌우로 갈아 헤치며 큰 바다로 나가는 광경이 장

---

6. 이번에 출동한 전선의 수를 춘원은 86척이라(그의 전집 12권 221편 상단 7~9행) 했고, 노산은 85척이라(성웅 이순신 70면 5행) 하여 여기서도 두 저자의 기록이 서로 다르게 되어 있다. 양자를 비교해 보면 전자는 거북선이 출동한 것으로 했고, 후자는 출동하지 않은 것으로 하여 그 차이가 생긴 것으로 짐작한다. 본문에서 85척으로 한 것은 노산 저서 외에도 85척으로 한 기사가 있었음을 고려한 까닭이다.

엄무쌍했다. 이때 장군께서 애용검 '삼척서천 산하동색'을 짚으시고 장선에 나서시어 멀리 동녘 하늘을 바라보며 깊은 생각에 잠겨 계시니, 바다도 막중한 사명을 띠신 장군의 무운을 비는 듯이 물결이 잔잔해지고, 수백명 수군들이 노를 당기는 소리로 밤새 고요했던 아침 바다에 새로운 활기가 가득해졌다.

35. 경상 우수사(慶尙右水師) 원균(元均)의 치사(致謝)
소생이 불민하와 면목없이 됐사온대
원로에 수고를 아끼지 않으시니
이 은헬 백골이 되어선들 어찌 가히 잊으리까.

5월 4일 미명에 본영을 떠난 전라도 주사는 지물께 경상도 사량(蛇梁: 통영군 원량면 장지리)에 당도했다. 이곳까지 이르는 동안 연해 어민들의 정보에 의하면, 적이 대거하여 온다는 경보를 듣고 놀란 연해의 첨사, 현감, 권관들이 병선과 군기를 바다에 버리고 군량고와 민가에 불을 놓고 도망하여 영남 연해가 무인지경이 되었으며 해상은 적의 천지가 되었다는 것이었다.

장군께서는 사세가 이 지경에 이른 것을 통탄해 마지 않는 가운데 우선 소비포(所比浦: 고성군 하일면 춘암리)에 진을 치시고 영남 주사가 나타나기를 기다리면서 원 수사를 찾으시었으나, 그가 있는 곳을 알 길이 없어 궁금한 중 밤을 지내시고 나니, 원균이 다만 전선 한 척을 이끌고 초

104

라한 모양으로 나타났고, 그 뒤를 이어 남해 현감 기효근(奇孝謹)과 미조항(彌助項: 남해군 삼동면 미조리) 첨사 김승룡(金勝龍)과 평산포(平山浦: 남해군 남면 평산리) 권관 김축(金軸) 등이 판옥선(板屋船)7 한 척에 같이 타고 왔고, 사량 만호 이여념(李汝恬)과 소비포 권관 이영남 등이 각각 협선(挾船)8을 타고 왔으며, 영등포(永登浦: 거제군 장목면 구수리) 만호 우치적(禹致績)과 지세포(知世浦: 거제군 일운면 지세포리) 만호 한백록(韓百祿)과 옥포(玉浦: 거제군 이운면 옥포리) 만호 이운룡(李雲龍) 등이 판옥선 2척을 이끌고 왔다.

전라도 군사들은 물론이요 장군께서도 원 수사와는 면식이 없으신 터인데 그의 모양이 하도 초라하여 수사의 위의가 없어 보임으로 청병장을 가지고 왔던 소비포 권관 이영남으로 하여금 그의 신분을 확인케 하신 후 위로하신즉, 원 수사 이에 감격하여 이 사람의 불찰로 면목없이 되었사온데 영감이 원로에 수고를 아끼지 않으시고 이처럼 출동해 주시니, 이 몸이 백골이 되어서들 이 은혜를 잊을 수가 있사오리까 하고 치사를 했다.

36. 임전 자세에 대한 훈시

포문을 바야흐로 열 때가 되었으니
상하 장병 일치하여 전진무퇴 하려니와
산같이 무거이 하여 경거(輕擧)하지 말지어다.

---

7. 판옥선: 배 안에 널로 방을 꾸민 배.
8. 협선: 규모가 가장 작은 배.

장군은 원 수사에게 적군의 형세를 물으셨으나 그의 대답은 심히 모호해서 요령부득이었다. 원균의 모호한 대답에 장군께서는 그 위인이 어떠함을 이미 짐작하시고, 부득이 친히 전투 대책을 세우지 아니할 수가 없는 사세라는 판단에서 함대를 거느리고 거제도 송미포(松未浦)에서 밤을 지내시고, 이튿날 미명에 적선이 많이 모여 있다는 천성, 가덕 방면으로 진군하시는 중에 이미 명하여 정찰케 하신 사도(蛇渡 고흥군 점암면 금사리) 첨사 김완과 여도(呂渡 고흥군 점암면 여호리) 권관 김인영의 보고로 옥포에 적장 등당고호(藤堂高虎: 도도 다카토라, 일본의 장수-편집자 주)가 거느린 적선 50여 척이 진을 치고 있는 것을 아시게 되었다.

　이때 장군께서 초요기(招搖旗)9를 달아 전후좌우에 옹위한 장수들을 장선으로 모으신 후 "지금 적도가 옥포에 있은즉 곧 나가 싸우려니와 만일 물러가는 자는 군법으로 다스릴 것이라." 하시고, 다시 신칙(申飭: 타일러 경계함-편집자 주) 하시기를 "제장은 결단코 경동하지 말고 무겁기를 산과 같이 하라" 하셨다.

　훈시가 끝나자 곧 척후선이 앞을 서고 그 다음에 선봉, 중위, 좌위, 우위, 한후선 이런 순서로 진영을 정제하고 적진을 향해 진군했다. 옥포에 유진했던 적선 50여 척 중에 큰 배는 채색으로 그림을 그리고 무늬를 놓은 장막을 사면으로 둘렀고, 장막 가에는 넓고 좁은 각종 기를 달았는데, 다 무늬가 있는 비단으로 만든 것으로 사람의 눈을 현황(眩慌)케 했다.

---

9. 초요기: 조선 시대에, 전진(戰陣)에서나 행군할 때 대장이 장수들을 부르고 지휘하는 데에 쓰던 신호용 군기(軍旗). 깃발에 북두칠성이 그려져 있으며, 대장의 직품에 따라 크기나 색깔이 달랐다.-편집자 주

옥포 시가에 불을 놓고 촌려(村廬)로 돌아다니면서 노략질하던 적군들은 위풍이 당당한 우리 함대가 나타난 것을 보자 창황(蒼黃)하여 바다로 나와 배에 올랐으나 감히 나와 싸우지 못하고 바닷가로 연해서 행선했다.

37. 옥포해전의 혁혁한 전과(戰果)
일거에 옥포 적진 격파함도 장커니와
한 사람 전사자도 아군에 없었음이
다하여 기리지 못할 우리 주사 영옐러라.

50여 척 함대로써 옥포에 유진했던 적도는 대오를 정비하고 나타난 우리 전선 90여 척의 당당한 위풍에 기가 꺾여 감히 바다 가운데로 나오지 못하고 바닷가로 연해서 나가다가, 그 중에 선봉인 듯한 6척의 배가 앞서서 나오매, 장군께서는 곧 북을 울려 이를 쫓아가 치기를 명하셨으나 좌척후장 여도 권관 김인영과 우척후장 사도 첨사 김완이 머뭇거리매, 후부장 녹도 만호 정운이 분개해서 애용검 "정충보국(貞忠保國)"을 빼어 들고 노를 재촉하여 적진으로 진격했다.

정 만호가 적선으로 따라나가 활을 쏘고 화전을 놓아 싸움을 돋우니 적선에서도 빗발치듯 활과 조총을 쏘아 응전했다. 정 만호가 적선에 접근해서 싸우던 중 적선에 포위되매 장군께서는 북을 울려 모든 병선들로 하여금 일제히 출격하기를 명하시고, 피차간에 싸움이 맹렬하게 어울렸을 때에 군호를 내려 모든 배들로 하여금 화전을 쏘게 하시니, 순식간에 10여척 적선에 불이 붙어 불길과 연기가 충천하고, 적병들이 아우성 치는 소리와 총포 소리로 바다는 흔들리는 듯했고, 화약 냄새는 코를 찔렀다.

적의 함대가 한 곳에 집결한 때를 타서 장군께서는 기를 둘러 각 병선에 군호하여 적선을 포위하고 각양 총통과 활로 집중 공격하게 하시니, 적군이 혹은 화살에 맞아 죽고 혹은 불에 타 죽고 혹은 물에 빠져 죽어 그 참혹한 꼴이 시시각각 더해 가매, 아직 살아 남은 적도들은 더 지탱하지 못할 것을 깨닫고 더러는 배를 끌고 도망하고 더러는 물로 뛰어들어 헤엄쳐 달아나는 반면 우리 군사의 사기는 더욱 고조되었다.

이때 우리 주사의 전과를 일람하면 다음과 같다.

직위	이름	전과
좌부장	낙안 군수 신호	대선 1척 격파, 적장의 수급 1급 획득
우부장	보성군수 김득광	대선 1척 격파, 포로 1명 탈환
전부장	흥양 현감 배흥립	대선 2척 격파
중부장	광양 현감 어영담	중선 2척, 소선 2척 격파
중위장	방답첨사 이순신	대선 1척 격파
우척후장	사도 첨사 김완	대선 1척 격파
우부기전통장	진관보인 이춘	중선 1척 격파
유군장	발포 가장 전라 좌수영 군관 훈련 봉사 나대용	대선 2척 격파
후부장	녹도 만호 정운	중선 2척 격파
좌척후장	여도 권관 김인영	중선1척 격파
좌부기전 통장	순천 대장 전봉사 유섭	대선 1척 격파, 여아 1명 탈환
한후장	전라 좌수영 군관 최대성	대선 1척 격파
참퇴장	군관 배응록	대선 1척 격파
돌격장	군관 이언량	대선 1척 격파
이순신 장군 막하 군관	훈련봉사 변존서, 전봉사 김효성	대선 1척 격파
경상도 제장		5척격파, 포로 3명 탈환

위에서 본 바와 같이 우리 주사는 일거에 적선 26척을 격파하는 동시에 허다한 전리품을 거두었는데, 그중에 특히 낙안 군수 신호가 깨뜨린 적선에서는 적장의 수급을 얻은바, 그 배에 있는 칼이나 갑옷이 대단히 화려한 것으로 보아, 그 수급이 평범한 장수의 것이 아닌 것으로는 여겼으나 나중에 그것이 바로 50척의 전선을 거느린 사령관 등당고호였음이 밝혀져, 우리 장병들의 사기는 한결 더 높아졌다.

전투가 끝난 후 해상에는 아직 타고 있는 적선이 연기를 뿜고 있을 뿐 성한 적의 배라곤 하나도 없었다.

장군께서는 날랜 군사들을 시켜 산으로 기어오른 적군을 잡고자 하셨으나, 해가 이미 기울었으므로 군사를 거두어 영등포(거제군 장목면 구수리) 앞바다에 진을 치고 군사들로 하여금 나무를 하고 물을 길어 밤을 쉬게 하시고 당신께서도 갑옷을 벗으려 하실 즈음, 척후장으로부터 적의 대선 5척이 지나간다는 정보를 받으셨다. 이에 장군께서는 이미 벗으신 갑옷을 다시 입으시고 행선을 명하여 적선을 추격하게 하셨다.

종일 싸움에 피곤했지만, 오늘 싸움에 크게 전과를 올린 장병들은 사기가 충전한 터이라 행선 명령이 떨어지자 함성을 올리며 배를 저어 황혼이 가까운 바다의 물결을 차고 적선을 추격하여 웅천 지경 합포 앞바다에서 적선을 격파하고 불을 지르니 황혼이 짙은 산과 바다에 화광이 충천했다.

이 전투에서 사도 첨사 김완이 대선 1척, 방답첨사 이순신이 대선 1척, 광양 현감 어영담이 대선 1척, 방답진에 귀양사는 전 첨사 이응화가 소선 1척, 전라 좌수영 군관 봉사 변존서, 송희립, 김효성, 이설 등이 합력하여 대선 1척을 격파 소각했다.

우리 군사가 적선을 거의 다 깨뜨린 소문이 퍼짐에 따라 백성들은 기뻐서 춤을 추며 모여 와서 양미와 어물과 간장이며 채소 등속을 바쳤다. 장군께서는 싸운 자리에서 밤을 지내는 것이 위태하다 하여 밤으로 배를 저어 창원(昌原) 지경 남포(藍浦) 앞바다에 진을 치시고, 당신이 친히 술을 부어 장졸들을 위로하시니 상하 장병들이 기뻐 마지않는 가운데 밤을 지냈다.

이튿날 8일 새벽에 진해 부근에 적선이 머물러 있다는 정보를 접수하시고 안팎 섬을 모조리 수색하여 적진포(赤珍浦: 통영군 광도면 적덕동)에서 중선 13척을 격파하니 이로써 이틀 간에 격파한 적선이 44척에 달했다.

적은 비록 지상에서 우리 군사를 놀라게 한 조총이 있었지만, 바다에서는 견고한 우리 병선과 화전의 위력 앞에 제 구실을 다할 겨를이 없어 이틀간에 44척의 병선을 상실하고 부지기수의 사상자를 내었으나, 아군에는 오직 한 군사의 부상자를 내었을 뿐이었으니 일거에 적진을 힘몰한 것도 장한 일이어니와 아군에는 다만 한 군사의 경상자(순천부 정병正兵 이선지李先枝)를 내고 끝이었다는 것이 참으로 다하여 기릴 수 없는 우리 주사의 영예라고 하겠다.

이 영예로운 승리를 거둔 옥포, 합포, 적진포 등 세 곳의 접전을 통칭해서 옥포해전이라 일컫는다.

이때 거둔 전리품은 다음과 같은 것으로 5칸 곳간을 채우고도 남았다.

1. 쌀 300석
2. 의복, 필육(수량 미상)

3. 붉은 철갑, 검은 철갑, 각색 투구, 입가리개, 붙이는 수염, 철관대, 금관, 금우(金羽), 금삽(金鍤), 우의(羽衣), 새짓비, 소라, 큰 쇠못, 동아줄.

장군께서는 이들 전리품 중 쌀과 의복과 필육 등은 군사들에게 나눠 주시고, 그 중에서 무겁지 않고 귀중한 것은 첩보(捷報)와 아울러 왕께 바치셨다.

38. 천인이 공노(共怒)할 영남 수군의 만행(蠻行)
재물에 제 아무리 마음이 팔렸기로
도움받은 우군에게 활을 어이 당기었나?
사람의 탈을 쓰고는 차마 못할 짓이로다.

적선 44척을 격파한 옥포해전에서 적군이 죽은 자는 부지기수로되 아군에는 오직 한 군사의 부상자를 내었을 뿐이었는데, 싸움이 끝난 뒤 영남 군사들의 활에 의하여 전라도 군사 두 사람이 부상을 당했으니 참으로 어이없는 일이거니와 이때 영남 수사 원균이 거느린 전선은 겨우 4척10으로 이번 승전에 크게 기여한 바 없었던 반면에 공명심은 불붙듯 하여 전라도 군사들이 목숨을 걸고 싸워서 잡은 적선을 빼

---

10. 이충무공전서 172면에는 원 수사와 그 부하 장수들이 타고 온 전선이 4척이라 했고, 동 178면에서는 3척이라고 기록되어 전 후 기사의 수가 일치하지 않게 되었는데, 여기서는 172면 기사를 따랐다.

앗고자 활을 난사함으로써 벌어진 것인즉, 그 소행은 마땅히 엄벌을 받아야 할 일이었건마는 수사 원균은 이를 보고도 모른 체 하였다. 이에 따라 그의 올곧지 않은 심사는 전라도 군사들 사이에 널리 알려져 크게 비난하는 대상이 되었다.

39. 피란민 이신동(李信同)의 치사
상사또 은혜랑은 백골난망 이오마는
어미와 처자들의 생사를 모르오니
소인이 어찌 혼자서 살기를 도모 하오리까.

옥포의 적진을 소탕하니 해상에는 오직 우리 함대의 위용이 보일 뿐, 적선이라곤 깨어진 배와 타다 남은 널조각이 떠도는 것밖에 보이는 것이 없었다.

이에 따라 적도의 총검을 피해 숨어 있던 백성들이 해안으로 나와 위풍이 당당한 우리 함대를 보고 감격한 나머지 울음을 터뜨리고 손을 저어 고맙고 반가운 뜻을 표했다. 그 중에도 어린애를 업은 어떤 사람은 산 꼭대기에서 울며 내려와 우리 주사에게 무슨 말을 하려는 듯한 표정을 보이매, 장군께서는 종선을 보내어 그를 데려 오게 하셨다.

어린애를 업고 온 사람은 이신동(李信同)이라는 피란민이었다. 그는 장군께 절하여 경의를 표하고 나서, "왜적이 들어 온 후 백성들을 죽을 자리에 버려두고, 원님네가 달아난다는 말만 들었을 뿐, 누구 한 사람 나가서 적을 친다는 말을 듣지 못해 흥분한 맘을 금치 못하다가 상 사또께서 오시어서 거제도와 옥포의 적도를 모조리 함몰하시니 참으로 이런 기쁜 일이 없나이다. 대체 어떤 어른이시길래 그처럼 장하신가 하고 한 번 뵙기를 원했삽더니, 사또께서 저 같은 천민을 부르시와 치사의 말씀을 드릴 수 있게 하시니 소인이 이제 죽사와도 여한이 없겠나이다." 하고 무수히 절을 했다.

장군께서는 이신동의 말을 들으시고 적군의 형세를 물으시니 그가 대답하여 아뢰기를 "어제 적군이 이 포구에 들어와 여염(閻閻)으로 돌아다니면서 재물을 약탈하고 우마를 끌어다가 배에 싣고 소를 잡아 밤새도록 술을 먹고 놀더니, 오늘 아침에 반은 배를 지키고 반은 고성으로 갔나이다." 하였다. 장군께서 다시 말씀하시기를 "지금 나가다가는 적군에게 잡혀갈 염려가 있은즉 병선을 타고 가자." 하시니 이신동이 "사또의 은혜는 백골난망이오나 늙은 어미와 처자의 행방을 모르오니 어찌 소인 혼자만 살려고 사또를 따라갈 수 있사오리까. 어서 가서 어미와 처자를 찾아 죽었으면 묻어 주기라도 해야겠나이다." 하며 어린애를 업고 배에서 내려갔다.

40. 녹도 만호(鹿島萬戶) 정운(鄭運)의 철석 같은 항전 의식

원수와 어찌 함께 하늘을 쓰오리까.
기어이 섬멸하여 철천지한(徹天之恨) 풀기까지
목숨을 아끼지 않고 싸우고야 말리이다.

적군이 부산을 함락시키고 곧이어 동래를 침공할 때에 불을 놓고 조총을 쏘아, 주검과 재가 쌓여 뫼가 되고 피가 흘러 내를 이룬 처참한 정경은 이루 다 형언키 어렵거니와 이때 적군에게 붙잡혀 욕을 당한 부녀자가 부지기수였다.

그런 중에 우리 수군의 손에 깨어진 적선에 있다가 구조되어 온 윤백련(尹百連)이라는 소녀가 문초(問招)[11]하시는 장군께 공술(供述)[12]하기를 "소녀의 집은 동래 동면 매바위온데, 어미는 벌써 죽고 오라비와 함께 아비와 같이 살다가 난리를 만났사온데, 왜놈들이 집에 불을 지르는 바람에 뛰어나와 숨어 다니다가, 다대포의 수군으로서 싸우다가 죽은 줄만 알았던 아비를 뜻밖에 만났으나 금세 잃어버리고 하나밖에 없는 오라비와 같이 왜군에게 잡혀가다가 어찌 되었는지 오라비는 없어지고 저 혼자만 끌려갔었나이다." 하였다.

소녀의 슬픈 사연을 들으시고 장군께서는 눈물을 머금으시며, "자아, 이런 일이 어찌 이 아이 하나만이겠느뇨. 이 아이 말을 듣고 다들 어찌 생각하는가?" 하시니, "어찌 원수와 함께 하늘을 쓰고 살 수가 있사오리까! 목숨이 다 하는 순간까지 싸우고 싸워 기어코 원수를 갚고야 말리이다." 하고 모든 장수들이 목청을 높여 굳은 결의를 표명했다. 이에 따라서 장군께서는 부하 장수들의 전의를 더욱 돋우는 효과를 거두시게 되었다.

---

11. 문초: 죄를 지은 사람에게 공초(供招: 죄인이 범죄 사실을 진술하는 것)를 받으려고 신문하는 것.

12. 공술: 신문(訊問)에 의하여 진술하는 것.

41. 전승의 공을 부하 장병에게 돌리시는 겸허(謙虛)

옥포해전 대승첩의 장계를 올리실 제
오로지 휘하 장병 공로로만 돌리시니
부하들 신뢰와 존경이 더욱 높아 지도다.

아군엔 다만 한 사람의 경상자를 내었을 뿐, 적선 44척을 격파한 옥포해전의 대승첩은 장군의 비범하신 작전 지휘의 결과인 것은 다시 말할 나위도 없는 것이었다. 그러나 장군께서는 오직 나라를 건지고 겨레를 구하시려는 일념에 타실 뿐 당신의 명리에 대한 관심은 추호도 없으셨던 까닭에 옥포 싸움에 적도를 통쾌히 소탕하신 것으로 만족하시고, 그 명예를 부하 장병들에게 돌려 옥포의 대승첩은 오직 여러 장병들이 목숨을 걸고 잘 싸운 결과라고 장계하셨다. 모든 장병들은 전승의 기쁨에 이어 많은 노획물을 나눠 갖게 된 것에 만족했거니와, 옥포해전에 크게 승리한 것이 다 자기들의 공로라고 장계하신 장군의 겸허에 다 감격하여 더욱 높은 존경심과 신뢰감을 가지고 받들게 되었다. 여기서 장군의 장계문의 일부를 빌어 피란민들의 비참한 정황을 살펴보기로 한다.

장계문 초략(草略)

죽기도 많이 하고 노략도 많이 당해 민생의 참상을 형언하기 어렵습니다. 바닷가로 돌아보오면 지나는 산골짜기마다 피란민이 가득했사온데 신이 거느린 배를 보기만 하면, 머리 땋은 아이들이며 백발노인 할 것 없이 업고 안고 서로 끌고 울부짖으며 따라오려 함이 마치 살아날 길이나 찾은 듯했사옵고, 어떤 사람은 적의 종적을 일러주기도 했사온 바, 이들을 그대로 버려둘 수가 없어 배에 태워 주려 했으나 그런 사람이 너무도 많을 뿐만 아니라, 싸우러 가는 길에 많은 사람을 태우고 갈 수도 없사와 돌아오는 길에 데려갈 터이니 깊이 숨어 적의 눈에 띄지 말도록 타이르고 적을 추격했삽다가 문득 상감께서 파천하셨다는 놀라운 기별을 듣사옵고 급히 돌아와 애련(哀憐)한 정을 아직도 이길 길이 없사옵니다.

42. 선조대왕 파천(播遷)의 비보를 접하시는
장군의 통탄 및 의주까지 쫓기는 조정(朝廷)의 비애
비 오는 한밤중에 몽진을 하시다니!
조정에 이다지도 사람이 없었던가?
오호라 나라가 장차 어찌되어 가려는가!

경상 우수사 원균의 청병장을 놓고 장군께서 군사회의를 하시던 4월 29일 밤에 서울에는 큰 비가 왔다. 억수같이 퍼붓는 우중에 더구나 한밤중에 상감이 파천하신 사실을 알리는 전라도 도사 최철견(崔鐵堅)의 통보를 받으신 장군께서는 심한 놀라움과 깊은 근심 속에 통곡하시고, 나라의 꼴이 이에 이르도록 조정에 사람이 없었음을 한탄해 마지 않으셨거니와 우선 서울의 함락 여부를 알아보실 겸 경우에 따라서는 주사를 이끌고 서해로 올라가서 상감을 호위하실 생각에서 또는 우수영 함대가 아직 출동하지 않고 있으므로 이를 기다려야 할 군사상 사정에서 일단 본영으로 돌아가기로 하셨다.

장군께서는 병선을 거느리고 가덕에서 노량에 이르는 동안 창원, 고성, 진주 등 바다로 임한 산골짜기에 숨어 있는 피란민들을 안전한 곳으로 옮겨 주지 못하는 것을 심히 마음 아프게 여기셨다. 그래서 전라 감사에게 통보하여 이들을 구호할 양식을 보내 주도록 청하시고, 앞으로 그들을 당신의 관하(돌산도突山島와 고금도古今島 등지)로 옮겨 여러 가지 생업에 종사하도록 할 계획을 세우기도 하셨다.

우리는 선조대왕이 비 오는 한밤중에 몽진의 길을 떠나지 아니하실 수 없었던 슬프고 가련한 장면을 보기 전에, 이미 통분과 증오에 대한 감수성이 마비될 정도로 오장이 꼬이는 불쾌와 참고 견디기 어려운 여러 가지 사실을 너무도 많이 보아 왔거니와, 이제 장군께서 옥포에서 놀라운 전과를 거두시고 본영으로 돌아오시는 틈을 타서 한강, 임진강, 대동강 등 방비에 허술했던 태세와 이로 기인한 여러 가지 슬프고 가련한 사실들을 살펴보기로 한다.

1. 한강에서의 방위

한강 방위에 책임을 진 것은 도원수 김명원(金命元)과 부원수 신각(申恪)이었다. 당초에 부원수 신각은 우리 군사가 오합지중(烏合之衆)이므로 적을 보면 도망할 염려가 있은 즉, 강을 건너가 배수진(背水陣)을 치고 싸워야 할 것을 제의했으나, 도원수 김명원은 싸움이 불리할 경우 피할 길이 막힐 것을 염려하여 신각의 의견을 쫓지 않았다. 급기야 대

117

안에 적군이 나타난 것을 보자 도원수 김명원이 몸을 피하니 부원수 신각은 부득이 유도대장(留都大將: 임금이 서울을 떠났을 때에 서울에 머물러 있으면서 도성을 지키는 대장-편집자 주) 이양원(李陽元)을 찾아 그의 군사로써 싸우려 했으나 이양원은 벌써 가족을 동소문 밖으로 내보내고 자신도 그 뒤를 따라 나가고 없었다. 이때 서울 사람들은 누구나 다 동소문 밖을 유일한 피란 길(산이 많은 강원도를 통할 수 있는 까닭이었는지)로 알았던 모양이었다. 신각 역시 혼자서는 어찌할 도리가 없어 동소문 밖으로 나가 양주에서 이양원을 만나 마침 올라오던 함경 병사 이혼(李渾)의 군사와 합세하여 서울서 노략질을 하고 내려오는 적을 깨뜨려 60여 명 적의 머리를 베어 적군이 한강을 넘어온 후 처음으로 적지 않은 타격을 주었다. 그런데 웬일인지 신각이 양주에서 승전한 지 사흘 만에 개성으로 파천해 계신 선조대왕으로부터 신각을 베라는 교지를 받든 선전관이 와서 신각의 목을 베었다. 이에 그 까닭을 알아보면 다음과 같다.

한강을 지켜야 할 책임을 망각하고 몸을 피해 임진강을 건너간 김명원은 한강을 지키지 못한 것이 부원수 신각이 자기의 명령에 승복하지 않고 도망한 까닭이라고 상감께 아뢰었는데, 이때 상감을 뫼시던 중신 중에 이는 김명원이 패군의 책임을 전가하는 것이라 생각하는 사람이 없지 않았으나, 욱하면 흥분하기 잘하는 우의정 유홍(俞泓)이 "주장의 명을 듣지 않는 자는 죽어 마땅하오." 하고 추상열일(秋霜烈日)같은 기세로 대의명분을 내세우는 바람에, 선조대왕은 유홍의 명분론에 어의가 기울어지시어 신각의 목을 베라는 전교(傳敎)를 내리신 것이었다.

그런데 이튿날 양주에서 부원수 신각이 적을 깨뜨리고 60여 명 적

118

의 수급을 얻었다는 정보를 받으신 대왕은 일변 놀라고 일변 뉘우치시어 곧 선전관을 뒤따라 보내셨으나 관원이 현지에 도달한 때, 신각의 머리는 이미 그 몸에서 떨어진 뒤이었으니 이 얼마나 야릇한 운명의 작희이뇨! 도원수는 도망하여 목숨을 보전하고, 싸워서 공을 세운 부원수의 목이 왕명으로 떨어지다니! 참으로 한심하고 가련하기 짝이 없는 일이었다.

개성으로 옮긴 조정은 적이 한강을 넘었다는 경보가 들어오자, 이제 또 어디로 갈 것이냐에 대해서 그 의견이 두 갈래로 갈리었는데, 그 하나는 함경도로 가자는 것이었고 다른 하나는 평양으로 가야 한다는 것이었다. 함경도로 가자는 이들의 생각은 동소문 밖으로 피란시킨 가족들을 만날 기회를 얻자는 심산이었고, 평양으로 가야 한다는 주장은 함경도로 갔다가는 사불여의(事不如意)할 경우 다시 의지할 곳이 없지만, 평양으로 가면 명나라로 통할 수 있는 의주로 갈 여유가 있다는 것이었다.

두 주장이 대립해서 토의 하는 중에 형세가 점점 급해지매 평양으로 가야 한다는 류성룡의 의견에 따라서 결국 평양으로 가기로 하고 개성을 떠났는데 어찌 황급했던지, 종묘의 신주를 모실 것을 잊고 얼마동안 가다가 보산역(寶山驛)에 이르러서야 어느 종친 중 한 사람의 머리에 그 생각이 떠올라 급히 달려가 신주를 모시게 했으니 이때 초조했던 꼴을 가히 짐작해 알만한 것이었다.

2. 임진강에서의 방위
임진강에서의 방위는 어떠한 계획과 조직화에서 된 것이 아니고 자연 추세대로 도원수 김명원, 병사 신할(申硈), 지사 한응인(韓應寅) 등 세 사람이 맡게 되었다. 도원수 김명원은 한강을 지키지 못한 죄로 마땅히 벌을 받아야 한다는 주장이 없지 않았으나, 그와 심히 가까운 우의정 유홍의 두호로(신각은 베어야 한다고 추상열일같이 명분론을 세우더니!) 패군한 죄를 용서 받고 의연히 원수라는 직함을 가지고 경기도, 황해도 등지의 군사를 거두어 임진강을 지키라는 명령을 받게 된 것인데, 패군지장인 김명원에게만 임진강의 방위를 맡긴 것이 불안해서, 마침 함경북병사로 있다가 갈려 오는 신할에게도 임진강을 지키도록 했으나, 그러고도 안심이 되지 않아 북경으로부터 돌아온 지사 한응인에게도 강변 정병 3,000명을 주어 임진강을 지키게 한 것이었다.

그런데 한응인에게는 김 원수의 절제(節制)를 받음이 없이 방위 작전을 임의로 하라는 권한을 주었고 신 병사에게는 그렇게 까지는 아니했으되, 그는 김 원수가 패군지장이라는 생각에서 그를 우습게 여겨 그 절제를 받지 않으려 했으니, 이쯤 되도록 한 깃이 벌써 큰 잘못인 것이었다. 당초 김 원수는 임진강 북쪽에 진을 치고 있을 뿐 감히 강을 건너가 적을 칠 생각은 못하고 강변의 배를 거두어 여울목을 지키며 십여 일을 지내던 중, 어느날 대안에 있던 적이 강변에 짓고 있던 초막에 불을 지르고 장막을 거두어 가는 양을 보였다. 신 병사는 "자 보시오. 저놈들이 달아나는 꼴을. 물실호기(勿失好機: 좋은 기회를 놓치지 않음-편집자 주)라 하지 않았소. 어서 따라가 잡읍시다." 하고 강을 건너가 싸우려 했으나, 김 원수는 "필시 우리를 유인하는 흉계일 것이오. 그놈들이 결코 달아날 놈들이 아니오. 뒤에 군사도 많고 군량도 넉넉한 데 그럴 리가 없으리다." 하고 신 병사의 의견에 찬동하지 않았다. 그러나 신 병사는 "도망하는 적을 가만히 보고만 있단 말씀이오?" 하고 얼굴을 붉히고 자기 주장을 굽히려 하지 않았다. 이때 옆에 있던 경기 감사 권징(權徵)도 "급격물실(急擊勿失: 급히 쳐서 때를 놓치지 않음-편집자 주)이란 이런 것을 두고 이르는 말이요. 도망하는 적을 그대로 놓아 보내면 무슨 면목으로 성상을 뵈옵겠소." 하고 신 병사의 추격론에 찬성했다.

김 원수는 신 병사의 강경한 주장을 꺾을 뚜렷한 이유가 없고 또 권징의 명분론에는 더욱이 할 말이 없어 다만 "적군은 그리 쉽게 볼 것이 아니오." 할 뿐 입을 다물었다. 신 병사는 김 원수의 우유부단한 태도를 보고 그러면 "대감은 여기서 편안히 계시오. 소인은 강을 건너가 치고야 말겠소." 하고 김명원이 도원수로서 한강을 지키지 못하고 물러난 것을 비웃기나 하는 듯이 한 마디 하고 나서는, 원수의 승락도 얻지 않고 강변에 매어 둔 배를 풀어 권징으로 더불어 군사를 거느리고 강을 건넜다.

신 병사와 권징이 군사를 거느리고 강을 건너 적을 추격하고 있을 때에 한응인이 평안도 정병 3,000명을 거느리고 임진강에 당도했다. 한응인은 김 원수를 급히 만나 임금이 내리신 원수의 절제를 받지 않아도 좋다는 패를 내어 보이며 마치 자기 지위가 김 원수 보다 높다는 듯한 자세로 적의 동태를 물었다. 김명원은 선조대왕이 내리셨다는 패를 볼 때에 또는 오만불손한 한응인의 말을 들을 때에 모욕감과 분노심으로 전신이 싸늘하게 식음을 느꼈으나, 한강을 지키지 못한 죄책감에서 분노와 불쾌를 자제하고서 그동안 경과를 대강 설명하고 신 병사와 권징이 자기의 만류를 듣지 않고 강을 건너 적을 추격하고 있다고 했다. 한응인은 강을 건너가기만 하면 곧 적을 잡기나 하는 듯이 "내가 서울을 회복하거든 영감은 서서히 뒤를 따라 오시오." 하고 큰 소리를 하여 신 병사에게 한 걸음 뒤진 것을 작위하면서 강변으로 나가 대안에 있는 배를 불러다가 군사들에게 강을 건너 진격하기를 명했다.

이때 평안도 군사 중에 나이 지긋한 한 군사가 나서서 한응인에게 고하기를, "종일 먼 길을 걸어 군사들이 피곤할 뿐만 아니라 기갈도 심한 터에 적군의 형세도 살펴 보지 않고 먼저 도강하는 것은 심히 위태한 일이오니 여기서 하루를 쉬어 피로를 풀면서 척후를 놓아 적장을 탐지한 연후에 도강함이 옳을까 하오." 하였다. 한응인은 일개 하급 군사가 자기의 영을 어기고 오늘은 쉬자는 것에 대노하여 "누구의 영이라고 네가 감히 잔소리를 하느냐! 다시 군말이 있으면 군법으로 시행할 것이다." 하고 발을 굴러 위엄을 뵈였다. 그러나 다른 군사들 역시 강변에서 오래 살아 소시로부터 수없이 오랑캐와 싸운 경험을 쌓아 온 터이라 한응인의 지휘는 전법을 모르는 철부지 같은 짓으로 밖에 여기지 않았다. 그리고 김 원수의 말에 의하면 신 병사가 먼저 강을 건너 갔다고 하지만, 그 역시 아무 계책이 없이 덮어놓고 도강한 것이라니, 숙맥같은 한응인의 말대로 하다가는 큰 화를 면치 못할 것이 명약관화한 까닭에 늙수그레한 세 네 명 군사가 다시 나서서 "사또께서 강을 건너가라 하시면 명대로 따를 수밖에 없사오나 피곤한 군사를 이끄시고 그 형세를 모르는 적진으로 추격하려 하시는 것은 아무리 생각해도 오계이신가 하오. 첫째로 적군의 수가 얼마나 되고 또 어떠한 병기를 가졌는지 그것을 탐지한 연후에 우리는 이에 대해서 어떠한 전법으로 싸워야 하겠다는 계획이 서야 할 것이고, 둘째로는 우리 군사들이 모두 적세에 대해서 의심을 품고 있어 도강하기를 주저하오니 먼저 어떤 군사의 말씀과 같이 오늘은 쉬고 내일 도강하는 것이 좋을까 하오." 하고 그들이 평생에 얻은 체험으로 한응인을 깨닫게 하려 했다. 한응인은 감히 자기를 가르치듯 하는 노병의 말에 화가 상투 끝까지 치밀어 "너희 놈들이 대장을 몰라보고 함부로 주둥이를 놀려 군심을 현란케 해!" 하고 칼을 빼어 앞서 말한 군사까지 불러내어 도강을 반대하는 군사들의 목을 토막치듯 했다(여기 또 이일과 같은 위인이 있도다.). 이때에 별장 유극량(劉克良)이 나서서 "강변 군사들의 의견이 옳은가 하오." 하니, 한응인이 격노하여 유극량을 베려 하매 극량이 태연한 자세로 다시 이르기를 "내가 소시부터 종군하여 일생을 전장에서 살았거든 이제 어찌 죽기를 피하리까마는 나라 일이 그릇되므로 하는 말이오." 하고 부하 군사들에게 "가자." 하고 앞을 서서 강을 건넜다.

이때에 한응인은 김 원수에게 "서울서 만납시다." 하고 배에 올랐다가 대왕의 중명을 받든 몸이라 하여 배에서 내려 김 원수와 같이 강변에 머물렀다. 신 병사와 한응인의 군사가 문산에 다달았을 때에, 평안도 정병 중 싸움에 경험이 많은 군사가 이르기를 "이곳의 지세로 보아 복병이 있음직 하니 행군을 중지하고 적세를 염탐한 연후에 진군함이 옳겠다." 했으며 유극량도 그 의견을 옳게 여겨 신 병사에게 다투어 진군하지 말기를 제의했건마는 신 병사는 그 말을 듣지 않고 군사를 재촉해서 앞으로 나갔다. 한응인의 군사는 주장이 강변에 머물러 도강하지 아니한 까닭에 무장지졸이 되고 보니, 각각 제 뜻대로 이

왕 죽게 된 이상 한 놈이라도 더 죽이고 죽자는 생각에 앞으로 나갔고, 신 병사는 누가 청하는 길이나 가는 듯이 전진하다가, 산 뒤에서 요란한 방포 소리가 나는 동시에 조총과 장검을 가진 적군 떼가 나타나 조총을 난사하고 장검을 휘두르는 바람에 앞으로 달리기만 힘쓰던 우리 군사들은 미처 손을 쓸 겨를이 없이 순식간에 수천 명 군사가 도륙을 당하고 신 병사 역시 적군의 칼에 쓰러지고 겨우 죽기를 면한 군사들은 급히 발길을 돌려 임진강으로 후퇴했다.

한응인은 우리 군사가 쫓겨 오는 것을 보고 처음에는 배를 강남으로 보내기도 했으나, 뒤를 쫓는 적군이 구름같이 몰려 오는 것을 보고 배를 거두었으므로 강변까지 쫓겨 온 우리 군사들은 발을 구르며 배를 부르다가 혹은 적군의 장검에 목이 떨어지고 혹은 강으로 뛰어 들었다. 원수 김명원과 한응인은 강변에서 쫓겨 오던 우리 군사들이 번쩍이는 왜군의 칼에 골패짝 쓰러지듯 하고, 바람에 날리는 나무 잎처럼 강으로 뛰어 들어 죽어가는 것을 보고 넋을 잃고 있을 때에 상산군(商山君) 박충간(朴忠侃)이 말을 달려 달아나니 이를 본 군사들은 원수와 한응인이 달아나는 줄 알고 여울을 떠나 뿔뿔이 헤어지매 군사를 다 잃은 두 장수는 어디론지 말을 달려 자취를 감추고 권징은 패전의 죄가 두려워 평양으로 가지 못하고 경기도 가평으로 도망해 숨었다.

임진강의 방비를 원수 김명원, 전 함경 북병사 신할, 지사 한응인 등에게 맡겨 지키게 하고 개성을 떠나 평양으로 옮긴 조정은 크게 믿었던 한응인의 군사가 대번에 무너진 소식에 놀라 중신들은 임금께 다시 파천하시기를 주청했는데, 이때 평안도 강계 유배지에서 풀려 온 인성 부원군(寅城府院君: 선조대왕이 개성으로 파천하셨을 때에 남문에 납시어 백성들에게 소원을 말하라 하심에 따라 어떤 사람이 "정철을 불러올리소서." 하고 주청함에 의해서 정배지定配地에서 풀려 온 사람) 정철(鄭澈)은 누구보다도 먼저 평양을 떠나기를 극력 주청했다. 정철을 중심한 그 일파의 의견과는 달리 류성룡과 좌의정 윤두수(尹斗壽)13는 평양을 지켜야 할 것을 역설했다. 그 이유를 들어 보면 서울서는 군사와 백성들이 다 적을 두려워해 미리 흩어진 까닭에 지킬 수가 없었지만, 평양 사람들은 의지가 굳어 죽기로써 싸우려 할 뿐만 아니라 얼마 안 가서 명나라 구원군이 올 것이므로 명군과 합세하여 싸우면 능히 적을 막을 수가 있을 것이고, 그리고 만약 평양을 버리고 나면 의주 외에는 다시 거접할 곳이 없다는 것이었다.

두 의견이 서로 맞서서 결론을 짓지 못하고 있는 동안에, 요로(要路: 영향력이 있는 중요한 자리나 지위 또는 그 자리나 지위에 있는 사람-편집자 주) 대관들은 은밀히 그 가족들을 피란시키고 재물을 실어 내매, 이를 본 백성들은 조정을 믿을 수 없다 하고 슬슬 평양성을 빠져 나가니, 조정은 이를 크게 염려해서 그 대책을 토의한 끝에 선조대왕을 대신해서 왕세자가 성중 부로(父老: 한 동네에서 나이가 많은 남자 어른을 높여 이르는 말-편집자

---

13. 윤두수: 자는 자앙(子仰)이요 호는 오음(梧陰)이다. 해평(海平) 사람으로 중종 28년(1533년)에 출생하니 이순신 장군보다 12년 연상이다. 선조 때에 이(吏), 공(工), 형(刑), 호조(戶曹) 참의(參議)와 전라, 평안 관찰사를 역임한 후 해원군(海原君)의 작위를 봉승 했고, 다시 대사헌에 올랐다가 당파 싸움으로 인해 회령에 귀양 갔었다. 임진란이 일어나자 선조대왕의 소명을 받아 용만(龍灣)으로 가던 중 개성에서 어영대장(御營大將) 또는 우의정으로 임명되고, 평양에 이르러서는 좌의정이 되었다. 갑오년에 세자 광해를 따라 남도로 내려가 삼도 제찰사를 겸했으며, 다음 해에는 판중추부사(判中樞府事)로 또 그다음 해에는 좌의정으로 다시 임명되었고, 전쟁이 끝난 후에는 영의정까지 올랐으나 사임하고 한가히 지내다가 69세 되던 해에 사망했다. 시호를 문정(文靖)이라 했다. 이순신 장군에게는 언제나 해로운 존재였는데, 그것은 장군을 천거한 동인 류성룡과 반대당인 서인의 위치에 있었던 까닭이다.

주)들을 대동관 뜰에 모아 놓고, "평양을 굳게 지킬 것인 즉 백성들은 조금도 동요하지 말고 이미 피란한 사람들도 성중으로 속히 돌아오도록 하라." 하고 효유(曉諭: 깨달아 알아듣도록 타이름-편집자 주)했다. 그러나 백성들은 왕세자의 영지(令旨)를 믿으려 하지 않고 상감의 분부시라면 모르겠다고 했다. 백성들이 왕세자의 영지를 받들려고 하지 않는 것은 상감 밑에 있는 신하 중에는 간신이 많은 까닭에 그것이 과연 상감의 어의이신지 알 수가 없다는 의미인 것이다.

백성들이 왕세자의 영지를 받들려고 하지 않는 것을 보고 대관들 중에는 "버러지 같은 상놈들이 동궁의 영지를 아니 받들다니!" 하고 흥분해서 "군사를 풀어 그놈들을 무찌릅시다." 하는 이도 있었으나 그러나 "지금이 어느 때요. 백성의 뜻을 거스릴 때가 아닌가 하오." 하는 류성룡의 말이 서서 마침내 선조대왕이 친히 대동관에 납시어 승지로 하여금 "평양성을 굳게 지킬 터인즉 너희들은 돌아가 백성들에게 성중을 떠나지 말라 이르고 힘을 모아 적군을 물리치도록 하라." 하시었다. 승지가 전하는 대왕의 효유를 들은 백성들 중에 나이 많은 수십 명이 땅에 엎드려 "평양 성중의 백성이 하나도 없이 다 죽을 때까지 성상을 위해 싸우고 싸우리이다." 하였다.

선조대왕은 일찌기 어느 중신들에게서 들어 보지 못하시던 백성들의 충성스러운 말씀에 크게 감동하사 눈물을 흘리셨고, 무릎을 떨면서 시립했던 대관들도 우선 안도의 숨을 쉬었다. 백성들 앞에서 평양을 굳게 지킨다고 했으나 성을 지킬 책임을 맡길만한 장수가 없었으니 이 얼마나 딱한 사정이었느뇨! 그러나 백성들에게 평양을 지키는 자세를 뵈어야 하겠으므로 우선 좌의정 윤두수로 수성대장을 삼고 도원수 김명원과 순찰사 이원익으로 더불어 평양성을 지키게 했다. 이처럼 장수가 귀한 때에 짚신 감발에 초라한 꼴을 하고 이일이 부하 5,6인을 데리고 왔다. 이일은 상주와 충주에서 패하여 도망한 장수이나 장수가 귀한 때이라 아무도 그의 패군한 죄를 논하는 이가 없었고 더우기 적군이 벌써 황해도 봉산까지 왔다는 벽동(碧潼) 토병(土兵: 그 고장에 붙박이로 사는 사람으로 뽑은 군사) 임욱경(任旭景)의 정탐 보고를 받고 심히 불안해 하던 터이라, 비록 패군지장라 할 지라도 이일은 원래 명장이라 일컫던 장수인 즉 그로 하여금 성을 지키는 데 한 몫을 담당하게 하는 것이 좋으리라 하여 수성대장 윤두수는 이일에게 대동강의 여울목을 지키게 했다.

이일은 두 번이나 패주했던 자신의 부끄러움을 어느새 잊은 듯이 "그 놈들이 벌써 올 수가 있으리까." 하고 한만한 자세를 취하는 것을 보고 류성룡은 이를 마땅치 않게 여기는 눈으로 이일을 보니 이일이 "지금 가라시면 가오리다." 하고 군사 수백 명을 거느리고 합구문(合毬門) 앞에서 군대를 점검합네 하고 날이 늦도록 떠나지 않고 술과 안주를 장만해 문루에서 그동안 주린 배를 채우며 놀고 있다가 미리 사람을 놓아 이일의 거동을 살피게 한 류성룡의 사자에게 들키고 말았다. 류성룡은 그 사자의 보고를 받고 곧 수성대장 윤두수를 찾아 "큰일 났소이다. 이일이 상주서 하던 버릇을 또 하고 있으니 이를 어찌하리까. 형세의 급박함이 초미지간(焦眉之間)에 달렸는데 이일이 합구문 누상에서 술만 먹고 있다 하오." 하고 개탄해 마지 않았다.

이일은 윤두수의 재촉을 받고 영귀루(詠歸樓) 물목을 지키러 가는 중에도 적을 막아야 할 중대한 사명을 지고 있다는 책임감보다는 술에 취한 몽롱한 눈으로 한가한 사람이 산천 경개를 완상(玩賞)하듯 서서히 나가다가 길을 잘못 들어 영귀루와는 반대편인 강서로 가는 길 십리 지경에 이르러서 맞은편에서 오던 김 좌수(座首: 향소-향원이 머무는 곳-의 우두머리)를 만나 비로소 길을 잘못 든 것을 알고, 진작 길을 인도하지 않았다고 김 좌수를 길바닥에 엎어 놓고 볼기를 쳤으니 참으로 어이 없는 죄책이었다.

이상으로써 세 강(한강, 임진강, 대동강)을 수비하던 상황을 대강 알았거니와 이제 다시 평양을 또 버리고 떠난 사연을 마저 살펴보고 가기로 한다.

우리 조정의 청병에 따라 명나라에서는 요동도(遼東都) 사사(司使) 진무(鎭撫) 임세록(林世祿)을 보내어 왜가 침략하는 실정을 조사하게 했다. 선조대왕은 중신을 거느리시고 대동관에 납시어 임세록을 접견하시고 왜적의 흉포로 나라의 존망이 경각간에 달렸으니 곧 구원군이 올 수 있게 주선해 주기를 간청하셨으나, 임세록은 가부간 아무 대답이 없을 뿐만 아니라 그 표정이 우리 조정의 말을 믿을 수 없나는 듯하매 대왕과 조신들은 크게 불안함을 금할 수가 없었다. 대왕은 명장의 맘을 돌리게 할 방책으로 얼마 전에 파직한 영의정 류성룡(선조대왕의 신임이 가장 두터운 중신이었으나, 그를 시기하는 반대당의 책략으로 인해 파직되었었다.)으로 하여금 명장을 응접하는 책임을 맡겨 명장의 맘을 돌리도록 하셨는데, 반대당에서도 이에 대해서는 아무 말이 없었다.

류성룡은 임세록에게 우리 나라가 당면한 곤경과 왜의 움직임을 상세하게 설명했으나, 임세록은 류성룡의 설명을 귀담아 들으려 하지 않을 뿐만 아니라, 도리어 "왜군이 부산에 상륙한 지 불과 며칠에 국왕이 도성을 버리고 마침내 왜로 하여금 평양까지 범하기에 이르도록 했으니 어찌 그럴 수가 있소? 왜군이 아무리 갑자기 침범했다 할지라도, 이 나라에도 군사가 있고 대신들이 있었으련만 그렇게 속히 내지로 깊이 들게 할 수가 있는 일이오?" 하고 질문하는 명장의 말 속에는 조선이 왜군을 인도하여 명나라를 침범하게 하려는 불측한 뜻이 있다는 소문(이때 명나라에서는 그런 소문이 돌고 있었던 모양이었다.)을 부인할 수 없지 않느냐는 의미가 포함되어 있는 듯 했다.

류성룡은 온갖 지혜를 다해 사실이 그렇지 않음을 역설하고 금수강산 평양성의 아름다운 경개를 완상케 함으로써 명장의 감정을 다소 누그러지게 함과 아울러 왜군이 대동강 대안에 나타나는 것을 실제로 보게 할 겸, 임세록을 연광정(練光亭)으로 오르게 하는 등 그 접대에 최선을 다했으나, 임세록은 명나라의 장수라는 것을 자세(藉勢: 자기의 세력 혹은 남의 세력을 믿고 의지함-편집자 주)하여 적어도 한 나라의 재상이요 나이로도 자기보다 훨씬 많은 류 정승을 조롱하기까지 했으니 얼마나 기막힌 일이었더뇨!

류성룡이 연광정에서 이모저모로 설명하여 임세록을 회유하고 있을 때에 그가 이미 예측한대로 저쪽 강변에 까만 옷을 입은 왜군 하나가 번뜻 보이더니 그 뒤를 이어 몇 명의 군사가 더 나타났는데 그 거동이 마치 한가한 사람이 길을 가는 듯 했다. "자아, 저걸 보시오. 저 놈들이 바로 왜군이오." 하고 류성룡은 손을 들어 대안을 가리키며 임세록으로 하여금 주의를 끌게 했다. 그러나 "왜군이 어찌 그리 적소?" 하는 임세록의 말은 "몇 명의 왜군이 보이기로 어떻다는 말이오?" 하는 듯 했다. "왜는 본시 교사(巧邪)하여 대군이 오기 전에 미리 2, 3인의 정탐을 보내는 것이오." 하고 류성룡은 말했으나 임세록은 웃으면서 류성룡의 여러가지 설명을 귀담아 듣지 않고 있다가 본국으로 돌아가 회보할 길이 바쁘다 하고 자리를 떴다.

임세록이 자리를 뜬 뒤에 상감께 뵈이러 온 류성룡을 보고 상감을 모시고 있던 중신들이 먼저 입을 열어 "어떻게 되었소? 명장의 의심이 풀려서 갔소? 구원군을 곧 보낼 모양입디까?" 하고 조바심하며 물었다.

"우리 나라에 대한 의심이 좀처럼 아니 풀리는 모양이오." 하는 류성룡의 대답은 조바심하여 묻는 이들의 마음에 큰 못을 박는 듯 했다. 우리 조정의 청병에 의심을 품고 심정을 조사하게 하기 위해 보낸 임세록이 의심을 풀지 못하고 돌아갔다는 말에 큰 충격을 받은 대관들은 침불안식불감(寢不安食不甘: 자도 걱정 먹어도 걱정이라는 말로 몹시 걱정이 많음을 뜻하는 말-편집자 주)하여 성을 지켜 싸울 대책을 세울 생각보다는 어디로 가면 목숨을 부지할 수가 있을까 하고 궁리하는 것이 고작이었다.

이런 줄도 모르고 백성들은 "상감께서 평양성을 굳게 지킨다고 하셨다." 하고 피란 곳으로부터 성중으로 돌아들 왔다. 온 조정이 모두 불안 속에 잠겨 있을 때에 하루는 적군의 한 떼가 강 건너 편에서 오락가락하면서 이 편 형세를 살피고 있는 것에 놀라 이제 적군이 대거하여 강을 건너려나 하는 우려에서 재상 노직(盧稙)이 상감의 명을 받들고 종묘의 위패와 궁인들을 호위해 칠성문으로 나가려다가 격노한 백성들 손에 노직이 두들겨 맞고 위패가 땅에 떨어지는 봉변을 당했다. 분노가 폭발한 백성들은 "이놈들 간신들아, 국록으로 갖은 호강을 하며 당쟁으로나 일을 삼아 나라를 망치는 지경에 이르게 해 놓고, 이 제 나라의 존망이 경각간에 달린 이 마당에 어디로들 가느냐?" 하고 소란을 폈고, 행궁(임금이 거동할 때 머무는 별궁) 곁에도 부녀들까지 합세 해서 "평양을 버리고 가겠거든 무슨 까닭에 참땋게(딴생각 없이 아주 참 되게-편집자 주) 피란해 있는 우리들을 불러 들여다가 왜놈의 손에 죽게 하느냐? 이 간신들아, 우리를 죽을 땅에 남겨 놓고 달아나는 네 놈들 을 우리가 가만히 보고만 있을 줄 알았더냐?" 하고 발을 구르고 아우 성을 쳤다.

　이때 철없는 대관들은 급한 마음에 군사를 풀어 반란하는 백성들을 무찌르려 했으나 군사들이 도리어 물리침을 당할 뿐만 아니라 더러는 백성들 편을 드니 정철을 비롯한 중신들은 행궁 안에서 떨고, 상감은 "성룡을 불러라. 성룡이 어디 있느냐?" 하시며 류성룡을 찾으시었다. 이때 류성룡은 연광정에서 군사회의를 하다가 민란이 일어났다는 말 을 듣고 급히 행궁으로 달려가던 중, 길에서 여러 번 백성들에게 봉변 할 뻔 했는데, 소란을 피는 백성들 중에는 류 정승을 알아보는 사람이 있어, "류 정승이시다. 류 정승은 충신이시다. 이 분은 평양을 지키는 분이시다." 하고 외치는 사람이 있어 길을 틔게 했다.

　류성룡이 행궁에 이르러 상감께 뵈니 상감을 비롯해 모든 조신들이 반겼거니와 상감께서는 "백성들이 반란을 일으키니 이를 어찌하오?" 하시고 깊은 근심에 잠기신 표정을 지으셨다. 류성룡은 "반란이 아니 옵고 대가가 평양을 떠나지 맙시사 하는 것이옵니다." 하여 우선 상감 의 불안을 덜게 하고, 행궁 밖에 나서서 수선거리는 백성들 중에서 좀

문견이 있어 보이는 늙은이들을 손짓해서 불러다가 "백성들이 대가가 평양을 떠나지 마시기를 원하는 것은 나라를 위하는 것으로 그 충성은 가상하나 이렇게 소란을 떠는 것은 온당치 못한 일이고, 조정에서도 상감께 평양을 지키시도록 아뢰었으니, 그대들은 백성들을 효유(曉諭)해서 다들 물러가게 하라." 하고 타일렀다.

이때 군중들은 잠시 잠잠한 가운데 류 재상의 말을 들었고 불려 나갔던 늙은이들은 손을 들어 읍(揖)하고 나서, "저번에 상감께서 평양을 굳게 지키시겠다고 하신 지가 며칠 안 되었사온데 이제 평양을 버리고 떠나시려 한다는 소문을 듣고 백성들이 분함을 참지 못해 하는 것일 뿐이옵니다. 어찌 딴 뜻이야 있으리까. 평양 백성이 다 죽을 때까지 나라를 위해 싸우겠사오니 다시는 백성을 속이고 떠난다는 의론이 나오지 않도록 하시오." 하고 군중을 해산시켰다. 다행히 류성룡의 충성을 알아 주는 백성들이 있었던 덕으로 급한 숨을 돌렸으니 민란에 대한 것은 갱론하지 말고 방비책이나 토의했으면 좋았으련만 이날 저녁에 민란에 대한 문제로 감사 송언신(宋言愼)을 불러 책임을 물으매 송언신은 주동자 3인을 잡아다가 목을 베었으니 이 어찌 낯 뜨거운 일이 아니리오!

평양까지 쫓겨와서 백성들 몽둥이로 맞아 죽는 신세가 되는 것이 아닌가 하고 몸과 맘이 잔뜩 오그라져 한 말도 못하던 조신들은 초미의 불을 끄고나니 금수강산이고 무엇이고 평양이 진저리 나도록 싫어졌고, 류성룡이 백성들에게 무슨 다짐을 했건 그런 것은 다 아랑곳 없다는 듯이 또 입을 열어 함경도로 가기를 주장했으니 그것은 다시 말할 것도 없이 죽을 고비를 넘기고 나매 함경도 방면으로 간 가족들 생각이 더욱 간절해졌을 뿐만 아니라 명나라에서 다녀간 임세록의 태도로 보아 구원군의 기대가 희박해진 까닭에 평양에 더 머물러 있고 싶지가 않은 때문이었다. 그런데 함경도 역시 이미 적장 가등청정의 손에 들어 회령까지 쫓겨 갔던 왕자들까지 적장에게 사로잡힌 것도 모르고, 동지(同知) 이희득(李希得)이 일찌기 영흥 부사로서 민심을 얻었다는 것을 의지해서 그로 하여금 함경도 순찰사를 삼고 병조(兵曹) 좌랑(佐郞) 김의원(金義元)에게 종사관을 명하여 중전을 모시고 밤중에 먼저 함경도로 떠나게 하니 왕실의 비참한 피란살이가 한결 더 눈물겹게 되었다.

이때 류성룡은 지난 번에 다녀간 임세록의 태도가 구원군을 보내주도록 할 뜻이 없어 보인 것으로 미루어 평양을 사수하자고 역설했던 자기 주장이 무색하게 됨에 따라서 함경도로 가자는 의견을 꺾기가 어렵게 되었으나 무모하게 함경도로만 가자는 주장을 듣고만 있을 수 없어 다음과 같은 이유를 들어 함경도로 가자는 이들 주장에 맞섰다.

1. 이미 백성들에게 평양을 지킬 것을 상감께서 말씀하신 지가 며칠 안 된 이때에 평양을 버린다면, 이는 백성을 속이는 것인즉 임금이 한 번 백성을 속이면 다시는 왕명에 복종하지 않을 것이니, 그렇게 되면 나라를 가히 다스릴 수가 없게 된다는 것.

2. 서울을 그리 쉽게 떠나고 개성도 버린 것을 명나라에서는 의심하거든, 하물며 평양같은 명승고도를 한 번 싸우지도 않고 버린다면 명나라의 의심은 더욱 굳어져 구원군은 영영 기대할 수가 없다는 것.

3. 함경도로 갔다가는 명나라와 통할 길이 중단되어 구원군을 청하

기 위한 길이 막힐 뿐만 아니라 구원군이 오게 될 경우라도 피차 고립상태에 빠져 구원군의 역할을 다할 수 없게 된다는 것.

이상의 이유를 들어서 평양을 버리거나 함경도로 가는 것이 심히 옳지 않은 것을 설명한 류성룡은 다시 상감께 아뢰기를, "소신도 노모가 강원도나 함경도 방면에 있을 것이온즉 사사로운 정으로써 하면 그 방면으로 가고 싶은 생각이 어찌 없사오리까. 다만 국가대계로 보아 해가 될지언정 이롭지 못한 까닭에 평양을 버리거나 함경도로 가자는 의견에 반대하는 바이올시다." 하였다. "경의 모친이 지금 어디 있을까? 이것이 다 내 탓이로다." 하시고 상감이 용안에 측연(惻然)한 빛을 드러내시니 대왕의 어의가 류성룡의 의견으로 기울어지실 것을 염려하는 조신(朝臣)들은 지사(知事) 한준(韓準)을 시켜서 류성룡의 의견에 반대하고 함경도로 갈 것을 거듭 역설하게 해서 대왕의 판단이 흐려지게 했다.

이때에 대동강 건너 편에는 적군이 대거하여 온 지가 사흘이 되었다. 류성룡은 연광정에서 수성대장 윤두수와 더불어 회의를 하고 있을 즈음 왜군 한 명이 나타나 장대 끝에 종이 조각을 끼어서 강변 모래톱에 꽂아 놓고 연광정을 향해 손짓하기를 와서 가져가라는 듯 했다. 류성룡은 연광정에서 이것을 보고 아마 적장이 무슨 뜻을 전하려는 것이리라 생각하여 화포장 김생려를 시켜 강을 건너가 가져오게 했다. 화포장(火砲匠) 김생려(金生麗)가 강을 건너 가니 손에 아무 병기도 갖지 않은 왜군이 반겨 맞으며 손을 잡아 친절한 뜻을 표하고 이 편지를 연광정으로 가져다 바치라는 듯 손짓으로 시늉했다. 김생려가 가져온 것은 왜장 평조신과 중현소가 예조판서 이덕형에게 보내는 편지로 그 내용인즉 서로 대동강 상에서 만나 강화할 의논을 하자는 것이었다.

이 편지를 쓰게 한 것은 왜장 소서행장이었다. 소서행장은 원래 풍신수길의 침략정책에 반대해서 전쟁이 나지 않도록 힘썼고, 전쟁이 터진 후에도 부산, 동래, 상주, 임진강 등지에서 화의하자는 뜻을 통한 것이 다 허사로 돌아갔지만, 바다에서 저희 군사가 연전연패한 것을 크게 염려하는 때인지라 화의가 성립되기를 간절히 원하는 생각에서 다시 한 번 더 화의를 시도하는 것이었다. 이때 윤두수는 왜의 요청에 응할 생각이 없었으나 류성룡의 의견에 따라 이덕형(李德馨)14을 보내어 일단 그 의견을 들어 보기로 했다. 이덕형은 예조판서의 관복으로 위의를 갖추고 대동강 복판에서 평조신과 현소를 만나 통사(通事: 통역)를 통해 피차 의견을 피력했는데, 그 내용은 다음과 같다.

현소가 먼저 말하기를 "두 나라가 간과(干戈: 창과 방패-편집자 주)로 서로 대하게 된 것은 참으로 유감된 일이요. 일본의 뜻은 귀국에 길을 빌어서 중원(中原: 명나라)에 조공(朝貢) 하려는 것인데, 귀국에서 이를 허하지 않은 까닭에 사태가 이에 이르른 것은 피차에 불행한 일이외다. 그러나 지금이라도 귀국이 일본으로 하여금 중원에 조공할 길을 터 주면 피차에 무사할 것이오." 했다. 이에 대해서 이덕형은 "황조(皇朝: 명나라)에 조공을 청하려면 공손히 할 것이지 왜 이름없는 군사를 이끌고

---

14. 자는 명보(明甫)요 호는 한음(漢陰)이다. 광주(廣州) 사람으로 명종 16년(서기 1561년)에 나니 이순신 장군보다는 16년 아래이다. 임진란 때에 32세로서 명나라에 구원군을 청하는 사신으로 파견되었고, 뒷날 영의정에까지 올랐으며 광해 5년(서기 1613년)에 53세로 세상을 떠났다. 시호를 문익(文翼)이라 한다.

이웃 나라를 침노하오? 만약 진실로 황조에 조공할 길을 트기 원하거든 곧 군사를 거두고 다시 오시오." 하고 준절(峻截)히 책망했다. 이번에는 평조신이 별로 성내는 빛도 없이 "귀국에서 우리의 청을 들어 중원으로 가는 길을 열어 주면 군사를 거두려니와, 그렇기 전에는 군사를 거둘 수가 없소. 임진강에서도 군사를 물리면 길을 빌린다던 귀측의 말에 속았소." 하였다. 평조신의 말을 듣고 이덕형은 "군사를 물린다기에 그런가 했더니, 도리어 복병을 했다가 우리 군사를 역습하지 않았소?" 하는 말로 맞서서 피차간 서로 약속을 어긴 것을 책하는 언성이 높아졌다. 평조신은 급기야 심히 흥분한 어조로 "지금 뒤에 30만 대군이 있고 또 10만 수군이 전라도를 돌아 평안도로 올 터인즉 그리 되면 다시는 용서가 없을 것이오. 귀국 왕을 사로잡아 항서를 쓰게 하는 자리에서 만납시다." 하고 맹랑한 소리를 했다. 형세가 이쯤되니 이덕형도 안색을 붉히며 자리를 차고 일어나 "이제 천병(天兵: 명나라 군사) 100만이 올 터인즉 그 때 가서 후회말라." 하고 배를 돌려 연광성으로 돌아왔다.

대동강 상의 강화 담판이 깨어지매 그날 저녁으로 저군은 평양성을 대대적으로 공격할 뜻을 굳히고, 곧 강을 건널 기세로 강변에 진을 치고 석양의 빛을 받아 서리같이 번쩍이는 장검을 빼어들고 강변으로 오르락 내리락 시위를 했다. 이 광경을 보고 여러 대관들은 간담이 서늘했다. 그래서 마침내 평양성을 지킨다고 백성들 앞에서 약속한 지 겨우 사흘 밖에 안 되는 6월 11일 미명에 선조대왕은 영의정 최흥원(崔興源), 우의정 유홍, 전 대신 정철 등의 호위 가운데 평양성을 빠져 나가시고, 수성대장 윤두수, 도원수 김명원, 순찰사 이원익과 류성룡 등이 머물러 평안 병사 이윤덕(李潤德), 자산(慈山) 군수 윤유후(尹裕後) 등으로 하여금 대동문(大同門), 부벽루(浮碧樓), 장경문(長慶門) 등을 지키게 했으나, 이들은 다 장수의 재목이 아니기도 하거니와 성 중에 군사라곤 3, 4천에 불과했으니 이로써 조총과 장검을 가진 소서행장의 대군을 막는다는 것은 어림없는 일이었는데, 그런 중에서도 누구보다도 사리에 밝은 류성룡마저 명나라에서 올 장수를 맞아 응대할 책임을 진 까닭에 종사관 홍종록(洪宗綠)과 신경진(辛慶晉)을 거느리고 평양에서 떠났으매 소성대장 윤두수는 더욱 외롭게 되었다. 군사 중에는 용맹과 지략이 뛰어난 평양 병정 임욱경(任旭慶)과 군관 강사익(姜士翼)이 적에게 큰 타격을 주기도 했지만 충분한 준비와 주도한 계획을 세워 밀물처럼 밀어닥치는 적을 당할 수 없어 결국 평양성은 적군에게 점령 당하고 말았다.

5부
2차 해전에서
부산 원정에 이르기까지의
혁혁한 전과

43. 연전연승에 교만해진 장병을 신칙하시는 훈시

갑주를 이긴 후에 졸라 매라 했거니와
승리의 방만심은 적보다 두려운즉
제장은 전투에 선행하여 자만심을 다스리라.

옥포해전에서 우리 주사의 위력을 떨쳐 보이면서 크게 승리를 거둔 후, 본영으로 돌아오신 장군께서는 곧 본격적으로 벌어질 전투에 대비하기 위한 모든 작업에 몰두하실 즈음, 경상우수사 원균으로부터 자주 어디 어디에 적선이 나타났다는 정보를 접수하셨으나 지난번 작전에서 드러난 그의 거동이 하나도 믿음성이 없었던 까닭에 다만 참고로 들어 두실 뿐 가벼이 군사를 움직이지 않으셨다.

그런데 장군의 생각하시는 바와는 달리 사려가 깊지 못한 장병들은 지난번 전투에 쾌승한 것에 마음이 교만해지고 또 여러 가지 진귀한 전리품을 나눠 가진 것에 재미를 붙여 어디에 적선이 나타났다 하면 분별없이 나가 싸우려 했다. 이때 장군께서는 장병들의 들뜬 맘을 경계하사 "적을 두려워하는 것은 금물이지만, 적이 패했다 해서 경시하는 것은 삼가야 할 것이며 디욱이 지난번 전투는 적의 선봉 부대와의 접전이었으나 앞으로 있을 전투는 그의 주력부대가 될 것인 바 우리는 군비가 단약하므로 그 때와 장소에 따라 공방진퇴의 묘를 얻지 아니하면 안 될 것인즉, 모든 장병은 무겁기를 산같이 하여 절대로 경거하지 말 것이며, 분별없이 싸우려 하기에 앞서 싸움에 이긴 방만심을 먼저 다스려야 할 것이라."고 훈시하여 부하 장병들의 들뜬 맘을 진정케 하셨다.

44. 2차 출전

좌우주사 연합하여 출동키로 하였으되
영남 주사 다시 쫓겨 남해까지 밀렸음에
본영의 단독 출동이 불가피한 사세이라.
제장은 모름지기 호국정신 확립하고
일사보국 임전 자세 가일층 진작하여
막중한 우리의 사명 완수토록 할지어다.

왜적이 4월 13일 부산에 상륙한 지 불과 20일에 소서행장과 가등청
정은 북진하여 서울을 점령하고 다시 평안도와 함경도로 밀고 올라가
는 데 성공했으나 수군이 옥포해전에서 참패하고 보니 수륙양면으로
우리나라를 석권하려던 적의 계획은 틀어지고 말았다.

그러나 적군은 우리 연해의 제해권을 잡고야 말려는 욕망에 여전했
으며, 그리고 옥포해전에서 참패한 치욕을 씻기 위해 주력부대를 동
원하여 곤양, 사천 등지로 깊이 들어와 여염에 불을 지르고 재물을 약
탈하면서 싸움을 돋우는 것이었다. 사태가 이에 이르니 영남 주사는
적군에게 쫓겨 전라도와 경상도의 접경인 남해까지 밀려서 또 전라
좌수영에 도움을 청했다.

장군께서는 재차 원균의 청병장을 받으시고 이미 약속한 2차 출전
을 위해 좌수영서 만나기로 한 우도 주사가 아직 출동하지 않은 것이
염려이긴 하나, 사태가 심히 긴박하여 우도 주사를 기다릴 시간적 여
유가 없으므로 부하 장병들에게 호국정신을 발휘하고 일사보국 임전
자세를 가일층 진작하기를 당부하는 격려사를 하신 후, 전선 23척을

거느리고 노량으로 떠나시니 때는 임진년 5월 29일 미명이었다.

45. 지피지기(知彼知己) 임기응변의 전법
나를 알고 저를 앎이 싸움에 요결이요
득실을 헤아리어 진퇴를 결정함이
접전에 선행해야 할 조건임을 명심하라.

경상 우수사 원균의 재차 청병에 따라 출동한 전라도 수군들의 사기는 충천했다. 그러나 장군께서는 사천 포구에 유진한 적을 치기에는 때가 마침 썰물이라 큰 배를 이끌고 들어갈 수도 없거니와 들어가서 공격하면 적이 뭍으로 올라 도망할 뿐만 아니라 우리 백성들을 괴롭힐 것이 분명하므로 적을 큰 바다로 유인할 방책으로 짐짓 퇴군하는 듯 후퇴를 명하시니, 장군의 심복 장병들조차 장군의 깊은 의중을 살피지 못하고 "우리 주사가 이곳에 온 것은 적을 치려 함이온데 목전에 적을 두고 어찌 후퇴를 명하시나이까." 하며 불만을 표했거니와, 영남 수사 원균은 그새 지난 일을 이미 잊은 듯 "겁도 많군!" 하며 장군의 후퇴 작전을 비웃기까지 했다.

사기가 충천하여 분별없이 싸우기만 원하는 장병들에게 장군께서는 타이르시기를 "우리가 출동한 것은 물론 싸우기 위한 것이나, 그러나 싸워서 이긴 효과가 없을 경우에는 무모한 싸움이 될 뿐만 아니라 지난 번에 쾌승한 것을 믿고 분별없이 접전하다가는 크게 실패할 것

이므로 제장은 입지적 조건의 득실을 헤아리어 진퇴공방을 달리함을
이 기회에 배울지어다." 하시고 속히 배를 물리게 하셨다.

46. 자질(子姪)처럼 아끼시는 부하사랑

군사를 아끼시길 자질처럼 하시므로
부상병을 친히 찾아 몸소 간호 하옵실 제
적탄이 당신을 범한 줄도 모르신 듯 하시도다.

사천 앞바다로 적선을 유인해서 격파할 때에 군관 나대용과 전 봉
사 이설이 적탄에 맞았으나 그 상처가 대단치는 않았다. 이날 적진에
는 우리나라 사람이 간간히 섞여서 총통을 쏘는 자가 있었으므로 장군
께서는 이를 괘씸히 여기시어 우리 사람이 있는 적선을 집중 공격하실
때에 왼편 어깨에 적탄을 맞으시어 흐르는 피가 고의까지 젖기에 이르
렀으나, 장군께서는 싸움이 끝난 후 먼저 부상병을 친히 찾아 간호하
고 위로하시기를 친자녀의 부상을 아파하는 어버이처럼 하셨다. 이때
모시던 군사가 장군의 갑옷을 벗겨 드리다가 적삼에 피가 묻은 것을
보고 "사또!" 하고 놀라니 "아까 우리 사람이 탄 적선을 칠 때 뜨끔했느
니라. 그 놈의 철환이 나를 맞혔기로 뼈까지 뚫었겠느냐?" 하시고 칼
로 캐내게 하셨다. 장군을 특별히 존경하여 모시는 녹도 만호 정운이
혹시나 하는 깊은 염려 가운데 공경히 꿇어 앉아 철환을 캐어내니, 장
군께서는 이를 받아 보고 바다에 던진 후 태연히 앉으시어 종일 싸움

에 피로한 장병들을 위로하는 여유를 보이시매, 이때 모시던 여러 장병들은 장군의 초인간적인 정신력에 재삼 감탄하여 마지 않았다.

이번 전투에서도 적선 13척을 격파하는 전과를 올렸고 또 적군에게 잡혔던 소녀 한 명을 구출했다. 여기서 한가지 밝히고 가야 할 것이 있으니, 그것은 다름이 아니라 춘원이나 노산이 다 장군의 어깨에 박힌 철환을 칼로 캐냈다고(춘원 전집 12권 257면 하단 4~5행, 노산 저 성웅 이순신 76면 12행) 기술했는데, 노산은 그가 번역한 난중일기(임진년 5월 29일)에서는 철환이 등을 뚫고 나간 것으로 하여, 그 저서와 번역문의 내용이 일치하지 않기에 난중일기 원문을 찾아본 바 "左肩上中丸 貫于背(좌견상중환 관어배-편집자 주)"라고 기록되었기로, 한자 자전에서 '貫'자의 뜻을 다시 살펴본 즉, "꿰다"와 "맞추다"의 두 가지 뜻이 아울러 있으므로 이를 감안하여 여기서는 어깨에 박힌 철환을 칼로 캐냈다는 편에 따랐다.

47. 점차 노출되는 원균의 탐욕
풍선처럼 부풀었던 기대는 깨어지고
급급한 공리심판 드러내고 말았으매
원 수사 호언장담이 무색하게 되었도다.

사천 전투 다음 날인 6월 1일 새벽에 원균은 몰래 배를 이끌고 어디로 가려다가(뭍으로 오른 적군을 유인하기 위해 계교로 남겨 놓은 적선 2척에 욕심이 있어서, 다시 말하면 그 배를 깨뜨렸다는 공을 세우는 동시에, 그 배에서 얻은 전리품을 독점하려는 생각에서), 전라도 군사에게 들켜 결국 장군께서 명하여 보내신 군사로부터 그 향방의 물음을 받게 되매, 원균은 당황해서 배를 저어 장군의 배로 가까이 와서 천연스럽게 "영감 상처가 밤새 어떠시오?" 하고 아침 인사를 하는 것이었다. "상처는 대단치 않소이다마는 영감은 이렇게 일찍 어디를 가시오?" 하고 장군께서 대답을 겸하여 그 가는 곳을 물으신즉, "어제 사천 바다에 남겨 놓으신 적선에 뭍으로 올랐던 적군이 밤새 돌아왔을 듯 싶어 가 보려오. 영감은 몸도 불편하시니 이 사람이 가 봐야 하지 않겠소이까? 이 사람이 가더라도 얻은 수급은 영감께 바치오리다. 이 사람이 패군지장으로 영감의 후의가 아니었으면 거접할 곳이 없었을 것이 아니오이까." 하고 정성이 넘치는 듯한 어조로 원균이 말했다.

이때 장군께서는 지난번 옥포 전투 당시 노획물 때문에 경상도 군사들이 당신의 부하 군사를 활로 쏘아 두 사람을 부상케 함을 보고도 모른체 했던 원균의 심사를 모르시는 바 아니지만, 좋은 낯으로 "우리가 나라의 중임을 띠고 같이 싸우는 터에 네 것 내 것이 어디 있으리까. 오직 한 놈이라도 더 적을 죽이기에 힘쓸 뿐인가 하오. 혼자 가시기가 어려우시면 몇 척의 배를 드릴 것이니 거느리고 가시오." 하기까지 하셨다.

원균이 사천으로 간 후에 장군을 모시던 장수들이 공명심에 맘이 팔린 원균의 거동을 불쾌히 여겨 사천에 남겨 놓은 적선을 그에게 독차지 하게 하시는 장군을 원망했으나, 장군께서는 "나라를 위해 싸우는 사람도 있고 공을 위해 싸우는 사람도 있은즉, 공을 위해 싸우는 사람에게는 공을 얻도록 해야 할 것이 아니겠는가. 그리고 지금 나라 일이 심히 급하매 싸울 수 있는 사람을 아끼는 것 뿐이로다." 하시며 원균에게 너그러이 대하는 이유를 설명하셨다. 이로써 우리는 두 인품의 차이가 현저함을 자연히 인식하게 되는 바이다.

원균은 큰 꿈을 품고 사천으로 갔으나 뭍으로 올랐던 적군들은 다 달아나고 빈 배만 남아 있을 뿐이었으므로 실망하여 배에 불을 지르고 혹시 무엇을 얻을까 해 이리저리 돌아다니다가 적이 도망할 때 미처 손을 쓰지 못하고 남겨 놓은 세 시체의 목을 베어 가지고 돌아왔을 뿐이었으니, 가장 긴한 일이나 하는 듯하던 호언장담이 무색하게 되었거니와 그의 공명심을 밉게 보던 전라도 군사들 사이에는 큰 치소(嗤笑) 거리로 화제에 올랐으니, 대개 공명심에 급급해서 하는 행동의 결과가 다 이러한 것이었다.

48. 순천 부사 권준(權俊)의 분전(奮戰)

장군의 높은 덕과 철저하신 애국심에
감복한 권 중위장 목숨 걸고 분전하여
쾌승한 당포 전투에 으뜸 공을 세우도다.

중위장 순천 부사 권준은 2년 전에 장군께서 전라도 순찰사 이광의 군관으로 순천에 가셨을 당시 "그래 당신이 내 직무를 대신할 수 있소?" 하고 무례한 말을 한 적이 있었다. 그런데 그는 옥포 전투 당시 장군의 군사 지휘와 전술이 비범하심을 목격함에 따라 자기로서는 도저히 따를 수 없는 명장이심을 새삼 인식했을 뿐만 아니라 그 철저하신 충의와 지극한 애국 사상에 장군께 대한 인식을 새로이 하는 동시에 명리에 초월하신 높은 인격에 크게 감복해서 마침내 지난날 무례했던 자기의 언사를 뉘우치고 그 임전 자세를 새롭게 하기에 이르렀다. 그리하여 그는 사천 전투가 있던 다음 날인 6월 2일에 다시 붙은 당포 전투에서 철환의 비를 무릅쓰고 적군의 사령관이 탄 층루선에 접근해서 적장의 이마에 살을 꽂는 데 성공했고, 이어서 그 살을 제 손으로 뽑아내고 의연히 독전하는 독한 장수의 가슴에 다시 살을 꽂아 죽게 함으로써 적군의 사기를 크게 꺾어 마침내 적선 21척을 격파하고 쾌승한 당포 전투에서 크나큰 공을 세웠다.

이번 전투에서 격파한 적선을 소각하기 전에 우후(虞侯) 이몽귀(李夢龜)가 적장이 탔던 층루선을 수색한 바, 그 배의 방이 화려하기가 귀인의 침실같고 무장의 방 같지가 않았다. 그 방에는 여러 가지 장식품이 있었는데 특히 눈에 띄는 것은 금빛이 찬란한 부채였다. 그리고 그 부채에 씌어진 글귀로 보아 이번에 죽은 적장의 지위가 보통 장수와는 달리 높은 장수인 것을 또한 알게 되었다. 그리고 소비포 권관 이영남은 적장이 거처하는 곁방에서 어여쁜 여자 둘이 있는 것을 발견했는데, 그들이 다 우리나라 사람인 것이 확인되매 이 권관은 이들을 장군께 데려왔다. 장군께서 두 여자를 문초하신 바, 그 중에서 더 예뻐 보이는 여자가 아뢰기를 "저는 김생원의 종으로서 난리통에 적국에게 잡혀서 이번에 우리 군사 손에 살을 맞아 죽은 장수에게 몸을 바쳐 부부생활을 하지 않을 수가 없었습니다." 하였다. 이 말을 들으시고 장군께서는 이 여자와 같이 적장에게 몸을 버린 사람이 허다할 것을 연상하고 통분해 마지 않으셨다.

49. 전라우도 주사(舟師)의 참전
직품이 좌우 수사 피차에 동등컨만
좌수사를 존경하여 우수사 겸양함이
표리가 다른 원 수사완 대상부동(大相不同) 하였도다.

사천과 당포 전투에서 연전연승했으나 앞으로 있을 더 큰 전투를 하기에는 우리 주사가 그 수에 있어 열세에 있으므로 우도 주사를 기다리시는 아쉬움에서 장군께서는 "우도 주사가 보이는가?" 하고 부하 장병들에게 자주 물으셨다. 당포에서 적선 21척을 격파한 다음 날인 6월 3일 새벽에 싸리섬을 두루 수색하였으나 적선이라곤 하나도 보이는 것이 없었다.

6월 4일에 다시 당포에 이르러 패잔적의 동정을 정찰하실 즈음, 강탁(姜卓)이라는 사람이 우리 주사를 찾아와서 고하기를, 패잔 적군이 당포에서 전사한 저희 군사의 목을 베어놓고 불을 질러 사른 후에 옥포로 달아났으며, 구원차로 오던 적선역시 거제도로 돌아갔다고 하여 군사상 중요한 정보를 제공했다. 장군께서는 왼편 어깨에 총을 맞은 자리가 여름 살이라 쉽게 아물지를 않아 고통이실 뿐만 아니라, 아직도 우도 주사가 보이지 않아 가덕과 부산 등지에 유진한 많은 군사의 배경을 가진 적을 상대해서 좌도 주사만으로 싸우기에는 어려운 일이로되 적이 있는 곳을 알고서 그대로 돌아설 수도 없는 사세이라, 거제로 행선을 명하여 진군하시는 중 멀리 무장을 갖춘 전선이 보였고 차차 가까워지자 그것이 바로 기다리고 기다리시던 우도 주사인 것이 확실해지자 안도의 숨을 쉬시었고 여러 장병들은 손을 흔들어 환영의 뜻을 표하며 기뻐서 춤을 추기도 했다. 전선 25척을 이끌고 참전한 전라우수사 이억기(李億祺)1 장군은 그 직품이 좌수사와 동등하건만 그는 진작부터 장군의 높은 인격과 투철한 충의정신에 경의를 표해왔고 또 아무도 감히 장군의 특유한 장재를 따를 사람이 없다고 믿는 까닭에 스스로 자신을 낮추어 장군의 작전 계획에 따르며 협력하기를 싸움엔 뜻이 없고 공리에만 맘이 팔린 원 수사와는 판이했다. 그러므로 장군 께서는 병선 25척의 합세를 얻게 된 반가움에 앞서 이억기 장군의 정신적 협력을 한결 더 든든히 여기셨다.

50. 혈서(血書) 동맹(同盟) 적군 장병 3,040명의 함몰
혈서로 맹세하고 뽑혀 나온 특공부대
거북선에 혼이나고 유도전에 얼이 빠져
모조리 당포 바다의 원귀가 되고 말았도다.

---

1. 이억기: 전주 사람으로 자를 경수(景受)라 한다. 명종 16년(서기 1561년)에 출생하니 이순신 장 군보다 16년 후생이다. 일찍 무과에 급제하여 함경도에서 오랑캐를 막았고 뒤에 순천 부사를 거 쳐 전라우수사로 승진한 후 임진년에 왜란이 터진 이후 이순신 장군을 도와 활약했다. 정유년 전 투에 통제사 원균의 잘못으로 패전함을 분히 여겨 바다에 몸을 던져 자결하니 때에 나이 37세였 다. 사후에 병조판서로 증직하고 완흥군(完興君)으로 봉했다.

전라 좌우 주사 연합함대 48척이 위풍이 당당하게 당포 앞바다를 떠나 판데목(鑿梁: 통영군 산양면 당동리)에 진을 치고 이튿날(6월 5일) 거제도에 이르니 작은 배를 탄 어민들이 우리 함대를 보고 대단히 기뻐하며 장선으로 가까이 와 고하기를 "소인들이 사또께서 이리로 오실 줄 짐작하고 어제부터 여기서 기다렸습니다." 하고 적군의 동정을 알리는 군사상 중요한 정보를 제공했다. 각 처 수령들은 적이 온다는 정보를 듣기가 바쁘게 백성들이야 어찌 되건 자기 일신일가의 목숨을 살리기 위해 달아나는 판국에, 가난하고 힘없는 백성들은 밤을 새워가며 당신을 기다려 중요한 정보를 제공하는 성의에 장군께서는 크게 감동하시어 "이 백성을 구하지 않고 어찌하랴!" 하시며 기어코 적을 소탕해야 할 책무감이 더욱 심각해 지셨다.

우리 함대가 소소강(召所江: 고성군 마이면 두호리) 어귀에 다다르니 대소 적선 26척이 강 언덕에 의지해 있는데, 그중에 가장 큰 배 한 척은 분벽(粉壁)을 한 3층 누각이 있는 배로 그 화려함이 마치 부처를 모신 전각과 같았다. 그리고 누각 앞에는 푸른 빛 일산(日傘)을 세우고 누각 밑은 검은 물을 들이고 흰 꽃무늬를 놓은 비단 장막을 둘렀으며, 배마다 검은 깃발을 꽂았는데 깃발에는 "나무묘법연화경(南無妙法蓮華經: "나는 법화경의 가르침에 귀의한다."는 뜻-편집자 주)"이라는 불경의 글귀가 쓰여져 있었다. 적진에서는 우리 함대가 나타난 것을 보자 일제히 활과 총을 쏘아 화살과 총알이 우박처럼 떨어졌다. 장군께서는 이에 곧 응전하여 모든 배로 하여금 적선을 포위하게 한 후 거북선을 놓아 적의 큰 배를 깨뜨리게 하셨다. 피아간에 쏘아대는 조총과 총통 소리로 바다는 뒤흔들리는 듯하고, 어느덧 적선에는 불이 붙어 연기와 화광이 충천했다.

적은 개전벽두에 우리 함대에 포위당하는 동시에, 놀라운 힘을 발휘하여 좌충우돌하는 거북선의 맹렬한 공격으로 깨어지고 불이 붙는 배가 속출했거니와 아군의 유도작전에 번번히 말려들고 기습공격에 속아 마침내 적장이 탄 3층 누선(樓船)마저 불이 붙고 깨어졌다. 적장은 까딱 없이 층루에서 칼을 짚고 여전히 독전했으나 그도 급기야 살을 맞아 층루에서 바다로 떨어져 죽었다.

이 광경을 본 남은 적선 4척이 창황망조해서 돛을 달고 북으로 달아나려 했으나, 아군은 곧 뒤를 쫓아 에워싸고 활과 불로 치니 적군들은 더 견딜수 없어, 혹은 바다로 뛰어 헤엄쳐서 나가려 하고 혹은 큰 배를 버리고 종선을 타고 동쪽으로 도망하기도 했다. 남은 적선을 불 질러 태울 때에 장군께서는 뭍으로 도망한 적을 바다로 유인해 섬멸하실 의도에서 적선 한 척을 남겨 두시고, 이튿날 방답첨사(防踏僉使) 이순신(李純臣)2으로 하여금 정찰토록 하신바, 과연 적군들은 그 배를 타고 도망하려 했다. 도망하려던 적군들은 아군의 맹렬한 공격으로 키

---

2. 이순신: 종실(宗室) 양녕대군(讓寧大君)의 후예(後裔)로 자를 입부(立夫)라 한다. 어려서부터 학업보다 무예에 힘을 썼다. 25세에 무과에 급제하여 선전관으로 출사한 후, 온성(穩城) 판관, 의주 판관 등을 거쳐 혜산진(惠山鎭) 첨사로서 오랑캐를 퇴치하는 데 진력했건만, 모략에 빠져 변방 장수 원희(元熹), 이억기 등과 함께 파면되었다가 다시 방답첨사로 임명되었다. 임진란이 일어나자 이순신 장군의 막하에서 혹은 중위장 혹은 전부장으로서 옥포, 당호, 한산, 부산 등 전투에서 크게 공을 세웠다. 이순신 장군께서는 위에 장계하여 그로 하여금 절충장군(折衝將軍: 정3품 당상관)에 승진케 하셨다. 그 후 충청 수군절도사가 되었다가 또 모함을 입어서 고령진첨사(高嶺鎭僉使)로 좌천(左遷)된 지 1년 만에 다시 추천되어 유도방호(留都防護) 대장이 되어 군사를 이끌고 서호(西湖)에 주둔하여 서울 방어의 책임을 졌다. 원균의 실책으로 칠천에서 패한 후 이순신 장군께서 삼도수군통제사에 재임명 되시자 그 막하에서 수사로서 많은 공을 세우다가 장군께서 적탄으로 해를 입으시매 군사를 인솔하고 개선(凱旋)했다. 후일 논공할 때에 3등 공훈으로서 완천군(完川君)에 봉했다. 광해 때에 호남절도사로서 영에서 세상을 떠나니 그의 나이 58세였다. 인조 때에 좌찬성(左贊成)으로 증직하고 그 시호를 무의(武毅)라 했다.

가 크고 용모가 준수한 젊은 장수와 그 부하 장수 여덟 명이 남았을 뿐 적군이 다 물에 빠지거나 살에 맞아 죽었다. 적장은 그 부하 여덟 명과 더불어 맹렬한 우리 공격에 대항하여 싸우는 장수였으나 그도 열 번째의 살을 맞고서는 급기야 쓰러지고 그 부하들도 죽을지언정 포로로 잡히지는 않으려는 듯 최후까지 항전하다가 마침내 다 죽고 말았다. 이 전투가 끝난 후 적장이 탔던 층각선을 뒤진 바 3,040여 명이 이름을 쓰고 각각 그 이름 밑에 피를 바른 두루마리가 나온 것으로 보아 그 부대가 결사동맹을 한 독한 군사들로 편성된 부대인 것을 알게 되는 동시에 이번 전투에서 죽은 적군이 3,000여 명인 것도 또한 확인 되었다. 이 첨사는 아홉 적장의 머리를 베인 후 비록 적일망정 그 용맹을 장히 여겨 적장의 머리에 술을 부어 그 영혼을 위로했다. 장군께서는 이 첨사가 베어 온 적장의 머리 아홉 중에서 화살 열 대를 맞도록 항전했다는 장수의 머리를 보시고 정색하여 찬탄하는 뜻을 표하시고 적장의 머리를 임금께 보내실 때에도 이 젊은 장수의 머리는 특별히 정하게 싸고 표를 하셨다.

패잔적을 소탕하기 위해 이 첨사가 분전하는 동안에 영남 수사 원균은 남해 현감 기효근으로 더불어 바다에 빠져 죽은 적군의 시체를 건지기에 여념이 없었으니 그것은 다시 말할 것도 없이 죽은 적군의 머리를 하나라도 더 베어 임금께 바침으로써 자기의 전과를 과시하고자 하는 것이었다.

51. 앞으로 있을 대 전투에 대비하기 위한 퇴진(退陣)

피로한 군사로써 쉬고 먹은 적을 치면

반드시 패한다는 병서의 가르침은

그것이 바로 우릴 두고 이름인 줄 알지어다.

당포와 당항포(고성군 회화면)의 적을 소탕한 후 장군께서는 함대를 나누어 가덕, 천성 등 바다를 샅샅이 수색하셨으나 각 포구에 유진했던 적은 모조리 부산으로 철퇴하여 적선이라곤 전혀 볼 수 없고, 각 포구와 연안에는 오직 우리 백성들의 환호성이 들릴 뿐이었다.

녹도 만호 정운과 광양 현감 어영담 등 용맹이 뛰어난 장수들은 연전연승하는 것에 더욱 힘을 얻어 부산의 적진을 치기를 원했으나 장군께서는 이를 경계하사 이긴 때에 흥분한 기분으로 적을 경시하는 것은 병법에서 크게 기휘(忌諱: 꺼리고 싫어하다-편집자 주)하는 바일 뿐 아니라 부산으로 말하면 적이 집결해 있는 곳으로 그 병력이 우리보다 월등히 우세함을 고려해야 할 것이며, 더구나 피로한 군사로써 충분히 쉬고 배불리 먹은 적을 치는 것은 백 번 싸워 백 번 패할 장본이라는 병서의 가르침은 그것이 바로 지금 우리에게 해당하는 교훈인즉, 연일 격전에 피곤한 군사를 이끌고 부산으로 가기보다는 적이 감히 가덕이서를 범하지 못하는 틈을 타서 각각 본영으로 돌아가 전사자를 장사하고 피곤한 군사를 쉬게 한 후, 병기를 다시 정비하여 앞으로 있을 더 큰 전투에 대비하여야 하리라는 장군의 말씀에 따라서 삼도 주사는 일단 파진하고 각기 본영으로 돌아가기로 했다.

이때에 원균은 장군으로부터 수급 이백을 얻어 가지고 의기양양하여 돌아갔다.

장군께서는 본영으로 돌아가시는 길에 지난번에 약속만 하고 구조하지 못해 마음 아파하시던 연해 각지 피란민들을 병선에 태워 각각 생업할 수 있는 안전한 곳에 옮겨 주셨다. 각 처 수령들은 제 한 목숨을 위해 백성들을 버리고 달아나는 때에 열세에 있는 병력으로 강대한 적을 막아 싸우기에 심혈을 기울이시는 중에 있어서도 장군께서는 이처럼 민생에 대한 일까지 마음을 쓰시는 것이었다.

당포와 당항포 전투에서 적군 장병의 목을 베인 것이 여든여덟 수급이고 당포 바다에 빠져 죽거나 화살 또는 포탄에 맞아 죽은 적은 부지기수요 당항포에서 죽은 자만도 3,000명이 넘었으나 아군에는 전사자 12명에 부상자가 34명에 그치었다. 이번에 분전한 장병들의 공로를 참작하여 장군께서는 1, 2, 3등으로 나누어 표창하시고, 이를 장계하셨는데 그 명단은 다음과 같다.

중위장 권준 / **전부장** 이순신 / **중부장** 어영담 / **후부장** 배흥립

좌부장 신호 / **우부장** 김득광 / **좌척후장** 정운 / **우척후장** 김완

귀선돌격장 이기남 / **군관** 이언량 / **좌별도장** 이몽귀 /

우별도장 김인영 / **한후장** 고안책

대솔군관 변존서, 나대용, 송희립, 이설, 신영해, 김효성, 배응록, 이봉수

이들을 표창함에 있어 장군께서는 이미 약속하신 바에 의하여 비록 적의 머리를 벤 것이 많지 않을지라도 목숨을 아끼지 않고 분전한 것에 치중하셨다.

52. 연전 연패 설치(雪恥)에 급급(汲汲)한
풍신수길의 대거 파병

옥포 당포 연패배에 노발대발 풍신수길
제해(制海)는 차치(且置)하고 설치
(雪恥: 부끄러움을 씻음-편집자 주)에 급급하여
유능한 수군 장병을 대거 출동 시키도다.

풍신수길은 육전에 대승한 것에 만족해 하다가 그와는 반대로 해전에서 연전연패한 보고를 받고 크게 노했다. 그것은 다시 말할 것도 없이 우리 연해의 제해권을 잡지 못하고는 도저히 군사를 이끌고 명나라로 들어갈 수도 없거니와 수군이 연전연패한 소식은 민심을 극도로 불안케 함은 물론이요, 새로 전 국토를 지배하는 자리에 오른 풍태합(豊太閤)3의 위신이 깎이는 까닭이었다.

그래서 풍신수길은 수전에 굴지(屈指)하는 협판(協辦) 안치(安治)로 주장을 삼고 협판 좌우위문(左右衛門), 도변(渡邊) 칠우위문(七右衛門) 등으로 아장(亞將)을 삼아 특공대를 조직하여 "기어코 이순신을 꺾으라." 하는 특명을 내렸다.

---

3. 풍태합: 풍태합이라는 벼슬 이름을 붙여서 풍신수길을 부르게 하는 이름.
* 태합(太閤 타이코우), 정식명칭 태합하(太閤下 타이코우카)로 일본 역사상의 칭호이다. 좁은 의미로는 섭정 또는 관백직을 그 후계자에게 물려준 인물만을 가리키며, 넓은 의미로는 현직 태정대신(太政大臣)·좌대신(左大臣)·우대신(右大臣)의 삼공까지를 포함한다. 높혀 부를 때 태합전하(太閤殿下 타이코우덴카)라고 불렀다.-편집자 주

53. 3차 전투에 대처하실 맹서

너희 비록 우리 강산 칠도를 앗았으나

이 몸이 죽지 않고 바다를 지키는 한

결단코 우리 연해를 지나가지 못하리라.

장군께서 본영으로 돌아오신 다음 날인 6월 11일에 선조대왕은 또 평양을 떠나 의주로 쫓기는 슬픈 길을 떠나셨다. 종묘의 위패도 잊어버리고 도망하는 판국이라 변방의 일개 수사에게 그런 기별을 할 정신도 없었거니와 그런 맘이 있다 할지라도 기별할 사람도 없었다. 그러므로 장군께서는 조정이 평양에서도 부지를 못하고 쫓겨가는 사실을 알 수가 없으셨다. 하여간에 장군께서는 삼천리강산을 홀로 두 어깨에 지신 듯 불철주야 적을 막을 만반 준비에 몰두하셨다. 6월 10일 본영으로 돌아오신 후 군사 조련에 더욱 힘쓰시는 한편 병선과 병기를 수리 정비하기에 골몰하실 즈음, 수전에 능하고 경험이 많은 장수들을 망라해서 특공대를 조직한 왜의 정예 부대가 부산진에 당도했다는 정보를 접수하셨다.

이때 장군께서는 스스로 맹세하시기를 "이 몸이 죽지 않고 살아 있는 한 결단코 적이 전라도의 바다를 지나가지 못하게 하리라." 하시고, 곧 관하 각 진에 대기령을 내리시는 동시에 수로와 육로의 양편으로 전라 우수사와 경상 우수사에게 공문을 띄워 7월 7일을 기약해 노량에서 만나 3차전을 단행하기로 하셨다.

54. 단장(斷腸)의 탄식

아름다운 이 강산의 주인이 떠나시고
원수의 말굽 아래 유린을 당하다니
분하고 애타는 맘을 어이 가히 달래리요.

3차전을 단행하기 위해 7월 6일 미명에 전라 좌우 주사 연합 함대 80여 척이 대오를 정비하고 창파를 저어 동쪽을 향해 나가는 광경은 장엄 무쌍 했거니와 싸우면 반드시 이기는 우리 주사의 의기는 충천했다.

이때 장군께서는 선두에 나서 멀리 구름 속에 표묘(縹緲)하는[4] 지리산, 백운산 등 하늘에 닿을 듯한 높은 산들을 바라보시며, "이 아름답고 웅장한 강산이 주인을 잃고 원수의 말굽으로 유린을 당하다니!" 하시고 통분한 심회를 금치 못해 하시며, "순신이 죽지 않고는 결단코 왜적이 전라도 바다를 지나가지 못하게 하리라." 하시던 당신의 결의를 더욱 굳히셨다.

55. 3차 전투에 임하실 작전 계획과 훈시

제장은 모름지기 분전역투(奮戰力鬪) 하려니와
균형을 엄수하고 공명심을 없이하여
수급을 취하기보다 죽이기에 전력하라.

---

4. 표묘하다: 끝없이 넓거나 멀어서 있는지 없는지 알 수 없을 만큼 어렴풋하다.–편집자 주

이미 약속한 대로 삼도 주사 연합함대가 7월 7일에 노량에(남해군 설천면 노량리) 집결했다. 이때 장군께서는 장차 싸울 일에 대해서 이, 원 두 수사와 더불어 의논하신 후, "군중에는 일시라도 주장이 없어서는 아니 되겠는데, 지금 성상께서 몽진하사 조명(朝命)을 기다릴 여유가 없은즉 우리 3인 중에 한 사람으로 대장을 선출함이 어떠리까?" 하고 제의하셨다. 전라 우수사 이억기 장군은 평소 좌수사에 대한 신망과 존경심이 두텁기도 했거니와 삼도 주사 중 전라좌도 주사가 가장 우세할 뿐만 아니라 전술로나 덕망으로나 또는 이제까지의 혁혁한 전과를 올린 공로로 보아, 아무도 견줄만한 사람이 없다고 생각했던 까닭에 서슴지 않고 장군께 주장이 되시기를 청했다. 이때 원균은 "다시 이를 말씀이오." 하고 찬의를 표했으나 속으로는 자기의 후배인 장군께서 주장이 되신다는 것에 불만이 없지 않아, 다시 "영감이 연치로도 위이시니 그리하시오." 하여 연치를 조건으로 한다는 뜻을 암시해서, 수사가 된 차서는 자기가 먼저였다는 것을 은근히 드러냈다. 장군께서는 작전상 불가불 당신이 주장이 되셔야 할 사세에 비추어 이에 뜻으로 "그러면 두 분은 내 절제를 받을 맹세를 하시오." 하고 칼을 높이 드시니 이, 원 두 수사는 칼을 뉘어 두 손으로 받들고 그 절제에 복종할 것을 다짐했다.

이에 따라서 장군께서는 여러 제장을 장선에 모아 당신의 작전 계획을 설명하신 후, 각각 부서를 정해 먼저 나갈 자와 뒤에서 지킬 자를 정하고 방포를 군호로 하여 진퇴할 것을 지시한 다음 다시 신칙하여 이르기를 다음과 같이 하셨다.

1. 결단코 독자적 행동을 하지 말고 오직 약속한 바와 그때 그때 형편에 따라 내리는 명령에 신속히 복종할 것.

2. 절대로 공을 다투지 말고 각각 맡은 직분을 다하기에 힘쓸 것.

3. 애써서 적의 수급을 얻으려 하기보다 죽이기에 힘을 기울일 것.

4. 적선에서 얻은 물건은 나라에 바칠 중요한 것을 제하고는 적선을 잡은 사람들이 나눠 가지게 할 것.

이 선언으로 장군은 군사들의 사기를 크게 돋우셨다.

56. 경상우수사 원균의 편견
적선을 유인하는 장군의 후퇴 지휘
원 수사 비난하여 겁이 많다 하였으니
방울새 대붕(大鵬)을 들어 평론하는 격일러라.

우리 함대가 노량으로 향하여 진군하던 7월 7일은 동풍이 크게 불었던 까닭에 장군께서는 우선 당포에 함대를 머물게 하시고, 적이 있는 곳을 탐색하려 하실 즈음, 피란민 중 소를 먹이는 김천손(金千孫)이라는 사람이 와서, 적선 70여 척이 영등포(거제군 장목면 구수리) 앞바다에 나타났다가 고성 견내도(見乃渡)에 이르러 닻을 내렸다고 하는 군사상 중요한 정보를 제공했다. 이에 따라 7월 8일에 도전하려 하심에 있어, 견내도는 물목이 좁은 까닭에 많은 병선을 이끌고 들어가 싸우는 것이 불리하므로 선봉장 어 현감에게 소수의 병선을 인솔하고 견내도로 들어가서 싸움을 돋우다가 짐짓 패한 듯이 후퇴하여 적선을 큰 바다로 유인해 나오기를 명하셨다. 어 현감이 견내도로 들어간 후 날이 늦도록 돌아오지 않으매, 혹시나 솟아오르는 기운을 참지 못해 견내도에서 무모히 싸우는 것이 아닌가 하여 장군께서는 심히 근심하셨다.

이때에 어젯밤부터 견내도로 들어가서 싸우지 않고 넓은 바다로 적을 끌어내려 한다고 장군의 계교를 비웃던 원균이 "지금이라도 견내도로 들어가서 싸웁시다. 그까짓 적이 무엇이 무서워서 못 간단 말이오?" 하면서 뽐내는 것이었다. 그리고 오직 자기만이 용기가 있는 듯이 "전선 50척만 소장에게 빌리시면 이 해가 지기 전에 적을 깡그리 잡아 오리다." 하고 우쭐댔다. 견내도과 같이 풀과 암초가 많은 곳은 지키기는 편리하나 치기는 어려운 것과 또 적이 패했을 경우라도 배를 버리고 뭍으로 도망하면 싸워서 이긴 효과를 십분 거두지 못할 뿐만 아니라 우리편 전선도 암초에 부딪혀 손해를 면치 못할 것이라는 장군의 설명을 무시하고 오직 자기는 나가서 싸우려하나 주장이 겁이 많아서 견내도로 들어가 싸우기를 원치 않는다고 장군의 용의주도하신 작전 지휘를 비난했으니 이야말로 방울새가 감히 대붕(大鵬)을 들어서 왈가왈부 평론하는 격이었다.

57. 장쾌한 한산대전(閑山大戰)의 대승첩(大勝捷)
해전에 이름 높은 특공대장 협판안치
연전연패 부끄러움 씻기는 고사하고
한목숨 겨우 건지어 도망키에 혼이 났네.

적을 유인하기 위해 견내도로 어 현감을 보내신 후 그가 혹시 솟아오르는 용기로 일을 그르치지나 않을까 하는 근심 가운데 장군께서는 선두에 나서시어 멀리 견내도 쪽을 바라보고 계실 즈음, 이윽고 견내도로부터 달려오는 배가 보였고 차차 가까워짐에 따라서 그것이 어 현감이 인솔한 선단인 것이 확인되었다. 장군께서는 어 현감이 전선 6척을 하나도 상함이 없이 돌아오는 것에 우선 안심하셨고, 무수한 적선이 방포를 하며 기러기 떼처럼 그 뒤를 쫓아 오는 것을 보시자, 손수 북을 울려 한산섬 속에 숨겨 놓은 전선들로 하여금 출동하게 하셨다.

적선 70여 척이 꼬리를 물고 의기양양하여 어 현감의 선단을 추격해 대섬에 이르렀을 때 장군께서 다시 북을 울려 군호를 하시니, 그에 따라 한산섬 속에서 50여 척 선단이 마치 바다에서 솟아나는 듯이 큰 바다에 쑥 나서매 적은 뜻밖에 큰 선단이 앞을 막는 것을 보고 놀라 허둥지둥 행렬이 어지러워지는 동안에, 우리 함대가 학익진(鶴翼陣)으로 진을 벌려 적선을 포위하고 지현자(地玄字), 승자(勝字) 등 총통을 빗발치듯 쏘아대니 앞서 오던 적선 3척이 순식간에 깨어져 적병이 하나도 남지 않고 물에 빠져 깨진 배의 널조각을 붙들고 울부짖었다. 이 광경을 본 적의 후속 부대는 황겁해서 뱃머리를 돌려 도망하려 했으나 경각간에 난데없이 좌우에서 앞을 막는 우리 선단으로부터 서까래 같은 화전과 각양 총통과 활의 사격을 받아 적병은 연방 쓰러지고 배들은 속속 불이 붙어 황혼이 짙은 하늘에 타오르니 하늘과 바다가 온통 불빛으로 가득했다. 적선 중에 아직 타거나 깨어지지 않은 10척이 한산 바다를 빠져 도망하려다가, 미륵도로부터 한산도까지 수백 개 불기둥이 앞을 가로 막은 것을 보자, 적은 다시 뱃머리를 돌려 대섬으로 갔다가 거기서도 또 우리 계교에 빠져 외양으로 나갈 길이 없는 막다른 골에 갇히고야 말았다. 적선에는 협판좌위문(脅坂左衛門)과 진와재마윤(眞鍋在馬允) 등 명장이 탄 배도 있어서, 그들은 용감히 최후까지 항전했으나 결국 9척은 불에 타거나 깨어지고, 간신히 1척의 배만이 도망해서 진와와 그 부하 장졸들이 섬으로 올랐을 뿐, 주장 협판안치가 직접 거느린 장병들은 거의 다 한산 바다의 물귀신이 되고 말았다.

진와는 뭍으로 오른 후에 자기가 탔던 배가 불이 붙어 타는 것과 바다 가운데 반쯤 잠긴 채 아직 번쩍번쩍 불길을 뿜고 있는 저희 배들을 보고, 문득 자기만 목숨을 보전해 도망하는 것이 부끄러운 생각이 나서, 저희 나라쪽인 동천을 향해 통곡하고 배를 갈라 죽으니, 이것을 본 장병 중에 20여 명이 역시 주장의 뒤를 따라 배를 갈라 죽고 그 나머지는 혹시나 도망할 길이 있을까 해 초승달도 다 넘어간 캄캄한 밤에 수풀을 헤치며 이리저리 헤맸다. 이튿날 아침에 도망한 적군의 종적을 수색하기 위해 뭍으로 오른 우리 군사가 진와재마윤 이하 20명 적군이 배를 갈라 죽은 것을 발견하고 이를 보고하니 장군께서는 그들 시체를 묻고 술을 부어 적일망정 그 혼을 위로해 주셨다.

이번 전투에서도 순천 부사 권준이 먼저 적의 장선을 깨뜨려 적의 머리 10급을 베는 공을 세웠고, 다음으로 큰 공을 세운 장수는 광양 현감 어영담으로 그는 적장이 탔던 층각선을 온이로(온통 전부 다-편집자 주) 잡아 거기 탔던 장수를 사로잡았다. 권 부사가 적의 층각선을 깨뜨리고 그 배에 탔던 장수의 목을 벨 때, 우리나라 사람 한 명을 잡았는데, 그는 적군의 요구로 물길을 인도한 자임이 밝혀졌다. 이 사람을 문초한 결과 구귀가륭(九鬼嘉隆), 가등가명(加藤嘉明)이라는 장수가 왜의 가장 높은 장수로서 전선 40여 척을 거느리고 뒤를 따라오고 있으며, 그 밖에도 부산에는 많은 적선이 집결해 있다는 것을 알게 되었다. 또 그는 오늘 싸움의 주장은 풍신수길의 특명을 받고 나온 협판안치(脇坂安治)라는 것과 자기는 주장이 탄 배에 있었다는 것을 아울러 고했다. 그런데 권 부사가 벤 적장의 머리 중에 협판안치의 머리가 없었으니, 그것은 그의 배가 깨질 때에 혼이 나서 다른 배로 몸을 감춰 도망한 것이리라.

싸움이 끝난 후 우리 함대는 모두 견내도(見乃渡)로 모여 진을 치고 밤을 지냈는데, 군사들은 종일 격전에 피곤한 줄도 모르는 듯 기뻐서 노래를 부르고 늦도록 자지 않으매, 장군께서 "싸움이 아직 끝난 것이 아니고 내일 다시 어떠한 격전이 있을지 모르니 다들 잠을 자 피곤을 풀라." 하셨다. 이번에도 원균은 모든 군사들이 잠든 틈을 타서 바다에 빠져 죽은 적군의 머리를 잘라 소금에 절이기에 바빴다.

이번 전투에서 여러 장수들이 거둔 개별 전과는 다음과 같다.

1. **순천 부사 권준** : 온전히 잡은 층각대선 1척, 왜장 1명을 포함한 수급 10급, 우리 사람 1명 생금.

2. **광양 현감 어영담** : 온전히 잡은 층각대선 1척, 왜장 나포 1명, 수급 12급, 우리 사람 1명 생금.

3. **사도 첨사 김완** : 온전히 잡은 대선 1척, 왜장 1명을 포함한 수급 16급.

4. **흥양 현감 배흥립** : 온전히 잡은 대선 1척, 수급 8급, 물에 빠져 죽게 한 자 부지기수.

5. **방답 첨사 이순신** : 온전히 잡은 대선 1척, 소각 소선 2척, 수급 4급. 특히 이 수사는 수급을 취하기보다는 죽이기에 전력했다.

6. **좌돌격장 급제 이기남** : 온전히 잡은 대선 1척, 수급 7급.

7. **좌별도장 영군관 전 만호 윤사공과 고안책** : 온전히 잡은 층각선 1척, 수급 6급.

8. **낙안 군수 신호** : 온전히 잡은 대선 1척, 수급 7급.

9. **녹도 만호 정운** : 층각대선 2척 격파 소각, 수급 3급, 우리 사람 2명 생금.

10. **여도 권관 김인영** : 온전히 잡은 대선 1척, 수.급 3급.

11. **발포 만호 황정록** : 층각선 1척 격파 소각, 수급 2급.

12. **우별도장 송응민** : 수급 2급.

13. **흥양통장 전 현감 최천복** : 수급 3급.

14. **참퇴장 전 첨사 이응화** : 수급 1급.

15. **우돌격장 급제 박이량** : 수급 1급.

16. **유군일영장 손윤문** : 소선 2척 포격한 후 육상 추격.

17. **오령장 전 봉사 최도전** : 우리 소년 3명 생금.

18. 전라 좌우도 장수 수십 명이 합력하여 격파하고 소각한 대선이 20척, 중선이 17척, 소선이 5척이요, 살에 맞아 죽게 한 것은 부지기수이다.

58. 안골도의 적진 소탕
특공대장 협판안치 한산서 참패하니
후속하던 정예부대 안골포에 숨었다가
뼈저린 두려움 속에 함몰되고 말았도다.

견내도에 유진했던 적선을 한산 바다로 유인해 소탕한 이튿날인 7월 9일 안골포(창원군 웅천면)로 가는 적선 40여 척이 있다는 탐망군(探望軍)5의 보고를 접하신 장군께서는 곧 이, 원 두 수사로 더불어 협의하여 작전 계획을 세우시고 친히 수십 척 전선을 인솔하여 안골포에 이르시니, 과연 적선 42척이 정박했는데, 그중에 3층 누각을 지은 큰 배 1척과 2층으로 된 누각선 2척이 포구에서 밖을 향해 있고 다른 배들은 비늘 달리듯 그 뒤에 있었다. 그런데 안골포 역시 지세가 협착하고 물이 얕아서 조수가 빠지면 땅이 말라버리는 곳이라 판옥선 같은 큰 배로서는 싸우기가 어려운 곳이었다. 그러므로 장군께서는 이번에도 적선을 큰 바다로 끌어내려고 유인하셨으나 적은 주장 협판안치가 한산 바다에서 참패한 것에 겁을 내어 좀처럼 동하지 않았다. 그래서 부득이 여러 장수들로 하여금 번갈아 포구로 들어가 치고는 물러나고 다시 들어가 치고 물러나는 전법을 쓰셨다.

혹은 5척, 혹은 10척의 몸 가벼운 배가 포구로 들어가 천, 지, 현자 등 총통으로 층루선을 엄습하는 한편 거북선이 좌충우돌 적선을 들이받으니 적선은 부딪히는 대로 깨지고 적병은 쓰러졌으나 층루선은 여간 총통을 맞아도 까딱없었다. 그래서 적은 이 층루선을 의지해 대항했고, 우리도 이 층루선을 깨뜨리는 것이 이날 싸움의 중심이었다. 종일 격렬한 싸움에 적은 태반이나 죽고 병선도 층루선을 아울러 남은 것이 10척밖에 없었다. 그러나 적은 마지막 한 사람이 남기까지 싸우고 말려는 듯, 이 층루선에 갈아 들어(층루선을 의지해 싸우던 군사가 죽어 없

─
5. 탐망군: 적군의 동정을 염탐(비밀히 사정을 조사하는 것)하는 군사.

어지면, 작은 배가 군사를 데려와 보충하고 죽은 군사를 싣고 나가기를 열 번이나 했다.) 총과 활을 쏘았다. 그러나 마침내 3층 층루선마저 불이 붙어 마른 장작처럼 타 오르니 후면에 남아 있던 작은 배의 군사들은 더 버틸 수 없음을 짐작하고 급히 배를 저어 뭍으로 오르려 했지만, 마침 썰물이라 물살이 빨라 미처 배를 젓지 못하고 살에 맞아 죽거나 쑥쑥 들어가는 개흙에 허리까지 빠져서 뭉개는 자가 부지기수였다. 이때 장군께서는 이미 뭍으로 도망한 적군들이 우리 백성들을 해칠 것을 염려하시어 적이 물길을 따라 퇴각할 때 4, 5척을 남겨 두게 하시고, 쇠를 울려 싸움을 거두고 물이 빠지기 전에 깊은 물로 함대를 옮기셨다.

이번 전투에 있어서도 원균은 처음부터 끝까지 뒤를 막는다 자칭하고 멀리 뒤에 떨어져 썰물에 떠내려 오는 적군의 머리를 베기만 일을 삼다가 장군께서 이억기 장군과 더불어 함대를 거느리고 포구 밖으로 나오시는 것을 보고, "왜 적군을 마저 치지 않고 물러나시오?" 하며 염치없는 말을 하고, "나는 이 포구를 지키겠소." 하는 것이었다. 그것은 다시 말할 것도 없이 바다에 빠져 죽은 적군의 목을 하나라도 더 베어 수급의 수를 늘림으로써 승리의 공을 높이자는 데 있는 것이었다. 그러나 장군께서 이를 허락지 않으시니, 원균은 그 많은 적군의 시체를 돌아보고 그 목을 베지 못하는 것을 아까워하면서 장군의 절제에 복종했으나, 그의 앙앙불락(怏怏不樂: 매우 마음에 차지 아니하거나 야속하게 여겨 즐거워하지 아니함-편집자 주) 하는 심사는 그 얼굴 빛에 현저히 드러났다.

이튿날 새벽에 다시 포구를 에워싸고 적군의 종적을 찾은 바, 과연 예기한 바와 같이 밤새 패잔 적군들은 남겨 놓은 배를 타고 다 달아나고 말았다. 장군께서는 "이제 이 곳 백성들이 부대낄 염려는 없게 되었다." 하시고 혼자 고개를 끄덕이며 회심의 미소를 지으셨다. 뭍에는 적군의 시체를 모아 불사른 무더기가 열두 더미나 있는데, 아직도 불기운이 남아 살과 뼈가 타는 냄새가 코를 찌르고 길 바닥에는 여기저기 피가 고여 있었다. 이번 전투에 적이 죽은 것이 얼마나 되는지 알 수 없으나, 열두 더미의 재와 타다 남은 뼈다귀로 보아 바다에 빠져 죽은 자는 말고라도 1,000명이 넘을 것으로 추산되며 참수한 것은 250급에 달했는데, 적군이 죽은 수에 비해 목을 베인 수가 비교적 적었던 것은, 전투에 앞서 특별히 신칙하신 장군의 말씀, 즉 "적의 머리를 베기보다 죽이기에 전력하라." 하신 말씀에 따라 전라도 장수들은 적을 죽이는 데 힘을 다했던 까닭이었다.

이때 노획한 허다한 물품 중에서 특별히 보관해야 할 것들을 제외하고는 이미 약속한 대로 나누어 주시고(의류, 포목, 곡식 등), 그리고 목숨을 아끼지 않고 분전하여 크게 승리를 거둔 장병들의 명단을 작성하여 장계하시었는데, 그 명단은 다음과 같다.

중위장 순천 부사 권준 / **중부장 광양 현감** 어영담

전부장 방답 첨사 이순신 / **후부장 흥양 현감** 배흥립

우부자 사도 첨사 김완 / **좌척후장 녹도 만호** 정운

좌별도장 전 만호 윤사공, 고안책 / **우척후장 여도 권관** 김인영

좌돌격장 귀선장 급제 이기남, 보인 이언량

좌부장 낙안 군수 신호 / **유군장 발포 만호** 황정록

한후장 영군관 전 봉사 김대복 / **급제** 배응록

59. 연전연승에 더욱 신중하시는 임전(臨戰) 자세
승리의 흥분으로 패적을 경시함은
뉘우칠 장본이란 병서의 가르침은
오늘날 우리를 위한 경고인 줄 알지어다.

　안골포의 적을 소탕한 후 장군께서 함대를 이끄시고 양산강(梁山江: 낙동강 어구)이 김해로 흐르는 포구 앞 감동포로 가 수탐(搜探)하셨으나, 적군이라곤 전혀 볼 수가 없으므로 몰운대(沒雲臺: 동래군 사하면 다대리) 앞에 배를 벌려 진을 쳐서 우리 주사의 위엄을 보이고, 탐방선을 놓아 적의 종적을 탐보(探報)하게 하셨다.

　김해 금단고지 연대로 망을 보러 갔던 군사가 돌아와서 보고하기를 연대에 올라가 본즉 김해로 빠지는 두 강 깊은 목에 여기저기 정박한 적선이 100여 척이나 되는 데, 연대 밑 암자에 사는 노승의 말을 들으면 근래 매일 한 50척이나 되어 보이는 적선이 몰려 오기를 11일 동안이나 했는데, 어제 안골포에서 접전하는 포성을 듣고는 다 달아나고 100여 척만 남아 있다고 하더라는 것이었다. 이 말을 듣고 여러 장수들은 강에 정박한 적선을 소탕하기를 원했으나, 장군께서는 강 속에 숨어 있는 적을 토벌하기는 불가능한 것이라 하여, 여러 장수들이 연전연승한 흥분으로 분별없이 거사하려는 것을 경계하시고 천성을 경유해 한산도로 퇴군하셨다.

　7월 8일부터 10일까지 3일간에 걸친 견내도와 안골포에서의 맹렬한 공격에 견디지 못해 배를 버리고 뭍으로 올랐던 적군들은 여러 날 굶어 기동을 못하고 바닷가에서 조는 자가 400여 명에 달했는데, 이

들은 독 안에 갇힌 쥐와 같은 신세라 도망할 길이 없는 터이므로 장군께서는 이들을 경상도 주사에게 맡기고 7월 13일 본영으로 돌아오셨다. 장군께서 양산강과 부산의 적을 버려 두고 회군하시는 것은 다음 세 가지 이유가 있었다.

1. 한산 바다와 안골포에서의 전투에 예기가 꺾인 적장들은 안전한 곳에 숨어 들어 나와 싸우기를 회피하므로, 지상군의 협력이 없이는 어찌할 도리가 없는 것.

2. 무인지경인 경상도 연해에서는 군량을 얻을 길이 없는 것.

3. 금산(錦山)을 점령한 지상 적세가 등등(騰騰)해서 전주를 범했다는 경부가 온 것으로 보아, 잘못하다가는 전라도마저 적의 손으로 들어갈 염려가 없지 않은 바, 만약 그렇게 되는 날에는 우리 군사가 발을 붙일 근거를 잃어 영영 나라를 회복할 기회를 얻을 수가 없게 되는 것 등이었다.

장군께서는 본영으로 퇴군하시는 중에, 적군에게 포로로 잡혔다가 우리 군사에게 구조되어 온 백성들로부터 다음과 같은 중요한 정보를 얻으셨다.

1. 서울에 머물러 있던 왜적들이 대거해서 아랫녘으로 내려오고 있다는 것.

2. 우리 백성 중에 젊은 여자들이 적군에게 몸을 버린 일이 많다는 것. 그 중에 특히 우근신(禹謹身)이라는 사람의 누이는 적장과 동거해서 아이까지 배었는데, 적장이 우리 군사의 돌격을 받아 그 신변이 위태하게 되었을 때, 그 여인은 적장으로부터 배를 갈라

죽으라는 명령을 받고, 차마 배를 가를 수가 없어서 적장이 준 칼로 목을 찔러 죽었다는 것.

3. 한산해전에서 참패한 적선 70여 척은 적의 수군이 세 패로 나누어 전라도를 공략하려던 1군이었고, 안골포에서 함몰 당한 적선 40여 척은 2군이었다는 것 들이었다.

60. 한산대첩에 대한 미국인 헐버트[6]의 찬사

우리 주사 한산대첩 헐버트 평가하여
수길에게 선고하는 사형이라 일컬음은
바꾸어 다시 할 수 없는 으뜸가는 찬양이라.

우리 주사를 꺾어 그간 연전연패한 설치를 하려고 편성한 특공대마저 한산 바다에서 참패를 거듭했다는 보고는, 천하에 두려움을 모르는 풍신수길의 예기(銳氣)를 꺾고 그 간담을 서늘하게 했다. 그래서 풍신수길은 우리 연해의 제해권을 잡으려던 야망을 보류하고, 새로운

---

6. 헐버트: 미국의 언어학자 겸 역사학자이다. 고종 23년(1886년)에 내한하여 육영공원에서 외국어를 강의했다. 그는 역사 연구에서 그의 저서 한국사 2권을 1905년에 발간했으며, "대동기년(大東紀年:대한 제국 때에, 윤기진(尹起晉)이 편찬한 편년체 역사책. 태조 원년(1392)부터 고종 32년(1895)까지의 조선 왕조의 역사를 개략적으로 서술한 것으로, 한말 상황을 상세하게 기록하여 사료로서의 가치가 크다.-편집자 주) 5책"에서 한국 근세사의 "연대기적 개관(年代記的 槪觀)"을 시도했고, 한국 역사와 문화 등 전반을 연구했으며, 특히 구 한말의 쇠퇴 과정을 주시하여 서술한 "한국견문기"는 전작인 두 책과 함께 한국사 연구의 한 기초를 이루고 있다. 미국은 물론 유럽에 있어서의 한국의 역사 연구는 헐버트의 노작에 의거하는 형편이다.

지령을 내려 전 함대를 부산으로 집중시키고 아무리 조선군이 싸움을 돋울지라도 결코 응전하지 말고 오직 수비에만 힘쓰라 했다.

한편 소서행장은 평양을 점령한 후 의기양양해서 의주까지 밀고 올라갈 태세를 갖추고, 저희 수군이 제해권을 잡고 서해를 돌아 올라오기를 기다리다가 제해권은 고사하고 참패를 거듭해서 부산진에 갇혀 꼼짝 못하고 있다는 정보를 받고서, 감히 평양을 떠나 북진할 생각을 못하고, 육군이 단독으로 너무 깊이 파고 든 것을 오히려 후회하는 동시에 잘못하다가는 명나라로 치고 들어가기는 고사하고 본국으로 돌아갈 물길조차 막힐 것을 염려하기에 이르렀다. 명나라로 치고 들어가 천하의 패권을 잡겠다고 국력을 기울여 일으킨 전쟁에 있어 수군이 참패했다는 것은 소위 풍태합이라는 명예에 관한 일이라 풍신수길이 대노하여 협판안치, 도변칠우위문 등 수군의 명장을 망라해서 보낸 특공대마저 한산해전에서 참패했다는 사실은 풍신수길에 있어 치명적 타격이었다. 그러므로 헐버트가 한산대첩을 평가하여 말하기를 수길에게 내린 사형선고라 한 것은 당시 수길의 암담한 의중을 가장 절실하게 표현한 말인 동시에 장군께 대한 다시없는 찬사라고 하겠다.

61. 당쟁과 시기로 인해 제약된 장군의 승진

하마터면 압록강을 눈물로써 넘을 신세
모면한 고마움을 그새 벌써 잊었는가?
경이의 한산대첩을 그만게라 일컫다니!

선조대왕은 장군의 옥포, 당포 등 승첩을 포상하시기 위해 이미 그 벼슬을 가선대부(嘉善大夫 종2품)와 자헌대부(資憲大夫 정2품)로 올리신 바 있었거니와 한산해전의 대승첩을 크게 상찬하사 장군의 벼슬을 1품에 올리실 고지를 쓰라고 명하셨으니 그것은 만약 바다에서 적을 꺾지 못했으면 적은 남서해상의 제해권을 장악하고 의주까지 밀고 올라왔을 것이요, 그렇게 되었으면 조국을 등지고 압록강을 넘지 않을 수 없었을 것을 익히 통촉하고 계셨던 까닭에 장군의 한산대첩은 다시없는 최고의 포상을 할지라도 그 공을 다 표창할 수가 없다고 생각하신 까닭이었다. 그런데 대왕이 장군의 벼슬을 1품에 올리시는 교지를 승지 이항복으로 하여금 쓰게 하실 즈음, 전 대신 정철이 나서서, 그만한 공에 1품을 주시면 운운하여 대왕이 포상을 남용하신다는 뜻으로 그 불가함을 주상하니, 이제까지 잔뜩 불만을 품었으나 감히 입을 열지 못하던 우의정 유홍(俞泓)이 힘을 얻어 일개 변방 수사에게 1품을 주시면 기강이 무너지게 하는 것이라 하여 정철의 의견에 동조했다. 대왕은 "나라를 거의 다 잃고 북녘 한 귀퉁이에 겨우 발을 붙이고 있는 이 슬픔과 부끄러움 속에 있어서도 당파 싸움을 그칠 줄 모르는구나." 하시고 비통한 심서(心緖)를 금할 수가 없으시어, "그래 1품은 동야서야(東也西也) 하고 다투는 사람들만이 가지는 것인가?" 하시고 진노한 눈으로 신하들을 노려 보셨다.

이때에 좌의정 윤두수가 조정에서 주청함으로써 결국 장군의 승진은 정2품과 종1품의 간자(間資: 중간 품계)인 정헌대부(正憲大夫)로 낙착되고, 이에 따라서 이억기, 원균 두 수사도 각각 종2품에 승진했다. 그런데 원균으로 말하면 그 소행이 마땅히 벌을 받아야 할 계제에 도리어 벼슬이 오른다는 것은 가소로운 일이 아닐 수가 없는 바이다.

다음 시는 선조대왕이 과천에 머무신 평양에서도 부지할 수가 없어 다시 의주로 옮기신 때에 그 슬프신 회포를 펴내신 것으로서 이순신 장군의 크나큰 전공을 1품의 벼슬로 올려 포상하시려는 것을 시기해 반대하는 신하들을 힐책하시던 심회를 엿보기에 족한 것이다.

국경 하늘 아래 달밝은 밤 목놓아 울고
압록강 찬 바람에 상하는 이 맘이여!
조신들아 오늘 이 꼴이 되고서도
그래도 동야서야 싸우려느냐?

62. 4차 출전

연전연승 우리 장병 투지가 왕성하고
적군은 실의하여 전투를 기피하니
이제는 부산 원정을 단행하여 가하리라.

풍신수길은 도저히 수전으로서는 우리를 당할 수가 없음을 절감하고, 그 대책을 궁리한 끝에 "조선의 당쟁을 이용해서 이순신을 꺽으라." 하는 새로운 지령을 내렸다. 장군께서는 이 정보를 들으시고 수길의 사나이 답지 못한 야비한 심성을 비소(鼻笑)하시는 한편 철없는 벼슬아치들의 장난(당쟁)이 이처럼 적장에게 알려져 있건만 아직도 정신을 못차리고 있는 벼슬아치들의 몰지각을 통탄해 마지 않으셨거니와 적이 이와 같이 야비한 방법을 취하는 것은 정면으로는 우리 주사와 대결할 수가 없다는 심리의 발로임을 간파하심과 아울러 적은 이미 전의를 상실한 것이 확실한 것으로 판단하고 우리 장병의 투지가 왕성함을 감안하시어, 병서에 이르기를 "싸울 뜻이 있는 한 군사는 전의를 상실한 천 명의 군사를 당한다." 했으니 이제야말로 적극적으로 나가서 적을 칠 시기가 성숙한 것이라 하시고 마침내 부산 원정을 단행하기로 하셨다.

　그런데 부산으로 말하면 4월 13일 왜적이 상륙한 이래 적군의 군사 기지로 되어 있기도 하려니와 풍신수길의 새로운 지령에 따라 각지에 산재했던 적군이 집결해 있는 까닭에 해전만으로는 이를 쾌히 토멸하기가 불가능한 일이므로 이를 유감없이 하기 위한 대책으로 미리 경상 순찰사 김수(金睟)와 의논하여 9월 1일을 기해 수륙 양면 작전으로 부산의 적진을 공격하기로 약속하시고, 8월 24일에 전라 우수사와 더불어 좌우 수영 연합함대 166척을 인솔하고 본영을 떠나셨다. 장군은 그동안 전쟁으로 분주한 나날을 지내시는 중에 있어서도 병선 50척을 건조해 그 수에 있어서 열세에 있는 우리 주사의 전투력을 보강하셨다.

63. 천인이 공노할 경상우수사 원균의 만행

나라와 겨레위해 싸워야 할 장수로서
백성의 목을 베어 수급인 양 꾸미다니
이보다 더한 흉악이 다시 어디 있으리오!

한산해전에서 간신히 목숨을 건져 섬으로 기어오른 패잔 적군 400
여 명은 달아나려 해도 빠져나갈 길이 없는 까닭에 그대로 내버려 둘
지라도 급기야 굶어 죽을 수밖에 없이 되었으므로 장군께서는 이를
경상주사에게 맡겨 지키도록 하시고 돌아오셨었다. 그런데 경상우수
사 원균은 거제도에 적선이 나타났다는 경보를 받자 곧 달아났던 까
닭에 섬에 갇혔던 적들은 그 틈을 타서 나무를 찍어 떼를 모아 타고 다
도망했다. 원균은 한산섬에 갇혔던 적을 다 놓쳤을 뿐만 아니라, 무고
한 백성들의 머리를 베어 상투를 자르고 배코를 쳐서(상투 밑의 머리털을
돌려 깎는 것-편집자주) 외적을 죽인 듯이 수급을 모으는 실로 천인이 공
노할 흉악무쌍한 짓을 자행했다는 것이 여러 사람의 입을 통해 아시
게 되매, 장군께서는 옥포해전 이래 그의 정당치 못한 행동을 상기하
시고 가장 중요한 부산 원정을 함께 하는 것이 매우 긴치않은 일로 여
기셨으나, 경상도 해역에서 싸우는 이상 그를 참전시키지 않을 수도
없는 사세이라 부득이 함께하셨다.

64. 영남 연해 패잔적의 소탕

뼈저린 두려움이 싸울수록 더한 왜적
우리 주사 연합 함대 영도에 이르도록
부산진 포구 밖으로 감히 출동 못하도다.

삼도 주사 연합 함대 170여 척이 경상도 두 강(김해강과 양산강) 어귀에 이르도록 해상에 적선이라곤 하나도 볼 수 없었고, 다만 우리 백성들이 부모를 만난 듯이 기뻐하며 배를 타고 와서 우리 연합 함대의 당당한 위세를 보고 감격해서 춤을 추며 만세를 불렀다. 백성들은 제각기 적군에게 당한 아프고 슬픈 사연을 장군께 고했거니와 그 중에 적군에게 잡혀갔다가 도망해 온다는 전복잡이 정말석(丁末石)은 김해강에 있던 적군들이 수일 내로 떼를 지어 몰운대(沒雲臺: 동래군 사하면 다대리)를 넘어 동녘으로 황급히 물러 갔다는 군사상 요긴한 정보를 제공했다.

우리 함대가 몰운대를 넘어 영도에 이르는 동안 장림포(長林浦), 화준(花樽), 다대포(多大浦), 서평포(西平浦) 등 연해에서 미리 철수하지 못한 적선 28척을 격파할 때는 물론이요, 부산과 목첩지간(目睫之間)에 위치한 영도에 이르러 그곳에 남아 있는 적선 2척을 격파하고 섬으로 쫓겨 간 패잔적을 마저 소탕할 때에 있어서도, 적군의 근거지인 부산진에서 아무 반응이 없었다.

65. 비장한 결의 하에 내리신 부산진 공격령

적선이 많은 것은 이미 아는 바이어늘
그 비록 오백인들 어이 새삼 놀라리오!
목숨이 다하기까지 오직 싸울 따름이라.

부산진을 공격하기에 앞서 장군께서는 탐방선을 놓아 적진의 동정을 정찰하게 하신 바, 탐방군이 정찰을 마치고 돌아와 보고하기를 적선이 줄잡아도 500척이 넘을 것으로 보이는데, 우리 배를 보고 큰 배 4척이 포구를 떠나 나오고 있다고 했다. 적선이 500척이나 된다는 보고에 원 수사는 크게 놀라 실색했고, 이억기 수사 역시 200척 미만의 배로 500척을 상대하여 싸우는 것이 무리하다는 기색이었다. 이때 장군께서는 "적의 배가 우리 보다 많은 것은 이미 알고 온바이어늘, 비록 그것이 오백으로 헤일 정도로 많다한들 어찌 새삼 놀라리요. 우리는 이미 목숨을 걸고 나왔은즉 두려워 할 것이 없겠거니와 이번에 적을 치지 않고 돌아서면 적이 우리를 없이 여겨 크게 반발할 것인즉, 그리되면 우리 일은 끝나고 말 것이므로 우리는 여기서 싸우다가 다 죽는 한이 있을지라도 목숨이 다하기까지 싸우고 싸워 기어이 적을 꺾고야 말 것이다." 하시고 우리 주사의 위엄으로 영기를 휘둘러 공격을 개시하기를 명하시고 친히 북을 울려 진격하기를 재촉하셨다.

66. 유감천만 경상 순찰사 김수(金晬)의 식언(食言)

적군이 바다로만 사격을 집중함은
지상에 싸울 대상 없다는 증거인즉
순찰사 이미 식언함을 불문가지 하리로다.

우리 탐방선을 쫓아 오는 적선 4척을 녹도 만호 정운을 비롯한 여러 장수들이 합세해서 일거에 격파하고, 전라 좌우 주사 연합함대 166척 (이때 영남주사는 멀리 뒤에 떨어져 형세를 관망하고 있었다.)이 위세를 떨치며 적 진으로 접근해서 일제히 포문을 열고 활을 쏘아 포탄과 화살이 빗발 치듯 적진에 떨어지니 적군은 당황하여 급히 뭍으로 올라 이미 파 놓은 여섯 군데 토굴에 의지해 각종 사격으로 대항했고, 바다에 남은 적들도 방파제에 엎디어 역시 갖은 사격을 소나기 퍼붓듯 했다. 부산 전 진을 공격하면 필연코 적들은 뭍으로 올라 수륙 양면에서 대항할 것을 이미 예측하셨던 까닭에 장군께서는 경상 순찰사 김수와 더불어 사전에 그 대책을 협의해서 9월 1일을 기해 수륙 양면 작전을 펴기로 하신 것이었다. 그런데 김 순찰사는 그 후 부산진에는 동래, 울산 기 타 각지에 있던 적군이 집결해서 그 세력이 강대한 것에 불안을 느껴 막중한 약속을 어기고 아무 연통도 없이 출동하지 않았다. 적군이 바 다로만 사격을 집중하는 것으로 미루어 장군께서는 김 순찰사가 이미 식언하여 출동하지 않은 것을 직감하시고, 그 사나이 답지 못함을 통 탄하시는 동시에 싸움이 예상보다 훨씬 더 어렵게 된 것을 염려하셨 거니와 이때 장군의 통분하신 심사를 가히 짐작하고 남는 바이다.

67. 종일 계속된 치열(熾烈)한 공방전

선창은 피에 젖어 벌겋게 물이 들고
무수한 불기둥이 하늘로 치오르매
바다의 물도 끓는 듯이 더운 김을 뿜어내다.

접전이 된 후 피차 공방 사격이 시시각각 치열해졌다. 그런데 적은
바다에서만이 아니라 육상에서도 아래로 쏘는 이점이 있는 반면에 아
군은 해상의 적을 상대하는 동시에 높이 육상으로도 쏘아 올려야 하
는 터이므로 전투상 입지적 조건이 심히 불리했다. 그러나 아군은 천
지자 장군전, 피령전, 장편전과 각양 철환으로 맹렬히 공격한 결과, 어
느덧 바닷가에 매인 적선에는 여기저기 불이 붙기 시작해 경각간에
무수한 불기둥이 하늘로 솟아오르고 연기는 바다로 기어 지척을 분별
할 수가 없이 되었다. 장군께서는 장선에서 싸우는 장병들을 격려하
사 적진으로 더욱 깊이 들기를 명하시는 한편 북을 울리고 기를 휘둘
러 여러 병선의 장병들로 하여금 분전하기를 재촉하셨다. 각 병선의
장병들은 장선에서 큰 북이 울릴 때마다 더욱 용기를 내어 적진을 찔
렀다. 피아간 공방전이 종일 계속되니 선창은 온통 연기에 파묻히고,
기름이 섞인 피가 무늬를 지어 떠 흐르는 바닷물도 끓는 듯이 더운 기
운을 뿜었다. 이때 우리 배도 피에 물들지 않은 배가 없었다.

68. 천추의 한 녹도 만호(鹿島萬戶) 정운(鄭運)의 비장한 전사

원수를 함몰하고 싸움을 매듭 지을
기회를 상실하고 정 만호를 애이다니!
천추의 한 이 통분을 어이 참아 견디리요!

종일 치명적 공격을 받은 적은 기진맥진해서 해가 기울자 성문을
굳게 닫고 오직 한 토굴에서만 간간히 총을 쏠 뿐 나머지 다섯 군데 참
호는 숨이 진듯 잠잠했다. 개전벽두부터 용감히 적진으로 깊이 들어
가 적선 30척을 격파한 정 만호는 적의 최후진을 격파하기 위해 수풀
처럼 줄을 이은 적선의 벽을 뚫고 적진의 심장부로 배를 몰았다. 이날
전투에 가장 무섭던 장수의 배가 접근하는 것을 보자, 적군은 정 만호
의 배를 집중공격해서 마침내 적탄은 정 만호의 이마를 맞혔다. 정 만
호는 갑판에 쓰러 졌으나 왼손으로 상처를 움켜 쥐고 일어나 칼을 휘
두르며 피를 뿜는 입으로 "어서 노를 저어라." 하고 싸움을 독촉하다
가, 두 번째 적탄이 가슴을 뚫고 나가니 다시 갑판에 쓰러지고 말았다.
귀선장이 거북선으로 좌충우돌 적선을 쳐부수고, 정 만호의 배를 끌
고 장선으로 온 때는 피아간 양진에서는 사실상 휴전 상태로 되었다.

그런데 적진에서는 종일 싸움에 가장 무섭던 장수가 쓰러지는 것을
보자 새로 힘을 얻어 우리 군사를 육상으로 끌어 올리려고 꾀는 듯이,
이편의 살이 미치지 못할 만한 곳에서 수천 명 장졸들이 긴 칼을 번쩍
거리고 시위를 했으며, 우리 편에서도 곧 상륙해서 최후의 결전을 원
하는 장졸들이 적지 않았다. 그러나 장군께서는 육상에서 함께 싸우
기로 약속한 경상 순찰사 김수의 군사는 해가 지도록 오는 빛이 없을

뿐만 아니라 우리는 긴 칼도 없거니와 군사들이 육전에 경험이 없는 터에, 더구나 종일 격전에 피곤한 군사를 이끌고 달도 없는 초하룻 날 밤에 뭍으로 올라 싸우는 것은 백 번 싸워 백 번 패할 장본이라 하시고 쇠를 울려 군사를 거두시었다.

이번 싸움에 있어 장군의 제의에 의해 약속한 대로 경상순찰사 김수가 지상에서 적을 공격해서 예정대로 수륙 양면 작전을 폈으면 적을 쾌히 소탕하는 데 성공했을 것이고 정 만호가 전사하지 아니 할 수도 있었을 것을 상상하면, 경상 순찰사 김수의 식언이야말로 참으로 천추에 한이 되는 일이 아닐 수가 없는 바이다. 장군께서는 피투성이가 된 정 만호의 시체를 부둥켜 안으시고 통곡하기를 마지 않으셨거니와 김수의 식언으로 말미암아 적을 쾌히 소탕할 수 있는 절호한 기회를 놓치신 통분에 심복 부하 충의 용사 녹도 만호 정운을 잃으신 비통이 겹친 이때, 장군의 심회를 무슨 말로써 다하여 형용할 수가 있으리오! 장군께서는 한없는 슬픔 속에 잠기신 중에도 친히 제문을 지어 정 만호의 영령을 위로하시고, 또 위에 장계를 올려 허락을 얻으신 후 녹도 이대원(李大源)7 장군 사당에 그 영령을 같이 모시게 하셨다.

---

7. 이대원: 함평(咸平) 사람으로 명종 21년(1566년)에 나니 이순신 장군보다 21년 연하이다. 재주가 출중해서 18세에 등과했고, 21세에 만호가 되었으니 우리나라 역사상 가장 젊은 만호였다. 임진란이 일기 5년 전인 정해년(1567년) 2월에 전라도 연해로 침범해 온 왜적을 무찔러 크게 승리한 공을 그 상관이었던 전라좌수사 심암(沈岩)이 뺏으려다가 그 뜻을 이루지 못한 것에 불만해서 앙심을 품고 있던 중, 왜구가 대거하여 재차 침범했는데, 그 때로 말하면 날이 어둡고 군사는 적어 즉시 출전하기 어려운 사세이었음에 불구하고 심암이 고의로 무리한 명령을 내리매 부득이 나가 싸우다가 중과부적으로 마침내 전사했다. 이 장군은 외로운 군사로써 최후까지 싸우다가 화상을 입고 기진맥진한 끝에 잡혀 항복을 강요 당했으나, 끝까지 굴하지 않고 항거 하다가 마침내 돛대에 매달려 참혹한 죽음을 당하는 순간까지 호령을 하다가 숨이 졌다. 전사하기 전에 일이 틀린 것을 짐작하고 손가락을 끊어 속적삼에 한 수 시를 써서 종에게 주어 집으로 전하게 했으니 그 시

제문

"아하 – 인생이란 반드시 죽음이 있고 죽고 삶에는 반드시 천명이 있나니, 사람으로서 한 번 죽는 것은 진실로 아까울 게 없을 것이로되 오직 그대의 죽음에 마음 아픈 것은 나라이 불행하여 섬 오랑캐가 쳐들어와 바람으로 휩쓸듯 영남 고을을 무너뜨리고, 거침없이 몰아닥치는 바람에 도성이 하루 밤새 적의 소굴로 되고, 천리 길 관서로 님의 수레 옮기시매 북쪽 하늘을 바라보는 간담이 찢기는 듯하도다.

슬프다. 내 재주 없어 적을 치기 어려워 그대와 더불어 의논할 제 해를 보듯 하였도다. 계책을 세우고 칼을 휘두르며 배를 이어 나갈 적에 죽음을 무릅쓰고 그대 앞서 나가매, 수백 명 왜의 무리 피를 흘리며 검은 연기와 먹구름이 웅천을 덮었었노라. 네 번이나 이긴 것이 그 뉘의 공이던고. 종사를 회복함도 가히 날을 꼽아 기약할 만하더니 어찌 뜻했으랴. 하늘이 돌보지 않으시어 적탄에 맞을 줄을.

아하! 헤아릴 수 없음이 저 창천이로다. 배를 돌려 다시 싸워 기어이 복수한다 맹세터니, 날은 이미 어둡고 바람조차 고르잖아 소원을 이루지 못하매 평생에 통분함이 어이 이에 더하리오. 생각이 이에 미치니 살을 에듯이 아프도다. 진중 모든 장수도 또한 슬퍼 마지않았도다. 믿느니 그댈터니 내 이제 어찌할꼬!

늙으신 어버일 장차 뉘가 모시리요. 황천까지 미친 원한의 눈을 언

는 다음과 같은 것이었다. "진중에 해 저문데 바다 건너와 / 슬프다 의론 군사 끝나는 일생 / 나라와 어버이께 은혜 못 갚아 / 원한이 구름에 엉겨 풀릴 길 없네." 심암은 이 장군이 전사한 후 서울로 잡혀가서 처형되었으나 이 장군 표창에 대해서는 의논이 분분해서 그 공로에 적응한 표창을 못하고 약간의 포상을 했을 뿐이다가, 그 후 80년이나 지나간 현종 때에 이르러 병조참판으로 올렸다.

제 감으리오. 아하! 슬프고 슬프도다. 덕이 높되 지위 낮아 그 재주 못다 펴니 나라의 불행이요 백성의 박복이로다. 고금에 드문 그대의 충의 나라를 위해 목숨을 바쳤으니 죽어도 살았도다. 아하! 슬프다. 이 세상에 뉘 있어 이내 심중을 알라 주리! 이제 정성을 다해서 한 잔 술을 드리노라. 아하! 슬프도다."

69. 의용군의 궐기
한산대첩 밖으로는 적장의 기를 꺾고
안으로 꺼지는 불에 기름을 부은 듯이
관민간 충의지사의 전의를 앙양 시키도다.

한산 바다에서 거듭 참패한 적장은 물길로는 도저히 전라도로 들어갈 수 없을 것을 절실히 느꼈으나, 전라도로 말하면 적이 심히 원하는 곳이었다. 첫째로, 전라도는 각종 물산이 풍부한 고장이므로 많은 군사가 오래 주둔하자면 전라도를 병참기지로 삼아야 할 군사상 필요에서, 둘째로는 우리나라 8도 중에서 7도를 다 손아귀에 넣고도 오직 전라도만을 손에 넣지 못한 것이 그 자존심에 금이 가는 까닭에, 셋째로는 가장 무섭고 미운 이순신 장군의 접족(接足)할 곳을 없애자는 심산에서였다.
이때에 서울서 후퇴해서 남쪽으로 내려오는 적군들이 언필칭(言必稱: 말할 때마다 반드시-편집자 주) 전라도 전라도 하는 것도 앞으로 공략 대상이 전라도라는 것이 왜의 상하 장병들에게 널리 알려진 까닭이었다. 적의 움직임은 이러했거니와 우리 편에서는 장군의 연전연승 특히 한산대첩이 있은 이후 꺼지는 등잔에 기름을 친 듯 도처에서 봉기한 의병들이 한결 힘을 얻어 분전했고 관군들도 목숨을 아끼지 않고 싸우는 이가 속출했다. 여기서 각 처에서 봉기한 의용군과 관군의 항전 활동을 총괄해 보기로 한다.

경상도 – 의령(宜寧)에서 학자 곽재우(郭再祐)8, 삼가(三嘉)에서 윤염(尹悆), 노흠(盧欽), 합천(陜川)에서 정인홍(鄭仁弘), 고령(高靈)에서 박성(朴惺), 박이장(朴而章), 김면(金沔), 예안(禮安)에서 김해(金垓), 유종개(柳宗介), 초계(草溪)에서 이대기(李大期), 군위(軍威)에서 장사진(張士珍) 등이 분전했는데, 그 중에 재략이 출중한 곽재우는 적군이 부산에 상륙한 지 10일 만에 스스로 홍의장군(紅衣將軍)이라는 이름을 가지고 의병을 일으켜 솔나루(의령군과 함안군(咸安郡)의 경계를 이루고 흐르는 한강 하류의 나루)

---

8. 곽재우: 현풍(玄風) 사람으로 자를 계수(季綏)라 한다. 34세에 정시(나라에 경사가 있을 때에 대궐 안에서 보는 과거)에 급제했으나 임금에게 저휘(抵諱)되어 과업을 폐지했다. 임란이 일어나자 의병을 일으켜 싸웠는데, 홍의를 입고 싸웠던 까닭에 홍의장군이라 했다. 정유년에 다시 의병장으로 출전해서 외로운 성을 홀로 지키던 중, 모친상을 당해 동해 울진으로 가서 3년상을 마치고 나와, 찰리사(察理使: 군무로 지방에 파견하는 임시 벼슬)가 되어 영남지방을 순찰했다. 홍여순(洪汝諄)에게 탄핵되어 영암(靈巖)에 부처(付處: 벼슬아치의 형벌의 한 가지. 어떤 곳을 지정해서 머물러 있게 하는 것)했다가 1년 후에 방면되어 비슬산(琵瑟山)으로 들어가 벽곡(辟穀: 곡식은 안 먹고 솔잎·대추·밤 등을 날로 조금씩 먹고 사는 일–편집자 주)하며 신선이 되고자 했다. 광해군 때에 영남절제사, 수군통제사를 제수했으나, 사퇴하고 동왕 4년(1612년)에 서울로 올라와 부총관(副摠管) 좌윤(佐尹) 등을 역임하고 함경도 감사가 되었다. 그 후 은퇴해서 취산(鷲山) 창암(蒼岩)에 망우정(忘憂亭)을 짓고 여생을 지냈다. 죽은 후 나라에서 충익공(忠翼公)의 시호를 내렸다.

를 지켜 적군이 감히 의령을 범치 못하게 했다.

전라도 - 광주(光州)에서 고경명(高敬命), 옥과(玉果)에서 유팽로(柳彭老), 남원(南原)에서 안영(安瑛), 양대박(梁大樸), 나주(羅州)에서 김천일(金千鎰) 등이 궐기 했는데, 이들 중 김천일과 고경명은 최경회(崔慶會)와 더불어 의병장으로 용맹을 떨쳤다.

충청도 - 계룡산의 중, 영규(靈圭)는 승병을 거느리고 싸웠고, 조헌(趙憲), 김홍민(金弘敏), 이산겸(李山謙), 박춘무(朴春茂), 조덕공(趙德恭), 조웅(趙熊), 이봉(李逢) 등 역시 의병으로 싸웠다.

경기도 - 우성전(禹性傳), 정숙하(鄭淑夏), 최흘(崔屹), 이노(李魯), 이산휘(李山輝), 남언경(南彦經), 김탁(金琢), 유대진(俞大進), 이일(李軼), 홍계남(洪季男), 왕옥(王玉) 등은 의병장으로 싸웠다.

이 밖에 강원도 조방장 원호(元昊)는 여주 구미포(九味浦)에서 적을 격파해서 여주, 이천, 양근(楊根), 지평(砥平) 등지의 백성들을 전화에서 건졌고, 훈련봉사(訓鍊奉事) 권응주(權應周)와 정대임(鄭大任) 등은 향병(鄕兵)으로 영천의 적군을 깨뜨려서 신녕(新寧), 의성, 안동 등 여러 고을을 안보했고, 경상 좌병사 박진(朴晉)은 군기시(軍器寺) 화포장(火砲匠) 이장손(李長孫)이 발명한 비격진천뢰(飛擊震天雷)9라는 것으로 적군의 근거지로 된 경주를 깨뜨렸다. 그리고 강원도 금강산 표훈사(表訓寺)에서는 적군이 산중에 들어오자 모든 중이 다 도피했으나 오직 큰 스님 사

---

9. 비격진천뢰: 우리나라에서 처음 발명한 것으로, 대완구로 쏘면 탄환이 5,6백 보를 날아 떨어졌다가, 그 속에서 불이 일어나 우뢰같은 소리를 내며 터져, 철편이 별같이 날아 한 방에 30여 명이 즉사하고 맞지 않은 자도 땅에 엎더져 실신한다.

명당(四溟堂)은 꼼짝하지 않고 가부좌의 자세를 지키고 있었는데, 이때 적군들은 감히 사명당 앞에서는 만행을 하지 못하고 합장하며 지나갔다.

이 무렵 평안도 안주에 머물러 의병이 궐기해 주기를 청하는 도체찰사 류성룡의 격문(檄文)을 받은 사명당은 불전에 대중을 모아 놓고 류 정승의 격문을 읽으면서 눈물을 흘리매, 모든 중이 감동해서 다들 나가서 죽기로 싸울 것을 맹세하고, 사명당을 따라 평양으로 가서 소서행장의 군사에게 큰 타격을 주었다. 이때 평양 의사(義士) 고충경(高忠卿)은 의병을 모아 역시 행장의 군사를 많이 죽였고, 계월향(桂月香)은 일개 기생의 몸으로 그 뛰어난 재색을 이용해서 적장을 미혹하게 하여 그 군사기밀을 알아내어 우리 군사에게 연통함으로써 나중에 평양을 탈환하는 전투를 성공적으로 이끌게 하는 데 크게 이바지 했다. 이상에 열거한 외에도 외로운 군사로써 적군의 전주 침공을 막는데 크게 공헌한 의사들이 있었으니, 이제 우리는 여기서 그것을 마저 살펴보기로 한다.

전라도 공략에 혈안이 된 적은 임진년 7월 그믐께 경상 우도 초계로부터 안음, 장수를 거처 전주를 치려했다. 이때 김해 군수 정담해(鄭湛海)와 해남 현감 변응정(邊應井)은 감사 이광에게 사태가 심히 급박함을 고하고 싸울 일을 의논했으나, 이광은 전일 용인서 싸워 보지도 못한 채 5만 대군을 무너뜨린 사실을 상기하고, 전주를 지킨다는 구실로 군사를 움직이지 않았다. 정 군수와 변 현감은 분개하여 수하병 불과 천여 명을 거느리고 곰재에 목책을 하여 산길을 가로로 끊고 높은 곳에서 싸워, 우리 군사가 희생된 것의 몇갑절 되는 적을 죽였으나, 원래/ 외로운 군사였는지라 중과부적으로 결국 적군에게 포위되고 말았다. 그러나 정 군수와 변 현감은 적장의 항복 강요를 물리치고 최후까지 항전하다가 쓰러지니, 그 부하 군사들도 두 상사의 의기에 감동해서 최후의 한 군사가 남기까지 싸우다가 마지막 숨을 거두었다. 이때 곰재에는 피아 군사의 시체로 길이 막힐 지경에 이르렀다.

이튿날 적군이 대거하여 전주 성밖에 이르매 전주 관민들은 다 피란하려 했고, 감사 이광은 선화당(宣化堂)10에 숨어서 나오지도 못했다. 이때 전에 전적(典籍)11 벼슬을 지낸 이정란(李廷鸞)이라는 노인이 성안으로 들어와서 달아나려는 관민들을 보고, "우리가 다 죽을지언정 결단코 전주성을 적군에게 빼앗겨서는 안 된다." 하고 소리를 높여 외치매 백발이 성성한 이 전적의 의용에 모든 관민들이 감동해서, 죽기로써 전주성을 지켜 싸울 것을 맹세하고 항전했다. 적장은 곰재에서 많은 군사를 잃어 사기가 저상한데다가, 전주성이 좀처럼 떨어지지 않고 또 전라도 사람들이 다른 도와 달리 용감히 싸우는 것에 더욱 기가 꺾여 마침내 전주 공략을 포기하고 퇴각했다.

---

10. 선화당: 각 도의 관찰사(도지사)가 집무하는 정당.

11. 전적: 성균관(유교의 교육을 맡아보는 곳)의 정6품, 또는 종8품의 한 벼슬.

70. 평양 탈환의 바탕 힘
왜적을 평양에서 몰아낸 바탕 힘은
연전연승 우리 주사 수길의 기를 꺾고
행장의 발을 묶어서 대동관에 가둠이라.

　연전연승 우리 수군은 풍신수길의 기를 꺾어 다시는 우리 연해의 제해권을 장악하려는 생각을 하지 못하게 하는 동시에 소서행장의 발을 결박해서 감히 평양 이북으로 진군하지 못하게 했다. 그런데 만약 소위 제승방략이라는 것을 지어내어, 바다로 오는 적을 바다에서 막지 않고 내지로 끌어들여 무찌른다 장담하고 수군을 폐지할 것을 주청했던 신립의 의견대로 수군을 폐지했더라면 그 결과가 어찌 되었으리오! 다시 말할 것도 없이 4월 13일 부산에 상륙한 지 불과 20일에 서울을 점령하고 곧 이어서 개성을 함락시키고, 6월 15일에 평양 대동관에 군막을 치고 말을 먹일 정도로 승승장구하는 소서행장은 자초 계획대로 의주로 밀고 올라갔을 것이다.
　그렇게 되었을 경우 조신들은 명나라 구원군을 기다릴 겨를도 없이 왕을 모시고 압록강을 넘는 비참한 신세가 되고 말았을 것이며, 명나라도 압록강 너머로 출병시킬 수가 없었을 것이다. 그리고 각처에서 궐기한 의용군이나 관군이 힘을 얻어 분전한 것이 대개 우리 주사가 바다에서 크게 적을 꺾은 것에 기인한 것을 생각할 때에, 장군께서 해전에 연전연승하신 것이 곧 평양 탈환의 원동력이 된 것이라고 할 수가 있는 것이다.
　여기서 평양을 탈환하기까지의 경로를 살펴 보기로 한다. 우리 조정의 청병에 의해 명나라에서는 이미 임세록을 파견해서 왜구가 침범하는 실정을 조사하게 했을 뿐 동병하는 기색이 보이지 않으매, 우리 조정은 평양에서도 부지를 못하고 의주로 쫓기는 정도로 사태가 급박함을 들어 재삼 청병했으나, 명나라에서는 의연히 출병을 보류하는 중에 의견이 분분한 끝에 결국 일본 말에 능한 심유경(沈惟敬)을 시켜 실정을 다시 조사하게 했고, 심유경은 유격장군(遊擊將軍)이라는 이름을 띠고 와서 외교적으로 해결한다고 소서행장을 만나 담판하다가 본국 정부와 의논하기 위해 다녀올 50일 동안 소서행장이 군사행동을 중지한다는 약속을 받고 본국으로 돌아갔다.

심유경이 본국으로 돌아가 보고하기를 "왜군의 선봉장 소서행장이 이미 평양을 점령하고 곧 북진해서 급기야는 압록강을 넘을 태세를 취하고 있으며, 가등청정은 깊숙이 함경도까지 밀고 올라갔는데, 왜가 전란을 일으킨 목적이 오랫동안 명나라와 조공을 통치 못하는 것을 분히 여겨 명나라를 침범할 전제로 먼저 조선을 침공하는 것인즉 불원간에 왜가 중원을 범할 것이라."고 했다. 명나라에서는 심유경의 보고를 듣고 사태가 좌시할 수 없는 것으로 판단하여, 병부우시랑(兵部右侍郎) 송응창(宋應昌)으로 경략사(經略使)1를 삼고, 병부원외랑(兵部員外郎) 유황상(劉黃裳), 주사(主事) 원황(袁黃)으로 찬획군무(贊畫軍務)를 삼고, 주(駐) 요동(遼東) 제독(提督) 이여송(李如松)으로 대장을 삼아, 이여백(李如柏), 장세작(張世爵), 양원(楊元), 낙상지(駱尚志), 오유충(吳惟忠), 왕필적(王必迪) 등 부하 장수들로 더불어 군사 4만을 거느리고 압록강을 넘게 했고, 심유경도 그 뒤를 따르게 했다.

압록강을 건넌 이여송은 우선 안주성에 머물러 선발대로 부총병 사대

---

1. 경략사: 지방에 관한 일체의 사건을 처리하기 위해 임시로 시키는 벼슬.

수를 남하시켜 순안(順安)에 유진케 했고, 사대수는 소서행장에게 군사를 보내어 대명(大明)에서는 화친을 허했다는 뜻을 전했으며, 한편 심유경은 이여송과 어떤 밀담을 하고, 먼저 등정(登程)하여 남하하면서 역시 소서행장에게 사람을 보내어 대명이 일본과 화친하도록 본국 정부를 움직이게 한 것이 다 자기의 공인 듯이 자기가 다시 왔다는 기별을 했다.

소서행장은 저희 수군이 참패를 거듭해서 제해권을 잡기는 고사하고 부산진에 갇혀 꼼짝 못하고 있게 되니, 육군이 단독으로 과도히 깊이 든 것을 뉘우치는 동시에 속히 싸움을 끝내고 돌아가기를 간절히 원하던 차이라 심유경이 순안에 왔다는 기별을 듣고 곧 군사 수십 명을 거느린 평호관(平好官)을 영접사로 보냈다. 명장 사대수는 평호관을 거짓 환영하는 체하고 술을 많이 먹여 취하게 한 뒤에 그의 군사를 죽이고 평호관을 사로잡아 평양의 군사기밀을 말하라고 악형을 가했으나 듣지 아니하매 마침내 죽였다. 평호관이 거느리고 온 군사 중에 죽음을 면하고 도망한 자가 이 사실을 보고하는 말을 듣고 소서행장은 심유경에게 속은 것을 깨닫고 분노해서 곧 성을 지켜 싸울 채비를 서두르니 평양 성중은 밤새도록 물 끓듯 했다. 선발대를 보낸 후 이여송이 대군을 거느리고 남하하여 숙천(肅川)에 당도할 즈음, 소서행장이 보낸 영접사 평호관이 순안에서 사대수의 손에 죽고, 그가 거느렸던 군사 3명이 평양으로 도망했다는 보고가 들어오자, 이여송은 일각을 지체할 수 없다 하고 곧 진군한다는 뜻으로 활을 당겨 줄을 울렸다.

이리하여 계사년 1월 6일 병사 이일과 방어사 김응서(金應瑞)와 사명대사(泗溟大師)가 거느린 승군들이 명나라 군사와 합세해서 평양성을 공격했다.

사흘 동안 격전이 있은 후, 마침내 소서행장은 평양에서 더 버틸 수 없을 것을 깨닫고 군사를 거두어 퇴각했다. 격렬한 공방전으로 평양성 안팎은 시체가 널리고 군사들의 발에 밟힌 눈 위엔 세 나라 군사의 피로 물이 들었다. 평양성 중의 민가는 반 넘어 소실되었으며 칠성문도 대포로 사격을 받아 무너졌다. 이때에 류성룡은 이미 방어사 이시언(李時言)과 김경로(金敬老)에게 밀령을 내려 퇴각하는 적을 치게 했으나, 그들은 왜군과 싸우기를 두려워해 피했고, 황해도 순찰사 유영경(柳永慶)도 해주에서 동하지 않았을 뿐만 아니라 도리어 자신을 보호하기 위해 김경로를 해주로 불러 들이기까지 했다. 그런 까닭에 평양을 떠나(계사년 1월 8일) 남쪽으로 퇴각하는 소서행장은 평의지, 평조신 등과 더불어 패잔병을 거느리고 서울로 후퇴하는 중, 병들고 굶주려 뒤에 떨어진 군사 60여 명이 방어사 이시언에게 잡혀 죽었을 뿐, 아무런 제지도 받지 않고 서울까지 물러갔다.

71. 평양 백성의 원망

금수강산 마다시고 떠나가신 상감마마
폐허가 된 이 마당에 다시 행차 합신다니
대가를 어디로 모셔 머무시게 하려는가?

앞서(본문 42) 이미 서술한 바와 같이 대동강에서의 방위가 무너지자 평양에서도 부지할 수가 없게 되어 급기야 의주로 떠나려 할 즈음,

이에 반대하는 민란을 진압하기 위해, 대동관 뜰에 성중 부로(父老)들을 모아 놓고, 선조대왕께서 친히 납시어 평양을 지킬 것인즉 백성들은 동요하지 말라 하셨고, 이미 피란한 백성들까지 성중으로 돌아오게 한 후 사흘이 못 다가서 염치 체통 불계하고 밤을 타서 평양을 버리고 조정이 떠났던 까닭에 백성들을 죽을 땅에 가둬놓고 무서운 병화를 당하게 한 것이나 다름이 없는 결과가 되고 말았으므로 평양 백성들은 다시 오는 조정을 환영하기에 앞서 원망하는 심리가 먼저 작용해서, "화려하던 금수강산도 헌신같이 버리고 떠났거든 이제 잿더미가 된 이 마당에 상감을 어디다가 모시려는가?" 하고 빈정대었다.

72. 서울 잔류민의 가련한 죽음
오도가도 할 수 없어 서울에 처진 백성
첩자로 몰리어서 원귀가 되고 마니
주림과 두려움 속에 연명한 게 허사로다.

평양에서 패하여 서울로 후퇴한 왜적은 명군에게 패한 것이 다 조선 사람 계교라 하여 서울에 처져 있던 우리 백성들을 학살했다. 피란을 갈 곳도 없지만 그럴 힘도 없어 그대로 주저앉아 참기 어려운 배고픔과 사대육신이 떨리는 두려움 속에 묻혀 간신히 연명해 오던 백성들은 평양을 탈환하고 조정이 돌아왔다는 소식을 듣고 이제 사는 길이 열리는가 하고 안도의 숨을 쉬며 하루바삐 서울의 적을 마저 몰아내고 살게 될 날이 오기를 바라던 것이 허사가 되고 말았으니, 차라리 진작 죽은 이만 못한 가엾고 억울하기 짝이 없는 일이었다.

73. 명나라 장군 이여송(李如松)의 벽제 패전
명장으로 이름 높은 요동제독 이여송 장군
첩첩산중 혜음령(惠蔭嶺)을 한만히 넘단 말씀!
더구나 도중에 낙마하는 흉조(凶兆)까지 있었거니!

서울로 퇴각한 왜적은 앉아서 서울을 지킬 것이냐? 나가서 명군을 맞아 싸울 것이냐? 하는 두 가지 논의가 있다가 마침내 서대문 밖에 진을 치고 있던 입화종무(立花宗茂: 타치바나 무네시게)가 선봉이 되고, 죽전국주(筑前國主: 조오 마에쿠니 누시), 소조천융경(小早川隆景: 고바야카와 다카카게)이 주장이 되어 명군을 중도에서 맞아 싸우기로 하고, 서울서 30리 되는 첩첩산중 혜음령 고개에 복병을 해서 명군을 기습할 계획을 세우는 한편, 저희에게 붙은 우리 백성들을 시켜 서울에 있던 왜군이 반이나 도망했다는 말을 전파하게 했다.

이때에 평양을 탈환한 후 남하해서 개성부에 든 명군측에서는 급격물실론을 주장해서 곧 진군하려는 사대수의 의견과, 궁구막추(窮寇莫追: '피할 곳 없는 도적을 쫓지 말라'는 뜻으로, 궁지에 몰린 적을 모질게 다루면 해를 입기 쉬우니 지나치게 다그치지 말라는-편집자 주)라 하여 서서히 적의 귀로를 끊는 것이 득책이라 하는 전세정(錢世禎)의 주장이 대립하여, 유예미결하는 동안에 임진강이 풀리기 시작했고, 또 서울서 도망해 온다는 사람의 말이, 서울에 있던 왜군이 반이나 도망했다고 하는 것에(왜적이 시킨 것이다.) 이여송은 자극을 받아 몸소 대군을 몰고 개성을 떠났다.

명장 사대수와 우리 방어사 고언백(高彦伯)이 혜음령을 넘기 전에 왜군 100여 명을 베었다는 보고를 받은 이여송은 왜군도 별 수 없구나." 하고 천여 명 군사를 거느리고 조심성 없이 혜음령을 넘으려 했다. 고개를 넘어서자 말이 실족하는 바람에 이여송은 말에서 떨어졌다. 따르던 군사들이 놀라 이 제독을 붙들어 일으키며 이게 무슨 흉조인가? 하고 실색했으나 이여송은 곧 일어나 갑옷을 벗어 던지고 다시 말에 올라 앞으로 달렸다. 이윽고 박석 고개가 바라보이는 곳에 이르자 고개 위에 있던 왜군 수백 명이 달아나는 듯이 박석 고개에서 스러졌다. 이여송은 말에서 떨어진 것이 불쾌했고, 그 불쾌감이 병적으로 그의 용기를 돋구어 적군의 형세를 정찰하지도 않고 박석 고개로 돌진하다가 왜군의 기습을 받아 대패했다.

74. 땅에 떨어진 대관들의 체통
퇴군을 반대하는 정신으로 말하자면
도성을 사수하고 싸웠어야 옳겠거늘
어찌해 압록강까지 물러들만 갔었던가?

벽제에서 패한 이여송은 동패로(파주군 교하면 동패리) 퇴군할 작정을 하는 동시에 서울에 있는 왜적이 20여만 명이나 되어 중과부적일 뿐만 아니라, 자기는 신병이 중해서 임무를 감당하기가 어렵다는 구실로써 다른 장수로 체임(遞任)하여 주기를 청하는 상소문을 명나라 황제에게 올릴 생각을 하기까지 했다.

이 눈치를 챈 제찰사 류성룡은 우의정 유홍, 도원수 김명원, 순찰사 이빈(李薲) 등을 대동하고 이여송의 장막을 찾아 퇴군이 불가함을 진정했으나, 이여송은 그 뜻을 바꾸려 하지 않았다. 기어코 퇴군하고야 말 이여송의 강경한 태도에 순찰사 이빈이 분개하여 "퇴군이라니 안 될 말씀이오. 그래 황상께서 노야(老爺)2에 대군을 맡겨 보내실 때, 한 번 싸워서 지면 퇴군하라 하시었소?" 하고 항의했다. 이빈의 항의에 명장 장세작이 대노해서 "그대들이야말로 도성을 지켜 싸웠어야 하겠거늘 일조에 도성을 버리고 국경까지 물러간 주제에 무슨 말이 그렇게 많은가?" 하고 이빈을 발길로 차서 고꾸라뜨렸다. 이때에 류성룡과 그 일행은 이빈이 발로 채어 고꾸라지는 것을 보고도 한 말도 못하고 물러났으니 이 얼마나 부끄러운 일이었더뇨!

75. 눈물 어린 류 제찰사 기민 구제와 통곡
  물러가며 작폐(作弊)하는 명군 군량 거행(擧行)으로
  굶주려 허리 굽은 노병에게 등짐 지운
  류 정승 뼈저린 심정 어찌 다해 형용하라!

___
2. 노야: 나이가 지긋한 이를 존경해서 일컫는 말.

이여송은 급기야 동패로 퇴군했다. 명군들은 평양을 탈환한 것이 다 저희만의 힘으로 이룬 듯이 우리 군사에게 무례히 굴고 백성들에 게 끼치던 작폐가 한결 더 심해서 부녀자들을 마구 겁간(劫姦)하는 지 경에 이르매, 왜군이 물러간 것을 다행히 여겨 고향으로 돌아온 백성 들은 왜군의 경우보다 더 심한 곤경에 빠지게 되어 다시 피란길을 떠 나지 않을 수 없게 되었거니와, 왜군이 드나드는 연로에 살던 백성들 은 이태 동안이나 농사를 짓지 못하고 유리하다가 굶어 죽고, 아직 목 숨을 겨우 부지해 온 피란민들은 동패에 도체찰사 류 정승이 머물러 있다는 소문을 듣고, 늙은이와 어린 애들을 데리고 모여 오다가 도중 에서 기진하여 쓰러져 죽는 자가 부지기수였는데, 이때 젖먹이 어린 애가 이미 숨이 진 어미의 젖꼭지를 빨다가 젖이 안 난다고 보채며 우 는 정경은 참으로 목불인견(目不忍見)이었다. 류 체찰사는 명군의 군량 보급, 퇴군 중지 진정 등 다사다난한 군무로 골몰하는 중에도 목불인 견 기민의 비참한 상황을 그대로 보고 넘길 수 없어, 전라도에서 거둬 온 군량 중에서 피곡(皮穀) 1,000석을 풀어 전 군수 남궁제(南宮悌)로 감 진관(監賑官)3을 삼아 주린 백성들을 구제하게 하면서 매일 이여송에게 사람을 보내거나 서면을 보내 다시 진군하기를 진정했으나, 이여송은 들은 체도 아니하고 군량만 독촉했다.

류 체찰사가 기민 구제에 마음을 쓰는 동안 아마도 명군의 군량 공 급이 지체된 듯, 명군 진중에서는 군량이 떨어짐에 따라 큰 소동이 일 어나매, 이여송은 류 체찰사가 퇴군을 반대하는 것과 군량 공급이 원

---

3. 감진관: 흉년에 기민을 구제하는 일을 맡아 보는 관원.

활하지 못한 것을 관련시켜 격노한 끝에 류 체찰사를 잡아오라는 호령을 내려 동패로 군사를 달리게 했다. 한편 류 체찰사는 이여송이 기어이 평양으로 물러가려 한다는 정보를 듣고 다시 한번 퇴군이 불가한 이유를 들어 진정하기 위해 이여송의 군막으로 가는 도중에 자기를 잡으러 오는 명군과 마주 쳤는데, 마주 오는 사람이 류 정승인 줄 안 명군은 격노한 이여송의 명을 듣고 자기도 모르게 흥분한 나머지 류 체찰사의 말을 채찍으로 치는 척 류 체찰사의 어깨를 후려갈겨 말에서 떨어드렸을 뿐만 아니라, 마치 죄인처럼 이여송의 장막으로 끌고 갔다.

마침 경기 감사 이정형과 호조판서 이성중을 꿇어 앉히고 군량 거행 태만죄로 추상같이 힐책하던 이여송은 류 체찰사를 향해 눈을 부릅뜨고 언성을 높여 역시 황군의 군량 거행 태만죄로 처형하겠다고 호통했다. 류 체찰사는 가슴이 미어지는 듯한 모욕감과 통분을 참고, "잘못되었소. 그러나 태만한 것은 아니오. 머지않아 군량 실은 배가 들어올 것이오." 하고 사정하면서 복받치는 통분을 더 참을 수 없어 통곡하니 옆에 있던 호조판서(戶曹判書)4 이성중(李誠中)과 경기 감사 이정형(李廷馨)도 아직 참고 있던 분통이 터져 함께 통곡했다.

이 통곡은 의외의 효과를 거두게 되었다. 적어도 한 나라의 재상으로서 통곡하는 것을 본 이여송은 격노한 중에서도 자기를 비롯해 부하 장수들의 언사가 좀 지나쳤다고 하는 생각이 들었는지 곧 부하 장수들에게, "그대들이 전에 나를 따라 서하(西夏)5를 정벌할 때는 여러

---

4. 호조판서: 호구, 세금, 식화(食貨: 식품과 재화)에 관한 일을 맡아 보는 장관.

5. 서하: 중국 송나라 때에 감숙성(甘肅省)과 내몽고의 서부에 원호(元昊)라는 사람이 세운 나라. 9대 125년을 지내다가 몽고에게 망했다.

날을 굶어도 돌아간다는 말을 입밖에 내지 않고 싸워 마침내 공을 이루었거든, 이제 여기서는 잠시 양식이 떨어졌다고 감히 돌아가려 하는가? 가고 싶거든 가라. 나는 왜를 멸치 않고서는 돌아가지 않겠거니와 그렇지 못할 경우에는 마땅히 말 가죽으로 내 시체를 싸게 하리라." 하고 추상같이 호령하니(이는 류 체찰사가 통곡하는 지경에 이르게 한 것이 좀 지나쳤다는 것을 암시하여 피차에 격화한 감정을 다소 완화함과 아울러, 군량이 떨어진 까닭에 모든 장병들이 동요하고 돌아가기를 이처럼 원하고 있다는 것을 간접적으로 표명해서 자기의 퇴군 지휘를 합리화 하자는 심산이었다.) 여러 장수들이 이 의외의 책망에 황공해서 모두 이 제독 앞에 머리를 조아려 사죄했다.

이로하여 피차간에 다소 누그러진 표정 가운데 류 체찰사는 이 제독에게 불일내로 군량을 실어오리라는 다짐을 하고 돌아와 백성들은 굶주려 부황(浮黃)이 나서 죽어가는 터에, 싸우지는 않고 물러가려는 더구나 우리 부녀자들을 마구 겁간하는 명나라 군사의 양식을 져 나르게 하느라고 굶주려 허리 굽은 노병들에게 등짐을 지게 했으니 류 체찰사의 뼈를 깎는 듯이 쓰리고 아픈 심사를 가히 짐작하고 남는 바이어니와, 류 체찰사는 명군의 군량 보급을 서두르는 한편, 이 제독에게 여러 번 다시 진군하기를 진정했으나, 이여송은 급기야 부하 장수 왕필적(王必迪)으로 하여금 머물러 개성을 지키게 하고, 자신은 대군을 거느리고 평양으로 물러갔다. 이여송은 평양으로 퇴군하면서 접반사(接伴使)6 이덕형에게 이르기를 대군이 떠나면 조선군은 세고무원(勢孤無願)하리니 조선군도 명군을 따라 대동강 북편으로 퇴진하자고 했으나 이덕형은 이를 거절했다.

---

6. 접반사: 명군을 접대하는 책임을 맡은 관원.

76. 권율(權慄) 장군의 행주대첩(幸州大捷)

세끼 밥을 먹을 동안 적을 격멸 못하면은
다시 아니 먹으리란 권율(權慄) 장군 굳은 결의
마침내 행주산성에서 적을 대파 하였도다.

벽제관(碧蹄館) 한 번 싸움에 명나라 대군을 패주케 한 왜군은 평양에서 잃은 기운을 회복해서 다시 임진강을 건너 북진할 계획을 세움에 있어, 경기 각지에 산재한 우리 군사 특히 수원 독성에서 꺾지 못했던 강한 군사 권율의 대군이 행주산성에 머물러 있는 것을 그냥 두고 임진강을 건너는 것이 심히 위태한 일로 생각해서, 서울에 집결한 왜장들은 우선 행주산성을 깨뜨릴 부대를 편성하여 계사년 2월 12일 조조에 산성을 포위하고 공격을 개시했는데 그 선봉장은 소서행장이었다.

이때 우리 군사의 배치는 다음과 같았다. 전라 순찰사 권율 장군은 고양에 유진하고, 순변사 이빈은 파주에, 방어사 고언백과 이시언 등은 게념이 영에 원수 김명원은 임진강 남쪽에, 그리고 도체찰사 류성룡은 동패에 머물러 있었다. 권율 장군이 유진한 행주산성은 남쪽은 한강에 연한 절벽으로 되었고 동쪽은 평야에 임했으나 역시 절벽이요, 오직 서쪽으로 사람이 통할 골짜기를 이룬 곳으로 산은 크지 않으나 골짜기가 많아 능히 만 명의 군사를 감출만 했다. 권율 장군은 이 지세를 이용해서 전라도 군사 7,000명과 승장(僧將) 처영(處英)이 거느린 승병 1,000명, 그리고 행주 민병 천여 명을 산성에 모아서 적과 크게 싸울 준비로 산 밑으로는 여러 겹으로 목책을 두르고 땅을 파서 군사를 숨기고 있었다.

왜적이 산성을 향해 온다는 정보를 받은 권 장군은 군사들에게 세 끼 먹을 밥을 나눠 주고 몸소 군사들이 쉬는 곳으로 순회하면서 "오늘은 우리가 왜적을 다 죽이거나 그렇지 않으면 우리가 다 죽는 날이다. 이 세 덩이 밥을 다 먹도록 적을 물리치지 못하면 다시는 밥을 먹지 말라는 것이다." 하고 죽기로써 싸울 굳은 결의를 보이면서 군사들을 격려했다. 군사들은 권 장군의 비장한 결의에 다 감복해서 전군이 목숨을 아끼지 않고 싸웠으며, 행주의 모든 부녀자와 아이들까지도 다 나와서 돌을 나르고 물을 끓이는 등 그야말로 군민일체가 되어 싸웠다.

적은 삼면으로 산성을 포위하고 성 밑까지 바싹 다가 와서 공격했으나, 높은 곳에 자리를 잡고 싸우는 우리 군사의 사격을 당할 수 없어, 적의 1군이 삽시간에 무너지니 2, 3군이 뒤를 이어 7군까지 달려들었으나, 소나기 퍼붓듯이 연방 쏘아 내리는 아군의 사격으로 벌판에는 시체가 더미더미 쌓이고 피가 흘러 내를 이루었다. 그러나 우리 군사도 반이나 죽고 살아남은 군사는 종일 싸움에 피곤이 극심한 터에 화살조차 다해가는 궁지에 빠졌으며, 돌을 나르는 부녀자들의 치마자락도 떨어지고 아이들 손과 발에는 피가 흐를 지경이었다.

이러한 때에 마침 충청도 수군절도사 정걸(丁傑)이 살과 군량을 싣고 와서 피곤한 군사들에게 활기를 불어넣어 산성의 싸움을 우리의 승리로 막을 내리게 하는 데 크게 이바지했다. 이날 싸움에 가장 용감히 그리고 고전한 군사는 서쪽을 지키는 승병이었다. 적은 산성을 치려면 서쪽을 깨뜨릴 수밖에 없음을 알고 서쪽을 아홉 번이나 공격했다. 그러나 승장 처영과 그 부하 승군들은 1,000명에서 900명이 죽도록 자리를 지켜 싸웠다. 적은 최후 작전으로 우리 편의 시석(矢石: 화살과 돌팔매-

편집자 주)을 무릅쓰고 산성 독책에 불을 놓았으나 그도 실패로 돌아가 마침내 저희 군사의 허다한 시체를 버려 둔 채 퇴각하고 말았다.

77. 왜군의 서울 철퇴

행주산성 대첩보에 이여송이 무색하여
행장으로 더불어서 화의를 성취시켜
드디어 서울 수복의 성과를 얻게 하였도다.

행주싸움에 크게 이긴 것은 경기 각지에 있는 우리 군사에게 새로운 용기를 돋아 주었다. 방어사 고언백, 이시언 그리고 조방장 정희현(鄭希玄), 박명현(朴名賢) 등은 유병(遊兵)이 되어 계넘이 영을 막고 의방장 박유인(朴惟仁), 윤선정(尹先正), 이산휘(李山輝) 등은 창릉(昌陵)과 경릉(敬陵) 사이에 숨어 적을 엄습(掩襲)하니 행주에서 대패한 적은 드디어 임진강을 넘을 계획을 포기했다.

한편 명장 이여송은 벽제에서 패한 후 퇴진하여 평산에 유진하고 있다가, 권율 장군이 행주산성에서 왜군을 대파했다는 정보를 듣고, 류성룡을 비롯한 대관들의 진정을 냉혹하게 물리치고 퇴군한 것이 겸 연쩍은 생각에서, 평양으로 퇴군하려던 것을 중지하고 개성으로 다시 진군하려고도 하였으나, 이제 새삼 그럴 수도 없는 사세이라 일단 평양으로 후퇴한 후 싸우지 않고 왜군을 서울서 물러나게 함으로써, 명장으로서의 위신을 세워 보려는 의도에서 우리 조정에는 아무런 의논도 없이 심유경을 서울로 보내 왜장과 화의 교섭을 했고, 소서행장 역시 잘못하다가는 물러갈 길조차 막힐 것을 염려하는 터이라, 마침내 화의가 성립되어 서울서 철회하고 명군은 서울로 진주하니 때는 계사년 4월 21일이었다.

78. 어용미를 절감하라시는 선조대왕의 분부

민생이 주리어서 죽어감을 버려두고
과인(寡人)이 어찌 가히 홀로 배를 불리리오.
궁정(宮庭)의 용을 덜어서 진휼미(賑恤米)에 보태이라.

선조대왕이 서울을 떠나신 지 19개월 만인 계사년 10월 4일에 환도하시니, 장안의 황량한 꼴이 대왕으로 하여금 새로운 슬픔을 자아내게 했다. 특히 북촌은 잡초와 가시덤불로 덮였고, 인왕산과 북악산에는 대낮에도 호랑이가 들끓었으며 종묘와 궁궐은 초토(焦土)로 화했다. 그런 중에도 월산대군(月山大君)[7]이 살던 정릉골 집이 남아 있어, 대왕은 우선 거기서 머무시다가 경복궁 서편 귀퉁이에 초가를 짓고 옮기셨다. 대왕이 환도하셨다는 소문이 퍼지자 백성들이 구름같이 모여들었으나 먹을 것이 없어 굶어 죽는 자를 미처 내다 묻지 못해 골목마다 굶주린 고양이와 개가 서로 싸우며 시체를 뜯어 먹는 지경이었다.

---

7. 월산대군: 세조대왕의 2남으로 승통(承統)한 예종(睿宗)의 위를 이은 성종(成宗)의 친형이요, 추존한 덕종(德宗)의 1남.

2년 동안이나 병화로 농사를 짓지 못한 데다가 각 도에 비축했던 군량은 불 질러 태우거나 적군에게 빼앗긴 터라 부득이 양식이 남아 있을 만한 곳에서 거둬들이는 곡식은 명나라 대군을 먹이기에 바빴다. 그런 중에서나마 처음에는 군량의 일부를 덜어 죽을 쑤어 먹이기도 했지만 얻어먹는 사람이 백에 하나꼴도 못 되었으니, 대과에 급제하여 머리에 어사화를 꽂은 사람으로도 죽 한 그릇을 얻어먹으려고 진휼장의 주위를 맴도는 것이 숭될 것도 없는 터였다. 그러나 그조차 떨어지고 마니 이때 주림을 견디지 못하는 사람들로 인해 산야에 초근목피는 성하게 남은 것이 없었다. 기민 중에는 밥 한 그릇에 처자를 파는 사람도 있었고, 길에 나온 어린애를 잡아먹기도 했으니 그 참혹한 정상(情狀)을 무슨 말로 다 표현하리오. 선조대왕은 이 참혹한 정상을 민망히 여기시어 하루에 여섯 되씩 받으시는 어용미를 세 되로 줄여 남은 쌀로 한 사람의 기민이라도 더 구제하라고 하셨다.

79. 천추에 두고 기릴 논개(論介)의 장거(壯擧)

한 목숨 버림으로 수만 원혼 원수 갚고
겨레 정기 드러내인 논개(論介)의 장한 거사
마땅히 천추에 두고두고 높이높이 기릴 바라.

계사년 4월 19일, 서울을 떠나 부산으로 후퇴한 왜적은 지난해에 진주 목사 김시민(金時敏)에게 패한 설치를 하기 위해 13만 대군으로 진주성을 포위하고 공격했다. 이때 진주 목사 서예원(徐禮元)8은 성을 버리고 도망하려고만 했다. 판관 성수경(成守慶), 창의사(倡義使) 김천일(金千鎰)9, 경상 병사 최경회(崔慶會)10, 충청 병사 황진(黃進), 의병 복수장(復讎將) 고종후(高從厚) 등이 힘을 다해 싸웠으나 중과부적으로 마침내 진주성은 함락되고 말았다.

---

8. 서예원: 왜장 모곡촌육조가 진주성을 공격할 때에 목사로서 성을 지켜 싸울 생각은 하지 않고 도망할 기회만 엿보다가 의사들의 호령으로 발목이 잡혀 있던 중 진주성이 무너지자 숲속으로 숨어 도망하다가 적군에게 잡혀 죽고 그 머리는 적이 베어다가 일본 대판성에 매달았다.

9. 김천일: 중종 22년(서기 1537년)에 출생하니 권율 장군과는 동갑이요 이순신 장군보다는 8년 연상이다. 금성산(錦城山)의 정기를 타고 나서 충의를 위해 능히 목숨을 바치는 큰 인물이었지만, 그의 인간적인 일면은 심히 불행하여 출생한 다음 날 모친을 잃고 또 일곱 달 만에 부친을 잃은 기구한 신세였다. 37세 때에 등과해서 용안 현령, 강원 도사, 경상 도사, 담양 부사 등을 역임한 후 향리로 돌아가 제자들 교육에 힘썼고, 56세 때에 임진란이 터지자 곧(5월 6일) 고경명 등과 담양에서 회의하고 5월 16일 나주에서 의거를 일으키니 송제민(宋濟民)·양산룡(梁山龍)·양산숙(梁山璹) 등이 합세했다. 충청도로 진군할 때는 거느린 군사가 천 명이 넘었는데 이때 조정에서는 창의사의 호를 내렸다. 적과 싸우는 한편 비밀히 서울로 사람을 보내서 민심을 달랬으며, 강화도로 들어가 병선 400여 척(본 주는 이은상 번역 이충무공전서 주해에 의한 것인데, 임진년에 가장 큰 해전이었던 부산 전투에 출동한 삼도 연합 병선이 200척 미만이었던 것으로 미루어 한 의병장으로서 400여 척 병선을 거느렸다는 것은 의아한 일이 아닐 수 없다. 민선을 병선으로 가장한 것이었을까?)을 이끌고 양화도(楊花渡)를 눌러 적의 기세를 크게 꺾기도 했다. 계사년 6월에 적장 우희다수가(宇喜多秀家: 우키타 히데이에)의 130,000 대군이 진주를 포위하고 공격할 적에 여러 장수들을 지휘하며 분투하다가 마침내 성이 함락되자 최경희와 함께 북향하여 절하고 맏아들 상건(象乾)을 안고 남강에 몸을 던져 자결하니 때에 나이 57세였다. 죽은 뒤에 좌찬성을 증직했다가 광해 때에 영의정으로 가증(加贈)했으며 인조 때에 이르러 문렬(文烈)이라 시호하고 영남과 호남 각처에 사당을 지었다.

10. 최경회: 자는 선우(善遇)요 호는 삼계(三溪)이다. 해주 사람으로 명종 6년에 진사하고 다시 6년 후에 문과에 올라 각 고을의 원을 역임했다. 임진년에 의병을 일으켜 금산, 무주 등지에 이르고 다시 재를 넘어 진치니 개녕의 적군이 한 걸음도 나오지를 못했다. 적이 전라도를 범치 못하게 한 공이 크다. 선조대왕이 이 사실을 아시고 경상우병사에 임명하셨다. 우희다수가의 대군이 진주를 공격할 때에 창의사 김천일과 더불어 항전하다가 패하매 남강에 몸을 던져 자결하니 때는 계사년(1593년) 6월 29일이었다.

이 전투에서 여러 장수들이 전사했고, 경상 병사 최경회와 창의사 김천일은 전사를 면했으되 우리 군사와 백성의 주검이 6, 7만에 이르도록 싸우고도 급기야 진주성을 빼앗기고 만 것을 통분히 여겨 통곡하고 남강에 몸을 던져 자결했다. 이때 금산에서 그 둘째 아들 인후(因厚)와 더불어 유팽로(柳彭老) 등과 함께 적을 막아 싸우다가 전사한 고경명(高敬命)11의 맏아들 종후(從厚)도 창의사 김천일을 도와 진주에서 싸우다가 역시 남강에 몸을 던져 죽으니 고경명의 삼부자는 다 나라를 위해 목숨을 바친 것이었다.

진주성을 함락시킨 적의 주장은 모곡촌육조(毛谷村六助: 게야무라 로쿠스케)였다. 그는 여러 장수들로 더불어 진주성을 점령한 축하연을 촉석루(矗石樓)에서 베풀고 진주 기생들로 하여금 술을 따르게 했는데, 이때에 경상 병사 최경희의 소실 논개는 적장을 죽여 원수를 갚을 기회를 얻기 위해 기생으로 가장하고 자진하여 연회석으로 나가 술을 따르니, 적장 모곡촌은 논개의 뛰어난 자색에 혹해서 논개가 권하는 술을 즐겨 마시고 대취했다. 논개는 부군을 따라서 죽지 않고 살아남은 것이 오직 원수를 갚기 위함에 있었던 까닭에 짐짓 교태를 부려 모곡촌으로 하여금 정신을 잃게 한 후, 그를 유인하여 강변으로 나가 바다 위에서 술을 먹게 하다가 그 허리를 끌어 안고 남강에 몸을 던져 죽는 동시에 적장을 죽이는데 성공했다. 13만 군사를 거느린 큰 장수요, 우

---

11. 고경명: 장흥 사람으로서 자는 이순이요 호는 제봉이다. 중종 28년(서기 1533년)에 출생하니 이순신 장군보다 12세 연상이다. 유학을 전공하던 학자로서 벼슬을 버리고 고향인 광주로 돌아가 한거하던 중, 임진란이 터지매 의병을 일으켜 왜적과 싸우다가 둘째 아들 인후와 더불어 옥과 사람 유팽로와 함께 전사했다. 뒤에 여조판서로 추증하고 사당을 세워 포충사(褒忠祠)라 했다.

리 군사와 백성 6, 7만 명을 죽게 한 적장을 섬섬약질(纖纖弱質) 한 여자의 몸으로 죽여 겨레의 의기와 정렬(貞烈)을 드러내 보인 논개의 거사는 마땅히 천추에 전하여 예찬할 바이어니와 그의 장한 뜻과 결단력은 곧 우리 배달 겨레의 핏줄을 타고 이어내리는 열렬한 의협심과 강인한 정신력의 소치인 것을 우리는 재인식해야 할 것이다.

일제에 항거해서 궐기한 삼일 운동을 비롯해서 침략의 원흉 이등박문(伊藤博文: 이토 히로부미)을 죽인 안중근(安重根) 의사의 장거나 광주 학생의 항일봉기(抗日蜂起) 등은 역시 우리 겨레의 혈관 속에 의열의 피가 면면히 흐르고 있다는 산 증거인 것이다.

7부
서울 수복 이후

80. 주화(主和) 주전(主戰)의 대립과
좌찬성(左贊成) 성혼(成渾)의 견해
민생이 도탄(塗炭)에 든 정상이 가긍(可矜: 가련함)하고
국력이 핍진함을 어의에 두시어서
고인의 와신상담(臥薪嘗膽)1을 따르도록 하옵소서.

이여송은 평양에서 왜적을 물리치는 데 성공했으나, 왜와 싸우는 동안 왜가 만만치 아니함을 절실히 느낀데다가 벽제에서 패하여 후퇴한 후로는 오히려 왜를 두렵게 생각하는 심리가 작용해서 이모저모 구실로 전투를 회피했다. 한편 왜장 소서행장은 평양에서 패하여 서울로 후퇴한 후 비록 벽제에서 명군을 깨뜨리기는 했으나 행주에서 치명적 패전의 쓴 잔을 마신 후로는 두 나라가 싸우는 것은 결과적으로 아무 소득이 없고 다만 무고한 인명만 손상하는 것이라 생각하여 무슨 방법으로나 속히 매듭을 짓고 돌아가기를 간절히 원했다. 그래서 그는 명 왜 두 나라 사이에 화의 사절이 내왕하게 함과 아울러 우리 조정에도 이덕형을 통해서 여러 번 화의를 청하기도 했다.

---

1. 와신상담: 장작을 쌓아 놓은 것으로 잠자리를 삼고 쓸개를 맛본다는 뜻으로서 원수를 갚기 위해 스스로 몸을 괴롭혀 가면서 어려운 것을 참고 견딘다는 뜻. 그 구체적 사례는 다음과 같다. 옛날 중국 주(周)나라 경왕(敬王) 때에 그 제후諸侯인 오왕(吳王)과 월왕(越王)이 싸울 즈음, 월왕이 쏜 화살로 입은 상처로 해서 오왕이 죽게 되자 그 아들 부차夫差)에게 기어이 월왕을 쳐서 아비의 원한을 풀게 하라고 한 유언에 따라 부차는 부왕의 원수를 갚기 위해 장작을 쌓아 놓고 그것을 잠자리로 해서 스스로 몸을 괴롭힘으로써 원수를 갚을 결심을 굳게 했다는 것에서 와신이라는 말이 생겼고, 상담이라는 것은 오왕 부차의 보복전에 패해서 나라를 잃기에 이른 월왕 구천(句踐)이 나라를 빼앗긴 한을 풀기 위해 항상 좌우에 쓸개를 준비해 놓고 자나 깨나 또는 음식을 먹을 때마다 다시 맛보고 다시 맛보아 지난날 패전의 쓴맛을 상기함으로써 복수할 뜻이 해이하지 않도록 했다는 데서 유래한 것이다.

이때에 우리 조정에서는 주화, 주전으로 국론이 대립해서 통일되지 않았다. 주화측은 당금 국세가 극도로 피폐하고 민생이 도탄에 빠졌은즉 잠시 화의에 응해서 오왕(吳王) 부차(夫差)와 월왕(越王) 구천(句踐)의 와신상담을 본받아 실력을 양성한 후에 형세를 보아 싸우자 했고, 주전론자는 덮어놓고 원수와 화의를 할 수 없다는 것으로 맞서서, 월왕 구천을 본받자는 이정암(李廷馣)을 베라고까지 했다. 이와같이 국론이 대립하니 선조대왕은 영의정 류성룡의 의견을 다시 들어 보시기 위해 그를 명소(命召: 임금이 특별히 부름-편집자 주)하셨다.

류성룡은 원래 싸우기를 주장해 온 터이나 그동안 명나라 군사들의 동정으로 보아 그를 믿기 어렵다는 생각에서 또는 국력이 핍진하고 민생이 심한 기근에 빠져 그 참상이 이루 다 형언하기 어려운 지경에 이르른 것을 고려하여, 명나라로 하여금 외교적으로 공세를 늦추게 하고 국방에 힘을 써서 서서히 도모하자는 생각을 하기에 이르렀다. 그리고 그 의견은 좌찬성(左贊成)2 성혼(成渾) 역시 동일했다. 그러므로 류성룡은 대왕의 명소를 받들어 예궐(詣闕)3할 때에 성혼을 대동했다.

성혼은 주화 주전 양론에 대한 가부를 하문하시는 대왕께 아뢰기를 "지금 국세가 위기일발(危機一髮)이오니 잠시 싸움을 쉬고 자강(自強)을 도모함이 가한 줄로 아나이다. 더우기 우리가 능히 자력으로 싸우지 못하면서 명나라의 강화책을 반대할 수는 없는가 하나이다." 하여 그의 견해를 주상하는 동시에 온 조정이 월왕 구천을 본받아 자강을 도

---

2. 좌찬성: 의정부의 종1품의 한 벼슬.

3. 예궐: 대궐로 들어가는 것.

모하자는 이정암4을 베자는 것에 대하여 아뢰기를 "정암은 충신대절이 있는 사람이온즉 이 사람을 깊이 허물할 바는 아닌가 하나이다. 복절사의(伏節死義)5할 맘이 없고서야 어찌 그런 말을 할 수 있사오리까!" 하고 이정암을 변호하기도 했다.

이때 주화를 반대하는 두목은 유영경(柳永慶)이었다. 그를 비롯한 주전론자들은 신립이 충주에서 전사했다는 경보를 듣기가 무섭게 비오는 밤을 무릅쓰고 도망하던 사실과 대동강 대안에 적의 말굽소리가 요란하게 들리자 밤을 타서 평양성을 빠져 나가던 자신들을 잊은 듯이 그동안 싸움이 쉬는 새에 어느덧 마음이 풀려 덮어놓고 싸우기만 하자는 것인즉 그야말로 이불 안에서 활개를 치는 격이었다.

81. 천사만려(千思萬慮)로 잠을 이루지 못하시는 한산섬의 달밤

배뜸 안에 홀로 앉아 달로 벗을 하노라니
만감(萬感)이 교지(交至)하여 잠 못 이뤄 하는 차에
어느덧 원촌의 닭이 울어 날이 샘을 고하누나.

---

4. 이정암: 연안 사람으로 자는 중훈(仲薰)이요 호는 퇴우(退憂)라 한다. 중종 36년(1541년)에 나니 이순신 장군보다 4년 연상이다. 임진란 때에 연안성(延安城)을 방수하여 큰 공을 세웠다. 선조 33년(1600년)에 60세로 사망하니 좌의정을 추증하고 월천부원군(月川府院君)으로 추봉(追封)했다. 시호는 충목(忠穆)이라 했다.
5. 복절사의: 절개를 굽히지 않고 의를 지켜 죽는다는 뜻.

전라도 좌수영은 경상 연해에서 멀리 떨어져 있어 적군이 많이 집결해 있는 경상도 바다를 지키기에 불편하므로, 장군께서는 위에 장계하여 그 허락을 얻으시고 계사년 7월 14일에 진을 여수에서 한산도[6]로 옮기셨다. 위의 시조는 장군께서 한산도로 진을 옮기신 다음 날인 7월 15일에 쓰신 일기문 중에서 그 대의를 취하여 시조 형식에 맞추어 엮은 것이다. 여기서 그 일기를 빌어 보기로 한다.

계사년 7월 15일, 맑음

전문생략. 가을 기운이 바다에 들어오니 나그네 회포가 어지럽다. 홀로 배뜸 밑에 앉았노라니 마음이 몹시 산란하다. 달빛은 뱃전에 비치고 정신은 맑아져서 잠을 이루지 못하는 사이에 어느덧 닭이 울었다.

이 일기를 통해서 당시 장군이 느끼신 착잡한 회포를 가히 짐작할 수 있는 동시에, 지난날 겪으신 갖은 고난과 순탄치 못한 환경에 처하시어 앞으로 닥칠 허다한 난국을 극복해야 하실 일들로 천사만려하시기에 잠을 이루지 못하신 것을 또한 상상할 수 있다.

---

6. 한산도: 경상남도 남쪽 30리허에 위치하여 안으로는 능히 많은 배를 감출 수 있고, 밖에서는 안을 들여다볼 수 없게 된 곳이어서 호남을 침범하려는 왜적의 배를 막기에 가장 적당한 곳이다.

82. 적장들의 모골이 송연케 한
웅포해전(熊浦海戰)의 전과 및 상소
거북선에 쫓기어서 혼이 빠진 왜군 장병
작렬하는 진천뢰의 화염을 피하노라
황황히 바다로 뛰어 물귀신이 되고 말다.

  경상 순찰사 김수의 식언으로 말미암아 부산에 집결한 적도를 쾌히
소탕할 수 있었던 절호한 기회를 놓친 것은 참으로 통분해 마지 않을
일이었다. 그러므로 장군께서는 본영으로 돌아오신 후, 바다의 길을
막고 패주하는 적을 한 놈도 살아가지 못하게 하실 뜻을 품고 그 대책
을 궁리하기에 잠심(潛心)하셨다. 그런데 적이 해상에서는 참패를 거듭
했으나, 지상에서는 부산, 동래 등 큰 골을 상륙한 지 불과 2, 3일에 함
락시키고, 그 후 보름 동안에 서울을 점령한 후, 소서행장은 평안도로
올라가 평양 대동관에 진을 치고 다시 북진을 기도했고, 가등청정은
함경도로 들어가 안변에 장막을 쳐 그 세력이 깊숙이 북청(北靑) 지경
에 까지 미치니 전라도를 제외한 진국 각 중요 지방(북청, 함흥, 봉산, 배천,
우봉, 개성, 원주, 김화, 춘천, 철원, 죽산, 충주, 상주, 대구, 밀양, 동래, 부산)에 왜적의
큰 장수들이 머물러 분탕질을 했고, 그리고 해전에 참패한 후로는 육
로로 전라도를 공략하려 하는 바, 만약 전라도마저 적의 수중에 떨어
지는 날에는 그야말로 우리 수군이 발을 붙일 곳이 없게 될 것을 염려
하지 않을 수가 없게 되었다.
  장군께서는 이러한 사태가 이르게 될 것을 이미 예측하셨던 까닭에
진작부터 육군 강화의 필요를 절실히 느끼시어 옥포해전의 첩보를 올

리실 때에도 돌산도 백고야지 목마 중에서 전마로 쓸만한 말을 골라 육군을 강화할 것도 아울러 주청하신 바 있었거니와 이제 적군이 전라도를 공략하려는 긴박한 마당에 이르렀으므로 그 대책의 하나로 각지의 중과 한량들을 의용군으로 초모하신 바, 각지에서 기꺼이 모여온 용사가 400여 명에 달했는데, 순천, 홍양, 공주, 곡성 등지에서 모여온 삼혜(三惠), 의능(義能), 성휘(性輝), 신해(信海), 지원(智元) 등 중은 용략(勇略)이 무리에 뛰어난 인물들이었다.

모여든 용사 400여 명 중에서 방처인(房處仁), 강희열(姜希悅), 성휘, 신해, 지원 등을 선발해서 구례의 도탄과 석주관(石柱關), 광양(光陽)의 두치(豆恥), 남원의 팔양치(八良峙) 등 요해(要害)지를 파수(把守)케 하시고 적세의 경중에 따라 육전이 중요하면 육지에서 싸우고, 해전이 필요하면 바다에서도 싸울 수 있도록 병선을 보급해 주시는 한편, 피란민들을 땅이 넓고 기름지며 병화를 면할 수 있는 돌산도로(여천군 돌산면) 입주시켜 농사를 짓게 하시는 등, 한 수사로서 부하하신 임무를 초월하여 오직 나라를 건지고 겨레를 구하신다는 견지에서 밤낮없이 그 방책을 궁리하고 실천하시는 동안, 다행히 평양이 탈환된 정보에 이어 지상군이 적을 몰고 내려갈 것인즉, 해상의 경비를 샐 틈 없이 강화하여 적의 귀로를 끊고 섬멸하라시는 선조대왕의 유서를 받드셨다.

부산해전 이래 적선을 격파하고 해도를 차단해서 한 놈의 적일지라도 새어 나가지 못하게 하려시던 터이었으므로 장군께서는 대왕의 유서를 받드시자 5차전을 단행할 채비를 갖추고 출동하시니, 때는 계사년 2월 6일 미명이었다. 그런데 아랫녘으로 내려와 주기를 기대했던 명군은 벽제에서 패하여 퇴군했으니, 장군의 수륙 양면 작전 계획은 부산해전에 이어 두 번째로 어긋나게 되었다. 그러나 이미 출동시켰던 함대를 그대로 이끌고 돌아서실 장군은 아니셨다.

장군께서는 전라우수사와 경상우수사로 더불어 협의하신 후, 2월 10일 드디어 웅포해전(熊浦海戰)의 포문을 여셨다. 이때 장군께서 취하신 전략에 있어 특기할 것은, 지상에서 육군이 적을 몰고 내려와 주기를 기대할 수 없게 된 까닭에 당신이 일찍이 모집해 두셨던 의병들을 10여 척 배에 갈라 태우고, 동쪽에서는 안골포에서 상륙시키고 서쪽에서는 제포에서 상륙시켜 진을 치게 하신 것이었다. 적도는 수륙 양면으로 당하는 공격 중 특히 우리가 새로 발명한 "비격진천뢰"는 적군에게 치명적 타격을 주었던 까닭에 장군께서는 적도로 하여금 당신의 두려움을 더욱 뼈저리게 느끼게 하는 가운데 5차전 역시 크게 승리하셨다. 이번 전투로 장군께서는 2월과 3월 두 달을 온전히 해상에서 지내시고 4월 3일에야 본영으로 돌아오셨다.

이상으로서 장군께서 옥포해전 이래 웅포해전에 이르기까지 다섯 차례에 걸친 전투에서 왜적에게 치명적 타격을 주고 연전연승하신 장쾌한 전투 상황은 살폈으나 이 전투를 수행하시는 동안 장군의 심려와 고충에 대해서는 미처 다 소개하지 못한 유감이 없지 않기에, 단약한 군비로써 강대한 적과 싸우시기에 온갖 지혜를 짜내고 일야로 골몰하시는 중에서도 나라 전반에 걸친 심려와 작전상 방해가 되는 일들을 조정에서 살피지 못하는 사건들로 해서 자주 올리신 상소문 중에서 일부를 이에 전재하여 장군의 정신적 고통이 어느 정도이었던가를 마저 살펴보고 가기로 한다.

임진년 9월 25일 _ 전곡(戰穀)을 실어 보내는 장계

삼가 아뢰옵나이다.

순천에 사는 전 훈련봉사 정사준(鄭思竣)은 사변이 난 후 상제의 몸으로 기용된 사람으로서 충성심을 분발하여 경상도와 접경한 요충지인 광양현 전탄(錢灘: 진월면)에 복병장으로 정하여 보낸 이후 무릇 복병장으로서 적을 막는데 특히 기이한 계책으로 적이 감히 경계선에 접근하지 못하게 하였습니다. 그리고 그는 순천의 의로운 선비로 전에 훈련봉사를 지낸 이의남(李儀男)과 더불어 각각 의연곡(義捐穀)을 모아서 한 배에 싣고 행재소(行在所: 임금이 거동할 때의 숙소)로 갔사옵니다.

비변사 공문에 화살대를 넉넉히 보내라 하였으나 부산서 승첩한 장계를 가지고 가는 사람이 원로에 가져가기가 어려워 올려 보내지 못하옵고 정사준 등이 올라가는 편에 장편전죽(長片箭竹)과 종이 등 물건을 같이 봉하여 배에 싣고 물목을 따로 기록하여 올려 보내옵나이다.

순천 부사 권준, 낙안 군수 신호, 광양 현감 어영담, 홍양현감 배흥립 등이 수군 위부장(衛部將)으로서 본영 앞바다에서 진을 치고 사변에 대비하고 있사온데, 각기 공문으로 보고한 내용을 보면, "연해안 각 고을 관원들이 사변이 생길 염려에 대비하여 군량을 원 수량 이외에 따로 둔 것이 있었는데, 나라 운수가 불행하여 상감께서 서쪽으로 몽진하신지 이미 여섯 달이오라 많은 장졸들을 먹일 양식을 대기가 어려울 것을 생각하고 신하된 정리에 통곡해 마지않으며 따로 예비했던 군량과 기타 여러 가지 물건을 각기 배에 싣고 자원해 온 이들에게 맡겨 보내려 하나, 수령들로서는 진달(進達)할 길이 없으니 이 사정을 낱낱이 들어 장계하여 달라는 뜻으로 공문을 보냅니다." 하였습니다. 그리고 권준은 원 수량 외에 군량 100석과 다른 물건들을 위에 말씀하온 정사준 등의 의연곡 실어 가는 배에 함께 실어 올려보내오며, 신호, 어영담, 배흥립 등이 보내는 군기 등 물건은 각각 자기들의 배에 싣고 각 고을에서 자원해 온 사람들에게 맡겨 올려보내옵고 물목을 꾸며 주었습니다.

임진년 12월 10일 _ 일족에게 대충징발(代充徵發)을 하지 말라는 명령을 취소해 주시기를 청하는 장계

삼가 상고할 일로 아뢰옵나이다.

흉적들이 각도에 가득 찼으나 오직 호남만이 천행으로 보전하여 나라의 근본이 되다시피 되었사오매, 상감을 모시고 나라를 회복하는 일을 모두 다 이 도에서 할 수밖에 없사온데, 작년 6, 7월 사이에 6만 군사와 말과 허다한 군량을 모두 서울 지구에서 탕진하고 병사가 거느렸던 4만 군졸 역시 기한을 견디지 못해 없어지고만 이제, 순찰사가 또 정예부대를 거느리고 북상하고 다섯 의병장 역시 서로 군사를 일으켜 멀리 출전하오매 온 지경이 소동하고 공사 간에 탕진했사오며, 노약하여 남은 백성들은 병기와 군량을 실어 나를 제 채찍이 뒤를 따라 구렁에 빠지는 사람이 허다한 터에 소모사(召募使)7가 내려와 육지와 연해의 분별없이 군사의 수를 정하고 독촉이 심하와 각 고을에서는 수를 채우기가 어려워 변방 군졸까지 허다히 뽑아가옵는데, 제찰사 종사관 9인이 또한 각 고을을 나누어 검색하여 징발하고 변방 진의 무기를 많이 실어 가오며, 복수의장(復讎義將) 고종후 역시 일어나서 내

---

7. 소모사: 의병을 불러 모으는 임시 관원.

사(內寺)의 종을 남김없이 뽑아내고 있사온대 소모관이 또한 내려와 번 갈아 수색하고 잡아가기에 거의 쉬는 날이 없사오매 민생들의 근심과 원망의 소리가 귀에서 떠나지 않사오니, 이렇고서야 어찌 나라의 부흥을 기다릴 수가 있사올지 실망이 너무 커서 변방의 외로운 신하로서는 북쪽을 바라보며 길이 통탄하올 뿐 마음은 죽고 형태만 남았을 따름이옵니다.

지난해 분부가 계옵실 제 각 고을에서 도망한 군사로 해서 씨족과 이웃에서 대충징발하는 것은 일절 폐지하라는 성지(聖旨: 임금의 뜻-편집자 주)가 정녕(丁寧)하와 무릇 신하된 자로서는 눈물을 흘리며 감격하지 않은 자가 없었사옵니다.

그러하오나 이처럼 위급한 때를 당함에 있어 수자리(변경을 지키는 일) 군사 한 사람은 가히 평시의 백 명에 당하는 것이온데, 대충징발을 말라시는 명령이 계신 후로는 모두 모면하려는 꾀만 품는 까닭에 지난 달에는 열 명이나 내보내던 군사를 이 달에는 겨우 서너 명에 끝이고, 어제는 방비군이 열 명이나 되던 것이 오늘은 사오 명도 차지 않으므로 얼마 아니가서 수자리가 날로 비어 진의 장수가 속수무책일 것이온즉, 배에 올라 적을 토벌함에 무엇을 힘입어 제어할 것이며 성을 지켜 항전함에 누구를 의지하오리까. 만약 전례대로 하오면 거룩하신 분부에 어김이 될 것이오며 그렇다고 분부대로 따르오면 변방을 지킬 군사가 없을 것이오라, 이 두 가지 중 편의한 조처에 대한 소견을 체찰사에게 전했삽던 바, 그 회답에 대충징발하는 폐는 백성을 괴롭히는 가장 심한 것이매 마땅히 상감 분부대로 따를 것이로되, 보고한 사연 내용도 또한 그럴 듯한 것으로서 적을 막고 백성을 무마하는 데 두 편이 다 좋겠다 하였은즉, 각 고을 관원에게 이미 죽어 자손이 끊어진 호구에는 도목(都目)8 명부에서 뽑아내도록 하라 하였사옵니다

대저 한번 변방에서 실패하면 그 해독이 중앙에 까지 미치는 것은 이미 경험한 바이옵고, 더구나 본도의 방위군 수효는 경상도와 같지 않사와 매양 당번하는 군사가 큰 진이라도 320여 명이 넘지 못하옵고 작은 보(堡)에는 150여 명도 차지 못하는 터에 그 중에서 도망했거나 죽은 지 오래된 채 정리하지 못한 자가 10 중 7, 8이어서 현재 복무하는 자는 태반이 늙고 쇠약한 자들이온데, 만약 대충 징발을 전폐하오면 성을 지키고 배를 부림에 있어 아무 방도가 없을 형편이온즉 지극히 민망하옵니다.

비변사(備邊司)에서 분부를 받자와 보내 온 공문에 의하오면, "근래 보건대 적을 토벌하는 데는 해전만한 것이 없으니 전선을 충분히 만들라." 하였사온데, 전선으로 말하면 비변사의 공문이 이르기 전에 신이 이미 각 포구에 명하여 더 많이 만들도록 했사옵니다마는 한 전선에 사부(射夫)와 격군(格軍: 보조원-편집자 주)을 아울러 130여 명의 군사조차 충당할 도리가 없어 더욱 민망히 여기옵는 바이온즉 대충징발하는 것은 종전대로 시행하여 방비에 지장이 없도록 하되 백성들의 원망이 없도록 조금씩 조금씩 하는 것이 당면한 급한 일로 사료하와 엎드려 바라옵나니 조정에서는 다시 양찰하시어 우선 대충징발을 하지 말라

---

8. 도목: 지방의 공천(公賤: 관아의 남녀 종) 및 시정((市井: 장사아치), 봉족(奉足: 남의 일을 도와 주는 사람), 호수(戶首: 여덟 결 마다 한 사람의 대표자를 정해 조세를 상납게 하는 사람) 등의 명부. 결(結)이란 것은 전답 면적의 칭호인데, 한 결은 약 10,000과(把)이고, 한 과는 5주척(周尺)이요, 한 주척은 재래식 바느질 자로 1척 3촌 4부 8리이다.

하신 분부를 중지하여 길이 남쪽 변방으로 하여금 나라를 회복하는 기초가 든든해 지도록 해 주시기를 바라옵나이다.

수군으로 당번하는 수효가 이처럼 적은 것은 방비 임무에 죄를 진 무리들이 혹은 소모군에 가 붙거나 혹은 다투어 의병에 가서 붙는 까닭이온 바 지금처럼 봄철 방비가 시급한 때에 다른 곳으로 소속을 옮기고 변방에 충실하려는 뜻을 두지 않사오니 일절 다른 곳으로 옮기는 일이 없도록 특별히 분부를 내려 주시는 것이 좋을 줄로 생각하옵니다.

겨울 석달 동안의 사색제방군(四色除防軍: 보충군인-편집자 주)은 평시에 있어서는 다만 사변이 일어날 때에만 쓰이는 보충군이지만 이렇게 큰 난리를 만나서는 정규군도 부족한데다가 사색군졸마저 제해 버리면 더욱 방비할 길이 없게 됩니다. 해전 여가에 전선을 수리하고 군기를 정비하는 일들이 전혀 해군들의 책임이오매, 사색제방군들은 육군과 함께 방위 임무에서 제외하지 말고 남김없이 방위에 당하도록 할 뜻으로 각 포구에 신칙하고 순찰사에게도 공문을 보냈사옵니다.

임진년 12월 25일 _ 전쟁 곡식과 진상물을 실어 보내는 장계

삼가 아뢰옵나이다.

지난 9월에 순천 사는 사람으로 상제의 몸으로서 기용된 봉사 정사준이 같은 고을 의로운 선비 교생(校生) 정빈(鄭濱) 등과 약속하고 각각 의연곡을 모아 한 배에 싣고 행재소로 올라간다 하옵기에 본영과 관하에 있는 순천, 광양, 낙안, 흥양 등 고을 수령들이 따로 봉하여 진상하는 물건들을 각각 물목을 기록하여 정사준으로 하여금 확인시켜 올려 보냈삽던 바 서해 물길에 풍세가 순하지 않아 정사준이 중로에서 추위에 상하고 병세가 침중하여 더 갈 수가 없어 되돌아 왔사옵기, 신의 군관인 그 아우 사횡(思竤)으로 하여금 대신 올라가도록 하옵고, 신이 따로 봉하여 진상하는 장편전 등 여러 가지 물건과 탄일 및 동지, 설 진상물도 정사횡과 영진무(營鎭撫), 김양간(金良幹)에게 함께 주어 의연곡 싣는 배에 아울러 실어 올려 보내옵니다. 순천 부사 권준이 봉하여 따로 진상하는 것도 또한 물목을 만들어 같은 배에 실었사오며 광양, 흥양, 낙안 등 수령들은 각각 제 고을 배에 싣고 자원해 들어 온 자에게 헤어 주어 올려 보내옵니다.

계사년 1월 26일 _ 피란민들에게 돌산도로 들어가 살며 농사를 짓도록 명령해 주시기를 청하는 장계

삼가 상고할 일로 아뢰옵나이다.

영남 피란민들로 본영의 경내에 떠들어 와 사는 자들이 200호나 되옵는데 모두 임시로 거접시켜 간신히 겨울을 나게 했사오나 당장 구제할 물자라곤 얻어 낼 길이 없사옵고 비록 평란한 뒤에는 제 고장으로 돌아갈 것이로되 목전에 주리는 꼴은 차마 볼 수 없사옵니다. 전일 풍원부원군(豊原府院君) 류성룡에게 보낸 편지로 하여 비변사에서 보낸 공문에 의하오면, "여러 섬 중에서 피란하여 농사 짓기에 적당한 땅이 있으면 피란민들을 들여보내 살 수 있도록 하되 그 편부여하를 참작하라." 하였사온대 신의 소견으로는 돌산도(여천군 돌산면) 만한 데가 없사옵니다. 이섬은 본영과 방답 사이에 겹산으로 둘리어 사방에 도적이 들어 올 길이 없사오며 지세가 넓고도 평평하고 땅이 기름지므로 피란민들을 타일러 차츰 들어가서 살게 하고 방금 봄갈이를 시작하게 했습니다. 전 어사 홍종록(洪宗祿), 갑사 윤두수, 수사 박선(朴宣)·이천(李薦)·이영(李英) 등이 본영의 둔전에 관한 일로 장계할 때에 병조에서는 목장이 있는 곳이라 말 기르는 데 방해 된다고 장계를 막았던 것이오나, 지금은 국사가 어렵고 백성들도 살 곳이 없는 터이오매 설사 의지없는 백성들을 시켜 들어가 농사를 짓게 할 지라도 말 먹이는 데 해로울 것이 없을 것이오니 말도 먹이고 백성도 구제하여 둘 다 편의하게 하여 주심을 바라옵나이다.

계사년 1월 26일 _ 유황을 줍시사고 청하는 장계

삼가 나누어 받자올 일로 아뢰나이다.

본영과 각 포구에 있는 화약이 원래 넉넉하지 못한 터에 전선에 갈라 싣고 다섯 번이나 영남 바다로 출정하여 거의 다 소비한데다가 본도 순찰사, 방어사, 소모사, 소모관, 의병장 및 순찰사와 수사들의 청구가 또한 많아 남은 것이 심히 적사온데, 이를 옮겨 받을 데도 없고, 또 보충할 길도 없어 백방으로 생각하와도 달리 방책이 없으므로 경우에 따라 구워 썼사온데, 신의 군관 훈련주부(訓鍊主簿) 이봉수(李鳳壽)가 그 묘법을 알아서 석 달 동안에 1,000 근을 구워 본영과 각 포구에 나누어 주었사오나 석유황만은 달리 구할 길이 없사옵기 감히 100여 근 쯤 하송해 주시기를 청하옵나이다.

계사년 4월 8일 _ 광양 현감 어영담의 유임을 청하는 장계

삼가 품달할 일로 아뢰옵나이다.

광양 사는 김두(金斗) 등 126명의 연명으로 된 호소문에 "이 고을 원이 번거롭게 갈려 닮으로 새로 오는 이를 맞고 가는 이를 전송하는 일 때문에 백성들이 고통을 견디기 어려워 장차 버린 고을이 되기 이르른 차에 새 현감이 도임하여 민간의 질고를 묻고 행정상 폐단 되는 점을 개혁하며 무기를 수리하고 나라를 근심하기를 자기 일처럼 하므로 전일 도망갔던 자들도 이 소문을 듣고 돌아와 모이게 되어 온 고을이 편안하게 되었습니다. 작년 4월에 사변이 영남 접경에서 일어나자 하동, 곤양, 남해 등 지방에서는 백성들이 거의 다 도망하고 인심이 동요되어 모두 흩어지려고만 하여 남부여대하고 나섰는데, 이때 만약 침착하고 도량있는 사람이 아니었으면 진정시키기 어려웠을 것입니다. 헌데 현감은 성품과 도량이 고요하고 무거우며 의혹함이 없을 뿐더러 성을 지키고 바다에서 싸우고 방비하는 계책에 자세히 연구하지 않은 것이 없어, 두치(豆恥)와 강탄(江灘)을 파수하는 등사를 함께 시행하여 적을 항거할 것을 타이르고 모여 오는 백성들을 안정시켰습니다. 그리고 수군의 여러 장수와 여러 번 출전할 때 몸을 잊고 앞장서서 돌진하여 해적을 섬멸한 공로가 월등하므로 당상 벼슬에까지 올랐습니다. 그런데 지난 정월 27일 바다로 내려간 뒤에 독운어사(督運御史) 임발영(任發英)이 여러 고을을 순행하여 각 고을 창고를 뒤져 수량을 헤아린 후에 실어가는 데만 전력하고 주린 백성들은 구호하지 않는다고 합니다. 본 고을에는 인계하는 장부에 적힌 수량 이외에 쌀, 콩, 벼 등 모두 600여 석을 평시에 늘 저축해 두고서 혹은 군량에 보태어 쓰기도 하고 혹은 고을 백성들을 구제하는 데도 써 왔던 까닭에 유위장(留衛將)도 그 쌀, 콩, 벼들을 씨나락과 구제하는 데 써 오던 것을 참작하여 목록에 기록하지 않았던 것입니다. 그런데 현감이 없는 때에 독운어사가 고을에 와서 곳간을 뒤지고 목록 밖에 따로 쌓아 둔 곡식을 현감이 사사로이 쓰려는 것이라고 지목하여 장계를 올리고 곧 구례 현감을 차원(差員)으로 명하여 창고를 봉해 놓으니 씨나락과 구제 양식을 모두 바라볼 수없이 되었습니다. 농사철이 얼핏 지나가 전답이 황폐해지면 금명년에 바칠 곡식을 판출(辦出)할 길이 없을 것이라 참으로 염려되는 바이옵니다. 그리고 현감은 상감께서 서쪽으로 몽진하신 뒤 양식을 대기가 어려울 것을 민망히 여겨 원 수량 외의 백미 60석과 다른 여러 가지 물건들을 배에 실어 올려 보냈으니 그가 사사로 쓰기 위한 것이 아니고 나라를 위해 정성을 다했다는 것이 더욱 여기에 나타나는데, 이제 범하지 않은 일에 걸리어 갈려 가게 되오매 본 고을 백성들이 부모를 잃은 것 같은데, 순찰사는 멀리 서울 지구에 주재하여 바닷가 백성들은 호소할 곳이 없으니 이 뜻을 장계하여 군사와 백성들의 원통함을 풀어 주기를 바랍니다." 하였습니다.

광양현은 영남에 접경해 있어 사변이 일어난 후 인심이 흉흉하여 모두 달아날 꾀만 품는 것을 어영담이 이를 진정하고 집합하여 필경 온 고을 백성들로 하여금 예와 다름없이 안정하게 살게 했고, 또 여러 번 경상, 전라 등 변방 장수로 있어 물길에 익숙하고 계교와 사려가 남에 뛰어나므로 신이 중부장으로 정하여 함께 전략을 의논했사오며, 여러 번 적을 토벌할 때 죽음을 무릅쓰고 앞장서서 큰 공을 세웠었습니다. 그러므로 호남 한 쪽이 아직 보전된 것은 실로 이 사람이 한 몫을 담당한 연유라 하지 않을 수 없사온대, 이제 독운어사의 장계로 본직이 갈린다 하오니 곳간 곡식의 증감은 신이 잘 모를 일이오나 대개 어영담은 지난 2월 6일 신이 바다로 나갈 때에 거느리고 가 거제와 웅천 등지에서 진을 치고 있었으므로 독운어사가 그 고을에 들어가서 각종 곡식을 창고에서 검사할 때의 모든 곡식은 유위장이 전부 맡아서 바친 것이오매 비록 곡식 수량에 증감이 있을지라도 실상은 영담의 범한 것이 아니옵고, 설사 약간 과실이 있다해도 이 어려운 때에 의기있는 장수 한 사람을 잃게 하는 것은 적을 방어함에 있어 크게 방해가 되옵니다. 더구나 해전은 누구나 다 능한 것이 아니온데 이런 위기에 장수를 바꾸는 것은 군사상 또한 좋은 계책이 못 되는 것일뿐더러 백성들의 탄원하는 정이 곡진하오니 사변이 평정될 때까지 아직 그대로 눌러 두어 한편으로는 바다의 적을 막고 다른 한편으로는 백성들의 소원을 들어 줌이 되도록 조정에서 참작 처리하여 주시기를 바라는 바이옵니다. 이 일은 신이 품달할 사항이 아니오나 순찰사와 도사가 먼 곳에 있고, 도망하는 적의 길을 끊어 섬멸하는 것이 오늘의 급선무일 뿐만 아니라 잔약한 백성들의 울부짖는 호소를 그대로 버려 둘 수도 없어 참월(僭越)한 죄를 무릅쓰고 감히 품달하옵나이다.

계사년 4월 10일 _ 일족에게 대충징발하지 말라는 명령을 취소해 주기를 거듭 청하는 장계

삼가 참고하실 일로 아뢰옵나이다.

전일에도 일족에게 미치는 폐단으로 해서 난리가 평정될 때까지 대충징발을 하지 말라시는 분부가 계셨을 당시 간략히 그 이해되는 점을 들어 체찰사에게 보고하고, 그 회답을 받은 후 연유를 낱낱이 들어 장계한 바 있사옵니다마는, 대개 수군은 육군에 비교할 바가 아니와 1호당 네 장정 중에 도망한 자가 절반이 넘음으로 분부대로 백성들을 편케해 주자면 수자리 나갈 사람이 없고, 종전대로 변방을 굳게 지키려면 백성들이 몹시 괴롭겠사온데, 이 두 가지를 다 합당히 할 도리는 아무리 생각해도 없사와 부득이 그대로 하옵고 각 고을에 죽어서 자손이 끊어진 호구에는 일절 적용하지 않고, 당자나 그 일가와 이웃이 이를 미끼로 삼아 기피한 자는 아직 전례대로 명부에 올려보내도록 공문을 보냈사온데, 독운어사 임발영이 내려온 후로는 일체 군부에 관한 일과 대충징발에 대한 일을 전혀 분부대로만 하므로 각 고을 군사의 아전 역시 이로 인해 은폐하고 공교로히 기피할 꾀만 내어 있는 자를 도망했다 하고 산 자를 죽였다 하여, 군령이 크게 무너져 수습할 방도가 없사와 군사 수효가 날로 줄어도 뽑아낼 도리가 없는 까닭에 연해안 중요한 지대가 일시에 비고 대장이 있는 큰 진에도 문 지킬 군사조차 없게 되니 방비의 허술함이 난리 치른 곳보다 심한 편이온바, 아무리 생각해도 별도리가 없습니다.

이것은 평시에도 결코 아니 될 일이 온대 하물며 이처럼 큰 변을 당한 때에 있어서오리까. 극성스런 적들을 제거하지 못하고 곳곳에서 서로 겨루는데 큰 떼를 지어 도망하는 적을 무슨 수로 막아 죽이며, 성을 지켜 뒷받침하는 일은 또한 무슨 힘으로 하오리까. 일에는 경중이 있고 시기에는 완급이 있사온즉 진실로 한 때의 폐단으로 해서 길이 후회할 일을 살 수는 없사온 바, 이것은 이미 지난날에 경험한 것입니다. 호남

한쪽이 오늘까지 성한 것은 모두 수군에 힘입은 터이옵고, 대세를 회복할 시기도 또한 이때에 있사온즉, 대충징발하는 폐를 없이하는 것은 난리를 평정한 후에도 오히려 늦지 않겠사옵기 죽음을 무릅쓰고 망령되이 아뢰오며 엎드려 원하옵나니 조정에서는 전후 장계를 참작 하시와 적을 막고 백성을 보호하는 일에 두 가지가 다 편의하도록 하옵소서.

　이상 장계를 보면 장군께서는 장재(將材)에 더하여 문재(文才)를 또한 갖춘 그야말로 문무를 겸비한 명장이심을 더욱 인식하게 됨과 아울러 모든 군수품을 스스로 마련하여 작전하시기에 분망하신 터에 도리어 조정에서 필요로 하는 물자조차 조달하는 수고까지 하신 것은 오히려 쉬운 일이었고, 일선에 나온 순찰사와 도사 등의 무모한 지휘와 조정의 인식부족에서 내리는 명령으로 인하여 작전상 크게 방해되는 일들을 시정하게 하시고자, 마치 철부지 어린애를 타이르고 지각 없는 늙은이를 달래듯 하시느라 많은 시간과 정력을 소모하시며 마음 아파마지 않으셨음을 또한 짐작하고 남는 동시에 동감의 분개심을 금할 수가 없는 바이다.

83. 삼도수군통제사(三道水軍統制使) 제수(除授)

수군이 부하한 바 사명이 막중키로
삼도 주사 통제권을 경에게 전임하니
바다를 굳게 지키어 유루(遺漏: 갖추어지지 아니하고

비거나 빠짐-편집자 주)함이 없게 하라.

　선조대왕은 장군의 전승을 포상하기 위해 그 벼슬을 가선대부, 자헌대부, 정헌대부로 점차 올리셨거니와 수군의 첩보를 받으실 때마다 크게 기뻐하시며, "소위 제승방략이라는 것을 내세워 수군을 전폐하기를 청한 신립의 상소를 물리치고 이순신의 상소를 채납해서 수군을 존속하게 한 처사가 참으로 다행이었구나." 하시고 지난 일을 되새겨 보시는 동시에 장군에 대한 신뢰와 기대를 더욱더 굳히시게 되었다. 그래서 대왕은 특히 유서(諭書)9를 내려, 바다의 수비를 가일층 강화하여 적의 퇴로를 완전히 차단하라는 분부를 하시기까지 하셨다.
　대왕이 수군에 대하여 이렇듯 큰 기대와 신뢰를 가지고 계실 때에 명장 이여송이 벽제에서 패한 후로는 전의를 상실하여 싸우기를 회피하고 외교로 화의를 담판하다가 마침내 철군하여 본국으로 돌아가니 대왕은 수군의 강화를 더욱 절실히 느끼시어 그 방책으로 전라, 충청, 경상 등 삼도의 수군을 통솔할 직책을 새로 제정하여 삼도수군통제사라 칭하시고 이순신 장군을 초대 통제사로 제수(除授)10하시니, 때는 장군께서 그 진을 한산도로 옮기신 바로 다음 달인 계사년 8월이었다. 이때 장군의 연치는 48세였다.

---

9. 유서: 임금의 명령서.

10. 제수: 천거하는 절차를 밟지 않고 임금이 바로 벼슬을 시키는 것.

84. 한산도에서의 활동

한산섬 달 밝은 밤에 수루(戍樓)에 홀로 앉아
큰 칼을 옆에 차고 깊은 시름 하는 차에
어디서 일성 호가(胡歌: 오랑캐의 노래)는 남의 애를 끊나니.

이 시조는 장군께서 한산도에 유진하신 중에 지으신 것이다.

우리는 이 시조를 통해서 장군께서는 주야의 구별없이 항상 임전태세(臨戰態勢)를 갖추고 계셨던 것을 짐작할 수 있거니와 여기서 한산도로 진을 옮기신 후 장군의 동정을 자세히 살펴보기로 한다.

1. 이때 명나라와 왜국 사이에는 화의 사절이 내왕하여 싸움은 사실상 휴전 상태에 있었지만 장군께서는 조금도 임전 자세를 늦추지 않고 밤에도 전대(戰帶)11를 풀지 않으셨고, 잠도 밤이 깊은 연후에야 잠시 눈을 붙이시고는 첫 새벽에 기침하시어 부하들로 더불어 군사를 의논하시니 이에 따라 부하 장병들도 항상 긴장한 자세를 잃지 않았다. 혹 부하들과 술을 나누시고 취침하신 때일지라도 언제나 닭이 울면 기침하시어 등촉을 밝히고 문서를 정돈하거나 병서를 읽으셨다.

2. 한산도에 참도본부격인 집을 지으시니, 그것이 곧 지금 서 있는 제승당(制勝堂)의 전신인 운주당(運籌堂)이었다. 옥포해전 이래 연전연승한 것이 오직 장군의 지도와 전술에 의한 것이었음은 누구나 다 인정하는 바로 아무도 장군의 지략을 따를 사람이 없을 뿐만 아니라, 장

---

11. 전대: 구식 군복에 띠는 띠로 장교 이상은 남빛의 명주로, 군졸은 무명으로 하되, 솔기를 비비 틀어서 넓이 10센티미터, 길이 3미터로 되게 만듦. 두 끝을 터 놓고 삼각형이 되게 한다.

군께서는 삼도의 수군을 통솔하는 지위에 계셨건만 항상 겸양의 덕을 나타내시어 부하 장병들과 군사를 의논하셨으며, 그리고 좋은 의견을 낸 사람에게 명예가 돌아가게 하시니 부하 장병들의 존경심과 신뢰감은 날로 더해가고 사기는 더욱 왕성했다.

3. 명, 왜 두 나라 사이에 강화담판이 진행되고 있는 것에 아랑곳없이 해상에 적선이 번뜻하기만 하면 곧 나가서 격파하였다. 강화담판이 진행되는 동안에 소각하거나 격파하신 적선은 다음과 같다. 갑오년 3월 4일 진해와 저도(猪島)에서 8척, 소소강(召所江)에서 14척, 당항포에서 17척이었다.

이때에 명나라에서 강화사로 나온 도사 담종인(譚宗仁)이 "일본 여러 장수들이 모두 갑주를 벗고 싸움을 그치려 하니 너희들은 모두 속히 제 고장으로 돌아가고 일본 진영에 가까이 하여 흔단(釁端: 싸움, 다툼—편집자 주)을 일으키지 말도록 하라." 하는 패문(牌文)12을 보내어 왔다. 장군께서는 이 패문을 받아 보시고 통분함을 참을 수가 없으시어 다음과 같은 묘령으로(전문과 후문을 생략했음) 회답하여 그 옳지 못한 지휘에 항의하셨다.

"도사 어른의 패문 가운데 일본 장수들이 마음을 돌려 귀화하지 않는 자가 없고, 모두 병기를 거두어 저희 나라로 돌아가려고 하니 너희들은 모든 병선을 거두어 제 고장으로 돌아가고 일본 진영에 가까이 하여 트집을 일으키지 말라 하셨는데, 왜인들이 거제, 웅천, 김해, 동래 등지에 진을 치고 있는바, 거기가 모두 우리 땅이거늘 우리 더러 일

---

12. 패문: 나뭇조각에 글을 써서 이쪽 편의 의견을 상대방에게 전달하는 것.

본 진영에 가까이 하지 말라 하심은 무슨 말씀이며, 또 우리더러 속히 제 고장으로 돌아가라시니 제 고장이란 또한 어디 있는 것인지 알 길이 없나이다. 그리고 트집을 일으킨 자는 우리가 아니라 왜인들입니다. 뿐만아니라 왜는 간사스럽기 짝이 없어 예로부터 신의를 지켰다는 말을 들은 적이 없습니다."

이 글 속에 나타난 장군의 의연하신 자세야 말로 아무나 능히 할 수 있는 것이 아니었다. 고금을 막론하고 큰 나라의 후원군인 지휘관의 말이라면 옳건 그르건 간에 무조건 따르기 마련인데 장군께서는 감연히 이에 항거하여 당신의 의견을 당당히 피력하는 동시에 나라의 체면을 세우셨다.

여기서 우리는 장군께서 담 도사의 패문에 회답하실 당시의 장군의 일기를 상고하기로 한다.

갑오년 3월 7일, 맑음

몸이 몹시 불편해서 꿈적거리기가 어려웠다. 그래서 아랫사람더러 패문의 회답을 만들라 했더니 그 글 꼴이 말이 아니었다. 원 수사가 손의갑(孫義甲)을 시켜 다시 만들게 했건만 그것 역시 맘에 맞지 않아 내가 병중에 억지로 일어나 앉아 글을 짓고 정사립(鄭思立)을 시켜 써서 보내게 했다.

여기서도 우리는 장군의 열렬하신 애국 사상과 철저하신 자주 정신을 엿볼 수 있는 동시에 그 문장과 외교적 수완이 비범하심을 재인식하게 되는 바이다.

4. 담 도사의 패문을 받아보실 당시 장군께서는 위에서 서술한 바와 같이 병환으로 심히 고통 중에 계셨으므로 부하 장병들과 자제들이 휴양하시기를 간원했으나, 장군께서는 "적과 대립하여 승패가 호흡지간에 걸렸거늘, 장수된 자 죽게 되지 않은 이상 어찌 안한이 누워있을 수가 있으리오." 하시고 억지로 앉아서 앓기를 12일 동안이나 하셨다. 그런 중에서도 당신의 괴로우신 몸보다 전사한 군사와 병사한 피란민들을 위해 책임자를 정해 묻어주게 하시고, 친히 제문을 지어 불행하게 죽은 영혼들을 위로해 주시기까지 하셨다. 이때에 있었던 한 토막 일화를 살펴 보기로 한다.

위에서 이미 언급한 위령제를 지내시려는 새벽에 장군께서 한 꿈을 꾸셨는데, 꿈 속에 한 패가 몰려와서 호소하는 것 같으므로 그 까닭을 물으신 바, "오늘 제사에 전사한 사람이나 병사한 사람들이 모두 제사를 받을 수 있으나, 물에 빠져 죽은 저희들은 참례치 못하기 때문입니다." 하는 것이었다. 그래서 깨어 일어나 제문을 다시 보시니 과연 그 제문에 그 구절이 빠져 있으므로 제문을 다시 지어 아울러 위령제를 지내주셨다.

5. 왜적들은 한편으로는 명나라 담 도사를 통해 강화하는 체하면서 다른 한 편으로는 거제 장무포 일대를 중심으로 하고 장기간 주둔할 계획을 세우고, 7, 8월부터 이를 실천에 옮기고 있으므로 장군께서는 이에 대한 대책을 도원수 권율 장군과 협의하실 때에 매양 수륙 양면

작전의 필요성을 강조하셨다. 여기서 장군께서 장문포의 적을 격파하시던 전황을 난중일기에 의해 살펴보기로 한다.

갑오년 9월 26일, 맑음

새벽에 곽재우, 김덕령(金德齡)13 등이 견내량에 이르렀으므로 박춘양(朴春陽)을 보내 건너온 까닭을 물었더니, 수군과 합세할 일로 권 도원수가 전령했다는 것이었다.

갑오년 9월 29일, 맑음

배를 띄워 장문포 앞바다로 들어가니 적도는 험준한 곳에 웅거해서 나오지 않았다. 누각을 높이 짓고 양쪽 봉우리에는 벽루(壁壘)를 쌓고서 도무지 나와 싸우려 하지 않았다. 선봉 적선 2척을 무찔렀더니 뭍으로 올라 도망했다. 빈 배만 깨뜨리고 칠천량(漆川梁: 거제군 하청면)에 머물러 밤을 지냈다.

---

13. 김덕령: 선조 원년(서기 1568년)에 광주 무등산(無等山) 밑 석지촌(石低村)에서 출생했다. 자는 경수(景樹)요 의기와 용맹과 힘이 세기로 한 때 세상을 흔들었던 영웅이다. 여덟 살에 글을 배우고 자라서는 우계(牛溪) 성혼(成渾)의 문하에서 유학했다. 언제나 그 무게가 백근이나 되는 쇠방망이를 차고 다녔으며, 산으로 올라 말을 달리면서 칼을 휘두르면 송백이 풍우에 쓰러지듯 했다. 이와 같이 힘을 기르고 무기를 장만하며 쓰일 날이 이르기를 기다리는 중에 임진란을 당해 그의 형 덕홍(德弘)이 고경명의 참모로서 왜와 싸우다가 금산에서 죽자, 그는 담양에서 의병을 일으켰다. 조정에서는 그의 소문을 듣고 특히 익호장군(翼虎將軍)이란 호를 주었다. 그가 남원에 이르러 장사 최담령(崔聃齡)을 얻어 별장을 삼고 영남으로 나가 싸우니 왜적이 그를 가장 무서워 했다. 그런데 그를 시기하는 자가 있어 그로 인하여 옥에 갇히게 되니 대신 정탁(鄭琢)이 그를 변호해서 구출했다. 그런데 충청 병사 이시언(李時言)과 경상 병사 김응서 등의 시기로 이몽학(李夢鶴)의 반란에 가담했다는 무고로 다시 투옥되었다. 옥에서 형벌을 당하기 여덟 번에 다리 뼈가 성한 데가 없이 되어 마침내 절명하니 때에 나이 29세였다. 그 뒤 영조 때에 이광덕(李匡德)이 호남을 안찰(按察)하는 길에 그의 원통함을 장계함에 따라서 병조판서로 증직하고 충장(忠壯)이라는 시호를 내렸다.

갑오년 10월 1일

새벽에 떠나 장문포에 이르니(거제군 장목면 장목리) 경상 우수사와 전라 우수사가 장문포 앞바다에 머물러 있었다. 나는 충청 수사 및 여러 장수와 함께 바로 영등포로 들어갔는데, 흉적들은 바닷가에 배를 매어 놓고 한 놈도 나와서 항전하지 않았다. 날이 저물기로 도로 장문포 앞바다에 이르러 사도 2호선이 뭍에 배를 대려할 즈음 적의 작은 배가 곧장 들어와 불을 던졌다. 비록 불은 일어나지 않고 꺼졌지만 통분하기 그지없다. 우수사 군관 및 경상 수사 군관은 그 실수한 것을 잠깐 꾸짖고 사도 군관은 그 죄를 중하게 다스렸다.

갑오년 10월 2일, 맑음

다만 선봉선 30척을 시켜 장문포로 가서 적의 형세를 살펴 보고 오게 했다.

갑오년 10월 3일, 맑음

친히 여러 장수들을 거느리고 장문포로 가서 종일 싸우려 했으나 적들은 두려워하여 나와서 항전하려 하지 않았다. 날이 저물어 칠천량으로 돌아와 밤을 지냈다.

갑오년 10월 4일, 맑음

곽재우, 김덕령과 함께 약속한 뒤 군사 수백 명을 육지로 내려 산으로 올라가게 하고, 선봉은 먼저 장문포로 보내어 들락날락하면서 싸움을 걸게 했다. 늦게 중군을 거느리고 나가 수륙이 서로 호응하니 적도는 갈팡질팡하며 기세를 잃고 동서로 분주하는데, 육군은 왜적 한 놈이 든 칼을 휘두르는 것을 보고 배로 도로 내려오는 것이었다. 날이 저물어 칠천량으로 돌아와 진을 쳤다. 선전관 이계명(李繼命)이 표신(標信)14과 선유교서(宣諭敎書)와 상감이 내려 주시는 잘15을 가지고 왔다.

갑오년 10월 6일, 맑음

일찍 선봉대를 시켜서 장문포 적의 소굴로 보냈더니, 왜적들이 패문을 써서 땅에 꽂았는데 그것은 '일본이 대명으로 더불어 화친을 의논하는 터이라 싸울 것이 없다." 하는 것이었다. 왜놈 한 명이 칠천 산기슭으로 와서 투항하고자 하므로 곤양(昆陽: 거제군 거제면) 군수가 불러다 배에 태우고 물어 보니 그것은 영등포 왜적이었다. 흉도(胸島)로 진을 옮겼다.

갑오년 10월 8일, 맑고 바람도 없었다.

일찍 출발해서 장문포 적굴에 이르렀다. 적은 여전히 나오지 않았다. 우리 군사의 위엄만 보인 뒤에 다시 흉도에 이르렀다. 배를 저어 한산도에 이르렀을 때는 벌써 자정께였다. 흉도에서 띠 260동을 베었다. 이와 같이하여 장군께서는 적으로 하여금 소굴 속에 엎디어 다시는 큰 바다로 나오지 못하게 하셨다.

---

14. 표신: 급변을 고할 때나 또는 궁궐문을 드나들 적에 가지는 문표.

15. 잘: 담비(족제비과에 딸린 짐승)의 털가죽. 털의 밑둥이 누르고 자흑색임. 모피 중에서 상품.

장문포의 적을 격파하시던 장군의 일기를 상고하는 이 계제에 이보다 두 달 전인 8월 30일 일기를 마저 보고 가기로 한다.

갑오년 8월 30일, 맑고 바람도 없었다.

전문 생략. 아침에 탐선이 들어왔는데 아내의 병세가 아주 위중하다는 것이었다. 생사간에 벌써 결말이 났을지도 모른다. 그러나 나랏일이 이에 이르렀으니 다른 일에 생각이 미칠 수 있으리요마는 세 아들과 한 딸이 어떻게 살아갈꼬! 아프고 괴롭구나.

6. 장군의 가장 큰 걱정거리가 있었으니 그것은 군량이었다. 전란으로 모든 백성들이 고향과 농토를 떠나 이리저리 떠돌아 다니니, 농사를 지을 수가 없고 또 농사를 지을 만한 장정들은 군사로 뽑혀 나가 농사를 지을 손이 모자라는 까닭에 생산이 줄어드는 터에 각지에 비축했던 곡식은 불질러 없앴거나 그렇지 않으면 명군을 먹이기에 바닥이 났으니 군량이 걱정되지 않을 수가 없었던 것은 다시 말할 나위가 없는 것이다. 그래서 장군께서는 군량을 해결하기 위해 조정에 승락을 얻어 각지에 적당한 곳을 택하여 둔전을 개척하고 피란민과 노약한 군인을 동원시켜 농사를 짓게 하심으로써 백성들도 먹을 것을 얻게 하는 동시에 군량 문제를 해결토록 하셨다. 이 방법을 우선 한산도에서부터 시작하시니, 백성들은 장군을 따르면 목숨을 보전하고 먹고 살 수도 있다 하여 각처에서 구름 모이듯 했다. 그 결과로 한산도는 큰 도시를 이루었고 통제영 곳간에는 수만 석의 군량이 쌓이게 되었다.

7. 군량에 다음가는 어려운 문제는 군복과 병기였다. 그런데 조정에서 이를 보급해 주기를 기대할 수는 없는 형편이라 장군께서는 그 대책으로 소금가마를 걸어 소금을 굽고, 군인과 피란민들로 하여금 고기를 잡게 해서 그것으로 옷감을 바꾸어 군복을 마련하시는 한편 나무를 베어 배를 짓고 풀뭇간을 놓아 병기를 만드셨는데, 그중 특기할 것은 왜의 조총을 토대로 하여 연구해 낸 새로운 조총의 성능이 왜의 것보다 오히려 우수한 것이었다. 이렇듯 군량을 위시해 군기와 병선에 이르기까지 당신이 직접 마련하지 아니할 수 없는 어려움 중에서도 당신이 원치 않으시는 강화담판을 하기 위해 왜국으로 가는 명나라 강화사(講和使)16와 함께 가게 된 우리 관원들17과 그 수행원(총인원 309명)이 타고 갈 배와 양식까지도 조정의 명령에 따라 이를 조달하는 수고까지 하셨다.

8. 오래 끄는 전란으로 장기간 진중에 머물러 있는 군사들을 위로하고 그 사기를 돋구는 방법으로 진중에서 과거를 볼 수 있도록 위에 장계하고 허락을 얻으신 후 이를 시행하셨다.

9. 경상, 전라, 충청 등 삼도 요해지에 거미줄같이 망대를 설치하고 파수병을 배치하셨다. 이때에 비축된 군량과 어염 등속이 능히 5만 대군을 3년간 먹일 수 있는 정도였다고 한다.

10. 을미년 8월에 우의정 오리(梧里) 이원익이 도체찰사가 되어 부사

---

16. 명나라 강화사: 유격 심유경(沈惟敬), 책사(册使) 양방형(楊方亨), 봉칙사(奉勅使) 이대간(李大諫).

17. 우리 관원: 통신사 황신(黃愼), 부사 박홍장(朴弘長), 중국어 통역 박의검(朴義儉), 일본어 통역 박대근(朴大根)

김늑(金玏)과 종사관을 대동하고 호남을 순찰할 때, 호남 수군들이 많은 호소문을 가져다 바쳤는데, 이 도체찰사는 이를 자기 손으로 직접 처리하지 않고 진주까지 가지고 와서 장군을 청해 처리하도록 한 바, 장군께서는 수백 장의 호소문을 앞에 놓고 한 손에 붓을 들고 한 손으로 호소문을 젖혀 가면서 이를 처리하실 때, 도체찰사와 부사가 곁에서 보매 한 가지도 사리에 어긋남이 없는지라. "어찌 그리 신속히 처리할 수가 있는가? 우리는 능히 할 수 없도다." 하고 찬탄한 바 있었거니와, 이때 이 도체찰사는 한산도에 이르러 모든 군사 준비에 하나도 유루함이 없는 것을 목격하는 중 특히 통제사의 거처범절이 사병이나 조금도 다름이 없는 것을 보고 더욱 감탄해 마지않았다.

이 도체찰사가 감탄해 마지않는 가운데 하룻밤을 지내고 이튿날 한산도를 떠나려 할 즈음, 장군께서는 조용히 이 정승에게 말씀하시기를 "대감께서 여기 오신 것을 진중 군사들이 다 아옵는데, 만약 군사들을 위로하고 표창하는 잔치를 열어 주시지 않고 떠나신다면 그들이 섭섭해하지 않사오리까?" 하시니, 이 도체찰사가 깜짝 놀라면서 "참 옳은 말이오. 그러나 내게 아무 준비가 없으니 어찌하리까?" 하였다. 이에 장군께서는 곧 응답하시기를 "그런 염려는 조금도 없습니다. 모든 것이 다 준비되어 있사오니 대감께서 허락만 하신다면 대감의 명령이라 하고 군사들을 위로하는 잔치를 열겠습니다." 하셨다. 장군의 용의주도한 처사에 이 도체찰사가 다시 감탄해 마지 않으며 쾌히 승낙하니 곧 이튿날 30여 마리의 소를 잡아 5,480명의 군사들을 위로하는 잔치를 여시고, 한편으로는 군사들의 무예를 시험하고 상을 주어 군사들의 사기를 더욱 돋구시었다.

8부
심군기의 죄명으로
나포되신 이후 특사까지의 과정

85. 원균의 무함(誣陷)으로 교체

하늘이 천하만사 살피어 계시거늘

원 공이 나를 들어 아무리 무함한들

그로서 나의 시비가 좌우될 수 있으리오!

원균은 장군의 하해 같은 은혜를 입은 사람으로서 일찍이 자기 입으로 "영감은 이 사람의 재생지은인(再生之恩人)이오." 하고 장군께 치하의 말씀을 한 적도 있음을 우리는 기억하고 있다. 그런데 그는 장군께서 옥포해전 이래 연전연승으로 그 공적이 혁혁함에 따라서 벼슬이 높이 오르고 군중의 인망이 또한 높으심을 시기하여, 배은망덕의 언사를 자주 하던 중 원래 자기의 후배이던 장군께서 삼도수군통제사로 승진하여 자기의 상관이 되신 것에 불만을 품고 앙앙불락(怏怏不樂)하여 통제사의 명령에 반항할 뿐만 아니라 갖은 모양으로 장군을 음해(陰害)하여 마지않았다. 그러나 장군께서는 당신의 명예가 크게 손상하는 것보다 국사가 그릇될 것을 염려하시는 견지에서 당신의 직책을 갈아주기를 원하는 뜻을 조정에 펴기까지 하셨다.

조정에서는 이 문제를 해결하기 위해 원균의 벼슬을 갈아 충청 병사로 전출시켰다. 그런데 조정 대관들 중에는 하마터면 조국을 등지고 압록강을 넘어 명나라의 행랑살이를 할 수밖에 없을 뻔했던 가련한 신세를 면하게 하신 장군의 크나큰 공적을 어느새 저버리고 장군께서 변방의 한 무장으로서 벼슬이 2품에까지 올랐다 하여 이를 아니꼽게 생각하는 자가 많아지매 원균은 이를 기화(奇貨)로 하여 대관들 사랑으로 돌아다니면서 더욱 심각하게 장군을 무함(誣陷)했다. 대개 원

244

균이 장군을 무함하는 줄거리는 다음과 같은 것이었다.

1. 해전에 크게 승리한 것이 이순신 장군보다 자기의 공이라는 것.

2. 자기는 매양 부산의 적진을 공격하기를 주장했으나, 이순신 장군이 이를 회피한 까닭에 진작 적을 소탕하지 못했고, 마침내 부산진을 공격할 때에도 장군의 소극적 작전 때문에 적을 완전히 소탕할 수 있는 기회를 놓쳤다는 것.

3. 조정의 분부를 듣기 전에 단독으로 논공행상(論功行賞)을 해서 사정을 썼다는 것.

4. 통제사가 된 후에는 자기 맘대로 백성을 섬으로 옮기고 군기와 병선을 제조하고, 한산도에 궁궐같은 운주당(제승당의 본명)을 지어 왕공같은 생활을 했다는 것 등이었다.

원균의 인간성을 그리고 천인이 공노할 그의 온갖 죄상을 누누이 보아 온 우리는 그가 장군을 헐뜯는 요지를 볼 때, 그것은 자기의 올곧지 않은 소성(素性; 본디 타고난 성품-편집자 주)을 드러냄에 불과하다고 생각하는 바이어니와 장군을 시기하는 조정의 요인들은 원균의 말을 귀를 기울여 듣고 흥미를 느끼기까지 했으니 나라를 위해 참으로 한심스럽기 짝이 없는 일이었다.

장군께서는 이미 원균의 심성을 충분히 간파하신 바 있고, 또 명리를 위해서는 수단방법을 가리지 않는 그의 언행을 목도하셨을 뿐만 아니라, 그의 비행을 전하는 여러 사람들의 평판을 듣기도 자주 하셨으나 항상 그에게 관용으로 대하셨다. 특히 당신의 명예에 관계되는 일에 대해서도 굳이 변명하려 하지 않으시고, 다만 나라의 중책을 맡은 장수로서 그 임무를 다하기에 앞서 명리에 급급한 그의 언행을 기탄하실 뿐이었다. 그러므로 원균이 대관들 사랑방으로 돌아다니면서 당신을 무함한다는 소문을 들으실 때에, "그가 아무리 나를 들어 헐뜯은들 그로서 나의 시비가 좌우될 수 있으리오!" 하시고 대인으로서의 마음의 자세를 조금도 변치 아니하셨다. 여기서 원균의 언행을 개탄하여 기록하신 장군의 일기문(누락된 것은 말고라도 50여 회에 걸친) 중에서 그 일부를 이에 전재하여 그의 음흉한 심사언행을 일람하여 보기로 한다.

1. 계사년 2월 28일, 맑고 바람도 없었다.

전문 생략. 경상 수사의 군관과 가덕 사후선(伺候船)1 등 아울러 2척이 섬에서 들락날락하는 꼴이 수상하기로 묶어서 수사에게 보냈던 바, 수사가 크게 성을 냈다 하니 그것은 그 본의가 군관을 보내 고기잡는 사람들의 머리를 베어 오자는 데에 있었던 때문이다.

2. 계사년 3월 2일, 종일 비오다.

전문 생략. 이영남과 이여념이 왔다. 그들에게서 원 공(균)의 옳지 못한 일들2을 들으니 기가 막혀 견디기 어렵다. 이영남이 왜놈의 작은 칼을 놓고 갔다. 이영남에게 들은 즉 강진 사람 둘이 살아 왔는데, 고성으로 붙들려 가서 문초를 받고 왔다고 한다.

---

1. 사후선: 수영에 매인 전선의 하나. 척후에 쓰이는 것이다.

2. 여기서 옳지 못한 일이라는 것은 원균이 공을 탐내어 무고한 백성의 머리를 베어다가 왜적의 머리를 벤 것으로 보고했다는 것을 뜻하는 것이다. 2월 28일에 그의 군관들이 섬으로 들락날락한 것도 그런 까닭이었거니와 이영남의 이야기에 살아 왔다고 하는 사람도 원균의 부하에게 붙들려 가서 죽을 뻔했다가 살아 온 사람인 것이다.

3. 계사년 5월 21일

전문 생략. 원 수사가 거짓 내용으로 공문을 돌려 큰 부대를 소동시켰다. 진중에서도 속임이 이러하니 그 음흉(陰譎)하고 고약한 것을 이루다 말할 수 없다. 후문 생략.

4. 계사년 5월 27일, 바람 불고 비오다.

전문 생략. 원 수사는 송 경략(宋經略)[3]이 보낸 화전(火箭)을 혼자서 쓰려고 꾀하고 있는 꼴이다. 그 심보가 참으로 가소롭다.

5. 계사년 5월 30일, 종일 비오다.

전문 생략. 이홍명(李弘明)이 보러 왔다. 원 수사가 송 경략이 보낸 화전을 혼자 쓰려고 꾀하다가 병사의 공문에 따라서 나눠 보내라고 한즉, 공문도 내려 하지 않고 무리한 말만 자꾸 지껄이더라 하니 가소롭다. 명나라 고관이 보낸 불로 적을 치는 무기인 화전 1,530개를 나눠 보내지 않고 독차지해서 쓰려고 하니 그 흉계를 어찌 다 말하랴. 남해 기효근의 배가 내 배 옆에 대었는데, 그 배 안에 예쁜 계집을 태우고서 남이 알까 걱정을 한다니 가소롭다. 이같이 나라가 위급한 때에 있어서도 예쁜 계집을 배에 태우고 까지 논다하니 그 마음씀이야말로 개탄하여 마지 못할 일이다. 그러나 그의 대장인 원 수사 역시 그러하니 어찌하랴!

---

3. 송 경략: 경략은 경략사의 약칭. 우리 나라에 있어서는 함경북도와 평안북도의 경계가 되는 곳의 정치에 관한 사건을 처리하기 위해 임시로 임명하던 벼슬인데, 여기서 경략이라 함은 명나라에서 나온 송응창(宋應昌)을 지칭한 것이다.

6. 계사년 7월 21일, 맑음

경상 우수사(원균)와 정 수사(걸)가 동시에 와서 적을 토벌할 일을 의논하는데 원 수사의 하는 말이 극히 흉측하기 이를 데 없다. 이런 사람으로 더불어 일을 같이 하다가는 후환을 면치 못할 것이다. 후문 생략.

7. 계사년 7월 28일, 맑음

전문 생략. 경상 우수사와 충청 수사와 본도 우수사가 함께 와서 약속했다. 원 수사의 음흉하고 간휼한 것은 이루 다 형용할 수 없다. 정여흥(鄭汝興)이 공문과 편지를 가지고 체찰사에게로 갔다. 순천과 광양이 보러 왔다가 곧 돌아갔다. 사도 첨사가 복병을 했을 때 잡은 보자기4 10명이 왜복으로 바꾸어 입고 그 하는 짓이 꼼꼼스럽다 하므로 자세히 추궁했더니 어떤 근거가 있는 듯한데, 경상 수사가 시킨 것이라고 했다. 그래서 족장 10여 대씩 때려서 놓아 주었다.

8. 계사년 8월 2일, 맑음

전문 생략. 원 수사가 허망한 말을 하며, 내게 대해서 좋지 못한 말을 많이 하더라고 본도 우수사가 전했다. 모두 망령된 짓이라 상관할 것이 있으랴! 후문 생략.

9. 계사년 8월 9일, 맑음

전문 생략. 오후에 우수사(이억기)의 배로 갔더니 충청 영공(수사)도

---

4. 보자기: 바닷 속에 들어가서 해물을 채취하는 사람.

왔다. 경상 수사는 복병을 일제히 내어보내어 복병시키기로 약속해 놓고 슬며시 혼자 먼저 보냈다고 한다. 해괴한 일이다.

10. 갑오년 1월 19일, 흐리다가 늦게 맑아졌다.

전문 생략. 원 수사가 공연수(孔連水)와 이극함(李克誠)이 좋아하는 여자들을 모두 다 관계했다고 한다.

11. 갑오년 6월 4일, 맑음

전문 생략. 저녁에 겸사복(兼司僕)5이 상감의 분부를 가지고 왔는데, 그 사연인즉 "수군 여러 장수들과 경주의 여러 장수들이 서로 화합하지 못하다 하니, 앞으로는 그런 습관을 모두 버리라." 하시는 것이었다. 이것은 원균이 취해서 망발을 부린 때문이었다.

12. 갑오년 8월 30일, 맑고 바람도 없었다.

전문 생략. 김양간(金良幹)이 서울로 부터 영의정의 편지를 가지고 왔는데 분개한 뜻이 많이 있었다. 원 수사의 하는 짓은 참으로 해괴하다. 날더러 머뭇거리고 앞으로 나가지 않는다 했다니, 이는 천고에 탄식할 일이다. 후문 생략.

13. 갑오년 10월 17일, 맑음

전문 생략. 늦게 우수사(이억기)가 오고 어사도 와서 조용히 이야기

---

5. 겸사복: 금군(禁軍: 용호영(龍虎營-숙직하여 지키며 임금이 타시는 수레를 모시어 쫓는 군영)의 한 부대. 700명 기사 중에 100명 씩의 두 부대가 여기에 속한다.

하는데, 원 수사의 속이고 무고하는 짓을 많이 말했다. 나중에 원(均)도 왔다. 그 흉패(凶悖)한 꼴을 다 말할 수가 없다. 후문 생략.

14. 정유년 5월 5일, 맑음

새벽에 꿈이 매우 어지러웠다. 아침에 부사가 보러 왔었다. 늦게 충청 우후 원유남(元裕男)이 한산에서 와서 원(均)의 못된 짓을 많이 전하고, 또 진중의 장졸들이 모두 배반하므로 앞으로 일이 어찌 될 지 알수가 없으리라 했다. 이 날은 단오절인데 멀리 천리 밖에 종군하여 어머님 영연(靈筵)을 떠나 장례도 모시지 못하니 무슨 죄로 이런 갚음을 당하는고. 같은 사정은 고금을 통해 짝이 없으리라. 가슴이 찢어지는 듯 아프고나. 다만 때를 못 만난 것을 한탄할 따름이다.

15. 정유년 5월 8일, 맑음

전문 생략. 이경신(李敬信)이 한산에서 와서 음흉한 원가(均)의 말을 많이 했는데, 원가가 데리고 온 서리(書吏)를 곡식을 사라는 구실로 육지로 보내 놓고 그 처를 사통하려고 하니 그 여인이 말을 듣지 않고 밖으로 나와 악을 쓴 일이 있었다고 한다. 원이 온갖 계략으로 나를 무함하려 덤비니 이 역시 운수로다. 뇌물로 실어 보내는 짐이 서울 길에 잇달았으며 그렇게 해서 날이 갈수록 나를 헐뜯으니 그저 때를 못 만난 것만 한탄할 따름이다.

86. 권율 도원수의 성급한 장계 및 황신의 밝은 판단

소서와 가등이가 비록 틈이 있을 망정

저희의 군사기밀 누설할 리 만무리니

가벼이 군사를 움직임이 불가한 줄 아나이다.

3년 여를 끌던 명, 왜 두 나라 사이의 강화담판이 마침내 깨어짐에 따라 왜적이 다시 칼을 뽑으려 함에 있어서 지상군은 대단치 않게 여겼으나 우리 주사에 대해서는 심히 어렵게 생각했다. 소서행장은 우리 조정에 당쟁이 심한 것과 그 당쟁으로 말미암아 우리 수군이 폐함을 당할 뻔했다가 겨우 명맥을 유지했던 사실을 또한 잘 알고 있었거니와 그런 까닭에 우리 수군의 군비가 그 수에 있어서 저희 나라에 비해 열세에 있었던 임진년에 있어서도 도저히 당할 수 없었던 것을 상기하는 동시에 장군께서 선조대왕의 두터운 신임으로 그 벼슬이 정헌에 오르시고 또 삼도 수군을 통솔하는 권한을 갖게 되시어 그 전투 능력이 전일에 비할 바가 아닌 것과 그동안 싸움을 쉬는 사이에 병선을 세 배나 늘리고 5만 정병을 양성했으며, 3년 동안 군사를 먹일 수 있는 군량과 어염(魚鹽: 생선과 소금이라는 뜻으로 일상생활에 필요한 일용품-편집자 주)을 비축하신 사실에 대해서 염려하지 않을 수가 없었다.

그러므로 소서행장은 감히 정면으로 장군과 대결할 생각을 못 하고, 일찍이 풍신수길로부터 받은 지령, 즉 "조선의 당쟁을 이용해서 이순신을 꺾으라." 하던 흉계를 실천에 옮기도록 했다. 그래서 소서행장은 우리 말을 잘하는 그의 통역 요시라(要時羅)6를 시켜서 경상 병사 김응서(金應瑞)를 찾아 다음과 같은 수작을 하게 했다.

"가등청정은 많은 군사를 이끌고 와서 기어코 조선을 정벌하려 하나 소서행장은 그와 달라 싸움을 그치고 평화적으로 두 나라의 문제를 해결하려한다." 하여 행장은 호전적 인물이 아니라는 것을 암시한 후 행장과 청정이 사이가 좋지 않아 서로 으르렁댄다는 것을 교묘하게 말하는 동시에 정월(정유년) 7일에 청정이 대군을 거느리고 올 예정이라 하니 그의 대군이 부산에 있는 왜군과 합세하기 전에 조선군이 미리 나가 중로에서 가등의 군사를 치면 두 나라가 다시 싸우지 않게 될 것이요, 그리되면 조선은 임진년의 원한을 풀게 되고 행장은 미운 청정을 없애게 될 것인즉 피차에 좋은 일이 아니리오."

소서행장이 요시라를 시켜 김 병사에게 이와같은 수작을 하게 한 진의는 우리 조정에서는 요시라의 말을 듣고 그럴듯이 여겨 이순신 장군에게 명하여 가등청정을 치라 할 것이나 장군은 이를 의심하여 조정의 출동 명령에 즉각 응하지 않을 것으로 미루어 이 장군은 필경 장군을 시기하는 대관들로 부터 탄핵을 받아 결국 꺾이고야 말 것이라고 생각하는 것에 있는 것이었다.

김응서는 막중한 소임을 진 병사로서 적의 흉계를 알아채지 못하고 가장 긴한 정보나 얻은 듯이 요시라에게서 들은 말을 그대로 옮겨 대구에 유진한 도원수 권율 장군에게 보고했고, 권 도원수 역시 그 내용을 검토하는 시간적 여유를 가지지 않고 김 병사로부터 받은 보고를

---

6. 요시라: 원래 왜인으로서 우리 나라에 귀화한 자.

그대로 옮겨 성급히 장계했다. 권율 장군은 수원 독성을 지키는 데 성공했고, 또 행주에서 소서행장을 비롯한 여러 왜장들의 연합군을 격퇴한 장수이었던 것으로 보아, 적군의 중대한 기밀을 누설하는 것에 대해서 마땅히 그 진가를 규명하는 신중이 있음직한 일이언만 김 병사의 보고 내용을 그대로 옮겨 장계했다는 것은 심히 유감스러운 일이라 하지 않을 수가 없는 바이다. 그리고 을미년 7월 7일자 장군의 일기를 보면 당시 김 병사의 거동으로 미루어 보아 그가 족히 요시라의 감언이설에 빠져 이성을 잃은 판단을 했음직한 것을 또한 짐작할 수가 있는 동시에 김응서는 김덕령 장군을 무고해서 투옥되게 했던 인물인(7부 각주 13 참조) 것으로 고찰할 때 여기서도 그의 시기지심이 먼저 작용함으로 이성을 잃은 판단을 했을 것으로 추리할 수가 있다.

을미년 7월 7일, 흐리되 비는 오지 않았다.

전문 생략. 경상 우병사에게 온 유서에 "나라의 재앙이 참혹하고 사직의 원수가 남아 있어 신의 부끄러움과 사람이 원통함이 천지에 사무쳤건만, 아직도 깨끗이 쓸어 버리지 못하고 원수와 한 하늘을 이고 있으니 무릇 혈기를 가진 자로서 누가 팔을 부르걷고(어떤 일에 적극적으로 나선다는 뜻-편집자 주) 마음을 썩히면서 그놈의 살을 산적 뜨고자 아니하랴! 그런데 그대는 원수와 마주 진치고 있는 장수로서 조정의 명령이 없는 터에 함부로 적과 대면해서 감히 무리한 말을 뇌까리고 자주 사사로이 서신을 통해 현저히 놈들을 높이고 애교를 보이는 일까지 있을 뿐더러 서로 화친하는 뜻을 말하여 저 명나라에까지 들려서 부끄러움을 끼치고 흔단을 열어 놓기에 조금도 꺼림이 없이 했으니, 군법에 붙여야 마땅할 것이었건마는 오히려 너그러이 용서하고서 돈독히 타이르고 경고를 분명히 했었다. 그러나 고집을 더 세우고 스스로 죄구덩이로 들어가니 나 보기에 못내 해괴하기도 하고 또 까닭을 알 수가 없다. 그래서 이제 비변사(備邊司)7 낭청(郎廳)8 김용(金涌)을 보내어 구두로 내 뜻을 전하니 그대는 마음을 고치고 정신을 가다듬어 후회할 일을 끼치지 말라."하셨다.

이것을 보니 황송함을 이길 길이 없다. 김응서란 어떤 자이기에 스스로 회개하여 다시 힘쓴다는 말을 듣지 못하겠는고. 쓸개가 있는 사람이라면 반드시 자결이라도 할 일이다.

위의 유서와 장군의 일기에 의하면 김응서는 그 경솔한 언행으로 말미암아 국사에 크게 좋지 못한 영향을 미치게 한 과오를 범한 것으로 추리되어지는 데 과연 그렇다면 조정은 어찌해서 그에게 그렇게 관대했는지 이해가 되지 않는다. 여기서 우리는 지난날에 있었던 두 가지 사실을 회상하지 아니할 수가 없으니 그 하나는 이순신 장군께서 일찍이 조산보 만호로서 녹둔도 둔전관을 겸임하실 때 갑자기 침범하는 오랑캐와 싸우다가 다리에 적의 살을 맞으셨으나, 부하 군사들의 사기가 저상할까 하여 이를 감추고 싸워 적을 물리치고 동포 60명을 구해 오셨건만, 책임이 있는 일이라 하여 백의종군이라는 일종의 처벌을 받으신 것이요, 다른 하나는 원균이 경상 우수사로서 100여

---

7. 비변사: 군무와 국정의 사무를 맡아서 처리하는 관청.

8. 낭청: 조정의 당하관.

척 전선과 10,000여 명 군사를 버리고 도망하여 임진란을 결정적으로 불리하게 만든 중대한 죄책이 있었건만, 그가 처벌되었다는 기록을 볼 수가 없는 것이다.

그는 하여간에 선조대왕은 권율의 장계를 받아 보시고, 중신들을 불러 그 의견을 하문하신 바, "그것 참 좋은 기회요." 하고 즉각 출전할 것을 주장하는 중신9이 있었다. 그러나 황신은 "행장이 비록 청정과 틈이 있다 할지라도 저희 나라의 군사 기밀을 누설한다는 것은 의심스러운 일로 필시 어떤 흉계가 있는가 하나이다." 하고 가벼이 군사를 움직임이 불가한 것으로 주상했다.

---

9. 중신: 정2품 이상의 벼슬아치. 이광수 전집 12권 359면 상잔 13~15행의 기록을 보면, 가등청정을 치기 위해 출전하는 것의 가부를 하문하신 선조대왕께 즉각 출전할 것으로 주상한 사람이 윤근수(尹根壽)*라 했는데, 장군의 일기(갑오년 7월 26일)에 의하면 윤근수는 이미 갑오년에 사망한 기사가 있으므로 여기서는 그 이름을 밝히지 않고 당시의 정세로 미루어 보아 윤근수가 아니라도 중신 중의 어느 한 사람이 즉각 출전함이 가한 것으로 주상했음직한 것이기에 다만 중신이라고만 했다.

* 윤근수: 자는 자고(子固)요 호는 월정(月汀)이라 했다. 좌의정 윤두수의 아우로 중종 32년(서기 1537년)에 출생하니 이순신 장군보다 8년 연상이다. 선조 때에 형조와 예조판서를 역임했다. 당파 관계로 이순신 장군에게는 항상 해를 끼친 인물이다. 조경창수록(朝景唱酬錄)과 시문 등을 끼치었다.

87. 위유사(慰諭使) 황신(黃愼)의 한산(閑山島)도 시찰

이 통제사 거처범절 사병이나 다름없고
진중에 여자라곤 찾아 볼 수 없겠거늘
어찌타 그 살림살이 왕공같다 하였는가?
진중한 그 처신과 너그러운 그 인품이
대하는 사람마다 절로 머릴 숙게 하니
왕공과 같이 보이는 건 오직 높은 인격이라.

선조대왕은 요시라의 말을 믿고 즉각 출전을 주청하는 의견보다는 황신의 신중론을 타당히 여기시어, 황신으로 하여금 위유사(慰諭使)10를 삼아 비밀히 이 통제사의 의견을 듣고 오게 하셨다. 황신이 어명을 받들고 한산도에 이르니 장군께서는 칙사(勅使)를 대하는 예를 갖추어 배에 까지 내려와 국궁(鞠躬: 존경하는 마음으로 윗사람이나 지위가 높은 사람 앞에서 몸을 굽힘-편집자 주)하고 맞으셨다. 위유사 황신은 이 통제사를 처음 대하거니와 그 장중한 풍모와 너그러운 인품에 자연 공경하는 마음이 생겼다. 더구나 수백 척 전선과 많은 장졸이 정숙하게 자기를 맞는 광경에 감격해 마지 않았다. 그리고 통제사의 거처범절이 다른 장병들과 조금도 다름없이 검소하여 마치 수도하는 산사의 승려 생활과 같은 것에 또한 감탄했다. 그리하여 황신은 "이순신이 왕공과 같은 호화로운 생활을 한다." 하고 대관들 사랑방에서 공론이 자자한 것은 이 통제사를 시기하는 무리들의 모략중상이라고 생각했던 자기 판단이 옳았음을 확인하고 분개하여 마지 않았다.

---

10. 위유사: 천재나 지변이 있을 때 백성을 위로하기 위해 보내는 임시 벼슬.

88. 용의주도한 방위대책과 확고한 신념

상승장군 높은 명성 이미 귀에 익은 바나

빈틈없는 방비대책 저저(這這)이 듣고 보니

일컫는 천하명장이 과연 참된 이름이라.

황신이 도원수 권율이 올린 장계와 관련한 상감의 분부를 전하고, 장군의 의견을 물음에 대하여 장군께서는 다음과 같이 응답하셨다.

1. 왜장 청정과 행장이 비록 틈이 있다 할지라도, 저희 나라의 군사 기밀을 싸우는 상대방에게 누설한다는 것은 도저히 있을 수 없는 것인즉, 왜인으로서 귀화한 요시라의 말을 듣고 군사를 움직인다는 것은 천만부당한 것으로 만약 요시라의 말을 믿고 군사를 움직이다가는 후회막급일 것으로 생각하나이다.

2. 설사 요시라의 말과 같이 그날 그 시에 청정의 군사가 온다 할지라도 먼저 그럴듯한 말로 우리 수군을 유인하는 것은 필시 해로에 복병을 했거나 그렇지 않으면 다른 음모가 있을 것이니 이편에서 함대를 많이 이끌고 가면 적이 이를 모를 리가 없고, 그렇다고 적게 거느리고 가면 도리어 적에게 습격을 당할 것입니다.

3. 왜의 소식을 들으면 풍신수길은 해전에 참패한 설치(雪恥)를 하고자 전선을 새로 많이 지었다 하니, 저는 국력을 기울여 오는 터에 우리는 겨우 삼도의 수군을 가지고 싸울 수밖에 없는 바, 그러자면 지세와 조수의 힘을 빌지 않으면 아니되겠는데, 이제 망망대해(茫茫大海)에서 많은 적선을 적은 배로 대항하여 싸우면 백 번 싸워 백 번 패할 근심이

있을지언정 한 번 이길 소망이 없습니다.

4. 적이 아무리 많은 배를 이끌고 온다 할지라도 경상, 전라의 바다를 지나지 않고서는 아무 소용이 없을 것인즉, 가만히 남해의 요새를 지키다가 적을 맞아 싸우면 모든 섬과 바다의 물이 다 이 편의 힘이 될 것입니다.

5. 설사 망망대해에서 싸워 이긴다 할지라도 적은 도망하면 고만이니 우리에게 아무 소득이 없을 뿐더러 이편이 불리할 때에는 앞에는 적의 함대가 있고 뒤에는 부산, 김해 등 적의 소굴이 있으니 그 새에 끼인 이 편은 진퇴유곡(進退維谷)이 될 것입니다. 그러므로 망망대해에서 적을 맞아 싸운다는 것은 만만부당합니다.

장군께서는 이상과 같이 당신의 견해를 말씀하시고, "그러면 어찌하리이까?" 하는 황신의 물음에 대하여 "순신이 살아 있는 한 적군을 한 놈도 전라도 이 바다를 넘기지 아니할 것이니 상감께 그리 아뢰시오." 하고 방비에 대한 확호한 신념과 철저한 각오를 표명하셨다. 황신은 장군의 용의주도한 방비대책을 듣고 절절히 옳다고 탄복하는 가운데 한산도를 떠나 복명의 길로 올랐다. 황신이 한산도를 떠나 서울로 올라가는 동안에 병법에 생소하고 현지 실정에 어두운 조정 대관들 중에는 황신의 신중론보다는 요시라의 말대로 나가서 적장 가등청정을 잡기를 주장하는 경향이 많아, 결국 이 통제사로 하여금 나가서 청정을 치게 하라는 지령을 도원수 권율에게 내렸다.

이에 따라서 장군께서는 정유년 1월 21일 권 도원수로부터 청정을 잡기위해 출동하라는 지령을 받으셨으나, "비록 귀화했다 할지라도

근본이 왜인이던 요시라의 말을 듣고 군사를 움직이는 것은 천만부당
할 뿐만 아니라 왜는 간사한 꾀가 많으므로 필연코 복병을 배치하고
우리를 유인하는 것이 틀림이 없을 것인즉 우리가 먼저 군사를 움직
이는 것은 심히 위태한 일이외다." 하시고 군사를 움직이지 아니하셨
다.

89. 권율 도원수의 재차 상소

이 통제사 뇌물받고 싸우지 않았다면
항간의 아녀자도 곧이듣지 않으려던
하물며 권율 장군이 그를 어이 믿었던가?

소서행장은 요시라를 시켜 김 병사를 꾀어 우리 수군이 출동하도
록 했으나, 여러 날이 지나도 우리 주사가 움직이는 빛이 보이지 않으
매 다시 요시라를 시켜 김 병사에게 이르기를 "청정이 드디어 부산에
왔는데, 어째서 이 통제사가 그를 잡을 좋은 기회를 놓쳤나이까?" 하
며 탄식하는 체하고, 다시 이르기를 "가등이가 대마도에서 이 통제사
에게 폐백(幣帛)을 했답디다." 하여 은근히 이 통제사가 적장으로부터
뇌물을 받았다는 뜻을 암시하게 했다. 이때에 김응서는 이미 요시라
의 감언이설에 빠진 터이라 바른 판단을 못하고 장군이 뇌물을 받았
다는 것을 중대시하여 요시라로부터 들은 말을 다시 권 도원수에게
보고했고 권 도원수는 이를 또한 그대로 옮겨 조정에 보고했다. 우리

는 이미 권 도원수가 이름 높은 장수로서 김 병사의 보고 내용을 엄밀히 검토하고 신중히 조사하는 여유를 가지지 않고 보고 받은 내용을 그대로 옮겨 장계한 것을 심히 유감스럽게 생각했거니와 이제 이 통제사의 명예와 신변에 중대한 영향을 미치게 할 보고를 한만히 한 권 도원수의 처사와 일찍이 장군께서 기록하신 다음 일기를 대조하여 상고할 때에 우리가 이미 품었던 권 도원수의 처사에 대한 의아심이 되살아남을 금할 수가 없는 바이다. 이에 그 일기를 살펴 보기로 한다.

갑오년 1월 18일, 맑음

전문 생략. 만호(사량만호 이여념(李汝恬))와 수사(원균)의 군관 전윤(田允)이 보러 왔다. 전이 이르기를 수군을 거창으로 붙들어 왔다고 하며 원수(권 도원수)가 방해하려 한다고 했다. 예로부터 남의 공을 시기하는 것이 이같은 것이니 무엇을 한탄하랴. 눌러 묵었다.

이 일기의 뜻은 분명치 않으나 전후 문맥을 통해 추리하면, 권 도원수가 어떠한 의도에서 수군의 활동을 제약하여 장군의 작전 계획을 방해했다는 것으로 짐작할 수 있다.

90. 어사 남이신의 모호(模糊)한 보고와 권균의 책모(策謀)

사성(司成)[11]이라 믿고 보낸 특명 어사 남이신(南以信)이
충신을 잡으려는 간신배와 합류하니
이 아니 믿는 나무에 곰이 피인 격이리오!

칙사 황신이 한산도에서 보고 듣고 느낀 만족스러운 소감을 속히
복명하기 위해 걸음을 재촉해서 서울로 올라오는 도중에 그보다 한
걸음 앞서 권 도원수의 두 번째 장계가 조정에 득달했다. 이 통제사가
가등청정의 폐백을 받고 나가서 치지 않았다는 권 도원수의 장계는
장군을 시기하는 자들에게 있어서는 좋은 트집거리로 환영되어 장군
을 중죄로 다스리기 위한 상소를 매일 궁정(宮庭)에 올렸다.

이 때에 류성룡은 장군과의 친분이 가장 두터운 점으로나 또는 누
구보다도 장군의 충성심과 청렴결백한 품성을 잘 알고 있는 것으로
보아 응당 장군을 비호하는 한마디 말이 있음직한 것이언마는 그는
장군을 추천한 책임감도 있었거니와 그의 타고난 조심성이 그즈음에
한결 더했던 까닭에 남인의 영수(류성룡은 원래 동인이었으나 동인이 남북으
로 갈림에 즈음하여 남인의 영수 중 한 사람이 되었다.) 중 한 사람인 자기가 이
통제사를 두호(斗護)하다가는 무슨 트집만 있으면 들고 일어나려는 반
대당으로 해 도리어 붙는 불에 기름을 끼얹는 격으로 이 통제사에게
더 큰 해가 될까 해서 한마디 말도 하지 않았다.

그러나 체찰사 이원익은 진주에 있다가 장군이 나포되신 소식을 듣

---

11. 사성: 지금의 대학 교수와 같다.

고 급히 장계를 올려 지난 해에 한산도를 순찰할 때에 보고 느낀 소감을 다시 선조대왕께 주달하여 장군의 충성심과 애국지성을 증명하는 동시에, "적이 가장 두려워 하는 사람이 이순신이온데 그의 벼슬을 치탈(褫奪)하고 죄로 다스리는 것은 심히 염려스러운 일입니다." 하였다. 대왕은 이원익의 의견을 옳게 여기시었으나 좌우에서 하도 그 죄상을 적발하므로 사성 남이신을 암행시켜(남이신은 학자이므로 그의 보고가 정당할 것으로 믿으시어) 현지 사정을 염탐하게 하셨다. 그런데 남이신이 어명을 받들고 서울을 떠날 즈음에 몇몇 대관들의 부름을 받았던 것으로 미루어 그의 복명이 과연 어떠할지 주목할 만한 것이었다. 아니나 다를까 남이신은 한산도에 잠깐 들렀을 뿐, 경상 병사 김응서를 만나보고 대구의 도원수 영문에 들렀다가 돌아와서 충신을 잡으려는 벼슬아치들의 비위에 맞춰 다음과 같이 복명했다.

"가등청정이 부산으로 오다가 섬에 걸려서 지체하기를 이레나 했는데도 이순신이 나가서 치지 않았습니다." 남이신이 복명하는 자리에 상감을 뫼시고 있던 김명원이 남이신의 말을 듣고, "왜인들이 배 부리는 일에 능숙한데 섬에 걸려 이레나 지체했다는 말은 믿어지지 아니합니다." 하고 위에 아뢰었고 위에서도 김명원의 말을 옳게 여기시었으나 남이신의 복명은 그가 학자라는 점에서 믿을 만한 것이라고 장군을 시기하는 자들에 의해 주장되어 대왕의 판단이 흐려지시게 했다.

이 때에 원균은 더욱 장군을 모함하여, "임진년 싸움이 터질 당시 침공하는 적선이 하도 많아서 경상도 수군만으로는 도저히 당할 수가 없었던 까닭에 이순신의 응원을 청했으나 이순신은 즉각 응해 주지 않아 부득이 자기 혼자서 고군분투(孤軍奮鬪)하다가 중과부적(衆寡不敵)으로 첫 번 싸움에 패한 것이었고, 그 후 이영남을 보내어 여러 번 청한 끝에 출동하기는 했으나, 이순신은 매양 회피하는 것을 자기가 재촉하여 응전했지만 항상 앞장서서 싸우기는 자기가 한 것이므로 공은 자기에게 있는 것이언만 이순신은 모든 전공이 자신에게 있는 것처럼 장계한 것이라." 했다. 원균의 이 말은 조정 여론에 큰 충격을 주어 마침내 "이제까지 이순신을 수전에 공로자로 알았던 것은 이순신이 조정을 속인 것이라." 하여 결국 이순신은 큰소리로 임금을 속인 것이라 단정하고 또 적장을 잡을 기회를 놓쳤다는 죄로 금부에 명하여 잡아 올리라 했다.

선조대왕은 남이신이 학자이므로 그의 복명이 정당할 것이라 믿으시고 그를 택하여 어사를 삼으셨으나 남이신은 당시 북인[12]에 속한 사람으로 당쟁에 맘이 팔린 것은 역시 다름이 없는 터이라 결국 장군을 죄로 얽어 잡아 올리는 데 협력하게 한 결과가 되고 말았으니 그야말로 믿는 나무에 곰이 핀 격이었다. 남이신이 복명한 후 어떤 이가 남이신을 보고 "그대는 가등이가 섬에 걸려서 지체했다는 말을 어디서 들었는가? 나도 그 당시 전라도를 순찰하고 있었지만 그런 말을 들은 일이 없노라." 하니, 남이신이 부끄러워할 뿐 아무 대답도 못했다고 한다.

---

91. 한산도의 동요

만고충신 통제 대감 하늘이 내신 어른이건

포승을 지우다니 어이한 해괴인가!

창천이 굽어 살피심을 양반님넨 모르시오?

　금부도사가 통제사 대감을 잡으러 한산도에 왔다는 소문이 퍼지자 여러 장병들은 물론이요 모든 백성들이 물 끓듯했다. 통제사 대감이 제승당 뜰에 엎디어 나졸의 손으로 결박을 당하시고 상투를 풀어 뒤로 젖히고 옷고름을 풀어 가슴을 드러내시는 욕된 지경에 이르자 흥분과 분노에 찬 군중들이 "천하에 이럴 수가 있나?" 하고 고함을 치고 발을 구르며 대성통곡하니, 그 울음과 고함 소리로 바다의 물결도 숨이 죽는 듯 했다. 군중 가운데 어떤 사람은 "통제사 대감이 잽혀 가시면 우리는 다 죽는다! 간신들이 우리 대감을 시기해서 충신을 잡는다." 하고 목이 터지도록 소리를 지르고, 또 어떤 이는 "경관놈들을 죽여라!" 하는 무서운 말까지 했다. 처음엔 아주 거만하게 굴던 금부도사도 백성들이 들고 일어나는 기세가 맹렬한 것에 겁이 나서 나졸로 하여금 포승을 풀라 했으나 장군께서는 "왕명으로 묶은 것을 누가 감히 푸느냐?" 하시고 엄숙한 태도로 결박을 풀지 못하게 하셨다.

92. 백성들의 맹렬한 항의

이 몸을 아껴 주는 정의는 고마우나

아니 못 갈 이 길이니 그만들 물러나서

신자(臣子)로 왕명을 거역하는 허물을 짓지 않게 하소.

　백성들의 분노와 원성에 겁을 먹은 금부도사는 근심 속에 뜬 눈으로 밤을 지내고 나니, 원근 여러 섬의 어민들이 떼를 지어 배를 타고 와서 한산도를 둘러싸고, 제승당 뜰에는 백성들이 엎디어 통곡하며 "대감 못 가시오. 우리를 두고 어디로 가시오?" 하고 고함치는 중에 한 늙은이가 금부도사 앞으로 나서 "우리 조선을 뉘 힘으로 보전했소? 우리 통제사 대감이 아니시면 상감께선들 서울로 돌아오실 수가 있었으며 여러 양반네들도 그렇들 않으시오? 이제 통제사 대감이 잽혀 가시면 사흘이 못가서 전라도와 경상도는 적군의 판이 될 것이오. 우리 대감이 무슨 죄가 있소? 이 어른은 오직 나라를 건지고 우리들 백성을 죽을 곳에서 구해내신 어른이신데 이 일이 대체 어찌 된 일이오? 나으리는 우리 백성들의 말을 상감께 사뢰고 우리 대감을 잡지 마시오." 하고 항의하니, 모든 군중이 다 그 말이 옳다는 듯 금부도사를 물끄러미 바라보매, 금부도사가 떨리는 목소리로 "대감 어찌하오리까?" 하고 장군의 처분을 바랐다. 이 때 장군께서는 우후 이동귀, 춘천 부사 권준, 조방장 어영담 등을 부르시어 백성들을 진정시키라 하시고 고개를 들어 좌우를 둘러 보시며, "부로들의 정의는 고마우나 이렇게 길을 막으면 신자로서 왕명을 거역하는 것인즉 그것은 옳지 않은 일이오," 하시어 길을 트게 하셨다.

93. 한산도를 떠나시는 슬픈 장면

왜를 막을 만반 준비 불철주야 하시고서
적이 재침 하는 때에 잡히어 가시다니!
천하에 이런 통한이 다시 어디 있으리오.

통제사 대감의 충정과 의지를 너무도 잘 알고 있는 백성은, 장군
께서는 그 말씀과 같이 왕명을 존중하시어 잡혀가시고야 마실 어른
이심을 또한 잘 알고 있는 터이라, 그 말씀에 복종하여 길을 트고 잠
시 울음을 멈췄으나 하늘같이 높이어 모시고 어버이처럼 받들어 섬
기는 통제사 대감의 귀하신 몸이 나졸의 손에 끌려 제승당에서 발을
옮겨 떠나시는 것을 보자, 북받치는 슬픔을 견디지 못해 다시 터지는
울음소리가 선창에까지 미쳐 거세게 출렁이던 파도조차 멀리 밀리는
듯했다. 백성들의 통곡은 어버이를 빼앗기는 듯한 슬픔과 아쉬움, 그
리고 통제사가 떠나시면 금방 닥칠 왜적에 대한 두려움의 발로인 동
시에 5, 6년을 두고 불철주야 심혈을 기울여 다져 놓으신 군사시설을
등지고 잠시도 비워서는 안 될 한산도를 다른 사람도 아닌 원균의 손
에 맡기고 떠나시는 통제사의 기막히신 심정과 야릇한 운명에 대한
동정이기도 한 것이었다. 이 때 원균은 장군의 뒤를 이어 통제사로 임
명되었다.

94. 돌변한 금부도사의 냉정
근심 속에 뜬눈으로 밤을 새인 금부도사
한산섬을 벗어나자 태도가 돌변하여
염라(閻羅)의 사자와 같이 사나웁게 굴었도다.

노염에 찬 군중의 시위에 겁을 먹어 떨리는 목소리로 "대감 어찌하
오리까?" 하고 장군의 처분을 바라며 공손히 굴던 금부도사 일행은
배가 무사히 육지에 닿은 후로는 그 태도가 돌변했다. 그들은 한산도
에 머무는 동안 이 통제사의 근엄하신 태도와 백성들의 존경과 신뢰
가 절대적인 것을 목도함에 따라서 통제사의 높은 인격과 덕망에 감
동된 바 없지 않았으련만, 백성들의 거센 항의에 보복이나 하려는 듯
이 염라의 사자처럼 사납게 굴어 걸음만 재촉하고 도중에서 잡혀가는
이가 통제사 대감인 줄 알고 혹은 술 한잔을 대접하기를 청하는 것도
거절했다. 그러므로 역로(歷路) 수령들도 통제사를 죄인으로 대우하여
누구 한 사람 은근한 정의를 펴는 사람이 없었다.

95. 국문
삼엄한 시위 속에 국문을 받으시나
태연한 기색으로 여부를 답하실 뿐
해명의 구차한 꼴을 드러내지 않으시다.

금부도사 일행이 서울에 도착하자 장군께서는 곧 투옥되셨다. 지나간 5년 동안 심신의 피로가 대단하셨거니와 근년에는 병환이 잦으신 중 특히 최근에 열병으로 큰 고통을 겪으신 끝에 청천에 벽력과 같이 뜻밖의 누명을 쓰고 감방에 갇히어 계시게 되니, 정신적으로나 육체적으로나 고통이 막심하셨을 것은 다시 말할 나위도 없는 것이었다. 그러나 장군께서는 옥문 안으로 들어가실 때, 어떤 이가 눈물을 흘리면서 "지금 위에서 진노하심이 대단하고 조정에서도 논란이 격렬하니 큰 화를 면치 못할 것이오." 하고 걱정하는 말을 들으시고, "죽게 되면 죽을 따름이오. 죽고 삶이 도시 천명인즉 걱정한들 소용이 있으리까?" 하실 정도로 태연하셨다.

이튿날 국문이 시작되었다. 국청(鞫廳)에는 여러 대관들이 깊은 관심을 가지고 연좌했는데, 영의정 류성룡은 장군을 추천한 사람이라 하여 참여하지 않았으며 우의정 이원익은 장군을 두호한다 하여 기피를 당했다.

"너는 국은이 지중하거든 어찌 감히 조명을 어기고 가등이를 치지 않았느냐? 적장으로부터 뇌물을 받고 그리한 것이라지?" 하는 것이 추관(推官)13의 첫 물음이요 또 그것이 죄의 요령이었다.

"소인의 덕이 부족하고 재주가 없어 적을 막지 못한 것은 만사무석 (萬死無惜: 만번 죽어도 아깝지 않을 만큼 죄가 무거움-편집자 주)이오나 적으로부

---

13. 추관: 임금의 특명을 받들어 중한 죄인을 캐어 묻는 관원.
참고. 춘원 저 <이순신>에 의하면 좌의정 윤근수가 왕명을 받들어 추관이 된 것으로 했으나(그 전집 12권 365면 상단 17행), 난중일기에 의하면(갑오년 7월 26일) 윤근수는 이미 사망한 뒤이므로 여기서는 그 이름을 밝히지 않고 다만 추관이라고만 했다.

터 받은 것은 아무 것도 없소." 하고 간단히 대답하셨다.

"너는 이번에 금부도사가 교지를 받들고 내려갔을 때, 거만하게 굴고 부하 장병을 충동해서 관원에게 폭행을 시키려 했다니 네 죄를 알렸다?" 하는 것에 대해서는 "그런 일 없소." 하고 한 마디로 부인하실 뿐 구차히 변명하려 하지 않으셨다. 추관은 장군의 간단한 답변과 도무지 변명하려 하지 않으시는 태도 속에 태산 같은 위엄이 잠겨 있음을 느꼈다. 그래서 그는 이 인물을 어떻게 다루어야 정죄할 수가 있을까? 하는 염려가 없지 않았다. 이것은 다른 여러 대관들에 있어서도 또한 같은 걱정이었다. 이 심리 작용이 추관으로 하여금 첫날 국문을 길게 끌지 못하게 했다.

96. 추관으로 하여금 말문이 막히게 하신 논리정연한 답변
소서와 가등이가 비록 틈이 있을망정
저희의 군사기밀 누설할 리 만무리니
괴이한 말을 신종함이 위험한 일 아니리까?
군사는 때에 따라 진퇴가 다르온 바
당면한 우리 형세 나가서 치기보다
앉아서 방비에 치중함이 가한 줄로 아나이다.

첫날 국문에 있어서 장군의 엄연하신 태도와 간명한 답변 중에는 "내가 이미 죄인으로 잡힌 이상 죽게 되면 죽을 따름 목숨을 위해 구차히 여러 말을 하지 않으리라." 하는 결의가 잠겨 있음을 간파하고, 그 기개에 놀란 추관은 자기가 원치 않는 일을 맡게 된 것을 한탄했으며, 더우기 조정에서는 첫날 국문이 철저하지 못했음을 공박하는 여론이 비등하는 터이라 스스로 불안감을 금할 수가 없었다. 그래서 이튿날에는 험흉한 형구를 갖추고 나졸 중에서도 사납고 악형에 이름난 자들을 좌우에 세워놓고 신문을 시작했다.

"너는 어찌해 원균이 청병했을 때 곧 응원하지 아니했어?" 하는 것에 대하여는 "조정에서 아직 명이 아니 계셔서 그리하였소." 하고 천연한 것이 죄됨을 자인하셨다.

"당포, 당항포, 한산도 등 여러 전투에서 원균이 매양 앞을 서서 공을 세웠거늘 어찌해서 그것이 다 네 공인 것 같이 위에 아뢰어 군부를 속였어?" 하는 것과 한산도에 궁궐같은 집을 짓고 주색에 침륜(沈淪)했다는 말에 대해서는 하도 말같지 않아 함구불언(緘口不言)하셨다.

다음 문초인 "어째서 가등이가 온다는 시일을 알고도 또 나가서 치라는 조명을 받고도 나가 치지를 않았어?" 하는 것에 대해서는 군사상의 문제이므로 그 실정과 이유를 상세히 설명하셨다. 그 설명은 앞에서(본문 87) 이미 서술하였기로 여기서는 중복을 피하기 위해 생략한다. 추관은 나가서 싸우지 않은 이유의 조리가 정연한 말을 듣고 보니, 도리어 말문이 막혔다. 그래서 문초를 중지하고 하옥을 명했다.

97. 전라 우수사 이억기(李億祺) 장군의 전인 위문

내가 죽은 다음에는 수군을 맡을 이가

이 수사 아니고는 다시 있들 아니한데

공연히 눈기어 내왕하다 수사 영감 다치실라.

장군의 인아친척(姻婭親戚)과 친지와 그 부하로 있던 사람이 서울에 없지 않았지만 혹시나 그 누가 자기들에게 미칠까 하여 전전긍긍할 뿐 아무도 감히 나서서 돌보려는 이가 없었다. 그러한 중에 전라 우수사 이억기 장군이 옥중으로 사람을 보내어 위문하고 인삼 미음을 대접했는데 그도 금부 옥졸 중에 예전에 훈련원에서 장군의 은혜를 입은 사람이 있어서 그의 알선으로 된 것이었다. 이 때에 장군께서는 일찍이 정여립 사건(본문 12 참조)으로 한백겸이 국문을 당하고, 조대중이 사형을 당했으며, 재상 정언신이 투옥되었던 일들을 상기하고 "내가 죽은 다음에는 주사를 맡을 이가 이 수사 밖에 없는데 공연히 눈기어 드나들다 너희 영감(이 수사)에게 혐의가 가면 큰일이다." 하시고 다시 오지 말기를 당부하셨다.

98. 판중추부사 정탁의 극진한 상소

순신은 임진이래 공적이 지대하고
수비에 치중하는 뜻이 없지 않사온즉
죄로만 다스리심은 유감인가 하나이다.
왜적이 재침하는 조짐이 짙사온데
순신은 왜가 가장 두려워하는 장수오니
청컨대 특사하시어 출전하게 하옵소서.

추관은 다시 온갖 험흉한 형구를 갖추고 신문했으나, 장군께서는 "나는 할 말을 다 했으니 더 할 말이 없소." 하시고 추관이 무엇이라 하건 함구불언하셨다. 그러나 장군의 응답유무를 막론하고 "실군기(失軍機)14"라는 죄는 벗을 수가 없어 급기야 3월 12일에 유죄판결을 내리고 그 형량을 어찌 할 것이냐 하는 문제만 남아 있을 즈음, 윤두수와 김응남은 박성을 시켜 "이순신은 사형에 처함이 마땅합니다." 하는 상소를 올리게 했고, 나라야 어찌 되건 세도(勢道) 대관(大官)들의 비위를 맞춰 벼슬이 오른 것으로 능사(能事)를 삼는 삼사(三司)15의 벼슬아치들이 들고 일어나 "순신은 가참(可斬)이라." 하는 상소를 연달아 올려 장군의

---

14. 실군기: 군사상 기밀을 잃었다는 뜻으로 여기서는 적장 가등청정을 잡을 수 있는 기회를 놓쳤다는 것이다. 그러나 가등청정이 대군을 거느리고 부산에 온 것은 사실이지만, 조정에서 권 도원수에게 지령하여 이 통제사로 하여금 바다로 나가서 가등청정을 기다려 치라고 한 것은 정유년 1월 21일로서 가등청정이 장문포에 도착한 1월 14일 보다 7일이나 지난 후이었은즉, "실군기"라고 하는 것은 억지로 뒤집어 씌운 무리한 죄명이다.

15. 삼사: 홍문관(弘文館-경전에 관한 일을 맡은 관청), 사헌부(司憲府), 사간원(司諫院-임금께 간하는 일을 맡은 관청)의 통칭.

목숨이 실로 풍전등화(風前燈火)와 같이 되었을 때에, 판중추부사(判中樞府事)16 정탁이 장군의 목숨을 구하기 위한 상소를 올렸다. 여기서 그 상소를 빌어 보면 그 요지는 대개 다음과 같은 것이었다.

"신이 일찍이 위관(委官)17에 임명되어 죄수를 문초해 본 적이 한두 번이 아니온데, 대개 보면 죄인들이 한 번 신문을 거치고는 그대로 상하여 쓰러져 버리고 마는 자가 많아 설사 거기 좀더 밝혀 줄만한 경우가 있어도 이미 목숨이 끊어진 뒤라 어찌할 도리가 없이 됨을 신은 항상 민망히 여겼습니다. 이제 순신이 문초를 겪었사온데 만약 다시 문초를 더하시면 무서운 매로 목숨을 보전하지 못하는 지경에 이르러 혹시 성상의 생명을 아끼시는 본의를 상하게 되지 않을까 염려되는 바입니다.

무릇 인재는 나라의 보배이오매 비록 저 통역관이나 주파질하는 사람에 이르기까지라도, 재주와 기술이 있으면 모두 다 마땅히 사랑하고 아껴야 할 것이온데, 하물며 장수의 재질을 가진 자로서 적을 막는데 가장 관계가 깊은 사람을 오직 법에만 맡겨 조금도 용서함이 없을 수가 있사오리까? 이순신은 참으로 장수의 재질이 있사옵고 해전과 육전에 막힐 것이 없사온바 이런 인물은 과연 쉽게 얻지 못할 뿐더러 변방 백성들의 촉망하는 바요, 또 적도가 가장 두려워하는 바이온데

---

16. 판중추부사: 중추부(처음에는 숙위*, 군기를 맡았다가 뒤에 일정한 현직이 없는 당상관의 벼슬 자리로 되고, 고종 31년에 중추원이라고 고쳐 의정부에 붙였다.)의 으뜸 벼슬로 종1품. *숙직하여 지킴.

17. 위관: 증인, 감정인 또는 피고에 대하여 구두로 사건을 조사하는 관원.

만약 죄명이 엄중해서 조금도 용서할 도리가 없다하고, 공로와 죄의 서로 비겨볼만한 점도 물음이 없이 끝내 큰 벌을 내리는 데까지 이르게 하오면, 공이 있는 자들도 스스로 나가지 않을 것이옵고, 능력이 있는 자들도 더 힘쓰지 않을 것입니다." 이하 생략.

이 상소문에서 볼 수 있듯이 판중추부사 정탁은 장군의 뛰어난 장재와 높은 인격을 극력 예찬하는 동시에 그동안 적을 막는데 있어서 큰 공을 세운 것을 높이 평가했고, 그리고 앞으로도 그의 장재가 아니고서는 적을 막을 도리가 없은즉 장군을 특사하여 다시 적을 막는 공을 세우게 하심이 득책이라고 감연(敢然)히 위에 아뢰어 장군의 구명운동에 나선 것이었다.

그런데 위에서 누차 언급한 바와 같이 일찍이 정언신은 그 지위가 재상의 높은 자리에 있었건만 죄인 정여립과 일가붙이라는 단순한 이유로 투옥시킨 당시의 정치풍토에 있어서 더구나 세도대관과 삼사의 벼슬아치들이 입을 모아 "순신은 가참이라." 하는 상소를 연달아 올리고 있는 무시무시한 판국에 감연히 죄인을 두호(斗護)하여 특사를 주청(奏請)한다는 것은 몸을 사리는 사람으로서는 도저히 할 수 없는 것으로서 정 판중추부사의 의기는 천추에 전하여 기릴 바이어니와 그는 이순신 장군을 사지에서 구하기 위한 상소 이외에도 일찍이 담양에서 의병을 일으켜 왜군을 크게 두렵게 했던 김덕령 장군이 그를 시기하는 자의 모함으로 투옥되었을 때에도 변호하는 상소를 올려 구출한 일이 있었음을 우리는 아울러 기억해 두어야 할 것이다.

99. 특사 분부

순신이 실군기의 죄를 면키 어려우나
원로대신 정 부사의 소청이 곡진키로
특별히 죄를 사하여 백의종군 하게 하노라.

장군을 나포하여 국문을 거듭한 끝에 결국 "실군기"하는 것으로 유
죄판결을 내리고 그 형량을 논의하는 동안에 울산에서 사명당 유정(惟
政)이 적장 가등청정으로 더불어 논의하던 강화담판이 깨어지고 싸움
이 다시 터질 조짐(兆朕)이 농후해지매, 뜻있는 사람들은 누구나 다 왜
적이 가장 두려워하는 명장을 죽인 후에 뉘로 하여금 적을 막게 할 것
인가? 하는 염려를 했는데, 그 염려는 누구보다도 선조대왕이 한결 더
하셨다.

이러한 때에 원로대신 판중추부사 정탁이 곡진한 상소를 올려 장군
의 특사를 주청한 사유와 논리가 매우 타당하매 대왕은 그 주청을 가
납(嘉納)하시어 특사의 분부와 아울러 백의종군의 명을 내리셨다. 만약
정 대신의 상소가 아니었다면 장군은 결국 처형되고 말았을 것이며
따라서 명량해협에서 다시 적을 격파함으로 거듭 나라를 구출하는 작
전을 하실 수 있는 기회를 가질 수 없으셨을 것을 생각하면 장군의 목
숨을 구출한 정 부사의 상소는 한결 더 높이 평가하고 찬양되어야 할
것이다.

9부
백의종군으로 시작하여
기적적인 명량대첩에
이르기까지의 과정

100. 희비(喜悲) 쌍곡(雙曲)의 출옥 장면

평생을 나라 위해 진심갈력(盡心竭力)하시다가

노경에 누명으로 옥고까지 겪으시니

천하에 이런 사정이 다시 어디 있사오리.

  정유년 3월 4일 투옥되신지 28일 만인 4월 1일 장군께서 출옥하시니
그동안 한없는 슬픔과 깊은 근심 가운데 옥중 동정에 대하여 관심을
기울이며 맘을 죄던 자질(子姪)을 비롯해 여러 친지들이 인사 말씀에 앞
서 터져나오는 통곡으로 슬픈 중에도 반갑고 반가운 중에도 슬픔이 어
린 심회를 드러내는 정경은 보는 사람들로 하여금 콧등이 시큰하게 했
다. 이날 장군께서는 남문 밖 윤생간(尹生侃)의 종의 집에서 유숙하셨는
데 영의정 류성룡, 판중추부사 정탁, 판서 심희수(沈喜壽), 찬성 김명원,
참판 이정형(李廷馨), 대사헌 노직(盧稷), 동지(同知)1 최원(崔遠), 동지 곽
영(郭嶸) 등은 사람을 보내어 위문했고, 비변랑(備邊郞)2 이순지(李純之)는
자신이 친히 숙소를 찾아 위문했으며, 지사(知事) 윤자신(尹自莘)과 방답
첨사 이순신은 술을 가지고 와서 야심토록 정회를 풀었다.

1. 동지: 동지중추부사(중추부의 종2품 벼슬)의 준말.

2. 비변랑: 비변사(군국의 사무를 처리하는 마을)의 한 벼슬.

101. 원수부로의 등정(登程)

삼도수군통제사의 직위가 치탈(褫奪)되고
명색없는 백의종군 신분이 되셨으나
숙명의 구국제민 일편단심 변치 아니하시도다.

금부도사 이사빈(李士贇), 서리(書吏) 이수영(李壽永), 나장(羅將) 한언향(韓彦香) 등의 감시하에 장군께서는 도원수 권율 장군 막하로 출두하시기 위해 경상도 초계(草溪, 합천군)로 향해 길을 떠나셨다. 때는 4월 초승이라 바람은 훈훈하고 원근 산야에 신록이 방감(方酣)하여 지난 2월 그믐께 빙판 길에 찬바람을 안고 북향하여 가실 때와는 자연환경이 판이했고, 또 역로에 친지들이 주식을 대접하고 곡진히 위로하는 정의가 전일과는 크게 달랐으나, 삼도의 수군을 지휘하시던 직위가 탈락되고 백의종군이라는 명색없는 신분으로서 권 도원수 막하에서 복무하기 위해 가시는 장군의 심회는 바야흐로 적과 싸워야 할 중요한 시기에 죄인의 몸이 되어 한산도를 떠나실 때, 국사가 크게 그릇됨을 염려하시던 그 기막힌 심정이나 조금도 다를 것이 없었다.

102. 겹치는 불행 대부인의 별세

억울하신 옥고 끝에 대고(大故)3조차 당하시는

---

3. 대고: 어버이의 상사.

기막히고 슬프심을 어이 다해 형용하리!

더구나 장례로 모시기 전에 영연(靈筵)을 떠나 가심에랴.

장군께서 원수부(元帥府)[4]로 출두하시는 도중에 아산 향리에 들르시
어 선산에 배곡하고 친척과 동리 사람들로 더불어 막혔던 피로를 푸
시는 중, 순천에 계시던 모친께서 아드님이 서울로 잡혀가신 소식을
들으시고 깊은 심려 끝에 향리로 올라오시는 도중에 별세하셨다는 부
음을 들으시었으니, 하늘이 무너지는 듯한 장군의 놀라심과 애통하심
은 다시 말할 나위도 없거니와 그 출천의 효심으로 장례도 모시지 못
하고 영연을 떠나 가시는 비통한 심회를 어찌 다 형용할 수 있으리오.
여기서 장군의 효성심과 아울러 어머님을 여의고 애통하시는 정경을
살피기에 도움이 될 장군의 일기를 읽어 보기로 한다.

계사년 6월 12일, 비가 오락가락했다.

아침에 흰 머리털을 여남은 오라기 뽑았다. 흰 머리인들 어떠랴마
는 다만 위로 어머님이 계시기 때문이다. 후문 생략.

갑오년 1월 11일, 흐리되 비는 오지 않았다.

아침에 어머님을 뵙기 위해 배를 타고 바람을 따라 고음내(古音川)에
대었다. 남의길(南宜吉), 윤사행(尹士行) 그리고 조카, 분(芬)도 같이 갔었
다. 어머님께 가니 아직 주무시고 계셨다. 여럿이 웅성대는 바람에 놀

---

4. 원수부: 국방, 용병 및 군사에 관한 명령을 내리고, 군부 및 경외 각대를 지휘 감독하는 마을(저
  자는 元帥府로 표기함—편집자 주).

라 깨셨는데, 기운이 가물가물하시어 앞이 얼마 남지 않으신 듯하니 애달픈 마음에 눈물이 절로 흘렀다.

갑오년 11월 15일, 맑음

따뜻하기가 봄날과 같았다. 음양이 질서를 잃었으니 그야말로 재변이다. 아버님 제삿날이어서 공무 보지 않고 홀로 방에 앉았으니 슬픈 회포를 어찌 다 말하랴. 후문 생략.

을미년 5월 4일, 맑음

이날은 어머님 생신인데 몸소 나가 잔을 드리지 못하고, 먼 바다에 앉았으니 그 회포를 어찌 다 말하랴.

을미년 5월 13일, 비가 퍼붓듯이 왔다. 종일 그치지 않았다.

혼자 대청에 앉았으니 온갖 회포가 끝이 없었다. 배영수를 불러 거문고를 타게 했다. 또 세 조방장을 청하다가 같이 이야기했다. 요사이 탐선이 엿새가 되도록 오지 않는다. 어머님 안부를 알 수 없어 무척 걱정스럽다.

정유년 4월 11일, 맑음

새벽에 꿈이 몹시 산란했음을 이루다 말할 수 없다. 덕이를 불러 대강 이야기하고 또 아들 울에게도 이야기했다. 마음이 매우 언짢아서 취한 듯 미친 듯 걷잡을 수가 없으니 이 무슨 징조일까? 병드신 어머님 안후(安候)를 알아 오게 했다. 금부도사는 온양으로 돌아갔다.

정유년 4월 13일, 맑음

일찍 아침을 먹고 어머님 마중차로 바닷가로 가는 길에, 홍 찰방 집에 잠깐 들러 이야기하는 동안 울(蔚: 장군의 조카)이 종 애수(愛壽)를 들여보내 아직 배가 오는 소식이 없다고 했다. 또 들으니 황천상(黃天祥)이 술을 가지고 흥백(興伯)의 집에 왔다 하므로 홍과 작별하고 흥백의 집에 이르니, 조금 있다가 순화(順花)가 배에서 와서 어머님의 부고를 전한다. 뛰어 나가 궁그니 하늘의 해조차 칼칼하다. 곧 해암으로(아산군 인주면 해암리) 달려나가니 배가 벌써 와 있었다. 길에서 바라보는 가슴이 미어지는 슬픔을 어찌 이루 다 적으랴.(뒷 날 대강 적었다.)

정유년 4월 16일, 궂은 비

배를 옮겨 중방포에 대어 영구를 상여에 모시고 집으로 돌아올 제, 마을을 바라보매 찢어지는 듯한 아픈 마음을 어찌 다 말하리오! 집에 이르러 빈소를 차렸다. 비가 억수같이 쏟아졌다. 나는 맥이 다 빠진데다가 남쪽 길이 급박하니 부르짖으며 울었다. 다만 어서 죽기를 기다릴 따름이다. 천안이 돌아갔다.

정유년 4월 17일, 맑음

금부 서리 이수영이 공주로부터 와서 어서 가자고 재촉했다.

정유년 4월 18일, 비. 종일 비가 왔다.

심기가 심히 불편해서 출두하지 못했다. 그저 빈소 앞에서 곡하다가 종 금수(今守)의 집으로 물러 나왔다. 후문 생략.

정유년 4월 19일, 맑음

일찍 길을 떠나며 어머님 영전에 하직을 고하고 울며 부르짖었다. 어찌하랴! 어찌하랴! 천지간에 나와 같은 사정이 또 어디 있으랴. 어서 죽는 것만 같지 못하도다. 뇌(蕾: 장질)의 집에 이르러 사당에 하직을 고하고, 그길로 금곡(金谷: 충남 연기군 광덕면 대덕리) 강 선전(선전관 姜宣傳)의 집 앞에 이르러 강정(姜晶)과 강영수(姜永壽) 씨를 만나 말에서 내려 곡하고, 다시 그길로 보산원(寶山院: 광덕면 보산원리)에 이르니, 천안 군수가 먼저 와 말에서 내려 냇가에서 쉬고 있었다. 임천 군수 한술(韓述)이 중시(重試)5보러 서울로 가는 길에 앞길을 지내다가 내가 있다는 말을 듣고 들어와서 조문하고 갔다. 회(薈: 큰 자제), 면(葂: 셋째 자제), 봉, 해, 완(莞, 荄, 莞: 조카들)과 주부6 변존서(卞存緒) 등이 함께 천안까지 따라왔다. 원인남(元仁男)도 보러 왔기에 작별한 뒤에 말에 올랐다. 임신역(日新驛: 공주군 장기면 신관리)에 이르러 잤다. 저녁에 비가 뿌렸다.

정유년 5월 5일, 맑음

새벽에 꿈이 매우 어지러웠다. 아침에 부사가 보러 왔었다. 중간생략. 이날은 단오절인데 멀리 천리 밖에 종군하여 어머님 영연을 떠나 장례도 모시지 못하니, 무슨 죄로 이런 갚음을 당하는고! 나와 같은 사정은 고금을 통해 짝이 없을 것이다. 가슴이 찢어지는 듯하다. 때를 못 만난 것을 한탄할 따름이다.

---

5. 중시: 한 번 과거에 합격한 사람들이 다시 보는 과거.

6. 주부: 8품으로부터 6품까지의 각 관아의 벼슬.

103. 산승의 곡진한 위문

정의를 펴고 싶은 간절한 마음에서
한 켤레 짚신을 삼아 이에 감히 드리오니
미성(微誠)을 통촉하시와 가납하여 주옵소서.

4월 19일 향리를 떠나신 장군께서는 공주, 여산(전북 익산군 익산면 익산리), 삼례, 임실, 남원, 운봉(남원군 운봉면) 등지를 거쳐 4월 27일에 순천 송치에 이르러 정원명(鄭源溟)의 집에 투숙하셨다.

이때 항상 장군의 높은 인격을 흠모하여 마지않던 정혜사(定慧寺, 충남 예산국 덕산면)의 중 덕수(德修)가 장군께 위문 말씀을 드리려고 산문을 나설 즈음, 가진 것은 없고 무엇으로나 정의를 표하고 싶은 간절한 마음에서 짚신을 삼아 차고 뱀밭으로 갔었으나, 장군께서는 이미 길을 떠나신 뒤라 그길로 순천까지 가서 문안에 겸하여 조위의 말씀을 드리고 짚신을 바쳤다. 그러나 장군께서는 "남의 수고한 것을 아무 까닭 없이 어찌 받겠느뇨." 하시고 사퇴하시매, "가난한 산승이와 가진 것은 아무것도 없사옵고 정의를 펴고 싶은 맘은 간절하와 한 켤레 짚신이나마 삼아 왔사온데 물리치시면 소승이 어찌 그대로 돌아갈 수 있사오리까. 소승의 미성을 통촉 하시와 가납하여 주시면 이런 영광이 없겠나이다." 하고 재삼 간원하는 덕수의 성의에 감동하시어 짚신을 받아 신어 보이시니(나중에 정원명에게 주셨다.) 덕수가 합장 예배하고 나무관세음보살을 거듭 념송했다.

덕수가 장군을 뵙던 이튿날(정유년 5월 6일) 노승 수인이 그 제자 두우라는 젊은 중을 데리고 와서 문안을 드린 후, "이 젊은 중은 밥을 잘 짓고 소찬을 잘 만들 줄 아오니 곁에 두시고 시봉하게 하옵소서." 하고 상중에 계신 장군의 건강을 염려해 드리는 곡진한 뜻을 표했고, 승장 처영은 부채와 짚신을 바쳐 역시 장군을 흠모하는 정의를 표했다.

세상을 등지고 수도하는 산승조차 충신을 존중함이 이토록 극진하 거든, 하물며 충의를 숭상한다는 벼슬아치들로서 충신을 잡으려는 세 도대관들에게 아부하여 "순신은 가참이라." 하는 상소를 연달아 올린 소행을 여기서 거듭 타매하고 싶은 바이다.

104. 이 체찰사의 조위 및 원수부에 이르시기까지의 과정

백의종군 불계하고 전관으로 예우하여
이 체찰사 소복으로 정중히 문상함은
장군의 높은 인격을 존중하는 소일러라.

5월 14일, 장군께서 운봉(雲峯)을 거쳐 저물게 구례 손인필(孫仁弼)의 집에 당도하신즉 평소 당신에 대한 이해가 두텁던 체찰사 이원익 대 감이 마침 진주로 가는 길에 구례에 들른다 하므로 피차 정회(情懷)를 풀 수 있는 기회로 여겨 눌러 머무시었다.

5월 20일, 이 체찰사 구례에 이르자 장군의 소식을 듣고, 곧 공생(貢 生)과 군관 이지각(李知覺)을 보내어 안부를 묻고 다시 또 사람을 보내 어 "진작 당고(當故: 부모의 상사를 당함–편집자 주)한 소식을 듣지 못했다가 이제야 알고 애도한다."고 조의를 표하고 저녁에 상면할 수 있게 되기를 바란다고 전갈(傳喝)했다.

저녁에 장군께서 체찰사의 숙소를 나가시니 체찰사는 평소 장군의 높은 인격에 경의를 표해 왔던 터이라 소복으로 상인을 대하는 예를 갖추어 정중히 조상에 겸하여 옥고에 대한 위문을 곡진히 하고 나서, "원균의 음흉한 언행이 극도에 달했건만 상감께서 이를 살피지 못하시니 나라가 장차 어찌 될 것이오." 하고 개탄해 마지않았다.

5월 23일, 체찰사는 다시 장군을 청하여 나라를 염려하는 여러 가지 말을 많이 하는 가운데 비분강개한 심사를 이기지 못하여 "다만 죽을 날을 기다릴 뿐이라." 하였다.

장군께서는 순천 지경에 당도하셨을 때에 한산도로부터 위문차로 온 충청 우후 원유남과 좌수영서 온 진흥국(陳興國)과 정사준(鄭思竣) 등으로부터 이미 원균의 해괴망측(駭怪罔測)한 온갖 행동을 들으신 바 많았으나 이 체찰사가 밤이 깊도록 이야기하는 가운데 원균의 흉악무도한 망동(妄動)을 설파(說破)한 내용은 다음과 같은 것이었다.

원균은 통제사가 된 후, 고관들의 청탁으로 서울서 데려온 무식하고 불량한 도배(徒輩: 함께 어울려 나쁜 짓을 하는 무리-편집자 주)들로 하여금 중요한 부서를 맡게 하고, 전임 통제사의 심복이라 하여 전술에 익고 경험이 많은 군관들을 갈아치우고, 밤낮없이 주색과 유흥으로 일을 삼을 뿐, 군사 조련이나 병선 수리 같은 군무를 전혀 염두에 두지 않고, 다만 어떻게 하면 더 흥취 있고 재미나는 놀이를 할 수가 있을까 하여 불량배들을 시켜 고안해 낸 색다른 유흥을 하기에 군량을 낭비했다. 원균의 망동이 이에 이르매 군사들은 투전이나 하고, 그중에 뜻있는 군사들은 이런 사또 밑에 있다가는 큰일이 나겠다 하여 다들 달아났다.

여기서 장군께서 향리를 떠나 도원수 권율 장군의 막하로 가시는 도중에 지내신 일로 아직 미처 다 진술하지 못했던 몇 가지 참고할 만한 사항들을, 난중일기를 이에 전재함에 의하여 보충하고자 한다.

정유년 4월 20일, 맑음

공주 정천동(定天洞)에서 아침을 먹고 저녁에 이산(尼山, 공주군 노성면 읍내리)에 닿으니 이 고을 원이 극진히 접대하는 것이었다. 군청 동헌(東軒)에서 잤다. 김덕장(金德章)이 우연히 와서 만났고, 도사도 보러 왔었다.

정유년 4월 21일, 맑음

일찍 떠나 은원(恩院 논산군 은진면 연서리)에 이르니 김익(金漢)이 우연히 왔다고 하는데 그 하는 짓이 몹시 괴상했다. 저녁에 여산(礪山 익산군 여산면 여산리) 관노(官奴)의 집에서 잤다. 한밤중에 홀로 앉았으니 슬픈 생각을 견딜 수 없었다.

정유년 4월 22일, 맑음

낮에 삼례(익산군 삼례면 삼례리) 역리의 집에 이르렀고, 저녁에 전주 남문 밖 이의신(李義臣)의 집에서 잤다. 판관 박근(朴勤)이 보러 왔었고, 부윤도 후히 접대했다. 판관이 기름먹인 두꺼운 종이와 생강을 보내 주었다.

정유년 4월 23일, 맑음

일찍 떠나 오원역(烏原驛, 임실군 오천면 선천리)에 이르러 말도 쉬이고 아침도 먹었다. 조금 있다가 도사가 왔다. 저물게 임실현에 이르렀다. 원이 예사로이 대했다. 원은 홍순각(洪純慤)이었다.

정유년 4월 24일, 맑음

일찍 떠나 남원에 이르렀다. 읍에서 15리쯤에서 정철(丁哲)들을 만났는데, 그들과 남원부 5리 안에까지 이르러 작별하고 10리 바깥 이희경(李喜慶)의 종의 집에 이르렀다. 슬픈 회포를 어찌 말하랴!

정유년 4월 26일, 흐리다.

일찍 식사하고 길을 떠나 구례현에 이르니, 금부도사가 먼저 와 있었다. 손인필(孫仁弼)의 집에 사처(私處)를 잡았는데, 이 고을 현감 이원춘(李元春)이 급히 나와 보고 극진히 대접했다. 금부도사도 보러 왔었다. 금부도사에게 술을 권하기를 원에게 청했더니 원이 아주 대접을 잘했다고 한다. 밤에 앉았으니 비통한 심사를 어찌 다 말하랴!

정유년 4월 27일, 맑음

일찍 떠나 송치(松峙, 순천군 서면) 밑에 이르니 구례 원이 점심을 지어 보냈다. 순천 송원(松院, 순천군 서면 송원리)에 이르자 이득종(李得宗)과 정선(鄭瑄)들이 와서 문안했다. 저녁에 정원명의 집에 이르니 권 도원수가 내가 온 것을 알고 군관 권승경(權承慶)을 보내어 조상하고 안부도 묻는데, 위문하는 말이 자못 간곡했다. 저녁에 이 고을 원이 보러 왔었다. 정사준도 보러 와서 원균의 망령되고 패악(悖惡)된 짓을 많이 말했다.

정유년 4월 28일, 맑음

아침에 원수가(권율) 또 군관 권승경을 보내어 문안하면서 전하되, "상중에 몸이 피곤할 터이니 회복되는 대로 나오라." 했다. 그리고 또 "이제 들은즉 친근한 군관이 통제영에 있다고 하므로 편지와 공문을 보내서 나오게 하는 바이니 데리고 가서 간호하도록 하라."고 하면서 편지와 공문을 만들어 왔다.

정유년 4월 30일, 아침엔 흐리더니 저물어선 비가 왔다.

아침 후 신 사과(司果)7와 이야기했다. 그는 병사에게 붙들려서 술을 마셨다고 한다. 병사 이복남이 식전에 보러 와서 원 공의 일을 많이 말했다. 감사 박홍노도 원수에게 왔다가 군관을 보내서 안부를 물었다.

정유년 5월 2일, 늦게 갬

전문 생략. 진흥국(陳興國)이 좌수영으로부터 와서 눈물을 흘리며 원균의 일을 이야기했다. 이형복(李亨復)과 신홍수(申弘壽)도 왔었다. 남원종 끝돌이가 아산에서 와서 어머님 영연이 평안하시다고 하고, 또 유헌(有憲)이 식구들을 데리고 무사히 금곡(연기군 광덕면 대덕리)에 도착

---

7. 사과: 오위의 정6품의 군직.

했다고 했다. 홀로 빈 동헌에 앉았노라니 슬픈 정회를 견딜 길 없었다.

정유년 5월 3일, 맑음

신 사과, 방응원(方應元), 진흥국들이 돌아갔다. 이기남(李奇男)이 보러 왔다. 아침에 을(蔚, 둘째 자제)의 이름을 열(荷)로 고쳤다. 열은 음이 열(悅)이다. 그리고 '열'이란 싹이 처음 튼다는 뜻으로 보거나 또는 초목이 기운차게 자란다는 데 쓰는 글자라 그 뜻이 매우 좋다. 늦게 강 소작지(所作只)가 와서 곡했다. 오후 4시 쯤에 비가 뿌렸다. 저녁에 원이 보러 왔었다.

정유년 5월 4일, 비

이날은 어머님 생신이라 슬프고 애통함을 참을 길 없었다. 닭이 울자 일어나 앉아 눈물만 흘렸다. 오후에 비가 몹시 퍼부었다. 정사준이 와서 종일 돌아가지 않았다. 이수원(李壽元)도 왔었다.

정유년 5월 8일, 맑음

전문생략. 음흉한 원(원균)이 편지를 보내어 조상했는데, 이는 권 도원수의 명령에 의한 것이었다. 후문생략.

정유년 5월 10일, 굳은 비가 왔다.

이날은 태종(이조 3대 임금)의 제삿날이다. 옛날부터 비가 온다[8]고 하

---

8. 태종 대왕이 심히 가물 때 돌아가셨는데, 내가 죽으면 어떻게든지 비를 오게 하리라 하시더니, 과연 돌아가신 후에 비가 왔으며 그 후 매년 그날이 되면 비가 왔다고 전한다.

는데 늦게 큰 비가 왔다. 박줄생(朴注叱生)이 보러 왔었다. 주인이 보리밥을 지어서 내왔다. 장님 임춘경(任春景)이 운수를 봐 가지고 왔다. 부찰사도 조문하는 글을 보내왔다. 독도 만호 송여종(宋汝悰)이 살과 종이 두 가지를 부의(賻儀)로 보냈다. 전라도 순찰사가 백미와 중미 각 1곡(斛, 20두)씩을 군관을 시켜 보내면서 콩과 소금도 구해 보낸다고 했다.

정유년 5월 11일, 맑음

김효성(金孝誠)이 낙안에서 왔다가 곧 돌아갔다. 전 현감 김성(金惺)이 체찰사의 군관이 되어서 화살대를 구하러 순천에 왔다가 보러 와서 근래의 소문을 많이 전하는데, 그 소문인즉 모두 흉인(원균)의 일이었다. 부찰사가 온다는 통지가 왔다. 장위(張渭)가 편지를 보냈다. 정원명이 보리밥을 지어서 내었다. 장님 임춘경이 와서 운수에 대한 이야기를 했다. 부찰사가 고을에 이르렀는데, 정사립과 양정언(梁廷彦)이 와서 부찰사가 보러 오겠다고 전했으나 몸이 불편하다고 거절했다.

정유년 5월 12일, 맑음

새벽에 이원룡(李元龍)을 보내 부찰사에게 문안했더니, 그도 김덕린(金德麟)을 보내 문안했다. 늦게 이기남(李奇男)과 기윤(奇胤)이 와서 보고 도양장(道陽場)으로 돌아간다고 했다. 아침에 아들 열을 부찰사에게 보냈다. 신홍수(申弘壽)가 보러 와서 원균의 점을 쳤는데, 첫 괘(卦)가 수뢰둔(水雷屯)으로서 천풍구(天風姤)로 변했으니 큰 채를 이기는 것이라 크게 흉하다고 했다. 남해 현령 박대남(朴大男)이 조문편지를 보내고 또 여러 가지 물건도 보냈다. 보낸 물건은 쌀 2석, 참기름 2되, 꿀 5되, 조

1석, 미역 2동9 등이었다. 저녁에 향사당(鄕社堂)에 가서 부찰사와 함께 밤이 깊도록 이야기하고 자정에야 숙소로 돌아왔다. 정사립(鄭思立)과 양정언(梁廷彦)이 와서 닭이 운 뒤에 돌아갔다.

정유년 5월 13일, 맑음

어젯밤 부찰사가 이르기를 상사가 보낸 편지에 영공(원균)의 일을 많이 탄식했더라고 했다. 늦게 정사준이 떡을 만들어 왔다. 부사 우치적(禹致績)이 노자(路資)를 보내 주어 참으로 미안스러웠다.

정유년 5월 14일, 맑음

아침에 부사가 보고 갔다. 부찰사는 부유(富有 승주군 주암면 창촌리)로 떠났다. 정사준, 사립, 양정언 들이 와서 모시고 가겠노라 하므로 일찍 아침을 먹고 떠나 송치(승주군 서면) 밑에 이르러 말을 쉬게 하고, 혼자 바위에 앉아 한 시간이 넘도록 곤하게 잤다. 운봉의 박용(朴龍)이 왔다. 저물어 찬수강(粲水江, 승주군 황전면)에 닿아 말에서 내려 걸어서 건너 구례 고을 손인필(孫仁弼)의 집에 이르니 현감이 보러 왔었다.

정유년 5월 22일, 맑음

남풍이 크게 불었다. 아침에 손인필 부자가 보러 왔었다. 류박천(柳博川)이 승평(昇平 승주)으로 가서 그 길로 한산으로 간다 하므로 전라, 경상, 두 수사와 가리포(加里浦) 등에게 문안 편지를 써 보냈다. 늦게 체

---

9. 원문에는 숫자만 있고 단위 표시가 없다. 여기서는 추정하여 석, 되, 동 등으로 표시했다.

찰사의 종사관 김광엽(金光曄)이 진주에서 이 고을로 들어오고, 배백기(裵伯起, 홍립) 영공도 온다고 사사편지가 왔다. 정회를 펼 수 있을 것이라 다행이다. 혼자 앉았노라니 비통한 심사 견디기 어렵다. 어두울 녘에 배 동지(홍립)와 원이 보러 왔었다.

정유년 5월 23일

아침에 정사룡(鄭士龍)과 이사순(李士順)이 와서 보고 원 공(원균)의 말을 많이 전했다. 늦게 배 동지는 한산으로 돌아갔다. 체찰사가 사람을 보내어 부름으로 가서 뵙고 조용히 의논했는데, 시국의 그릇된 것을 무척 분히 여기며 다만 죽을 날만 기다린다고 했다. 내일 초계(권 도원수가 진을 치고 있는 곳)로 가겠노라 하니 체찰사기 이대백(李大伯)이 모은 쌀 두 섬을 붙여 주기에 성 밖 주인 장세휘(張世輝) 집으로 보냈다.

정유년 5월 24일, 맑음

종일 동풍이 크게 불었다. 아침에 광양 고응명(高應明)의 아들 언선(彦善)이 보러 왔다가 한산도 사정을 많이 전했다. 체찰사가 군관 이지각(李知覺)을 보내어 안부를 묻고 "경상우도 연해안 지도를 그리고 싶으나 그릴 수가 없으니 본 대로 그려 보내주면 다행이겠다."고 했다. 거절할 수 없어 대강 그려 보냈다. 저녁에 비가 굉장히 쏟아졌다.

정유년 5월 26일, 종일 큰 비가 왔다.

비를 맞으면서 길을 떠나는데, 막 떠나려 하자 사량 만호 변익성(邊翼星)이 무슨 문초 받을 일로 체찰사에게로 이종호(李宗浩)에게 잡혀 오므로 잠깐 서로 만나 보고, 그 길로 석주관에 이르니 비가 퍼붓듯이 왔다. 말을 쉬이고 엎어지고 자빠지면서 간신히 악양(岳陽) 이정란(李廷鸞)의 집에 이르렀으나 문을 닫고 거절하는 것이었다. 그 집에는 뒤에 기와집 채도 있었다. 종들이 사방으로 흩어져 물색해 보았으나 합당한 곳이 없어 조금 뒤에 그대로 돌아왔다. 이정란의 집은 김덕령(金德齡)의 아우 덕린(德獜)이 빌어 든 집이다. 내가 열을 시켜 억지로 청해서 들어가 잤다. 행장이 다 젖었다.

정유년 5월 28일, 흐리되 비는 오지 않았다.

늦게 떠나 하동현에 이르니 그 고을 원(申秦, 신진)이 서로 만나 보기를 반가이 여기며, 성 안 별사로 맞아들여 간곡한 정을 베풀었다. 그리고 원균의 미친 짓을 많이 말했다. 날이 저물도록 이야기했다. 변익성(邊翼星)도 왔다.

정유년 5월 29일, 흐림

몸이 몹시 불편했다. 그래서 떠나지 못하고 머무르며 조리했다. 현감이 정다운 말을 많이 했다. 황 생원이라고 하는 칠십이나 되는 노인이 하동에 왔다고 하는데 원래는 서울 사람으로서 지금은 떠돌아 다닌다고 한다. 나는 만나지를 않았다.

정유는 6월 1일, 비 오다.

일찍 떠나 청수역(淸水驛, 하동군 옥종면 정수리) 시냇가 정자에 이르러 말을 쉬고, 저물어 단성과 진주 경계에 있는 박호원(朴好元)의 농사 짓는 종의 집에 들어가니, 주인이 반가이 접대하기는 하나, 잘 방이 마땅치 못해서 간신히 밤을 지냈다. 밤새도록 비가 내렸다. 하동 원이 기름 종이 1, 장지 2, 백미 1, 참깨 5, 꿀 5, 미지(未持)10 5(이상 각 숫자의 단위 미상) 등을 보내 주었다.

정유년 6월 2일, 비가 오다 개다 했다.

일찍 떠나 단계(丹溪, 산청군 신등면 단계리) 시냇가에서 아침을 먹고 늦게 삼가현(三嘉縣)에 이르니 현감(신효업申孝業)은 벌써 산성으로 가고 없어 주인없는 공관에서 잤다. 고을에서 심부름 하는 사람이 밥은 지어 먹으라고 하는 것을 종들에게 먹지 말라고 일렀다. 삼가현 5리 밖 홰나무 정자 아래 앉았노라니 근처에 사는 노순일(盧淳鎰) 형제가 보러 왔었다.

정유년 6월 3일, 비

아침에 떠나려다가 비가 오기 때문에 쭈그리고 앉아 어찌할까 하는 차에, 도원수의 군관 유홍이 흥양으로부터 와서 길이 갈 수 없게 되었다 하므로 그대로 묵었다. 아침에 종들이 고을 사람들의 밥을 얻어먹었다 하기에 종을 때리고 밥쌀을 갚아 주었다.

정유년 6월 4일, 흐리다 맑음

일찍 떠나려는데 현감(신효업)이 문안장과 함께 노자까지 보내왔다.

---

10. 미지: 종이에 밀을 먹인 것으로 배의 구멍을 막는 데 쓴다.

낮에 합천 지경에 이르러 고을에서 10리쯤 떨어진 괴목정(槐木亭)이 있
는 곳에서 아침을 먹고 너무 덥기에 한동안 말을 쉰 후 5리쯤 되는 곳
에 이르니 갈림길이 있는데, 한 길은 바로 고을로 들어가는 길이고 한
길은 초계로 가는 길이다. 그래서 강을 건너지 않고 10리 남짓 간즉 원
수의 진이 바라보였다. 문보(文珤)가 우거하는 집에 들어가 잤다. 고갯
길을 타고 오는데, 기괴한 바위가 천 길이나 되고 굽이도는 강물이 깊
기도 하며, 길은 험하고 위태로워 만약 이 험한 곳을 눌러 지키면 만
명이라도 지나가기 어려울 것이다. 여기가 모여곡(毛汝谷)이다.

정유년 6월 5일, 맑음

서풍이 크게 불었다. 아침에 초계 원이 달려 왔기에 불러들여 이야
기했다. 식후에 중군 이덕필(李德弼)도 달려와서 함께 지난 이야기를
했다. 조금 있다가 심준(沈俊)도 보러 왔으므로 함께 점심을 먹었다. 거
처할 방을 도배했다. 저녁에 이승서(李承緖)가 보러 와서 수직하던 병
졸과 복병들이 도망한 일을 말했다. 이날 아침 구례 사람과 하동 현감
(신진)이 보내 준 종과 말을 돌려 보냈다.

정유년 6월 6일, 맑음

자는 방을 새로 도배하고 군관 휴식소 두 칸을 만들었다. 늦게 모여
곡의 주인집 이웃에 사는 윤감(尹鑑)과 문익신(文益新)이 보러 왔었다.
종 경을 이대백에게 보냈더니 담당 아전이 나가고 없어서 그냥 왔다
고 한다. 이대백도 나를 보러 온다고 하더라고 한다. 어두워 집에 들어
갔는데, 그 집 과부는 다른 집으로 옮아갔다.

정유년 6월 7일, 맑고 몹시 더웠다.

원수의 군관 박응사(朴應泗)와 유홍(柳洪)이 보러 왔고, 원수의 종사관
황여일(黃汝一)이 사람을 보내어 문안하므로 곧 답례해 보냈다. 안방에
들어가 잤다.

105. 권율 도원수의 구차한 변명

죄인을 변호하여 구한 일이 옳을진댄
죄로 얽어 상소한 일 불가함이 자명한즉
도원수 시도하는 변명이 어찌 아니 구차하랴!

"이 통제사가 적장 가등청정으로부터 폐백을 받고 나가서 치지 않
았다."고 하는 경상 병사 김응서의 보고를 받자 도원수 권율 장군이
급한 성미에 그 진부를 검토하는 여유를 가지지 않고, 그것을 그대로
옮겨 장계한 것이 도화선이 되어 결국 이 통제사가 나포되시고 원균
이 그 후임으로 통제사가 된 후로는 전에 없이 적군이 연해 각지로 빈
빈히 나타나는 반면에 원균은 서울서 데려온 군관들로 더불어 유흥으
로 일을 삼고 군무에 등한히 하고 있으매, 권 도원수는 이를 심히 염려
하던 중, 이순신 장군을 구출하기 위한 판중추부사 정탁의 상소 내용
의 타당성이 인증되어 장군이 특사 되신 기별을 접하고 보니, 지난날
장계를 올릴 즈음 사려가 부족했던 자기의 처사와 정 판중추부사의
상소가 자연 비교되어 스스로 편치 못해 하던 터이라, 이순신 장군이

백의종군의 명을 이고 자기 막하에서 복무차로 순천 지경에 이르렀다는 소식을 듣고 곧 군관을 보내어 조상에 겸하여 위문하고, 또 상중에 피곤이 심할 것인즉 소복한 후 출두하라는 호의를 베풀기도 했지만 장군을 면대하고 보니 겸연쩍은 생각에서 여러 말을 늘어놓았으나 그것은 결국 구차한 변명에 지나지 않았다.

권 도원수의 변명을 요약하면 대개 다음과 같은 것이다.

박성(朴惺, 이순신 장군을 참형에 처해야 한다고 극력 주장한 자)이 선조대왕께 올린 상소의 등본을 내어 보이며 박이 하도 자기를 소탈하다고 하였기에 스스로 편안치 않아 조정에 글을 올렸다는 것이었다. 이로써 미루어 생각하면 우리는 권 도원수가 장계를 올린 것에 대해서 이미 품고 있던 의아심이 다시 머리를 들고 일어남을 금할 수가 없거니와 다음 장군의 일기는 우리의 의아심을 한결 더 굳히게 하는 바 있기로 이에 아울러 전재한다.

계사년 8월 4일, 맑음

순천, 광양이 다녀갔다. 저녁때 도원수 군관 이완(李浣)이 삼도의 적세를 보고하는 공문을 보내지 않았다고 담당 군관과 아전을 잡으러 왔다. 어처구니없는 일이다.

갑오년 1월 18일, 맑음

전문생략. 만호(사량만호 이여념)와 수사(원균)의 군관 전윤이 보러 왔다. 전이 이르기를 수군을 거창으로 붙들어 왔다고 하며 원수(권율)가 방해하려 한다고 했다. 가소롭다. 예로부터 남의 공을 시기하는 것이 이같은 것인즉 무엇을 한탄하랴. 눌러 묵었다.

갑오년 6월 18일, 맑음

아침에 원수(권율)의 군관 조추년(趙秋年)이 전령을 가지고 왔는데, 그 내용인즉 원수가 두치에 이르러서 광양 군수(송전, 宋詮)가 수군을 옮겨다가 복병을 정할 적에 사정을 썼다는 말을 들었기에 군관을 보내고 그 까닭을 묻는다는 것이었다. 원수가 그 서처남 조대항(曺大恒)의 말을 듣고 이렇게 사정을 쓰는 것인즉 참으로 통탄스럽기 그지없도다. 이날 경상 우수사가 청했으나 가지 않았다.

갑오년 7월 1일, 맑음

배응록이 원수에게서 왔는데, 원수가 말한 것을 뉘우쳐 보내더라는 것이었다. 가소롭다(갑오년 6월 18일 일기 참조). 이하 생략.

갑오년 8월 17일, 흐리다가 저물녘에 비가 내렸다.

원수가 오정에 사천으로 와서 군관을 보내어 이야기하자고 하므로 곤양 말을 빌어 타고 원수가 머무르고 있는 사천 원의 사처(私處)로 갔다. 교서(敎書)11에 숙배하고 공사 간의 인사를 마치고 그대로 이야기하니 오해가 많이 풀리는 것이었다. 원 수사를 몹시 책망하니 그는 머리를 들지 못했다. 이하 생략.

11. 교서: 임금이 내리는 훈유.

이상의 일기를 보면, 도원수 권율 장군은 원래 수군에 대한 오해가 없지 않은 데다가 원균이 무고로 해서 그 오해가 한결 더했음을 엿볼 수 있는 동시에 항상 이모저모로 수군의 결점을 잡아내려고 한 것을 또한 짐작할 수 있으며 그리고 그 오해가 곧 김 병사의 보고를 조정에 장계할 좋은 조건으로 받아들이게 된 것이라고 추리할 수가 있는 것이다.

106. 국사에 사감을 관련시키지 않으시는 엄정한 논평

당면한 우리 사정 나가서 치기보다
지세를 이용하여 수비에 치중함이
아마도 사반공배(事半功倍)의 방도인가 하나이다.

장군께서 바다를 지키신 동안에는 적이 가덕이서로 감히 넘어오지 못했으나 소서행장의 계교가 적중하여 장군께서 나포되시고 원균이 통제사가 된 이후로는 적군이 마음 놓고 안골포까지 깊이 들어와 진을 치기에 이르렀다. 적장 소서행장은 복배(腹背)로 협공하기에 편리한 부산 근해에서 우리 수군과 접전하기를 원했으나, 아군이 출동하는 빛이 보이지 않으매 그는 또 요시라를 시켜 우리 수군이 부산 근해로 출동하도록 유인(왜군 10만 명이 부산으로 오고 있으니 조선군이 먼저 나가서 치는 것이 좋지 않겠느냐고)했다.

소서행장이 우리 수군을 부산 근해로 유인하는 것은 위에서 이미 말한 바와 같이 우리 군사를 복배로 협공하기에 편리한 까닭이기도 하지만, 저희가 가장 두려워하던 이순신 장군이 잡히시고 그 벼슬이 떨어지심에 따라 우리 수군의 전투력이 전일과 같지 못하게 되었다 할지라도, 장군께서 6년간이나 두고 양성하신 우리 수군의 본거지로 침공하는 것이 불리하다고 판단한 것에 그 이유가 있는 것이었다. 적의 이 계교를 모르고 우리 조정에서는 날마다 왜의 함대가 부산으로 건너오고 있다는 정보에 불안해서 그동안 해전에서 승리한 것이 매양 적극적으로 나가 싸운 자기의 공이었다고 하는 말을 세워 통제사의 중책을 맡긴 원균에게 출동을 명했으나 원균은 즉각 출동하지 않고 천연세월(遷延歲月)하고 있으므로 권 도원수는 몸이 달아 출동을 재촉했다. 그러나 원균은 목숨이 위태로운 싸움을 원치 않았다. 그래서 싸우기를 회피하는 구실로 안골포의 적을 그대로 두고서는 부산으로 출동하는 것이 심히 위험하다는 이유를 들어서 "먼저 수륙 양면으로 안골포의 적을 친 연후에 수군이 부산으로 출동하게 하옵소서." 하는 상소를 올리고 조정의 분부를 기다린다는 이유로 원균이 출동하지 않는 것이 심히 불쾌할 뿐만 아니라 적도를 무찌를 수 있는 가장 좋은 기회를 상실하는 것이라 생각하여 권 도원수는 더욱 초조해 마지 않았다. 그래서 권 도원수는 "원 통제 안골포의 적을 먼저 쳐야한다는 구실로 천연세월하고 있으니 이를 어찌하면 좋으리까?" 하고 장군의 동의를 구할 겸 그 대책을 문의했다.

장군께서는 원래 왜족이었던 요시라의 말을 믿고 대군을 움직이는 것은 옳지 않을 뿐만 아니라 원 통제의 말과 같이 안골포를 등에 지고 앞으로 나가는 것은 심히 위태한 일인즉 나가서 치기보다는 앉아서 지세를 이용하여 수비에 힘을 씀이 득책이라 하셨다. 권 도원수는 원균이 이 통제사를 헐뜯어 겁쟁이라 하던 것을 상기하여 장군은 필연코 원균을 비난하는 자기의 의견에 동조하리라 생각했다가 뜻밖에 장군의 견해가 그렇지 않으매 크게 실망하는 동시에 지난번 출동령에 즉각 응종(應從)하지 않았던 것을 변명이나 하는 것 같이 생각해 "원 또 그런 소리를 하는구려." 하고 불만한 표정을 지었으나 무슨 생각이 들었는지 곧 안색을 화평히 하여, "대 같은 그대도 원 통제를 두호(斗護)하시오?" 하고 웃어 보였다.

이 문답을 통해 우리는 여기서 두 인품이 절로 비교되어지는 바이어니와 국사를 사감으로 좌우하지 않으시는 장군의 높은 인격에 다시 머리를 숙여 경의를 표하는 동시에 장군이시야말로 과연 지, 용, 덕을 겸비하신 천하명장이심을 재인식하게 되는 바이다.

107. 권율 도원수의 정세 오판 및 원균의 무모한 군사 지휘

선입관이 마음 속에 가득히 차 있으면
충고를 받아들일 귀문이 막혀지는
그 이치 권 장군 경우에도 예외일 수 없었네.

장군의 타당한 견해를 들었음에 불구하고 부산 원정이 꼭 필요한 것으로 아는 권 도원수는 급한 맘을 참지 못해 몸소 사천으로 내려가 원 통제의 면전에서 부산으로 출동할 것을 엄명했다. 원균은 도원수가 직접 내려와 출동을 엄명하니 하는 수 없어 7월 6일에 부산 원정을 떠났다. 이때에 전임 통제사 휘하에서 경험을 쌓은 유능한 장수들이 안골포와 가덕 등 연해 각지에 유진한 적군에게 발견되지 않도록 밤을 타서 행선 하기를 원했으나, 원균은 아군의 당당한 위세를 보여 적의 예기(銳氣)를 꺾는다 하고 여러 장수들의 현명한 헌책을 물리치고 고집하여 아침에 한산도를 떠나 동쪽으로 행선 하니 이것을 지켜본 적의 척후병(斥候兵)이 번개같이 이 소식을 부산으로 통보했다.

소서행장은 이 통보를 받자 무릎을 치고 기뻐하며 곧 전선 500척을 절영도(絶影島) 앞으로 출동시켜 놓고 요시라를 불러다가 친히 술을 따라 권하고 저희가 원하는 대로 우리 주사가 출동하게 한 공로에 대해 상을 주기로 했다. 요시라로 말하면 원래 왜인으로서 귀화한 자인데, 그의 말을 믿고 움직인 우리 조정의 처사는 참으로 어이없는 일이었거니와, 하여간에 이때 풍신수길이 재침하기 위해 새로이 대대적으로 출동시킨 부서는 다음과 같다.

1. 가등청정(加藤清正, 가토 기요마사) 휘하 군사 – 10,000명

2. 소서행장(小西行長, 고니시 유키나가) 휘하 군사 – 7,000명

3. 흑전장정(黑田長正 구로 나가마사) 휘하 군사 – 10,000명

4. 과도직무(鍋島直茂, 나베시마 나오시게) 휘하 군사 – 12,000명

5. 도진의홍(島津義弘, 시마즈 요시히로) 휘하 군사 – 10,000명

6. 장증아부원친(長宗我部元親, 쵸소카베 모토치카) 휘하군사 – 13,000명

7. 협판안치(脇坂安治, 와키자카 야스하루) 휘하 군사 – 13,300명

8. 모리수원(毛利秀元, 모리 히데모토) 휘하 군사 – 11,000명

108. 부산 원정의 실패

허장성세(虛張聲勢) 원 통제의 주책없는 군사 지휘
적장의 유도전에 여지없이 말려들어
급기야 패군지장의 수모를 면치 못하도다.

　종일 역풍이 불어 한산도를 떠나 절영도에 이르기까지 돛을 달아
보지 못하고 줄곧 노를 저어 가노라니 군사들이 피곤해서 팔을 쉬면
원균은 군령을 엄중히 한다고 수십 명의 목을 베이니, 이를 본 군사들
의 사기는 크게 떨어졌다. 종일 행선에 피곤한 군사들은 기갈이 또한
심한 터에, 저녁때가 되어 물결과 바람이 더욱 거칠어져 자연환경조
차 불리한데, 그 사기마저 떨어졌으니 이러한 상태에서 어찌 편히 쉬
고 배불리 먹은 군사와 능히 겨를 수가 있으리오!

　그런데 주장은 실속 없는 허세만 부려 적의 계교에 빠지는 줄을 깨
닫지 못하고, 적선이 동에 나타나면 동으로, 서에서 번쩍하면 서로 배
를 몰게 하여 갈팡질팡하는 동안에, 노를 젓는 군사들은 팔의 근육이
더욱 굳어지고 기운이 빠져 동작이 느려지매, 원 통제는 이를 보고 화
를 내어 또 몇 군사의 목을 베었으나 공연히 아까운 생명을 희생시켰
을 뿐, 배는 전진은 고사하고 후퇴의 동작조차 질둔(質鈍)하게 되었다.

　마침 바람이 동풍이라서 저절로 배는 서편으로 흘러 초승달이 넘어
간 뒤에 가덕에 가 닿으매 기갈이 심한 군사들은 물이라도 먹으려고
섬으로 뛰어내리다가 이미 숨어 있던 적군에게 잡혀 경각간에 400여
명 장졸이 죽었다. 원균이 적의 계교에 말려들어 갈팡질팡하는 동안
에 적의 함대는 점령하고자 하던 우리 요해지를 점거했다. 원균은 가

덕도에 복병이 있는 것을 깨닫자 기겁하여 먼저 캄캄한 바다를 저어 칠천으로 달아나니 다른 배들도 그 뒤를 따랐다.

109. 어처구니 없는 원균의 앙심(怏心)
부젓가락 꼬이듯이 그 맘이 꼬였으매
남의 맘도 그와 같이 꼬인 줄로 아시느뇨.
그 맘을 먼저 바로잡고 남의 맘을 헤아리소.

원균이 군무에 등한하고 싸움에 패한 죄로 도원수의 태장을 맞으매, 통제사의 체통이 땅에 떨어지고 말았다. 그런데 원균은 태장의 아픔이나 통제사의 체통이 말할 수 없이 된 것보다 더 분히 여기는 것이 있었으니, 그것은 태장을 맞게 된 것이 다 이순신 장군의 탓이라고 생각하는 것이었다. 그래서 그는 한결 더 앙심을 품었다. 우리는 원균의 이같은 심보를 살필 때에 그가 출동령에 즉각 응종하지 않음으로 해서 분개한 도원수가 그 대책을 문의함에 대해서 장군께서는 추호도 사감을 주지 않으시고 공정한 위치에서 원균이 출동하지 않는 이유에 긍정적으로 응답하신 내용을 상기하지 않을 수 없으며, 따라서 원균의 간흉무도한 인간성과 장군의 공명정대하신 인품의 크나큰 차이를 여기서도 거듭 인식하게 되는 바이다.

110. 칠천 패전

풍신수길 기를 꺾은 천하무적 우리 주사
일조에 무너지단 이 어인 운명인가!
아마도 극성한 당쟁의 필연적인 결과이리.

원 통제 태장을 맞고 통분을 견디지 못해, 내실에 들어서 술만 먹고 근무를 불고했다. 이때 적선이 포구 밖으로 출몰하며 이편 동정을 엿본다는 정보가 연달아 들어오고 마침 퇴조가 시작하는 때라, 함대를 깊은 물로 옮기지 않으면 앉아서 큰 화를 당하고야 말게 되었는데, 통제사인 원균은 내실에 깊이 들어 문을 닫아걸고 문지기로 하여금 아무도 출입을 못 하게 하니, 여러 장수들이 급박한 사태에 대처할 방도를 통제사에게 물을 길이 없었다. 이때 전라 우수사 이억기 장군이 사태가 각각으로 긴박해짐을 좌시할 수가 없어서 칼을 빼어 문지기를 위협하고 통제사 침실 문을 두드려 사태가 급박함을 말하고 속히 배에 올라 군사 지휘하기를 재촉했다. 원균은 술에 취해 몽롱한 눈으로 이 수사를 바라보고 통제사의 위엄을 보이려 했으나 취중에 비둔한 몸이 말을 듣지 않아 이리 쓰러지고 저리 쓰러지고 했다.

"사또는 나라의 중임을 지시고 위급한 때에 술만 자시고 배에 오르지 않으시니 군심이 소란하여 수습할 수가 없은즉 어서 배에 오르시오." 하고 이 수사가 엄숙한 어조로 재촉하는 한편, 방에 있던 계집들을 시켜 통제사의 군복을 입히게 하고, 데리고 가야겠다는 계집들까지 안동시켜 배에 오르게 했으니 당시 이 수사의 기막힌 심사를 이루다 형용키 어렵거니와 전일 이 통제사 밑에서 실전에 많은 경험을 쌓은 여러 장수들이 조수가 물러가기 전에 속히 함대를 깊은 물로 옮길 것을 제의했으나 원균은 깊은 물로 배를 옮겼다가는 사불여의할 때에 도망할 길이 막힐 것을 염려해 부하 장수들의 헌책을 듣지 않았으니 그 전투의 결과는 보나 마나 한 것이었다.

이러한 형세 하에서 여러 장수들이 초조한 마음으로 진을 옮기기를 재삼 청하는 동안에 적은 이미 맹렬한 공세를 취해 오고 바닷물은 점점 줄어서 이편 배가 꼼짝할 수 없게 된 가장 불리한 처지에서 여러 장병들이 악전고투하다가 급기야 일찍이 적을 떨게 했던 막강한 우리 주사가 한 주장의 망령된 행동과 비겁한 지휘로 말미암아 전멸하는 지경에 이르고 말았으니 그 통분을 무슨 말로써 가히 다해 형용할 수 있으리오!

이때 전라 우수사 이억기 장군은 원균의 고집으로 다시 싸울 수 있는 한 척의 배도 남지 않은 비참한 처지에 빠지게 한 원한과 통분을 가슴에 가득 품은 채 스스로 몸을 바다에 던져 목숨을 버리고 말았다.

111. 원균의 비참한 최후
급기야 부끄러이 죽어질 그 한 목숨
갖은 추태 드러내며 구차히도 삶을 탐해
고양이 본 쥐가 되어 도망질만 하였던가!

배를 맘대로 옮길 수 없는 심히 불리한 조건 하에서 모든 장병들이

악전고투할 때에 원균은 새벽바람 찬 기운에 술이 깨어 뱃전에 불이
붙는 것을 보고 바다로 뛰어들었다. 이때 서울서 데려온 불량배 군관
들은 주장의 뒤를 따라서 역시 바닷물로 뛰어들어, 허리에 차는 개흙
구덩이를 천신만고하여 벗어난 후, 통제사야 어찌 되었건 뒤도 돌아
보지 않고 산으로 도망하고 오직 한 노병이 통제사의 군복을 거두어
들고 그를 구해 뒷산으로 올랐다.

산마루에서 가쁜 숨을 쉬는데, 어느덧 적군이 뒤를 쫓아 오르는 것
을 보고, 노병이 "사또 달아나더라도 종당 잽혀서 죽기는 일반인즉 여
기서 사내답게 한 번 싸우다가나 죽읍시다." 하고 통제사의 군복을 입
히고 활을 메어 주며 싸우도록 재촉하기를 마치 어린애 달래듯 했다.
그리고 자기도 활을 들고 나무 그늘에 숨어서 쫓아 오르는 적군에게
활을 쏘아 7, 8명을 죽이고 화살이 다 하매 돌을 던졌다. 쫓아 오르던
적군은 복병이 있는가 의심하여 도로 내려가매, 노병이 먼저 있던 자
리로 와 본즉 빈자리에 군복만 있고 주인은 어디로 갔는지 보이지 않
았다. 노병이 나무 그늘에 숨어서 쫓아 오르는 적군에게 활을 쏘고 있
을 동안 원균은 군복을 벗고 도망했다. 그러나 그는 거제에서 그의 동
정을 잘 알고 있는 적군에게 기습을 당해 잡혔고, 그 이튿날(7월 16일)
급기야 왜군의 칼로 처참하게 죽었다.

임진년에 왜적이 침공했을 때에 나라의 간성된 사명의 중대함을 망
각하고 만여 명 수군과 백여 척 병선을 거느린 수사로서 한 번 싸워 보
지도 않고 도망하는 부끄러움을 모른 듯이 아끼던 그 목숨을 원균은 급
기야 왜적의 칼에 의하여 잃고 말았거니와 만약 그가 부산 첨사 정발이
나 동래 부사 송상현과 같이 목숨을 걸고 싸웠다면 임진란의 양상이 훨

씬 달라질 수도 있었을 뿐만 아니라 불행히 전사했을지라도 그 죽음은 무장으로서 있을 수 있는 떳떳한 죽음이었을 것을 결국 죽고야 말 한 목숨을 아끼고 아끼다가 부끄럽고 부끄러운 죽음을 당한 것이다.

112. 한산도 병기와 군량고의

애석한 회신(灰燼: 불에타고 남은 재-편집자 주)

만 백성 피땀 어린 십만 석 군량미가

한 사람 손끝에서 일조에 재가 되니

눈뜨고 차마 보지 못할 슬프고 아픈 광경이라.

칠천 바다에서 접전이 되기 바로 전에 경상 우수사 배설(裵楔)은 전라 우수사 이억기 장군과 더불어 함대를 깊은 물로 옮기기를 주장했으나 원균은 통제사의 권위로 고집하여 듣지 않으므로 이제 일은 다 틀렸다고 단정하여 자기가 직접 거느린 병선 9척을 인솔하고 빠져나와 있다가 결국 우리 주사가 칠천에서 전멸하게 될 것을 예측하고 그리 될 경우에는 한산도 역시 적군의 손에 들고 말 것으로 판단하여 백성들을 피란시키고 병기와 군량고에 불을 질렀다.

그리하여 칠천 바다에서 하루 밤새 수군이 전멸하는 지경에 이르는 동시에 임진이래 피땀어린 공을 들여 비축한 10만 석 군량미와 허다한 병기가 한 사람 손끝에서 잿더미로 화했으니 그 애석하고 통분함을 어찌 다 형용해 말할 수가 있으리오.

113. 연해 사찰에의 등정

이 사람의 실책으로 주사를 망쳤으니

대감을 다시 뵈일 면목이 없거니와

앞으로 닥칠 급한 일을 어찌하면 좋으리까?

　도원수 권율 장군은 부산 원정이 그렇게 긴급한 것으로 여기는 급한 마음에서 사천으로 내려가서 출동을 명한 것이 우리 주사로 하여금 대패하는 지경에 이르도록 한 직접적 요인이 된 것을 솔직히 시인하고 이순신 장군 앞에 사과하는 동시에 그 대책을 문의했다. 이에 대하여 장군께서는 "도시 국가의 운수소관이니 어찌하리이까!" 하시고 하해 같은 도량을 보이시며 "그러면 우선 연해를 순찰한 후 대책을 세워 보리이다." 하시니 권 도원수는 "그러시면 오죽 좋으리까. 도무지 대감을 대할 면목이 없소이다." 하고 거듭 사과의 뜻을 표했다. 장군께서는 불공대천지수 왜적을 격멸하시기 위해 불철주야 심혈을 기울여 5만 정병을 양성하셨고 또 그만하면 싸우기에 그리 어려움이 없을 정도로 병기와 전선을 제조하셨건만 이제 바야흐로 싸워야 할 긴박한 마당에 군사도 없고 한 척의 배조차 없이 되었으니 이때에 울울침통(鬱鬱沈痛) 하셨을 장군의 심회는 가히 짐작하고 남는 바이다.

　그러나 장군께서는 오직 나라를 멸망에서 건지고 겨레를 죽음에서 구하시려는 일편단심에서 목숨이 다하는 최후의 순간까지 적을 때려 부수고야 마실 각오와 결의로써 당신과 뜻을 같이하는 사람으로서 힘이 될 만한 송대립(宋大立), 유황(柳滉), 윤선각(尹先覺), 방응원(方應元), 현응진(玄應辰), 임영립(林英立), 이원룡(李元龍), 이희남(李喜), 홍우공(洪禹功)

등 9명을 인솔하고 연해 순찰을 떠나셨다.

114. 심복 부하들과의 감격적인 재회
목자 잃은 양떼처럼 떠돌던 부하 장병
장군을 다시 뵙는 반가움이 넘치어서
위문의 말씀 앞을 질러 통곡이 절로 터지도다.

장군께서 군관 9명을 인솔하고 단성, 진주, 곤양 등지를 거쳐 7월 21일 노량(하동군 금양면 노량리)에 당도하시니 지난날 모시던 거제 현령 안위와 영등포(거제군) 첨사 조계종 등 십여 인이 한산도로부터 와서 뵙고 미처 위문의 인사도 드리기 전에 반갑고 슬픈 감정이 일시에 폭발하여 대성통곡하니 이때 모였던 여러 군사와 백성들도 또한 같은 심정에서 통곡했다.

이날 장군께서는 전일 거느리시던 부하들로 더불어 간담하셨는데 난중일기에 의하여 그 내용을 살펴보고 가기로 한다.

정유년 7월 21일, 맑음
전문 생략. 점심 후 노량에 이르니 거제 원 안위와 영등포 첨사 조계종 등 십여 인이 와서 통곡하고, 거제와 고성 방면으로부터 피해 나온 군사와 백성들도 울부짖지 않는 이가 없는데, 경상 수사(배설)는 도망하고 보이지 않았다. 우후 이의득이 보러 왔기에 패하던 전황을 물었다. 모든 사람이 울며 말하기를 "대장 원균이 적을 보자 먼저 뭍으로 달아나고 여러 장수들[12]도 모두 그같이 뭍으로 달아나 이 지경에 이르렀다."는 것이었다. 대장의 잘못을 말하는 것은 입으로 다 옮길 수가 없고 그 살점이라도 뜯어 먹고 싶다고들 했다. 거제의 배 위에서 자면서 거제 원과 새벽 2시께까지 이야기했다. 조금도 눈을 붙이지 못해 눈병을 얻었다.

115. 삼도 수군 통제사 직위 회복 및
정유(丁酉) 재침(再侵)에 의한 남원 함락

수군이 대패하고 한산 요해 상실함은
하늘이 노여움을 상기(아직-편집자 주) 아니 푸심이라.
슬프다 이제 바다를 누가 가히 지키리오.
그대의 애국지성 바로 하지 못하여서
벼슬을 갈아내고 죄명을 쓰게 하여
국사를 크게 그르침을 무슨 말로 변명하랴.
주사를 재건하여 적과 다시 겨루는 일
그대가 아니고는 맡을 자가 없는고로
상중에 특히 불러내니 국치를 다시 씻게 하라.

---

12. 서울서 고관들의 청탁으로 데려 온 자격없는 자들로 삼은 군관들일 것이리라.

칠천 패보에 이어 적군이 다시 내륙으로 밀고 올라 그 선봉이 이미 직산에까지 미쳤다는 정보가 연달아 올라오매, 조정은 크게 술렁이는 가운데 여러 차례에 걸쳐 대책을 토의했으나 혹은 평양으로 다시 파천하자커니, 혹은 명나라에 구원병을 청하자커니 하는 정도일 뿐, 아무도 구체적 대책을 말하는 사람이 없었다.

이러한 때에 병조판서 이항복이 "이순신으로 하여금 다시 삼도수군통제사를 삼는 것이 상책인가 하나이다." 하고 어전에 아뢰니 경림군(慶林君) 김명원이 "병판의 의견이 옳은가 하나이다." 하고 찬성의 뜻을 표했을 뿐 아무도 반대하는 사람이 없었다. 어전회의에 모인 대관들은 이제까지 싸워서 패했다는 말을 듣지 못했던 수군통제사가 갈린 후 전멸하는 지경에 이르렀다는 보고를 받고 크게 놀라는 동시에 "과연 이순신은 왜적이 당할 수 없었던 무서운 장수였구나." 하는 생각을 하기에 이르러, 장군을 참하여야 한다고 주장하던 자들도 이제 다시 장군으로 하여금 수군을 재건시켜 적을 막자고 하는 의견에 반대할 수가 없었다. 그러나 불과 얼마 전에 죽여야 한다고 떠들던 그들로서는 찬성한다는 말도 할 수 없는 터이라 침묵을 지켜 반대는 하지 않는 자세를 취했다.

선조대왕은 대개 위에서 본 바와 같은 취지로 교서(사과문과 같은 느낌을 주는)를 내려 장군으로 하여금 다시 삼도수군통제사의 중책을 맡게 하셨는데, 대왕의 유서를 장군께서 받드신 때로 말하면 정유년 8월 3일이요, 곳은 하동군 옥종면 정성이었다.

이 무렵 장군께서 권 도원수가 보낸 군사를 점검하신 바 한 필의 말도 없었을 뿐만 아니라 군사들은 빈 활을 메었을 뿐 화살조차 없는 것

313

을 보시고 탄식해 마지않으셨는데, 8월 3일 대왕의 유서를 받드시기 바로 전날인 8월 2일 일기에 의하면 그날 밤에 임금의 명령을 받드는 꿈을 꾸셨다는 것은 참으로 기이한 일로, 이 점으로만 볼지라도 장군께서는 범상한 인물이 아니심을 알 수가 있는 바이다.

이때에 우리 군사는 오직 지상에서 경상좌도 방어사 곽재우 장군이 영산(靈山) 화왕산성(火旺山城)을 지키고, 도체찰사 이원익과 도원수 권율이 영남 장수들로 하여금 대구 공산산성(公山山城)과 안음(安陰)의 황석산성(黃石山城) 및 악견산성(岳堅山城)들을 지키게 했을 뿐이었는데, 적은 소조천수추(小早川秀秋)가 부산에 주둔하여 휘하 여러 장수들을 좌우 군으로 나누어, 우군은 모리수원으로 대장을 삼고, 그 선봉 가등청정은 광양, 순천을 거쳐 구례로, 그리고 과도직무(鍋島直茂, 나베시마 나오시게)는 김해 창원을 거쳐 진주로 향하게 했으며, 좌군은 우희다수가(宇喜多秀家, 우키타 히데이에)를 대장으로 하고 그 선봉 소서행장은 남해, 사천을 거쳐 구례로, 도진의홍(島津義弘, 사마즈 요시히로)은 고성, 하동을 거쳐 구례로, 그리하여 그달 15일에 진주서 모이기로 했으니, 이때 남방 일대가 얼마나 위급했던가를 가히 짐작할 수가 있다.

여기서 남원이 함락되던 전후에 꼴사나운 광경을 마저 보고 가기로 한다. 그동안 오래 끌던 강화담판이 깨어지매 풍신수길이 재침 계획을 세워 14만 대군을 출동시키기에 이르니 명나라에서도 이에 대응책으로 상서(尙書) 형개(邢玠)로 총독을 삼고 양호(楊鎬)로 첨도어사(僉都御使)를 삼아 군무를 경략하게 하고, 마귀(麻貴)로 비왜대장(備倭大將)을 삼아 5만 대군을 거느리고 압록강을 건너, 왜군과 대치하게 하니, 양호는 평양에 주둔하고, 마귀는 서울에 주둔하여, 부하 장수들을 각지로 파견함에 따라서 양원(楊元)은 남원에, 진우충(陳愚衷)은 전주에, 모국기(茅國器)는 성주에 오유충(吳惟忠)은 충주에 이르러 유진했다.

남원에 유진한 양원은 싸우려 왔다기보다는 노리(奴里) 차로 온 사람인 양 매일 각처에서 소와 돼지를 잡아다가 배불리 먹고는 민가의 젊은 부녀자들을 마구 끌어다가 진중에 두고 희롱하는 것으로 일을 삼으니, 이때 명군으로서는 하급 졸병일지라도 우리 부녀자 한둘씩 희롱하지 않은 자가 없을 지경에 이르매 남원 부내 백성들은 젊은 부녀자들을 산으로 피해 숨게 했으므로 부 중에 남은 여자라곤 늙은이밖에 없이 되매 술에 취한 명군들은 민가로 돌아다니면서 음란한 시늉을 하며 젊은 여자를 내놓으라고 폭행을 했고, 심지어는 남자라도 젊은 사람이면 옷을 벗기고 만행을 하기까지 했다.

이때에 백성들은 명군을 탓하기에 앞서 백성을 이처럼 비참한 지경에 이르도록 한 조정을 원망하는 감정이 폭발했다. 조정에 대한 원성은 남원 백성에 국한한 것이 아니어서 이미 전라도와 충청도의 백성들은 민란을 일으키기까지 했던 것이었다. 명장 양원은 남원에 내려와 여러 가지 악행을 하는 중에도 성을 높게 쌓고 성 둘레에 해자(垓子)를 파고, 성 위에 대포와 소포를 걸고 요동군 3,000명을 거느리고 있었는데, 왜장은 남원의 명군을 먼저 깨뜨려 일거에 전라도를 손에 넣을 계획으로 대군을 동원하여 남원으로 진격했다. 양원은 왜군이 대거 하여 온다는 정보를 받자, 성 밖의 민가에 불을 질러 허허벌판을 만들었으니 이는 적군으로 하여금 거접할 곳이 없게 하는 동시에 적군의 동태를 살피기에 편하도록 하자는 소극적인 전법이었다.

왜군은 드디어 8월 15일, 남원 성 밖에 이르러, 성을 넘기 위한 작업으로 밤을 새어가며 풀을 베어 해자를 메우고 있었건만, 명군은 술과 떡으로 추석 놀이를 질탕히 하고 있다가, 새벽 녘에 왜군이 성으로 기어 오르는 것을 보고 황겁하여 양원 이하 모든 장병들은 민가에서 약탈한 경보(輕寶: 몸에 지니기 쉬운 가볍고 값진 보배-편집자 주)를 지니고 북문으로 달아나려 했다. 이때 우리 군사 조방장 김경로(金敬老)는 성문을 굳게 닫고 칼을 빼어들고 떡 버티어 양원에게 이르기를 "대인은 황제의 명을 받들고 우리를 도우러 왔거늘 민가의 재물을 약탈하고 양가의 부녀자들을 희롱하다가 이제 바야흐로 싸워야 할 때에 어디로 가는 것이오?" 하고 길을 막았다.

양원은 명나라 장수라는 권위로 김경로를 위협하려 했으나, 우리 군사의 형세가 자못 불온한 것을 보고 전주로 가서 응원군을 청해 온다 하고 문을 열라 했으나 김경로는 "여기서 우리 같이 싸우다가 죽읍시다." 하고 완강히 버티매 양원은 전라 병사 이복남에게 문을 열게 하라고 명했고, 이 병사는 김경로가 문을 열지 않는 허물이 자기에게 돌아올까 하는 염려에서 겸경로에게 문을 열도록 명하니 김경로는 직접 상관인 병사의 명을 어길 수 없어 통분한 맘에 눈물을 머금고 문을 열었다. 문이 열리자 양원 이하 명군 장졸들이 북문을 통해 빠져 나가니 병사 이복남도 그 뒤를 따라 나가려 했다. 이때 김경로는 칼을 들어 병사가 탄 말의 목을 베고, "오랑캐 놈들은 다 달아났지만 국록을 먹은 병사가 나라 일이 이처럼 급한 때에 어디로 가려는 것이오? 이 성에서 같이 싸웁시다." 하고 병사의 길을 막았다. 이때 병사의 뒤를 따라 도망하려던 광양 현감 이춘원(李春元)은 김경로의 칼에 병사가 탄

말의 머리가 떨어지는 것을 보고 도저히 회피할 수 없는 형세임을 깨달아 군사들을 독려하여 싸우기로 했다.

김경로는 북문을 닫아 걸고 병사에게 싸우기를 재촉하니 이 병사도 어찌할 도리가 없어 군사들에게 싸우기를 명하매 이제까지 도망에만 뜻을 두는 병사의 비겁한 꼴을 비웃던 군사들은 김경로의 용기에 감복해서 다들 목숨을 걸고 싸웠으나 중과부적이라 마침내 전멸하는 지경에 이르고 논바닥에 죽은 듯이 엎디어 겨우 목숨을 건진 한 군사가 전주 감영으로 달려가서 남원이 함락된 전말을 고했다.

한편 양원은 휘하 군사 3,000명을 거느리고 북문을 빠져 나가 전주로 향해 말을 달리다가 이미 매복해 있던 왜군의 서리같이 번쩍이는 장검으로 엄습을 당했다. 명군들은 왜군의 긴 칼에 기겁하여 목을 움추리다가 마침내 추풍에 낙엽처럼 3,000명 장졸들의 목이 거의 다 떨어졌으며, 몸에 경보를 지녔던 몇 명 장졸들이 왜군 앞에 무릎을 꿇고 재물을 바쳐 겨우 목숨을 건졌을 뿐이었다. 이때 말을 타고 앞서 달아나던 명장 양원도 마침내 말에서 내려 왜군 앞에 무릎을 꿇고 칼과 부절을 비롯해 지녔던 보물을 다 내어 놓고 목숨을 빌어 전주로 가서 왜군과 크게 싸웠으나 중과부적으로 패했다고 진우충에게 거짓말을 했다가 살아남은 한 사람의 우리 군사와 명나라 군사로서 도망해 간 자의 보고로 양원의 말은 거짓인 것이 곧 드러나 결국 양원은 명나라로 잡혀가서 대명의 체통을 잃게 했다는 죄로 참형을 당했다.

116. 피란민 위무

적군이 편만하여 없는 곳이 있잖으니

돌아가 집을 지켜 생업에 힘을 쓰고

나라를 위해 싸울 자는 나와 함께 갈지어다.

　삼도수군통제사로 다시 임명하시는 선조대왕의 특별한 교서를 받드신 장군께서는 나랏일이 심히 급하매 일각을 지체할 수 없다 하시고 일찍 등정(登程)하여 우중에도 멈추지 않으시고 두치, 구례, 곡성 등지를 경유하여 옥과(玉果, 전라남도 곡성군)에 당도하시니, 아이들을 업고 옷 보퉁이를 진 피란민들이 길을 메우고 있다가 통제사를 뵙자 반가움과 슬픈 감정이 일시에 폭발하여 일제히 울음을 터뜨렸다. 장군께서는 말에서 내려 피란민들을 위로하시고 "피란을 가면 어디로 가겠느뇨? 어디나 다 적군이 없는 곳이 없으니 집으로 돌아들 가서 집을 지켜 일을 하고 군사가 되기를 원하는 사람은 나를 따르라." 하시니 즉석에서 30여 명 장정이 군사가 되기를 원했고, 모든 피란민들은 "이제 통제사 대감이 다시 오셨은즉 우리가 살겠노라." 하고 집으로 돌아갔다.

117. 도망한 수령들의 망담과 대조적인
산승 혜희의 우국지성

산승도 문안하고 국사를 염려커늘

원으로서 칭병하여 출영도 아니하고
도리어 무엄한 망담(妄談)으로 뒷공론을 하단말가.

장군께서 옥과읍에 당도하셨건만 원은 칭병하고 나와 맞지도 않았
거니와 낙안, 보성 등 수령들은 경거망동을 하지 말라고 미리 내린 통
제사의 명령을 받고도 이에 승복하지 않고 도리어 한 척의 배도 없이
벼슬이라면 쓴 것 단 것을 모른다고 악평을 하기까지 했으니 그 무엄
하고 가증함을 무슨 말로 다 타매하리오! 관원들의 태도가 이처럼 오
만불손한 반면에 장군의 높은 인격과 열렬하신 충의에 평소 경의를
품고 있던 혜희(惠熙, 중)는 장군께서 순천 지경에 이르심을 전해 듣고
산에서 내려와 옥고와 상사에 대한 위문 말씀을 드린 후, 국사를 염려
하는 간절한 뜻을 표하매 장군께서는 그 애국지성에 감심하사 의장첩
(義裝帖)13을 주시고 중으로 의병을 조직하여 싸우라 하시니, 혜희가 감
격하여 합장배례 하며 목숨을 걸고 싸울 것을 맹세했다.

118. 의용군의 무장 정비
순천 부내 병기고가 다행히 남아 있어
피란 중에 맨손으로 따라나선 의용군들
비로소 군사 장비를 갖추기에 이르도다.

---

13. 의장첩: 의용군의 장수라는 증명서.

장군께서 순천 지경에 이르시니 부유창(富有倉)14은 이미 소실되어 매년 적공하여 비축했던 군량과 마초가 잿더미로 변했고 군사들은 흩어졌으며, 관아와 민가 역시 소실되어 인적이 적연(寂然)했으니, 이때 비통하신 장군의 심회를 어찌 다 형용할 수 있으리오마는, 그런 중에나마 군기고가 성한 대로 남아 있어, 노량을 떠나신 후 따라나선 120명 의용군들에게 비로소 군복을 입게 하고 각각 무장을 갖추도록 하시게 되었다.

119. 기도
삼천리 이 강산이 원수 발에 짓밟히고
도탄에 빠진 백성 차마 볼 수 없사오니
이 목숨 거두시고서 저 백성을 구하소서.

장군께서 낙안(승주군 낙안면) 지경에 당도하실 즈음, 원은 이미 도망했고, 백성들 중에도 미처 피란하지 못한 가난한 사람들만이 통제사 대감이 오신다는 소문을 듣고 읍에서 5리나 되는 곳까지 나와서 "우리를 살리시려고 통제사 대감이 다시 오신다." 하고 환성을 올리다가, 풍부한 수염이 그 위엄을 한결 돋구는 장군의 모습이 보이자 너무도 감격한 나머지 일제히 울음을 터뜨렸다.

---

14. 부유창: 전라남도 승주군 주암면 창촌리에 있는 창고.

백성들은 누구나 다 왜적을 막아 줄 이는 이 통제사 대감밖에 없다고 믿는 바이어니와 그들 중에 어떤 이는 "자아, 저런 장한 어른을 죄지어 잡다니!" 하고 중얼거리며, 또 어떤 이는 "사또께서 나라와 백성을 위해 그처럼 수고하셨건만 간신들의 참소로 모진 옥고를 겪으시고 또 대고조차 당하셨으니 무에라 여쭐 말씀을 모르겠나이다." 하고 정중히 인사를 갖추고 나서 소매로 눈물을 씻으며 예비했던 술과 마른고기와 떡 등 여러 가지 음식과 짚신을 바쳐, 적수공권(赤手空拳: 맨손과 맨주먹-편집자 주)으로 따라나선 의용군들을 위해 긴히 쓰셨다.

장군께서는 소위 원이란 자들은 당신을 악평하여 "벼슬이라면 단 것 쓴 것을 모른다." 하고 배 한 척도 없는 통제사라고 없이여겨 명령을 어기고 달아나는데 백성들은 당신을 믿고 열렬히 환영하는 것을 보시고 감개무량하셨다. 백성들의 신망이 두터울수록 달아난 수령들의 말과 같이 한 척의 배도 없으니 과연 무엇으로써 이 백성을 구할지 앞이 캄캄하셨다. 그래서 밤이 깊어 홀로 계실 때면 하염없는 생각에 잠겨 눈물로 새우시고, 새벽이면 창천(蒼天)을 우러러 "이 목숨을 거두시고 저 백성들을 구하소서." 하고 빌기도 자주 하셨다.

120. 침중한 병환

쌔고 쌔인 피로에다 옥고조차 겪으시고
하염없는 근심 중에 우중행군 과도하사
마침내 침중한 병환으로 병선에서 내리시다.

앞에서(본문 2) 이미 서술한 바와 같이 장군께서는 힘으로도 능히 수십 명을 당할 체력을 타고 나셨건만 임진이래 큰 전투를 여러 번 겪으신 이후로는 병환이 잦으셨다. 난중일기를 보면 병환으로 고통하신 기사가 빈빈한 중, 특히 갑오년에는 한 달 동안에 병환으로 신음하신 기사가 18회나 있고, 병신년에는 허한(虛汗)을 흘리신 기사가 많은데 특히 3월 25일 일기에는 땀이 흘러 옷 두 겹이 젖고 방바닥에까지 흘렀다는 기사가 있는 것으로 미루어 그 쇠약해지신 정도를 가히 짐작할 수가 있다. 이는 다시 말할 나위도 없이 전투 중에 살과 탄환에 맞으신 것이 직접적인 원인이 되겠지만 여러 가지로 불우한 환경에서 적을 치시기에 일야로 노심초사하실 뿐 당신의 몸을 돌보지 않으신 까닭이었다.

　게다가 억울하신 옥고조차 겪으신 끝에 대고마저 당하시어 피로와 상심이 대단하신 중에도 갈수록 꼬여만 가는 국사에 대한 근심과 매년 적공하여 다져 놓으신 수군이 일조에 무너진 통분, 그리고 적수공권으로 강성한 적을 막아야 할 막중한 책무감 등으로 초려(焦慮) 하시는 가운데 여러 날 계속하는 우중에 행군이 과도하시어 마침내 심한 병환으로 보성 김안도(金安道)의 집에 누우시기에 이르렀다. 이때 전일 좌수영 시대로부터 섬겨 모시던 군관 송희립과 최대성(이들은 원균이 통제사로 부임하자 전임 통제사의 심복이라는 이유로 내침을 당했던 까닭에 전사를 면하고 살아남은 것이다.)이 찾아와서, 병환이 침중하신 것을 염려해 시탕(侍湯) 하기를 어버이의 병환을 근심하여 모시듯 했다.

121. 신명을 바쳐 나라를 건지시려는 철석같은 결심

십이 척의 적은 배로 천여 척을 대항함은
계란으로 산을 침과 다를 바가 없사온즉
바다를 잠시 버리심이 어떠할까 하나이다.
바다를 취사함은 조정이 할 일이요
우리의 맡은 임무 바다를 지킴이니
목숨이 다하기까지 오직 싸울 따름이라.

장군께서는 병선을 구하기 위해 순천, 낙안, 보성 등지를 순찰하셨으나, 병선으로 쓸만한 배라곤 한 척도 구하지 못해 고민하시던 차에 거제 현감과 발포 첨사가 와서 고하기를, 경상 우수사 배설이 병선을 거느리고 회령포(會寧浦, 전라남도 장흥군)로 왔으나 도무지 싸울 생각을 하지 않고 도망할 기회만 노리고 있다고 했다. 이 정보를 들으시고 장군께서는 병상을 떨치고 회령포로 가셨는데 배설은 칭병하고 나와 맞지도 않을 뿐만 아니라 이튿날(8월 15일) 여러 장수가 선전관 박천봉(朴天鳳)이 가지고 온 교서에 숙배하는 예식에도 참례하지 않으므로 영리(營吏)를 잡아다가 그 무례함을 꾸짖고 정강이 40도를 치셨다.

원래 배설은 7월 16일 칠천 바다에서의 전투가 있기 바로 전에 작전상 통제사인 원균과 뜻이 맞지 않아(썰물이 되어 배를 깊은 물로 옮기지 않으면 앉아서 큰 화를 면치 못하게 되었음에 불구하고 원균이 주장의 권위로 고집하여 그 헌책을 듣지 않으므로) 자기가 거느린 병선을 인솔하고 칠천을 탈출하여 한산도 관사와 창고에 불을 놓고 바다로 떠다니며 도망할 기회를 찾다가 노량(경상남도와 전라남도의 경계선에서 경상도 쪽으로 약간 치우친 해안)

에서 장군을 만나 노량을 죽기로써 지키라는 권고를 받고 그 자리에서는 그리하오리다 했으나, "큰 집이 무너지는데 외나무로 버틸 수 있나!" 하고 그 이튿날로 노량을 떠나 회령포에 이르러 숨어 있었다. 장군께서는 회령포에서 배설이 거느리고 있던 병선 9척을 거두신 후, 전라 우수사 김억추와 협력하여 병선 3척을 더 수습하시어 싸울만한 병선 12척을[15] 거느리시게 되매, 바로 나가 적을 막기로 작정하시고 배설에게 곧 출동하도록 명하셨다. 그러나 배설은 "소인도 나가서 싸울 뜻이 없지 않사오나 지금 적선은 노량을 넘어선 것만도 4, 5백으로 헤일 정도이고 한산도 저쪽에 유진한 것을 합치면 1,000여 척이나 되는데 우리는 배라곤 모두 12척 밖에 없으니 이것으로써 싸운다는 것은 계란으로 바위를 치는 것과 다름이 없겠은즉, 잠시 바다를 버리고 지상군을 모아 뭍으로 오르는 적을 막는 것이 득책일까 하나이다." 하고 출동하기를 회피하려 했다.

"그것은 조정에서나 할 말이고 우리는 바다를 지키라는 명령을 받은 터인즉, 힘이 믿는 데까지 목숨이 다하는 순간까지 바다를 막는 것이 우리의 취할 바 길이므로 성화같이 출동하도록 하시오." 하시며 장군은 출동을 재촉하시고 군량과 시수를 싣게 하신 후 회령포를 떠나

---

15. 이순신 장군이 직접 쓴 '행록'에는 '신에게는 전선 12척이 있습니다.'라고 쓰여 있고, 유성룡의 '징비록'에도 '이순신은 12척의 배에 포를 싣고'라고 기록되어 있다. 하지만 이항복의 '충만사기'에는 '13척'이라고 기록됐으며, 명량해전 후 1597년 11월 10일 '선조실록'에 실린 이순신 장군의 승전 보고서 인용문에도 '13척'으로 기록됐다. 이순신 장군이 직접 쓴 '난중일기'에 명량해전 이후 1957년 9월 23일 '승전보고서 초안을 수정했다'라고 기록되어 있어, '선조실록'의 인용문에 힘이 실려 현재는 13척으로 본다. 이는 이순신 장군이 장계를 올릴 때는 12척이었으나, 명량해전 일주일 전 송여종 장군이 전선을 수리 또는 건조를 통해 1척을 이끌고 와 13척이 참전했기 때문이다.-편집자 주

배나루(남해군 북평면 이진리)로 진을 옮기시니, 때는 정유년 8월 20일이었다.

여기서 잠시 틈을 내어 이순신 장군에게 재차 삼도수군통제사의 책무를 맡긴 후 조정에서는 어떻게 생각하고 있었나 하는 것을 살펴 보고 가기로 한다.

12척의 배로 4, 5백 척의 배를 대항하여 싸운다는 것은 계란으로 바위를 침과 다름이 없다고 하는 배설의 의견과 같이 조정에서도 역시 "이순신이 아무리 명장이라 할지라도 몇 척의 배와 몇 사람의 군사로서야 어찌 저 강대한 적을 막아낼 수 있으리오." 하고 장군에게 바다를 버리고 육지로 올라 싸울 것을 명하기도 했다. 이때 장군께서는 임진년 왜란이 터지기 1년 전에 수군이 폐지될 뻔했던 것을 상기하시고 그 불가한 이유를 들어 다음과 같이 상소하셨다.

"임진 이후 왜가 감히 전라도를 범치 못했던 것은 오직 우리 수군이 바다를 지킨 까닭입니다. 이제 신이 싸울 수 있는 배 12척을 찾아냈사온즉 힘을 다해 싸우면 능히 적을 꺾을 수가 있습니다. 그런데 이제 수군을 폐한다면 그게 바로 적들이 다행히 여기는 바가 될 것으로서 적들은 거침없이 서해를 통해 서울로 올라갈 것이온즉 그것이 바로 신의 염려인 것입니다. 전선이 비록 적기는 하오나 신이 죽지 않은 이상 적이 우리를 없이여기지 못할 것입니다." 하여 기어코 적을 토멸하고야 말 철석같은 결의를 표명하셨다.

이 상소의 내용으로써 추리하면, 장군께서 지난 4월 출옥하시어 백의종군의 신분으로 권 도원수 막하로 가실 당시의 심경이야말로 다만 왕명에 승복하기 위해 가시는 것만이 아니라 목숨이 다하는 최후의 순간까지 불공대천 원수들을 무찔러 나라를 건지고 겨레를 구하시려는 일념에 타고 계셨던 것을 족히 짐작해 알 수가 있는 것이다. 그러기에 장군께서는 지난날 삼도의 수군을 지휘하시던 직위가 일조에 탈락되고, 권율 장군 막하에서 복무하게 된 명색 없는 신분이 되셨건만 누구를 원망하거나 불평하는 기색을 추호도 나타내지 아니하시고, 오직 국사가 크게 그릇되는 우려에 잠기실 뿐이었던 것이다.

여기서 우리는 중국 촉한(蜀漢) 때 소헌 황제(昭獻皇帝)가 삼고초려(三顧草廬)의 예를 갖추어 국사를 부탁하고 출장입상(出將入相)하는 권한을 부여했던 제갈량(諸葛亮)이나 온 영국 국민의 추앙을 받는 가운데 그 천부(天賦)의 자질을 십분 발휘할 수 있었던 넬슨(Horatio Nelson)의 경우와 당쟁으로 수군의 발전을 제약하는 불우한 환경에서 거북선 발명을 비롯해 모든 군수품을 스스로 마련하여 왜적을 꺾어 풍신수길의 간담을 서늘케 한 공적을 세우시고도 도리어 철없는 벼슬아치의 시기와 간신들의 모함으로 옥고를 당하시도록 하는 정치 풍토에서 나라를 멸망에서 거듭 건지고 겨레를 죽음에서 구하신 장군의 공적은 제갈량이나 넬슨의 업적과는 동일시할 수가 없는 것이라고 하겠다.

아아! 장하고 장하시도다. 이순신 장군! 우리 온 겨레 영원히 받들어 모셔야 할 어른이시요 배우고 따라야 할 위대한 스승이시로다.

122. 인사불성 병환 중에도 적절히 하시는 군사 지휘

환후 비록 침중하되 정세 판단 분명하사
명하여 함대를 서편으로 옮기시어
전국이 심히 불리함을 미연에 방제 하시도다.

함대를 배나루로 옮긴 이튿날 새벽에 장군께서는 갑자기 곽란을 일으켜 심한 구토와 설사로 마침내 인사불성 지경까지 이르고 사흘이 지나도록 차도가 없으시매, 부득이 배에서 내려 민가에서 치료하시게 되니 이때 오직 장군 한 분을 믿고 따라나선 의용군들의 앞이 캄캄해졌다. 장군께서는 병환이 침중하신 중에도 적을 막아야 할 사명감과 적의 동정으로 미루어 적장의 의중을 간파하시는 형안에는 조금도 변함이 없으시었던 까닭에 불원간 적이 추격해 올 것을 예측하시고 배나루에 유진하는 것이 지리적으로 불리할 것을 염려하시어 병환을 무릅쓰고 행선을 명하여 서편으로 병선을 물리게 하셨는데, 과연 장군의 예측이 적중해 우리 병선이 배나루를 떠난 지 얼마 아니 되어 적의 함대가 배나루에 당도한 것이 밝혀졌으니 만약 장군의 밝으신 판단이 아니었다면 큰 화를 면치 못 할 뻔했다.

이와 같은 일은 일찍이 장군께서 발포 만호와 조산포 만호 시절에 수사 이용과 병사 이일 등의 옳지 못한 심리를 간파하시고 그 대응책을 세우심에 의하여 후환에 대비하신 것을 비롯해서 옥포 해전 이래 누차 전투에서도 매양 적의 동태에 따라 적장의 폐부를 투시하시고 임시응변 작전을 변개함에 의하여 크게 승리를 거두신 사례를 우리는 많이 본 바 있었다.

123. 배설(裵楔)의 도망 기도

적이 침공 하는 것은 이미 아는 바이어늘

적선이 보인다고 어이 새삼 놀라리오!

나가서 목숨을 걸고 오직 싸울 따름이라.

소수의 병선으로 그 수를 알 수 없는 많은 적의 함대를 대적하여 싸우기에 적당한 근거지를 잡기 위해 배나루를 떠나신 장군께서는 고금도(古今島, 전라남도 완주군 고금면)를 지나 어란진(於蘭鎭)16에 이르러 진을 치셨다.

어란진으로 진을 옮긴 이틀 만인 8월 26일 군관 임준영(任俊英)이 말을 달려와 보고하기를, 적선이 배나루까지 추격하여 왔다고 했다. 이 정보를 듣고 배 수사는 "배나루에 와닿은 배만도 300여 척이라 하니 어찌하면 좋으리까?" 하고 심히 황겁해 하니, "적이 추격해 올 것은 기정사실이어늘 적선이 보인다고 이제 어찌 새삼 놀라느뇨? 우리는 바다로 오는 적을 막을 임무를 지고 있은 즉, 적이 나타나면 마땅히 나가서 목숨이 다하기까지 싸우고 싸울 따름이다." 하시고 곧 응전할 것을 명하셨다. 배 수사는 목숨이 다하기까지 싸우고 싸운다는 장군의 말이 맘에 찔려 속으로 장군의 굳은 결의를 고집이라 원망하면서 어찌하면 이 사자의 굴을 벗어날까 하고 도망할 꿈을 꾸었다.

---

16. 어란진: 전라남도 해남군 송지면에 있는 해안으로, 삼면이 육지로 둘러싸인 군사상 요해지이다.

124. 어란진(於蘭鎭)에서

다시 요해처(要害處) 벽파진(碧波津)으로 이진(移陣)

적군이 개전 벽두 급거히 퇴진함은
함정으로 유인하는 흉계임이 분명하니
제장은 흥분을 자제하고 추격을 중지할지어다.

8월 28일 적선이 어란진 앞바다에 나타났는데 그것은 우리 군사 형세를 탐지하기 위한 것이었다. 노량진을 넘어선 배만도 4, 5백으로 헤이고, 한산도 저쪽에 있는 것을 합치면 1,000여 척이나 된다는 말만 듣고 아직 적선을 대해 보지 못했던 의용군들은 적선이 나타난 것을 목격하자 기겁하여 더러는 육지로 배를 대어 하륙하려 하기까지 했다. 이때 배 수사는 달아나려는 기색이 역력했다. 장군께서는 이 눈치를 채시고 몸소 선봉이 되어 적진으로 향해 배를 몰게 하시고 칼을 빼어 적진을 가리키며 배설에게 추격하기를 명하시니 배설은 마지못해 뒤를 따랐다.

척후차로 왔던 적선은 우리 배에서 북을 치고 앞으로 달려 나오는 것을 보고 뱃머리를 돌려 퇴각했다.

장군께서는 칙머리까지 추격하시다가 쇠를 울려 추격을 중지하게 하시니, 그제야 군사들은 의기가 양양하여 더 추격하지 못하는 것을 아쉽게 여겼다. 이때 장군께서는 "적이 쫓겨 갈 때에 흥분한 마음으로 멀리 따르는 것은 매양 함정에 빠지는 장본이라." 하여 들뜬 군사들의 마음을 진정시키시고 일단 배를 물려 어란진으로 돌아오신 후, 소수의 배로 싸우기에 지리적으로 보다 더 유리한 벽파진(碧波津)17으로 진을 옮기셨다.

125. 배설의 부끄러운 최후

살려면 죽게 되고 죽자면 산다하는
병서의 가르침을 모르는 바 아니언만
배 수사 살기만 도모하다 부끄러이 죽었도다.

한산도 저쪽에 있는 것은 말고라도 이미 노량을 넘어서 배나루까지 와 닿은 것만도 300척이 넘는다는 적선을 상대하여 불과 12척의 배로써 싸운다는 것은 스스로 죽는 길로 들어가는 것이라고 하는 타산적인 생각에서 배설은 무장으로서 부하한 사명을 저버리고 마침내 9월 2일에 뭍으로 올라 도망했다. 그러나 그는 급기야 권 도원수에게 잡혀서 서울로 치송된 후, 칠천 패전의 죄로 사형을 당하고야 말았다.

만약 배설이 장군의 말씀과 같이 바다를 지켜야 할 사명감에서 그리고 자기로서는 승산이 없는 것으로 판단했다 할지라도 죽기로써 싸워 나라를 건지려는 장군의 열렬한 구국정신을 이해하고 같은 무인으로서의 의리를 발휘하여 협력하였더라면 불과 며칠 후에 기적적으로

---

17. 벽파진: 전라남도 진도군 동쪽 끝에 위치하여 해남을 바라보는 곳으로 앞에 조그만 섬이 가로막아 있어서 수십 척의 배를 숨길 수 있는 군사상 요해지이다.

강대한 적을 꺾고 승전고를 울리는 영광스러운 자리에 동참할 수가 있었을 것이며 동시에 칠천에서 자기 소관 병선을 이끌고 탈출한 것이 도리어 장차 이순신 장군으로 하여금 벽파에서 다시 싸워 크게 승리할 수 있는 병선을 남겨 둔 결과가 되었다는 것으로써 칠천서 탈출한 죄를 사할 수도 있었을 것이언마는, 배설은 오직 그 한 목숨을 아껴 지나치게 살기만 도모하다가 마침내 무장으로서 부끄러운 죽음을 당하고야 만 것이었다.

그는 하여간 배설은 비록 충의정신은 박약하다 할지라도 실전에 경험이 있는 장수이므로 장군께서는 그를 아껴 쓰려 하셨는데 그마저 도망해서 군심이 동요하고 새로 수사가 되어 온 김억추(金億秋)는 좌의정 김응남(金應南)이 사사로운 정으로 대장의 중임을 맡겨 보낸 사람으로서 실전에 경험이 없을 뿐만 아니라 병법에 대한 소양조차 없는 사람이었으니 이때 심란하신 장군의 감회를 어찌 말로 다해 형용할 수 있으리오!

126. 의병을 삼은 피란선의 공효

삼척서천 빼어 드신 통제사 위엄 앞에
임진년에 느끼었던 두려움이 되살아나
벽파로 나온 야습 부대 기겁하여 물러가다.

어란진 앞바다로 척후차 왔다가 물러간 후, 적선 55척이 야음을 타서 벽파진으로 습격해 왔다. 장군께서는 이날 필연코 적의 야습이 있을 것을 예측하셨던 까닭에 모든 군사를 신칙하여 자지 말라 하시고 피란민 선에 명하여 횃불을 준비하고 대기하게 하신 후, 적군이 나타나자 애용 검 "삼척서천"을 빼어 들고 선두에 나서시어 북을 울리며 적진으로 돌진하시니 그 위엄이 감히 누가 그 앞에 맞설 수가 있을까 싶었다.

전선 55척을 이끌고 온 적의 선봉장은 아마도 임진년 해전에서 장군의 두려움을 뼈저리게 느끼는 가운데 구사일생으로 간신히 목숨을 건져 도망한 자이었던 모양으로 장군의 위용을 대하자 거년에 뼈저리게 느낀 두려움이 되살아나 곧 기가 죽는 동시에 우리 배가 13척 밖에 없는 것으로 알았다가 무수한 배가 뒤를 따르고 있는 것을 보고 놀라 도저히 감당할 수가 없는 것으로 판단하여 물러서고 말았다.

127. 운집하는 피란민의 도움
칠천에서 우리 주사 일조에 무너지매
부지할 곳을 잃어 방황하던 피란민 선
통제사 날개 밑으로 떼를 지어 모이도다.

장군께서 벽파로 진을 옮기신 후, 피란민 선으로 하여금 의병 구실을 하게 하시고 침공하는 적선을 물리치셨다는 소문이 전파되자 그동안 부지할 곳을 잃고 이리저리 방황하던 피란민 선들이 살길을 찾은 듯이 장군의 날개 밑을 찾아 벽파진으로 구름 모이듯 몰려 들었다. 피란민들은 저마다 가지고 온 음식을 내어 피로한 군사들을 배불리 먹게 했고, 또 늦가을 찬 기운이 날로 더해가는데 군사들에게 갈아입힐 겹옷이 없음을 염려하시는 장군의 말씀을 듣고 각기 옷가지를 거둬내어 그 걱정을 덜어 드리기도 했다. 이처럼 장군께서는 모든 군수물자를 다 당신의 주선으로 마련해 가시면서 싸우시는 것이었다.

이때(9월 14일) 군관 임준영(任俊英)이 해남 방면으로 가서 정찰을 하고 돌아와 적선 200척이 이미 칡머리를 돌았다고 보고했고, 또 적군에게 사로잡혔다가 도망해 온다는 중걸(仲傑)이라는 사람의 말에 의하면 적군이 수일 내로 대대적으로 전선을 출동시켜 우리 병선을 깨뜨린 후 곧 경강(京江: 한강)으로 올라갈 계획이라는 것이었다. 장군께서는 이 정보를 접하시고 곧 전령선(傳令船)18을 우수영으로 보내어 백성들을 피란하게 하신 후, 지리적으로 유리한 위치를 먼저 차지하기 위해 울돌목(명량해협 鳴梁海峽)을 넘어 우수영으로 함대를 옮기셨다.

128. 명량 전투에 대처할 중대한 훈시
원수를 무찌르고 철천지한(徹天之恨) 풀어야 할
포문을 이제 바로 열 때가 되었으니
제장은 군사를 점검하고 대기청령 할지어다.

---

18. 전령선: 군사의 훈령을 전하는 배.

결사동맹 굳은 결의 우리 이미 하였거니
목숨을 이제 새삼 아낄 리 없거니와
죽어도 의롭게 죽을진댄 어찌 아니 영광이랴!
필사필생 필생필사(必死必生 必生必死) 병서의 가르침을
상하일치 복응(服膺)하여 전투에 임할진댄
드디어 불공대천지수(不共戴天之讐) 우리 손에 꺾이리라.

　9월 보름날 밤 장군께서는 모든 장수들을 장선에 모으시고 날이 새면 시작될 것으로 예측되는 전투에 대처할 일장 훈시를 하셨다. "병서에 이르기를 죽으려면 살게 되고, 살려면 죽게 된다 했고, 또 한 사람이 길목을 막으면 천 사람을 두렵게 할 수 있다 했으니, 이것이 바로 지금 우리를 두고 이름이라. 우리는 이미 나라를 위해 사생을 같이 하기로 맹세했은즉, 나라의 존망이 달린 이 위급한 때에 어찌 목숨을 아끼리요마는 나라와 의리를 위해 죽으면 죽어도 영광이 아니리오! 그런즉 제장은 살기를 도모하여 영을 어기는 일이 없겠거니와 만약 군령을 어기면 군율로 시행하리라." 하시니 제장이 일제히 어깨를 벗고 칼을 받들어 영대로 복종하여 죽기로써 싸울 굳은 결의를 표명했다. 장군께서는 다시 엄숙한 어조로 거듭 신칙하시기를 "필생필사 필사필생, 병서의 가르침을 우리 모두 복응하고 상하가 일치단결하여 전투에 임하면 우리는 드디어 불공대천 원수를 꺾고 통쾌히 승전고를 울리게 되리라." 하시고 여러 장수들을 격려하셨다.

129. 신인(神人)의 현몽

지극한 애국심과 열렬한 충의정신
상천이 감동하사 신인을 현몽시켜
전투에 이길 방도를 계시하여 주시도다.

장군께서 여러 장수들을 장선으로 모아 날이 새면 전투에 임할 자세에 대하여 다시 훈시를 하신 후 모든 장졸들에게 밥과 고기를 배불리 먹게 하고 영이 내릴 때까지 잘 자기를 명하시고, 또 피란민 선에 영을 내려 더러는 활 서너 바탕 더러는 너댓 바탕 밖에서 학익진으로 벌려 있도록 명하여 의병이 되게 하시고 방포를 군호로 하여 진퇴하게 하셨다. 밤이 깊으매 모든 장병이 잠들어 병선은 조용했다. 피란민 선들 역시 그러하니 온 해상이 고요했다.

이때에 창공을 달리는 보름달은 아낌없이 찬란한 빛을 발휘하여 바다를 빛냈고, 물결은 월광을 맞아 춤추듯 흥겹게 출렁이었다. 장군께서는 홀로 깨어 계셔 이 광경을 보시고 "자연은 이처럼 평화롭고 다정한데, 인사는 왜 이다지도 거칠고 사나운가!" 하시며 탄식하여 마지 않으셨다.

밤은 이미 깊었으나 장군께서는 잠을 이루지 못하셨다. 날이 새면 싸울 일로 이 궁리 저 궁리 하시다가 "삼척서천 산하동색" 애용검을 어루만지시며 "이 목숨을 거두시고 저 백성을 구하소서." 하시고 한울에 빌고 비셨다. 빌기를 마치신 후 다시 천사만려(千思萬慮)로 잠을 이루지 못하시다가 새벽녘에 잠시 눈을 붙이신 새 한 꿈을 꾸셨는데, 그 꿈으로 말하면 임진년에 한산 대해전이 있던 바로 전날 밤 꿈에 신인이 나타나서 이리하면 이길 것이요 저리하면 질 것이라고 일러주던 그것과 바로 같은 것이었으니 이야말로 하늘이 이 백성을 아주 멸망하게 버려두지 않으시는 조짐이었다.

130. 명량 전투의 개막

나가서 싸울 때가 눈 앞에 닿았으니
우리의 중대사명 인식을 새로하여
목숨을 바칠 각오로써 명량으로 출동하라.

정유년 9월 16일, 동이 트려 할 즈음 정탐군이 횃불을 높이 들어 적선이 나타났음을 군호로 보고했고, 이어서 정탐선이 장선으로 접근하여 고하기를 적선이 대거하여 감보섬(甘甫, 진도군 고군면)에 다달았는데 그 수가 얼마인지 알 수 없으나 바다를 덮은 듯 하다고 했다. 장군께서는 곧 여러 장수들을 장선에 불러 다시 신칙하신 후, "일사보국 충의 정신 가일층 진작하여 목숨을 바칠 각오로써 명량으로 출동하라." 명하시고 스스로 선봉이 되시어 북을 울리며 배를 몰고 나가셨다.

131. 1당 133의 대결

적선이 백은 말고 천이라 할지라도
저희 감히 우리 배를 범하지 못하리니
한결 더 용기를 내어 분전역투 할지어다.

우리 배가 명량에 가까이 당도할 즈음, 이미 명량을 넘은 적선 133척이 학익진으로 진을 짜고 우리 배를 포위하려는 자세를 취했다. 장선의 뒤를 따르던 우리 배들은 이를 보자 마치 물결과 바람을 이기지 못하는 듯이 하나씩 하나씩 뒤로 물러 가는데 그 중에도 수사 김억추는 물러가는 배들을 막기나 하는 듯이 맨 뒤에 까맣게 떨어져서 뱃머리만 장선을 향하게 하고 슬슬 돌고 있는 것이 차마 달아날 수는 없는 모양이었다.

그러나 장군께서는 칼을 들어 적진을 가리키며 성화같이 배를 몰게 하시고, 적선에 가까워지자 각양 총통과 활을 빗발치듯 쏘아대니 삽시간에 먹구름이 일어 이편 배는 형체를 감추고 화살만 공중을 날아 소나기 퍼붓듯이 적선으로 떨어지니 적장은 오직 한 척 배가 달려 나와 맹렬히 공격하는 것을 보고 일변 놀랍고 일변 의심스러워 일진일퇴했다. 이때에 장선에서 싸우던 우리 장병들은 우리 배가 적선으로 겹겹이 포위되어지는 것을 보고 겁을 먹어 서로 돌아보며 기색이 소침해졌다. 장병들의 기색이 소침해지는 것을 보시고 장군께서는 "적선이 백은 말고 천이라 할지라도 우리 배를 감히 범하지 못하리라." 하시고 장병들의 용기를 돋구며 모든 사격을 더욱 강화하게 하셨다.

132. 안위(安衛)와 김응함(金應諴)의 결사적 분전의 공

나라와 겨레위해 사나이 싸우려다
몸을 사려 피한다면 부끄럽지 않으리오.
하물며 바로 지난 밤에 결사동맹 했음에랴!

우리 배에서 포탄을 터트려 삽시간에 연막을 친 까닭에 적은 사격
목표를 잃었으나 그러나 적선 133척이 차차 거리를 좁히면서 소나기
퍼붓듯이 사격하고 있었으므로 그 위험이 시시각각 더했다. 형세가
이에 이르렀건만 뒤를 따르던 배들은 멀리 떨어져 바라볼 뿐 주장을
돕지 않으므로 그 소위가 괘씸하여 장군께서는 배를 돌려 군령을 내
리려 하셨으나 그러자면 적은 더욱 대어들고 우리 배들은 더 멀리 떨
어질 것이므로 호각을 불어 중군을 초요(超搖)하는 기를 세우게 하시고
안위를 불러 "네가 도망하면 어디가서 살 것이냐?" 하시고 또 김응함
을 불러 "너는 중군장으로서 멀리 피하여 대장을 돕지 않으니 네 죄를
어찌 면할 것이냐? 당장 처벌할 것이로되 적세가 급하므로 우선 공을
세우게 한다." 하시고 싸우기를 재촉하셨다.
　이에 앞서 남달리 장군을 존경하여 모시는 김응함과 안위는 바로
지난 밤에 어깨를 벗고 결사동맹했던 것을 상기하여 멀리 뒤에 떨어
져 장선의 위급을 보고만 있는 자신들의 잘못을 뉘우치는 동시에 만
약 장선이 잘못되는 경우에는 비록 달아난다 할지라도 결국 잡혀 죽
게 되기는 일반이라는 생각에 잠겨 고민하던 차에 장선에서 초요기가
휘날리는 것을 보자 장군께 대한 의리감이 발연히 일어나 번개처럼
배를 몰고 적진으로 깊이 들어가 소나기 퍼붓듯이 각종 사격을 하여

적군으로 하여금 우리 장선에 대한 집중공격을 덜게 했다.

133. 천하의 이목을 놀래킨 명량 전투의 기적적인 승리
한산 바다 물귀신을 겨우 면한 마다시(馬多時)가
수길의 특명으로 패전 설치 하려다가
뼈저린 두려움 속에 원귀가 되고 말았도다.

풍신수길이 재차 출병할 때에 특명한 것이 "기어코 이순신을 잡아 임진년의 부끄러움을 씻게 하라."는 것이었고 그 특명을 받고 나온 자가 임진년 한산 전투에서 장군의 두려움을 뼈저리게 느끼는 가운데 간신히 목숨을 건져 도망했던 마다시였다. 마다시는 "목숨을 열 쪽에 내서라도 기어코 이순신을 잡고야 만다." 하고 이를 가는 자였다. 그러니만큼 그는 장군의 배를 대여섯 겹으로 포위하고 배로 기어올라 단병전을 하려고 하여 그 위험이 시시각각 더하여졌을 때에 안위의 배가 적선으로 바싹 달려들어 맹렬히 공격하니 적의 공격은 안위의 배로 몰려 적군이 개미 떼처럼 기어올랐다. 안위와 그 부하 장병들은 혹은 모난 몽둥이로 혹은 수마석(水磨石) 덩어리로 저항했으나 중과부적이라 그 형세가 심히 위태로웠을 때에 장군께서 배를 급히 돌려 빗발치듯 각종 사격을 퍼부으시니 안위의 배로 기어오르던 적군이 연방 쓰러지고 안위의 배로 집중공격하던 적선 3척이 거의 엎어질 즈음에 녹도 만호 송여종(宋汝悰)과 평산포 대장 정응두(丁應斗)의 배가 뒤좇아

왔고 다른 배들도 그 뒤를 따라와서 합세했다. 이때 왜인 준사(俊沙, 임진년 안골포 전투 당시 투항한 자)가 바다에 떠 흐르고 있는 적의 시체 중에서 그림 무늬가 있는 비단옷을 입은 장수의 시체를 보고 그것이 바로 적장 마다시라고 장군께 고했다. 장군께서는 안위의 배를 집중 공격하던 적선을 향해 사격하실 때에 특히 그 배의 사령관인 듯싶은 장수를 골라 활을 쏘셨는데 그 살을 맞은 자가 바로 적군의 사령관 마다시였음을 준사의 말에 의해 확인하시고 그 시체를 토막 쳐 깃대에 매어 달게 하셨다.

134. 명장 이여송(李如松)의
무모한 진격과 대조적인 장군의 퇴군 명령
적이 비록 패주하나 병력이 상다(尙多)하즉
대해로 추격함은 삼가야 할 일이니
흥분을 가라앉히고 일단 퇴진 할지어다.

적장 마다시가 그 가슴에 살을 맞고 떨어지니 주장을 잃은 적군은 통제력을 잃어 갈팡질팡했다. 그와 반대로 우리 장병들은 용기가 백배하여 적선 31척을 격파했다. 적선은 아직도 102척이 있었건만 우리 장선에 저희 사령관 마다시의 머리가 매어 달린 것을 보고 기가 꺾여 다시는 더 싸울 생각을 못 하고 퇴각했다.

단지 13척의 배로 그 열 배가 넘는 133척의 적선을 상대하여 싸워 이긴 것은 참으로 기적이었다. 적선이 쫓겨가매 우리 장병들은 더욱 기승해서 큰 바다로 추격하려 했으나 장군께서는 쇠를 울려 추격 중지를 명하셨으니 이는 적이 비록 패주한다 할지라도 아직 남은 배가 100여 척이나 되므로 소수의 배로써 많은 적선을 쫓아 망망대해로 나가는 것은 심히 위험할 뿐만 아니라 무모한 짓으로 여기신 까닭이다.

너무도 의외의 승전에 흥분한 장병들이 돌이킬 수 없는 실수를 범할 것을 염려하여 추격을 중지하게 하시는 장군의 명령은 임진년에 이여송이 평양에서 승리한 것에 우쭐했고, 또 혜음령에서 왜군의 정찰대 100여 명을 죽인 것으로 적을 경시해 조심성 없이 혜음령을 넘다가 벽제에서 참패한 사실과는 좋은 대조라고 하겠다.

135. 기망의 월광이 한결 빛나 보인 통쾌한 개선
산하가 진동하는 열광적 환영 속에
승전고(勝戰鼓)를 울리면서 돌아오는 우리 장병
기망(旣望)의 교교(皎皎)한 달이 한결 빛나 보이도다.

단지 13척의 배로 그 열 배가 넘는 133척을 상대해 싸우는 결과가 과연 어찌 될 것인가? 하고 맘을 죄던 연해의 피란민들은 우리 배가 하나도 상치 않은 채 승전고를 두드리며 돌아오는 광경이 시야에 들자 서로 기약이나 한 듯이 춤을 추며 만세를 부르니 그 함성으로 바다의 물결도 멀리 밀려가는 듯했다. 이러한 열광적 환영 속에 돌아오는 우리 장병들의 기쁨은 비길 데가 없었거니와 승전고를 두드리는 장병들의 마음에는 창공을 달리는 월광도 어제보다 한결 더 명랑해 보였다.

우리 군사의 전승을 축하하기 위해 피란민들이 아낌없이 제각기 가진대로 거둬 낸 주식으로 피로하고 배고픈 장병들을 먹이시는 자리에서 장군께서는 오늘의 승리는 하늘이 우리 겨레를 버리지 아니하심이라 하시고, 속으로 지난 새벽 신인이 나타나서 싸움에 이길 방도를 알려 주던 신기한 꿈을 회상하시며 천지신명께 감사하셨다.

명량에서 기겁하여 쫓겨 가던 적은 우리 배가 돌아서는 것을 보고 다음 날 큰 바다에서 다시 싸워 분을 풀 작정으로 해남에 머물러 있었으나 장군께서는 적의 이 심리를 미리 간파하셨던 까닭에 적이 원하는 바와는 반대의 길을 택해 배를 무안(務安) 당사도(唐沙島)로 옮겨 밤을 지내시고, 다음 날 어외도(於外島, 무안군 지도면)와 칠산 바다(영광군 월낙면) 그리고 법성포(法聖浦, 영광군 법성면) 등 서남 연해를 순찰하시고 고군산(古群山) 군도에 유진하시는 동안 그간 쌓이고 쌓인 피곤으로 병환이 나시어 신음하시는 가운데 묵은 피로를 푸셨다.

136. 명장 양호(楊鎬)의 찬사와 대조적인 조정 중신의 시기
나라를 다시 구한 장군의 크나큰 공
그 어느 상으로도 다 갚질 못하려던
일품이 과하다 하여 훼방하는 그 심보여!

해남에 머무른 적군은 이때나 저때나 하고 우리 배가 출동하기를 기다리고 기다리다가 그만 맥이 빠지고 싸움에 패한 분한 맘도 결이 삭았거니와 군량조차 떨어졌으되 무인 지경인 해남에서는 군량을 구할 길이 없는데, 순천에 머물러 군량을 조달하는 소서행장이 군사와 군량 보급을 중단하고 있으므로 마침내 진을 거두어 퇴각하고 말았으매 장군께서는 싸우지 않으시고도 해남의 적군을 멀리 쫓아 버리시게 되었다.

명량의 쾌승은 참으로 기적이었다. 그러므로 조정에서도 명량에서 대승한 보고를 받았을 때에 과연 사실인가 할 정도로 너무나 의외의 첩보에 감격해 마지 않았다. 이때 명나라 경리 양호도 이 소식을 듣고 크게 찬탄하여 선조대왕께 아뢰기를 "제가 가서 괘홍(掛紅)19의 예식으로 그 공로를 표창하고 싶으나 길이 멀어서 가지 못하오니 이 붉은 비단과 은자(銀子)를 보내 주소서." 하고 장군의 전승을 진심으로 예찬하는 뜻을 표했다.

명나라 사람으로도 이처럼 찬탄하는 터이었으니 선조대왕의 기쁘심이야 다시 말할 나위도 없는 것이었다. 그러므로 대왕은 장군의 품계를 숭정대부(崇政大夫)20로 올리려 하셨는데, 철없는 대간(臺諫)들은 "그의 품계가 이미 높고 또 일이 끝난 뒤에 다시 포상할 것이 없이 되면 아니되옵니다." 하고 장군의 승진을 훼방했으니 그야말로 나라를 멸망 직전에 거듭 건지고 백성을 죽음에서 구하신 크나큰 공적에 대

---

19. 괘홍: 명나라 군사의 예법으로서 특수한 공로를 세운 장수의 몸에 붉은 비단을 걸치고 축하해 주는 것.

20. 숭정대부: 종1품의 벼슬.

해 더구나 그릇된 정치로 말미암아 나라를 망치고 백성을 죽음에 빠뜨린 벌을 당하는 마당에 그것을 용서 받게 하신 장군의 공로는 그 어떠한 상으로도 다하여 갚을 수가 없겠거늘, 철없는 벼슬아치들은 장군께서 숭정대부에 오르시는 것을 시기해 훼방을 놓았으니, 그 가증한 심보를 무슨 말로 다해 타매(唾罵)하리오.

137. 이면(李葂)의 항전

원수를 갚으려면 원정도 하겠거늘
오는 원수 아니치고 도망을 한대서야
사나이 어엿이 사는 도리이라 하리오.

명량에서 참패한 보고를 받은 소서행장은 "이순신이 있는 한 도저히 물길로는 서울로 갈 수가 없다." 하고 수군의 군사 보급을 중단했고, 가등청정은 저희 수군의 명장 마다시가 133척의 전선을 가지고도 불과 13척의 병선을 거느릴 뿐인 이순신 장군에게 참패했을 뿐만 아니라 전사하여 그 목이 장대에 매달리기까지 했다는 보고를 받고 통분함을 금하지 못하는 동시에 불과 13척의 배로 그 열 배가 넘는 133척의 전선을 상대하여 저희 배 31척을 격파했다는 이순신 장군의 놀라운 전술에 간담이 서늘해져 감히 정면으로는 더 싸울 생각을 못 하고 참패한 보복을 하기 위해 군사를 아산 뱀밭으로 보내 "이순신의 일가를 잡아오라." 명했다. 왜군이 뱀밭으로 온다는 소문이 전해지자 장군의 가족들은 다 피할 준비를 했으나 오직 삼남 면(葂)은 "적이 오면 마땅히 나

가서 싸워 한 놈이라도 죽일 것이지 어찌 도망할 수가 있으리오."하고
여러 형들의 만류를 듣지 않고 큰 칼을 차고 활을 메고 나섰다.

138. 적장을 죽인 이면의 검술
전장에서 패한 칼을 양민에게 돌리는 게
이른바 너희들의 무사도라 하는거냐?
천하에 간흉한 씨알머리 이내 칼을 받아보라.

이면이 적이 올 방향으로 말을 달려 마을에서 5리쯤 되는 곳에 이
르렀을 때에, 50명쯤 되는 적군이 오는 것을 보고 곧 활을 당겨 몇 명
의 적을 죽였다. 의외의 습격을 당한 적도는 이면을 에워싸고 조총으
로 그의 말을 쏘았다. 말이 고꾸라지매 이면은 땅에 내려 다시 활을
쏘아 또 몇 명의 적을 죽이고 살이 다하매 칼을 빼어 들고 달려드는
적에 저항했다. 적군들이 이면을 에워싸고 "네가 누구냐?" 하니 "나
는 이 장군의 아들 이면이어니와 너희들은 무장을 하고 어디로 가느
냐?" 하고 이면이 눈을 부릅뜨고 대꾸했다. "우리 대장의 명령으로 너
희 가족을 보호하기 위해 오는 길이다. 네가 저항하면 네 가족을 다
죽이려니와 네가 항복하면 너와 네 가족을 보호하리라." 하고 적장이
다시 말했다. 이면이 이르기를 "섬나라에 무사도라는 것이 있다기에
어떤 것인가 했더니, 전장에서 패한 칼을 양민에게 내어 미는 것이더
냐? 천하에 흉악하고 비겁하기 짝이 없는 씨알머리로구나. 이면이 예

있는 한 너희가 감히 내 앞을 지나가지 못하리니 잔말 말고 이내 칼을 받으라." 하고 칼을 내어 미니 곁에 있던 적군들이 "악"하고 달려들었다. 적장은 "가만." 하고 소리를 질러 부하를 물리치고, "오냐, 네 뜻이 정 그러면 어디 겨뤄보자." 하고 말에서 내려 이면이 갑주(甲冑)를 갖추지 않은 것을 고려하여 저도 갑주를 벗고 칼을 내밀었다. 적장은 이면의 검술을 가볍게 여겨 한 칼로 두 쪽에 내려다가 여러 번 허공을 찔러 한 시간이나 싸우다가 도리어 이면에게 틈을 뺏겨 가슴에 칼을 맞고 쓰러졌다.

139. 애석한 이면의 전사
이면이 비록 적도에게 목숨을 애였으나
떳떳한 사나이의 처신을 밝히고서
명장의 아드님다운 기상을 발휘 하였도다.

이면을 한 칼로 내리쳐서 두 쪽에 내려던 적장이 도리어 이면의 칼에 쓰러지니 뒤에 섰던 적이 내달아 이면의 팔을 찍었다. 이면은 왼손으로 땅에 떨어진 칼을 집었으나 다른 적이 이면의 왼팔을 찍고 또 그 뒤를 이어 번쩍이는 장검이 목을 쳤다. 이면의 칼에 먼저 쓰러진 적장은 이윽고 눈을 떠서 "그놈을 죽이지 말라." 하고 소리를 질렀으나, 그 부하가 "벌써 죽었소." 하는 말을 듣고 "앗" 하는 최후의 소리를 남기고 저도 숨이 지고야 말았다.

중과부적이라 이면이 비록 적도의 칼에 애석하게 목숨을 애였으나, 그는 떳떳한 사나이의 처신하는 도리를 밝히고 천하명장의 아드님다운 기상을 유감없이 발휘했다.

140. 골육이 절로 먼저 떨리는 부음

간밤에 꿈자리가 하 그리 괴이터니
면아 네가 원수 손에 숨이지는 징조더냐?
편지를 보기도 전에 골육이 먼저 떨리누나.
내가 죽고 네가 삶이 사리에 마땅커늘
네가 죽고 내가 사니 이 어인 변괴이냐?
이 애비 지은 죄값으로 화가 네게 미침이냐?
믿고 바란 내 아들아 앞을 서서 네가 가니
내 이제 뉘를 믿고 세상을 살아가랴!
한 밤을 새이는 것이 일년같이 길구나.

이는 장군께서 가장 믿고 촉망하시던 셋째 아드님의 흉보를 접하시던 날 일기(정유년 10월 14일)의 내용을 간추려 시조형식으로 바꾸어 본 것이어니와 장군께서 촉망하시던 아드님의 귀한 목숨을 불공대천 원수의 칼에 애이심을 슬퍼하시는 그 심정을 엿보기에는 일기의 본문을 보는 것이 더욱 좋겠기에 이에 그 본문을 전재한다.

정유년 10월 14일, 맑음

새벽 2시쯤 꿈에 내가 말을 타고 언덕을 지나다가 실족해서 개천에 떨어졌으나 넘어지지는 않았는데 막내아들이 나를 붙들어 안으려는 모양 같았다. 깨어보니 이것이 무슨 징조인가? 중간생략.

저녁에 어떤 사람이 천안서 와서 집안 편지를 전하는데, 봉함을 뜯기도 전에 골육이 먼저 떨리고 정신이 혼란해졌다. 겉봉을 대강 뜯고 열(둘째 자제)의 글씨를 보니 겉죽에 "통곡" 두 자가 씌어 있어 면이 전사함을 알고 간담이 떨어져 목놓아 통곡했다. 하늘이 어찌 이다지도 어질지가 않으신가. 간담이 타고 찢어지는 것 같다. 내가 죽고 네가 사는 것이 이치에 마땅한데 네가 죽고 내가 살았으니 이렇게 어긋난 일이 다시 어디 있겠느냐! 천지가 캄캄하고 해조차도 빛이 변했구나. 슬프다. 내 아들아. 나를 버리고 어디로 갔느냐? 남달리 영특하더니 하늘이 이 세상에 더 두지 않으시는 것인가! 내가 지은 죄 때문에 앙화가 네게 미친 것이냐? 내 이제 세상에 살아 있은 들 뉘게 의지할 것이냐! 너를 따라 같이 죽어 지하에서 같이 지내고 같이 울고 싶건마는 네 형과 누이와 어머니가 의지할 곳이 없으므로 아직은 참고 연명이야 한다마는 마음은 죽고 형상만 남아 있어 울부짖을 따름이다. 하룻밤 지내기가 일년 같구나.

이면이 전사한 후 4, 5개월이 지난 어느날 낮에 장군께서 피곤하여 잠시 누우셨다가 어슴푸레 잠이 드셨는데 면이 나타나 슬피 울면서 "저를 죽인 원수를 갚아 줍시오." 하매, 장군께서 "네가 살았을 때 장사였는데 죽어서는 적을 죽이지 못하느냐?" 하시고 반문하신즉, 면이 다시 고하기를 "제가 그 놈의 손에 죽었기 때문에 겁이 나서 죽이지 못합니다." 하였다. 장군께서 놀라 깨어나시니 꿈이었다. 꿈이 하도 이상해 꿈 이야기를 옆에 모시던 사람에게 하시고 슬픔을 못 이겨 하시다가, 다시 팔을 구부리고 눈을 감으시니 몽롱한 중에 면이 또 나타나 고하기를 "아버지께서 자식의 원수를 갚으시는 일에 저승과 이승의 구분이 있겠습니까? 원수를 진중에 두시고 어찌 이를 죽이지 않으십니까?" 하고 어디론지 사라지는 것이었다. 장군께서 깜짝 놀라 깨어 정신을 차리고 곁에 사람들에게 알아보시니, 과연 새로 잡혀 온 왜군이 배에 갇혀 있다 하므로 잡아다 문초한즉 그 자가 바로 면을 죽인 놈이라, 그를 두 동강에 내어 죽이셨다.

10부
명나라 수군도독 진린과의
연합작전

141. 명장의 폭행

내 할 일 힘쓰잖고 남의 덕에 살려하니

부끄럽고 욕된 일이 어찌 아니 있으리까

도무지 자작지얼(自作之孼: 자기가 저지른 일로 인한 재앙-편집자 주)

인즉 수원수구(誰怨誰咎) 못하리라.

앞에서(본문 120) 이미 서술한 바 있거니와 조정에서는 이순신 장군에게 다시 삼도수군통제사의 책임을 맡기기는 했으나, 그가 아무리 명장이라 할지라도 몇 척의 배와 몇 명의 군사로서야 어찌 적을 막을수가 있으리오 하는 불안에 잠겨 있었던 만큼, 그동안 오래 두고 끌던강화담판이 깨어지고 적이 재침하는 기세가 높아지자 또 명나라에 구원병을 청했던 것이었다.

우리 주사의 연전연승으로 적세가 크게 꺾이고 강화담판으로 싸움이 쉬는 동안에 어느덧 이순신 장군의 고마움을 잊고 여진히 당쟁으로 능사를 삼아 충신을 잡으려는 것으로나 열을 올리다가 사태가 급박하면 임진년에 그렇게 치욕을 당하고도 또 명군을 생각하는 꼴이참으로 가련하기 짝이 없는 바이나 그는 여하간에 명나라에서는 수군을 돕기로 하여 무술년 7월 16일에 수군도독 진린(陳璘)이 5,000명의수군을 인솔하고 왔다.(이때 육군으로는 비왜대장(備倭大將) 마귀(麻貴)가 울산에 유진하여 가등청정을 견제하고, 동일원(董一元)은 사천에 머물러 도진의홍을 맡고,유정(劉綎)은 순천에서 소서행장과 대치하고 있었다.)

선조대왕은 진린이 고금도(古今島)로 떠남을 전송하기 위해 군사를거느리고 청파(靑坡)까지 납시었는데 이때 진린의 부하 장수는 무슨 까

닭인지 전송나온 양주 목사를 난타했으며, 찰방(察訪) 이상규(李尙規)를
오라로 목을 매어 땅에 끌어 유혈이 만연했다. 대왕을 모시고 있던 류
성룡은 이를 보다못해 진린에게 이 찰방을 놓아 주기를 간청했으나
"너희 조선 관원은 이렇게나 해야 버릇을 가르친다. 너희들은 적이 오
면 도망이나 하고, 우리 대명 사람들을 죽을 땅에 나가게 해!" 하고 진
린은 언성을 높여 호통했다. 이때 함께 계시던 대왕은 용안이 주홍같
이 되시었을 뿐 한마디 말씀도 못하셨으니 나라의 체통이 말이 아니
었다.

142. 류 정승의 후퇴

안하무인 진 도독의 거동으로 미룰진대
앞날이 불길함을 가히 짐작 할 바이라.
류 정승 청병을 뉘우치고 근심 속에 잠기도다.

류성룡은 임진년에 명장 이여송이 벽제에서 패한 후, 전의를 상실
하여 퇴군하려 할 즈음, 그 부당함을 말하다가 차마 견딜 수 없는 치욕
을 당한 경험이 있으니만큼, 이번에 또 명군의 폭행, 더구나 자기를 전
송하기 위해 청파까지 납신 상감 앞에서 오만불손한 말을 함부로 하
는 치욕을 당하고 보니 그 통분한 심사가 누구보다도 한결 더했다. 그
리고 이여송이 벽제에서 퇴군할 당시 혹시나 우리 군사가 남아 있다
가 왜군과 싸워 이길 경우 명군의 체면이 더욱 깎일 것을 염려해 우리

군사들도 함께 퇴진하자고 했던 것처럼, 진 도독 역시 그 사람됨이 이 통제사로 하여금 진퇴 공방을 자유롭게 하지 못하게 제약할 것이 명약관화한 터이라 앞날이 불길함을 예측하고 명나라에 재차 청병한 것을 후회하기도 했다.

143. 수군 재건과 전격적인 군사 시설
보화도(寶花島)를 본거 삼아 군사를 훈련하고
긴요한 방비시설 저저이 갖추어서
왜적을 다시 놀래일 수군을 재건 하시도다.

명량에서 적군에게 치명적 타격을 주어 도망하게 하신 후, 장군께서는 앞으로 적을 섬멸할 태세를 갖추기 위한 준비의 하나로 우선 군량을 해결하기 위해 충청, 전라, 경상 등 연해를 통과하는 배들마다 통행첩을 갖게 함으로써 소정의 곡식을 납부하도록 하신바, 누구나 다 배를 가진 사람은 기꺼이 복종하여 불과 10일 만에 만 석의 쌀을 거두시게 되었으니 이것만으로 볼지라도 이때 장군께 대한 백성들의 존경과 신뢰심이 어느 정도이었던가를 짐작해 알만한 것이었다.

그리고 바람섬을 위시하여 10여 개 섬에 염장을 설치해 소금을 굽게 하시고, 각지에 영을 내려 동과 철을 거두어(백성들이 이 역시 기꺼이 복종해 숟가락까지라도 바쳤다.) 병선과 병기를 지으시고, 군사를 훈련하는 한편 보화도(무안군 이노면 고하리)와 고금도(완주군 고금면)에 병영을 건설하는 동시에 함대가 정박할 수 있는 방파제를 축조하신 후 병기와 군량을 수백 척 전선에 나누어 싣고 8천여 명 군사를 거느려 고금도로 진을 옮기실 때 그 광경이 참으로 장엄했거니와 정유년 10월 29일 우수영을 떠나 보화도를 거쳐 고금도로 진을 옮기시는 무술년 2월 17일까지에 경과한 날은 불과 107일인데, 이 짧은 시일에 위에서 본 바와 같이 놀라운 설비를 갖추신 장군의 수완은 필설로 다하여 기릴 수가 없는 것이다.

고금도는 산악이 중첩하고 그 지세가 요해지로 되었을 뿐만 아니라 섬 안에 농토가 넉넉해 피란민들이 농사짓고 살기에 적당한 곳이기도 했지만 장군의 보호 밑에 살려는 백성들이 구름처럼 모여들어 지난날 한산도의 인구보다 열 배가 넘는 사람들이 거접하는 융성을 이루게 되었다. 이리하여 장군께서는 지난해 7월 18일 초계에서 권 도원수 막하를 떠나신 지 불과 7개월 만에 적을 다시 놀라게 할 군비를 갖추시는 동시에, 연해 백성들로 하여금 각각 안심하고 생업에 종사할 길을 열어 주기도 하셨다. 이때(정유년 12월 5일) 선조대왕은 장군의 건강을 위해 다음과 같은 유서(諭書)와 육물(肉物)을 하사하셨다.

유서

듣건데 그대는 아직도 상례만 지켜 방편을 쫓지 않는다 하는데, 사사로운 정곡이야 비록 간절할지라도, 나라 일이 바야흐로 다단하며 또 고인이 이르기를 싸움에 나가 용맹이 없으면 효도가 아니라 했거니와 싸움에 용맹하려면 소찬만을 먹어 기운과 힘이 약하고서는 할 수 없는 것일 뿐더러, 예법에도 원칙과 방편이 있어 꼭 원칙대로만 지키지는 못할 것인즉 내 뜻을 따라 속히 방편을 쫓도록 하라. 이제 육물을 보내노라.

144. 진 도독의 감탄
오만불손 진 도독의 다시없는 교만심이
하해같이 크고 넓은 이 통제사 도량 앞에
흘러서 바다로 들은 강물 격이 되었도다.

명나라 수군도독 진린은 선조대왕이 납신 현장에서 적어도 한 나라의 재상인 류성룡에게 차마 들을 수 없는 욕설을 퍼부었던 것으로 미루어 그 위인이 심히 교만함을 우리는 이미 짐작했거니와 그는 이 통제사가 명장으로 이름이 높고 임신년 이후 그 공적이 혁혁하다는 말을 듣고 온 터이라, 그를 만나면 무엇으로나 트집을 잡아 그 기를 꺾고 명나라 수군도독이라는 자기의 위신을 높이 세우리라 하고 벼르면서 고금도로 왔다.

그런데 진 도독이 고금도에 도착할 즈음 장군께서는 200척 전선에 기를 달아 환영하는 의식을 갖추고 바다로 나와 맞으시니, 13척 밖에 없다던 배가 바다를 까맣게 덮을 정도로 많은 것을 보고 진 도독은 우선 놀랐으며, 그리고 상하 장병을 맞아 새로 지은 병영으로 인도하는 절차가 절연하여 조금도 차질이 없는 것에 감탄했거니와 상하 장병이 좌정하자 지체없이 풍성한 주식을 내어 대접함이 융성하여 그 많은 장병이 각각 취하지 않은 자가 없을 지경에 이르니 진 도독이 크게 만족하여 조선에 나온 후 처음으로 경사(京師)1에 있는 기분이라고 하며 장군께 치하의 인사를 하기까지 했다.

사세가 이쯤 되고 보니 진 도독이 아무런 탈을 잡을 것이 없음은 물론이요, 그가 본국에서 듣던 바와 같이 과연 이 통제사는 범상한 인물이 아님을 실감하고 속으로 그를 앞질러 어떠한 공을 세움으로써 명나라의 수군도독이라는 자기의 위엄을 세우고자 하는 야심을 품었다. 진린이 이러한 부질없는 생각에 잠겨 있을 때에 고금도에서 머지않은 녹도에 100여 척 적선이 침입함에 따라 조, 명 양군이 나가 싸운 결과 우리 군사에 의하여 왜적이 모조리 잡히고, 명군은 아무런 전과를 올리지 못했을 뿐만 아니라 왜군에게 빼앗겼던 명나라 배 세 척을 우리 군사에 의해 도로 빼앗아 올 정도에 이르렀으매, 진 도독은 이를 심히 불쾌히 여겨 출전했던 주장을 꿇어앉히고 목을 베이려 했다.

이때 장군께서는 만호 송여종으로 하여금 적선 6척과 왜의 수급 69급을 진 도독에게 바치게 하시고 진린에게 말씀하시기를 "장군이 만리타국에 우리를 구하기 위해 오셨으니, 우리의 승리가 곧 장군의 승첩이 아니오리까? 장군이 여기 오신 지 몇 날도 안되어 귀국 황제께 이런 전적을 보고하시면 영광스러운 일이 아니오리까?" 하시었다. 진린은 조선군이 이긴 공을 자기에게 돌리는 것에 만족해 죽이려던 주장을 용서하고 기뻐하여 이르기를 "내가 본국에서 공의 성화를 많이 들은 바 있지만 과연 허명이 아니군요!" 하고 장군의 높은 인격에 찬

---

1. 경사: 명나라 서울이란 뜻.

탄하는 뜻을 표했다. 이때에 우리 장병들은 우리 군사의 공적을 명나라 장수에게 양보하시는 장군의 깊은 뜻을 알지 못하고 불평을 말했으나, 장군께서는 "우리의 적은 공을 드러내려 하기보다는 나라를 구하는 큰 일에 그르침이 없어야 할 것이라." 하시어 불평을 말하는 장병들을 타이르시었다.

이처럼 장군께서는 명나라 군사에게 공로를 양보하는 아량을 베푸셨건만, 명나라 군사들은 우리 백성들의 재물을 약탈하고 또 우리 군사들에 대한 행패가 심했다. 이 사실을 아시고 장군은 통분해 마지 않으셨으나 명나라 군사들을 상대하여 싸울 수도 없거니와 진 도독의 노여움을 사서 큰일을 그르치게 할 수도 없는 일이라 여러 가지로 궁리하신 끝에 계교로 군중에 영을 내려 크고 작고 간에 막집을 헐게 하시고 당신의 이부자리도 배로 옮기게 하셨다.

진린은 별안간 곳곳에서 집들을 헐고 이삿짐을 꾸리는 것을 보고 이상히 여겨 군사를 시켜 그 까닭을 물었다. 이에 대하여 장군께서는 "우리 군사와 백성들이 귀국 장수가 온다는 말을 듣고 마치 어버이 바라보듯 했는데, 이제 귀국 군사들이 행패와 약탈을 마구 하므로 백성들이 견딜 길이 없어 모두 이곳을 떠나니, 나 역시 이 나라의 대장이라 혼자 남을 수가 없어 같이 배를 타고 다른 곳으로 떠나려는 것이니 진 도독에게 그리 고하라." 하시었다. 진 도독의 군관이 돌아가 그대로 고하매, 진린이 놀라 뛰어와서 장군의 손을 잡고 만류하는 한편 장군의 침구를 도로 실어 올리게 하며 그대로 머무시기를 재삼 청했다.

장군의 계교는 적중했다. 그래서 장군께서는 이 기회를 놓치지 않고 진 도독에게 말씀하시기를 "도독께서 만약 내 말대로 하신다면 그렇게 하리이다." 하시니 진 도독이 "어찌 아니 들을 리가 있으리까." 하고 쾌히 대답했다. 이에 장군께서 다시 이르시기를 "귀국 군사들이 우리를 속국처럼 여겨 조금도 꺼림이 없소이다. 그러니 방편으로 내게 그것을 금할 권한을 주신다면 서로 보존할 도리가 있을 것입니다." 하고 엄숙한 표정을 지으시니, 진 도독이 "그렇게 하고 말고요." 하고 쾌히 승낙했다. 이 일이 있은 후로는 명군이라 할지라도 규율을 범하는 자가 있으면 장군께서 잡아다가 징치(懲治)하시니 그로부터는 우리 백성들이 부대낌을 면하게 되었다.

그리고 진 도독은 장군을 노야(老爺)라고 불러 경의를 표했으며, 또 어디를 가거나 앞서지를 않고 나중에는 선조대왕과 명나라 황제에게 장군을 칭찬하여 품하기를 "이 통제사는 경천위지(經天緯地)2하는 재주와 보천욕일(補天浴日)3의 공이 있나이다." 하여 명나라 황제가 장군에게 명나라 수군도독이라는 벼슬을 주고 인과 영기와 칼을 내리기에 이르도록 하는 주선을 하기까지 했다.

이상의 사실로써 우리는 장군의 높은 인격과 탁월하신 외교적 수완을 거듭 인식하게 되거니와 선조대왕이 납신 현장에서조차 류 정승(성룡)에게 차마 들을 수 없는 욕설을 함부로 하던 진 도독의 오만불손한 태도가 장군 앞에서는 흘러서 바다로 든 강물처럼 된 것은 대단히 흥미 있는 일이었다.

---

2. 경천위지: 온 나라를 경륜하여 다스릴만 하다는 뜻.

3. 보천욕일: 나라를 어둠 속에서 구해 낸 공로.

145. 작전상 불리한 진 도독의 존재

독 안에 쥐와 같이 갇혀 있는 행장에게
진 도독 생색내어 길을 열어 주었으니
장군의 기막힌 심사 가히 짐작 하리로다.

장군의 높은 인격과 비상한 수완은 진린으로 하여금 크게 감동하게 하여 여러 번 많은 찬사와 존경의 뜻을 펴게 했으나, 그러나 진린은 본시 탐심이 많고 교만한 인물이었으니만큼 명리에 대한 탐심이나 상국의 수군도독이라는 자존심에는 변함이 없었다. 그리고 그는 애써 싸우려 하기보다는 무사안일을 추구하는 반면 명리를 위해서는 항상 분별없이 앞을 다투는 것이었다. 그러므로 나라를 구하기 위해 목숨을 걸고 싸우시되 때와 장소를 따라 진퇴 공방을 적절히 함으로써 우리는 성하고 적에게 타격을 주는 전법을 쓰시는 장군의 작전은 여의치 못한 때가 많았다. 여기서 진 도독이 장군의 작전상 제약을 가한 사실을 언급하기에 앞서 편의상 왜군과 명군의 동정을 살펴보기로 한다.

왜장 소서행장은 500척 전선과 30,000명의 장병을 거느리고 순천에 유진하여 성을 쌓고 토지를 개간하여 부산, 사천, 울산 등 여러 군데 주둔한 저희 군사의 군량을 보급하면서 우리의 패잔 전선을 모조리 없애고 서해로 돌아 서울로 올라가려다가 수전의 명장으로 이름난 마다시가 참패하고 전사하기에 이르른 보고를 받고 창피한 생각을 금치 못하는 동시에 물길로는 도저히 서울로 갈 수 없음을 깨닫고 명량에서 참패한 부대의 응원군을 보내지 않았거니와 소서행장은 원래 풍신수길이 조선을 정벌하려는 것에 반대한 사람이었고, 또 전쟁이 난 뒤에도 여러 번 강화할 기회를 포착하기에 힘을 기울인 자이었으니만큼 될 수만 있으면 명분이 서는 길을 찾아 철군하기를 원하던 차에, 임진란을 일으킨 장본인 풍신수길이 죽고 그가 죽을 때 유언하기를 철군하라고 한 터이라, 행장은 어서 싸움을 끝내고 돌아갈 생각이 간절했다. 그런데 단지 13척의 배로 그 열 배가 넘는 133척의 함대와 싸워 이기는 무서운 장수 이순신 장군이 재건한 군사로써 명나라 수군과 합세하여 수륙양면으로 공격할 태세를 취하기에 이르매, 급기야 돌아갈 길조차 끊어질 것을 염려하여 행장은 서둘러서 순천에 유진한 명나라 지상군 장수 유정에게 여러 가지 선물을 보내고 미인계를 써서 그로 하여금 싸우지 않도록 유도하는 데 성공한 후, 진린에게도 부하를 보내어 갖은 보물을 바치며 여러 차례 드나들게 했다.

명나라 지상군의 대장 유정은 당초에 장군과 약속하기를 수륙양면으로 왜군을 치기로 했었으나, 소서행장의 유혹에 빠져 전투를 중지하고 순천으로 돌아가서 육군은 잠시 퇴군했다가 준비를 다시 하여 싸우겠다는 말로 진린에게 기별하고 장군과의 중대한 약속을 깨고 말았다.

이로하여 장군께서는 지상군의 협조만 있었으면 적을 시원히 소탕할 수 있는 절호한 기회를 세 번째(그 첫 번은 임진년 9월 부산 전투 때에 경상 순찰사 김식의 식언이요, 두 번째는 평양을 탈환한 후 남하하기를 기대했던 이여송이 회군한 것이었다.)로 놓치셨거니와 진린은 원래 전의가 부진하던 차에 소서행장이 바친 기이한 선물과 향기 높은 술, 그리고 솔깃한 감언이설에 마음이 움직여 전투를 망설이던 중, 의외의 전투를 중지한다는 유정의 기별을 듣고서는 장군의 작전을 제지할 뿐만 아니라 도리어 소서행장이 도망할 길을 터 줄 궁리를 하기까지에 이르렀다.

원래 진린은 고금도로 내려온 후, 녹도에서 왜군을 격퇴하여 명군의 위엄을 과시하려다가 도리어 왜군에게 빼앗긴 명나라 배를 우리 수군의 힘으로 도로 찾게 된 사실로 미루어 자기가 거느리고 온 군사보다 이 통제사 휘하 군사가 우수한 것이 자명하여짐에 대하여 불만을 품고 앙앙불락했던 까닭에 왜가 싸움을 걸어 오면 모르거니와 물러가려는 것을 구태여 길을 막고까지 싸울 필요가 없다고 생각했을 뿐만 아니라, 이 통제사가 더욱 공을 세우게 될 것이 그리 쾌한 일이 아닌 까닭에 싸우기를 회피하다가 지상군 유정이 전투를 중지한다는 기별을 듣자 전투를 회피하는 진린의 뜻은 더욱 굳어지게 된 것이었다.

이러한 정세 하에 장군이 세우신 작전 계획은 어떠했나? 장군께서는 명량에서 쾌승하신 후 앞으로 적을 섬멸하기에 필요한 온갖 준비를 빠짐없이 하시는 한편 적의 동정을 면밀히 정찰하여 그 이동 상황을 낱낱이 파악하시고, 그 심리를 또한 거울 보듯 저저이 살피고 계셨다. 그리하여 순천에 있는 소서행장을 잡으면 부산, 사천, 울산 등지에 산재한 적은 저절로 무너지고 말 것으로 판단하여 먼저 순천의 행장을 치기로 하셨으며, 그리고 순천에 비록 30,000명의 군사와 500척 전선이 있다 할지라도 장군의 흉중에는 그를 능히 꺾을 계책이 서 있었다.

그러면 장군의 작전 계획이 어떠한 것인가? 그것을 설명하기에 편리한 방법으로 우선 왜교(倭橋)에 대한 설명을 하고자 한다. 왜교라는 것은 어떤 약정 하에 왜가 우리나라에 머물러 있게 된 곳인데, 여기서 왜교라는 것은 소서행장이 점령하고 있는 순천을 뜻하는 것이다. 그런데 이곳은 노루섬과 괴섬이 앞을 막고 있어, 이 섬들을 지나지 않고서는 외양으로 통할 수가 없고, 통한다 할지라도 여수와 남해의 좁은 물목을 지나야만 큰 바다로 나갈 수 있는 목이 좁고 긴 병 속과 같은 곳이다.

소서행장이 이곳에 근거를 잡은 것은 제나름으로의 필요에 의한 것이었으나, 장군이 보시기에는 행장이 유진한 곳은 독 안에 든 쥐를 잡듯이 적을 소탕하기에 어렵지 않을 것으로 판단하셨으며, 그 판단대로 실천하시려는 것이 장군의 작전 계획이었다. 그러므로 장군께서는 진린의 동의를 얻으시고 유정과 약속이 되어, 9월 15일에 진린과 함께 함대를 거느리시고 고금도를 떠나 동 19일 좌수영에 이르러 이미 폐허가 된 순천 시가의 참담한 정경을 보시고 감개무량한 가운데 동 20일 미명에 괴섬에 당도하신즉, 유정의 군사가 이미 지상에서 왜군을 공격하는 포성이 은은히 들려왔다. 그래서 장군께서는 곧 전선을 보내어 싸움을 돋우셨다.

그런데 이미 서술한 바와 같이 유정이 싸우다말고 소서행장에게 매수되어 회군하는 것을 보고 진린이 또한 변심하여 적을 치기에 가장 적당한(조수가 드는 때일 뿐만 아니라 그때가 밤중이므로 적이 모르게 기습하기에 좋은 까닭) 그믐과 초하루 이틀 사이에 총공격을 개시하시려는 장군의 제의에 동의하지 않았다.

조수는 차차 줄어들어 싸우기에 좋은 기회를 잃게 되는데, 진린이 전투를 허락하지 않으매 장군께서는 안타까운 마음을 금할 수가 없으셨다. 그래서 할 수 없이 정찰한다는 이유로 수십 척의 배를 놓아 적을 습격하는 구차한 방법을 취하셨으니 이 얼마나 기막힌 일이었던가!

장군께서는 거듭 진린에게 싸우기를 재촉하여 말씀하시기를 "이날(10월 29일)이 지나면 다시 보름을 기다려야 할 터인바, 그동안에 적은 부산, 사천, 울산 등지에 있는 저희 군사를 불러오게 되어, 우리는 복배로 적을 맞는 곤경에 빠지게 될 것인즉 이번 기회를(초사흘까지의 물때) 놓쳐서는 안 될 뿐만 아니라, 만약 오늘의 기회를 놓치고 보면 우리 배들은 한 척도 남아돌아 가지 못하리라." 하시며 곧 싸워야 할 것을 강경히 주장하시매, 진린이 마지못해 동의했다. 진린을 움직이게 하는 동안에 물이 많이 빠져 싸우기에 유리한 때를 놓쳤으나, 이날 전투에서 아군은 적선 50척을 격파하는 큰 전과를 올렸다.

진린은 원래 싸울 생각이 없었지만 사리가 당연한 장군의 주장에 반대할 구실이 없어 마지못해 동의했던 터이라 뒤로 돌면서 전황을 관망하다가 우리 군사가 크게 이기는 것을 보고 늦게나마 공을 세우려는 욕심에서 앞으로 내달았다. 그러나 이때로 말하면 조수가 물러갈 때이므로 군사를 거두기를 장군께서는 청하셨건만, 진린은 이를 듣지 않고 공을 다투어 싸우는 중 사선(沙船) 19척이 얕은 바다에 얹히고 호선(號船) 20여 척이 불에 타는 손실과 많은 장졸들의 사상자를 내기에 이르렀다. 이와 같이 진린은 나가서 적극적으로 공격해야 할 때는 이를 저지하고, 마땅히 군사를 물려야 할 때는 무모한 진격을 하다가 참패하는 것이었다. 그러면서도 명군이 많이 죽게 된 것이 마치 장군의 탓인 듯이 화를 냈다. 이러한 사세로 하여 장군께서는 당신의 뜻대로 시원히 적을 토멸하지 못한 한을 품으시고 좌수영을 거쳐 고금도로 돌아오셨다.

이상의 사세로 미루어 우리는 장군께서는 원수를 한 놈도 남김없이 섬멸하고야 말 결심으로 싸움에 임하셨으나 소서행장은 싸움을 끝내고 어서 돌아갈 계책을 모색하기에 초조했던 것을 알 수가 있다. 따라서 장군께서 항상 그 부하 장병들에게 훈시하신 바와 같이 싸울 생각이 있는 한 군사는 전의를 상실한 천 명의 군사를 능히 두렵게 할 수가 있다고 하시던 병서의 가르침으로나 또는 장군의 작전 계획이 물 부어 샐 틈없이 짜여진 것으로 미루어 당신의 뜻대로 9월 그믐사리 물때를 마음껏 이용하여 적을 공격했으면 통쾌하게 소탕하시었을 것이라는 판단을 내릴 수가 있는 것이었다. 그런데 소위 구원군이 도리어 방해하여 당신의 소신대로 작전하지 못한 한을 품고 돌아서신 장군의 통분하신 심사를 어찌 다 형용해 말할 수가 있으리오!

고금도로 돌아오신 장군께서는 다시 진 도독을 혹은 의리로 혹은 이해로 달래어 그의 동의를 얻기에 노력하신 결과, 10월 보름사리 물때를 이용해서 총공격을 개시하기로 합의가 되어, 10월 9일에 고금도를 떠나 동 11일에 유도(柚島, 전남 광양군 골약면)에 이르러 진을 치셨다.

이때에 소서행장은 조, 명 두 나라 수군이 합세하여 유도에 온 것을 심히 불안히 여겨 밤을 타서 진린에게 부하를 보내어 퇴군할 길을 열어 주기를 애걸하고 또 진귀한 보물을 바쳤다. 진린은 장군의 정당한 주장에 못 이겨 유도로 오기는 왔으나 원래 그는 싸울 뜻이 없었던 까닭에 소서의 애걸하는 청을 들어줄 맘이 있었지만, 그 방책이 없어 망설이다가 한 계교를 내어 소서는 아직 버려두고 남해에 있는 적을 먼저 칠 것을 주장했다. 남해에 있는 적을 치자고 하는 진린의 본의는 남해에 있는 적을 친다는 구실로 군사를 그리로 돌려 소서행장의 군사가 물러갈 수 있게 하자는 것이었다.

진린의 이 계교를 장군께서 모르실 리가 없다. 더구나 진린이 말하는 남해의 적이라는 것은, 왜적에게 포로가 된 우리 백성들이므로 장군께서 진린의 이 엉뚱한 제의를 들으실 리가 만무한 것이었다. 그러므로 이 문제로 하여 두 대장 사이에 시비가 벌어진 끝에 "조선 사람이라 할지라도 왜군에게 붙었으면 적이라." 하는 진린의 억설에 장군은 참으실 길이 없어 " 황상(皇上)이 명을 내려 적을 치라 하심은 우리 백성의 목숨을 구하려 하심이어늘, 이제 적은 아니 치고 우리 백성을 주륙(誅戮) 한다면 아마 황상의 뜻에 합당한 일이라고는 할 수 없으리다." 하고 항의하시니 진린이 대노하여 "황상이 주신 상검이 여기 있어." 하고 칼을 만지는 무례한 짓을 하기에 이르니 장군께서도 이에 맞서시어 "한 번 죽는 것은 아깝지 않으나 동족을 죽이는 짓은 못하겠소." 하고 대항하셨다.

사리가 당연한 장군의 강경한 항의에 진린도 할 수 없어 남해로 가는 것을 단념했으나, 그동안에 소서행장으로 하여금 구원군을 청할 두 척의 배를 내어 보낼 수 있는 틈을 얻게 했다. 그 결과 장군께서 이미 염려하신 바와같이 사천, 부산, 울산 등지에 있던 왜군이 대대적으로 출동하게 하여 우리 편에서는 복배로 적을 맞아 싸워야 할 심히 불리한 국면이 되고 말았다.

이미 서술한 바와 같이 장군께서는 순천에 갇혀 있는 소서행장을 잡으면 나머지 각지에 산재한 적은 불공자파(不攻自破)가 될 것으로 판단하여 순천의 적을 먼저 치려하신 것인데, 진린의 방해로 적을 쉽게 섬멸할 수 있는 절호한 기회를 놓치고 도리어 전국(戰局)이 우리 편에 불리하게 되고 말았으니 참으로 통탄해 마지않을 일이어니와, 류성룡이 청파에서 상감을 모시고 진 도독을 전송할 때에 당한 수모로 미루어 명나라에 재차 원군을 청한 것을 뉘우침과 아울러 장래 지사를 심히 염려한 것이 바로 이 점이었다.

146. 관음포(觀音浦)에 큰 별이 떨어지다

골수에 사무친 한 상기 못 다 푸셨거니
다시 뜨지 못하실 눈 어이 차마 감으셨나!
오호라 남기신 한을 누가 가히 풀 것이뇨?

소서행장의 배가 빠져나갈 수 있는 기회를 주어 사천, 부산, 울산 등지에 있던 왜군을 많이 불러오게 한 결과 전국이 심히 불리하게 되었으나 장군께서는 적을 치는 데 차선책이 없지 않았으니, 그것은 적의 응원부대가 노량을 넘기 전에 함대를 몰고 가서 대기하고 있다가 노량을 넘어오는 적을 엄습하여 일거에 섬멸하려 하신 것이었다. 진린은 장군의 이 계책을 알아채고 노량에서 크게 적을 깨뜨리는 공을 독점하고 싶은 야심에서, 우리 군사는 관음포에서 대기하라 하고 명군만이 노량의 목을 지키게 했다. 이날(무술년 11월 18일-서기 1598년) 밤이 들자 적선이 창선도(昌善島, 남해군 창선면)로부터 출동하여 노량으로 향하는 것이 부지기수이었는데, 밤이 깊어 사경에 이르매 조수를 타고 노량에 도착한 것이 500으로 헤아릴 정도로 많았다.

이때 진린은 "대명(大明) 황상의 대명(大命)을 받든 수군도독 진린이 여기 있은 즉 너희는 속히 물러가라." 하고 통역을 시켜 호통했다. 그러나 500척 함대를 이끌고 온 왜장은 명나라 수군을 상대하여 싸우려 하지 않았다. 그래서 "우리는 조선군과 싸우려는 것이니 명나라 수군은 물러서라." 하는 말로 대답해 오매, 이에 진린은 격노하여 싸움을 돋우었으나 병선의 수로도 적수가 되지 않았을 뿐만 아니라, 왜군은 조수를 타는 이득을 얻는 반면에 명군은 조수를 거슬러서 싸워야 할 위치에 있었으므로 도저히 대적할 수가 없어 싸운 지 한 시간이 못 되어 후퇴하니 왜군은 달아나는 명군의 뒤를 쫓아 콩 볶듯이 조총을 쏘아 명군을 죽였다.

한편, 장군께서는 부하 장병을 신칙하여 이르시기를 "오늘 밤에 반드시 큰 싸움이 있을 것인즉 모든 장병은 다 싸우다 죽을 맘을 가져라." 하신 후, 어지러운 심서(心緖)를 못 이겨 하시다가 소세하고 갑판에 꿇어앉으시어 "저 원수를 갚으면 죽어도 여한이 없겠사오니 도와주시옵소서." 하며 하늘을 우러러 비시었다. 그러자 한 큰 별이 횃불 같은 꼬리를 끌고 날아와 관음포(觀音浦) 바닷속으로 떨어졌는데, 이때 달은 낮과 같이 밝고 냉기를 머금은 바람은 금빛 나는 물결을 희롱하여 출렁이는 파도 소리는 처량하게만 들렸거니와 이날 하필 장군께서 유진하여 계신 관음포에 별이 떨어진 것은, 장군의 신상에 어떠한 이

변이 있을 것을 암시하는 것이었던 것으로 볼 수가 있는 바이다.

일거에 명군을 격퇴시킨 왜군은 의기양양하게 관음포로 진군하다가, 여러 차례에 걸친 아군의 기묘한 복병 작전에 말려들어 전선 300척이 깨어지거나 소실되고 겨우 백여 척이 이리 밀리고 저리 쫓기다가 간신히 활로를 찾아 달아난다는 것이 빠져나갈 길이 없는 관음포 속으로 들어가 갇히고 말았다.

이번 전투에 우리 배도 60여 척이 깨어지고 천여 명 군사를 잃은 것으로 보아 그 전투가 어느 때보다도 가장 격렬했던 것을 짐작할 수 있겠거니와 이날 우리 군사는 적을 쾌히 소탕할 수 있었을 것을 진린의 야심으로해서 전투를 저지당했던 것을 통분히 여기던 끝이라 한결 더 용기를 떨쳐 목숨을 걸고 싸웠던 것이었다.

노량진 물목을 지켜 싸우는 데는 이 지역의 지세와 물길에 밝으신 장군의 전술에 의해서만 승리를 거둘 수 있는 것이언만, 진린은 그것을 모르고 덮어놓고 좁은 물목을 지켜 싸우는 것이 그럴 듯 하여 큰 욕심을 품고 급히 노량으로 진군했다가 한 시간도 싸우지 못하고 쫓겨서 멀리 후퇴하여 밤새 우리 군사가 거의 다 망했으리라고 짐작했는데 밝을 녘에 이르러 해상에 떠 흐르는 널조각이나 불이 붙어 타고 있는 전선들이 모두 왜의 것임을 알고 일변 무안하고 일변 분한 맘이 복받쳐 급히 병선을 몰아 관음포로 돌아왔다. 진린은 적선 300척이 깨어지고 겨우 백여 척이 관음포 속으로 쫓겨 갇혔다는 장군이 설명을 듣고 시기하는 마음이 왈칵 일어나 한다는 소리가 "그것을 왜 놓아 보냈소?" 하고 불과 몇 시간 전에 패주한 부끄러움을 잊은 듯이 염치없는 수작을 했다. 그리고 여전히 공을 다투어 "그것은 내가 들어가 잡으리다." 하고 관음포 속으로 진군하려 했다.

장군께서는 진린의 아니꼬운 말을 참고 들으시다가 "궁구(窮寇)를 막추(莫追)라 하지 않았소. 그것은 가만 두었다가 나올 때에 잡아도 늦지 않으리다." 하고 만류하셨으나 진린은 그 충고를 듣지 않을 뿐만 아니라 도리어 "그러니까 조선 사람은 겁이 많단 말이야! 내가 적을 잡는 구경이나 하시오." 하고 황황(遑遑)히 관음포 속으로 진입했다. 이미 관음포 속으로 쫓겨 들어갔던 왜군은 그곳이 빠져나갈 길이 없는 막다른 골인 것을 깨닫고 심히 당황하던 차에 명군이 공격해 오매 그야말로 독 안에 든 쥐 격이라 마지막 힘을 다해 단병접전(短兵接戰)으로 반격하는 바람에 전세가 심히 위태로운 지경에 떨어지매 장군께서 전선을 이끌고 들어가 명군을 도와 싸우시는 중, 선봉을 서서 역전하던 70 노장 등자룡(鄧子龍)이 그 여러 부하들과 함께 왜군의 장검에 쓰러지고 진 도독 역시 포위망에 들어 그 목숨이 경각간에 달렸을 즈음 당신의 목숨으로써 바꾸어 진 도독을 구출하시고 다사다난했던 생애에 종지부를 찍으시었다. 다시 말하면 장군께서는 더 살아남지 않으시려는 결의에서 엄동에 갑주도 갖추지 않으시고 빗발치듯 날아드는 적탄을 구태어 피하려 하지 않음으로써 54년 생애의 막을 스스로 내리신 것이었다.

아하! 이를 어찌하랴. 기어이 풀고야 마시려던 철천지한을 상긔 못다 푸신 채 마지막 길을 가시다니! 이 슬프고 아픈 맘을 어찌 말로써 다해 표할 수가 있으리오. 기어이 마지막 길을 택하시는 그 깊은 의중을 짐작하고 남는 까닭에 슬픔에 더하여 분함을 이길 수 없어 오직 통곡하고 통곡할 따름이라.

이제 이 이야기를 끝냄에 즈음하여 한 가지 해명해 두고자 하는 것이 있으니, 그것은 다름이 아니라, 단순히 "장군께서 적탄에 해를 입으셨다."고 하는 표현이 마땅치 않아(이러한 표현으로서는 부득이 목숨을 잃으셨다는 것으로 밖에 해석할 수가 없으므로) 이미 결심한 바에 의하여 죽음의 길을 스스로 택하신 것이라."고 하는 이들의 견해에 동조하여 이 글을 쓴 것이다. 이에 그러한 견해를 내리는 까닭을 밝혀 두고자 한다.

장군의 지도와 전술은 풍신수길이 그 국력을 기울여서도 당치 못했던 것을 우리는 잘 알고 있는 바이어니와 진린이 관음포 속으로 들어가는 것을 말리신 사실과 명량에서 13척의 배로 133척의 적선을 격퇴시킨 흥분으로 부하 장병들이 적선을 추격하여 대해로 나가려는 것을 중지시키시던 신중성을 또한 잘 알고 있다. 그러므로 다만 적을 토멸하고자 하시는 의도만으로서는 "적은 이미 독 안에 든 쥐가 되었은즉 가만두었다가 포구를 탈출하려 할 때에 잡아도 늦지 않다."고 하신 말씀과 같이 구태여 관음포 속으로 들어갈 필요를 느끼지 않으시었을 것이다. 더구나 당신의 충고를 무시하고 도리어 겨레를 모욕하는 언사를 함부로 하는 진린의 소위는 장군의 높으신 인격으로서도 참고 견디기 어려우시었으리라고 생각되어지는 그 때에 위험을 무릅쓰고 관음포 속으로 들어가신 것은 이미 그 목숨을 버리실 각오로써 결단하신 바이라고 추리할 수 있는 까닭에 나는 장군께서 죽음의 길을 자취하신 것이나 다름이 없다고 하는 것이다. 그러면 장군께서는 왜 스스로 목숨을 버리는 길을 취하셨을까 하는 물음이 없지 않겠기에 이에 그 이유를 설명하고자 한다.

장군께서는 만고의 드문 충신이요 명장이신 것은 다시 말할 나위도 없거니와 의리의 사나이시요 또 관후장자(寬厚長者)의 덕을 갖춘 대인이시다. 그러므로 진 도독이 여러 가지 허물을 탓하기에 앞서 왜적을 상대하여 함께 싸우는 전우의 죽음이 초미 간에 달린 것을 방관할 수 없는 의리감의 충동을 받으시는 동시에 왜적은 이미 참패를 거듭하여 전의를 상실하고 패잔군이 도망할 길을 모색하고 있을 뿐이므로 패잔적을 마저 소탕하지 못하는 유감이 없지 않으나 이때 당신의 희생으로 진 도독을 사지에서 구출함으로써 우리 겨레를 위해 구원군을 보내 준 명나라에 대한 의리를 세우리라 하신 것이 그 하나의 이유이고, 또 싸움이 끝난 뒤 진 도독은 전사하고 당신만이 사셨을 경우, 조정에서 필연코 진 도독이 관음포로 들어갈 때 당신이 함께 들어가지 않은 것을 탓할 것이 명약관화한 까닭에 차라리 이때 목숨을 버려 다시는 그 추악한 꼴을 아니 보리라 생각하신 것이 다른 하나의 이유인 것이다. 그리고 장군께서 꼬여가는 국사를 염려하고 당신의 불행하신 일들을 한탄하실 때에 매양 죽고 싶다는 말씀을 하신 것과 또 장군의 높으신 인격이 비록 희로애락을 겉으로 드러내지는 않으셨으되 그 감수성이 예민하셨던 것을 엿볼 수 있게 하는 여러 가지 일기(다음 참조)와 아울러 추운 겨울에 갑주를 벗고 계셨다는 사실이 스스로 목숨을 버리신 바와 다름이 없다는 추리에 뒷받침이 되기에 넉넉한 것임을 다시 강조해 두고자 한다.

장군의 일생을 간단히 평론하자면, 여러모로 불우하신 환경에 처하여서도 남달리 철저하신 애국애족의 이념을 관철하시기 위해 목숨을 걸고 싸우시어 나라를 멸망에서 거듭 건지고 겨레를 죽음에서 구하신 그야말로 경천위지와 보천욕일의 재덕을 겸비하신 분으로서 억울하고 통분한 일을 능히 참아 이기시고 세간의 이목이 여하간에 사나이 마땅히 행해야 할 도리라면 이를 주저 없이 실천에 옮겨 떳떳한 사나이의 자세에 조금도 금이 가지 않게 하신 위대한 인격자이시라고 하겠다.

아아, 어찌 다 찬양하리! 크나큰 그 공적과 위대하신 그 인격을. 우리 온 겨레 마땅히 높이 받들어 모셔야 할 님이시고, 본받아야 할 스승이심을 거듭 강조하고, 이에 두 손을 모아 님의 영원한 명복을 빌면서 이 붓을 놓는다.

일기문

임진년 2월 19일, 맑음

순시를 떠나 백야곶(白也串, 여천군 화양면) 감목관(監牧官)4이 있는 곳에 이르니 승평(순천) 부사(권준)가 그 아우를 데리고 왔다. 비가 온 뒤라 산 꽃이 활짝 피어 좋은 경치를 형언하기 어려웠다. 저물어서야 이목구미 (梨木仇未, 여천군 화양면 이목리)로 와서 배를 탔다. 여도(呂島)에 이르니 영주 원(배흥립)과 여도 권관(황옥천 黃玉千)이 나와 맞았다. 방비를 검열했다. 흥양(興陽) 원은 내일 제사가 있어 먼저 갔다.

임진년 2월 20일, 맑음

아침에 온갖 방비와 전선을 점고해 본즉, 모두 새로 만들었고 무기 도 얼마쯤 완비되어 있었다. 늦게 떠나서 영주(고흥)에 이르니 좌우의 산 꽃과 들가의 봄풀들이 그림과 같았다. 옛날에 영주가 있다더니 역 시 이와 같은 경치이던가?

임진년 2월 21일, 맑음

공무 마친 뒤에 주인(영주 원)이 자리를 베풀고 활을 쏘았다. 정 조방 장(걸傑)도 와서 보았다. 황숙도(黃叔度, 능성 현감)도 와서 함께 술을 마셨 다. 배수립(裵秀立)도 나와 술을 나누어 즐기다가 밤이 깊어서야 파했 다. 신홍헌(申弘憲)을 시켜서 전일 심부름하던 삼반(군노軍奴, 사령使令, 급 창及唱)5 하인들에게 술을 나누어 먹이도록 했다.

---

4. 감목관: 지방에 있어서 목장에 관한 사무를 맡아보는 벼슬.

5. 군노: 군대에서 죄인을 다루는 병졸 / 사령: 각 관아에서 심부름하는 사람 / 급창: 군아에 딸린

임진년 2월 25일, 흐림

여러 가지 군비에 결함이 많으므로(전일 도착하신 곳이 사도-고흥군 점암 면 금사리-이었던 것으로 미루어 사도의 군비를 지칭하신 것으로 추측된다.) 군관과 색리(色吏)6들에게 벌을 주고 첨사는 잡아들이고, 교수는 내어 보냈다. 방비가 다섯 포구 중에서 가장 못 하건만 순찰사가 표창하는 장계를 올렸기 때문에 죄상을 검사하지 못하니 참으로 기가 막혀 웃을 일이 다. 역풍이 크게 불어 배가 떠날 수 없으므로 눌러 유숙했다.

계사년 5월 16일, 맑음

전문 생략. 몸이 몹시 불편하여 누워 신음하다가 명나라 장수가 중 도에서 늦추며 머뭇거리는 것은 딴 꾀가 없지 않은 것 같다는 말을 들 으니, 나라를 위해서 걱정이 많은 중에 일일이 이와 같아 더욱 한스러 운 눈물을 지었다. 점심때 윤 봉사에게서 양주 천천으로 피란 갔던 관 동 아주머니가 거기서 세상을 떠나셨다는 말을 듣고 울음이 터져 나 옴을 참지 못했다. 어찌 세상일이 이렇게 가혹한가! 장사는 누가 치렀 는지. 대진이는 세상을 먼저 떠났다니 더욱 슬픈 일이다.

계사년 6월 6일, 개었다 비 오다 했다.

전문 생략. 흥양서 오는 말이 낙안에 와서 죽었다니 참 가엾다.

노복의 이름.

6. 색리: 감영 또는 군아의 아전(지방 관아에 딸린 구실아치).

계사년 6월 7일, 흐리되 비는 오지 않았다.

전문 생략. 본도 우수사가 저녁때 보러와서 서울 안 소식을 낱낱이 전했다. 가증하고 한스럽기 짝이 없다.

계사년 7월 15일, 맑음

전문 생략. 가을 기운이 바다에 들어오니 나그네 회포가 어지럽다. 홀로 배뜸 밑에 앉았노라니 마음이 몹시 산란하다. 뱃전에 달빛은 비치고 정신은 맑아져서 잠을 이루지 못하는 사이에 닭이 울었다.

계사년 8월 4일, 맑음

순천과 광양이 다녀갔다. 저녁때 도원수(권율) 군관 이완이 삼도의 적세를 보고하는 공문을 보내지 않았다고 담당 군관과 아전을 잡으러 왔다. 가소롭기 짝이 없는 일이다.

갑오년 1월 18일, 맑음

새벽에 출발할 때는 역풍이 크게 일더니 창신도(남해군 창선면)에 이르니 바람이 순하게 불었다. 돛을 달고 사량(통영군 사량면)에 이른즉 도로 역풍이 불고 비가 쏟아졌다. 만호(사량 만호 이여념)와 수사(원균)의 군관 전윤이 보러 왔다. 전이 말하기를 수군을 거창으로 붙들어 왔다고 하며 원수(권율)가 방해하려 한다고 했다. 예로부터 남의 공을 시기하는 것이 이같은 것이니 무엇을 한탄하랴! 눌러 묵었다.

갑오년 2월 16일, 맑음

아침에 흥양과 순천이 왔다. 흥양이 암행어사의 비밀 장계 초안을 얻어 가지고 왔는데, 그 내용인즉 임실 현감 이몽상(李夢祥) 무장 현감 이충길(李忠吉), 영암군수 김성헌(金聲憲), 낙안군수 신호(申浩)는 파면하고, 순천은 탐관오리로 논란하고, 담양 이경로(李景老), 진원(珍原) 조공근(趙公瑾), 나주 이용순(李用淳) 창평 백유항(白惟恒) 수령들은 악행을 덮어주고 칭양(稱揚)하여 장계했다는 것이다. 임금을 속임이 이에 이르니 이러고서야 나랏일이 평정될 리가 만무하다. 우러러 탄식할 뿐이다. 또 수군 일족에 대충징발하는 일과 장정 넷 중에 둘은 전쟁에 나가야 한다는 일을 심히 그르다고 말했으니, 암행어사 유몽인(柳夢寅)은 국가의 위급을 생각하지 않고 다만 눈앞을 꾸려 갈 것만 생각하며 남쪽 지방의 종작없는 소리만 믿으니 나라를 그르치는 교활하고 간사한 말이 악목(岳穆)에 대한 진회(秦檜)7와 다를 것이 없다. 나라를 위한 아픔이 더욱 심하다. 이하생략.

갑오년 3월 29일, 맑음

전문 생략. 저녁때 여필(장군의 아우)과 봉(장군의 조카)이 함께 돌아갔는데 봉은 몹시 아파서 돌아간 것이다. 온 밤을 걱정으로 지새었다. 후문 생략.

---

7. 악목에 대한 진회: 둘 다 중국 송나라 때 사람인데, 진회는 적에 항복하기를 주장한 자로서 충의의 명장 악목을 죽였다.

갑오년 5월 9일, 비

종일 빈 정자에 홀로 앉았으니 온갖 생각이 가슴을 치밀어 산란한 회포를 형언할 길이 없다. 가슴이 막막하기가 취한 듯하며 멍청이가 된 것도 같고 미친 것 같기도 했다.

갑오년 6월 11일, 맑으나 무덥기가 쇠라도 녹일 것 같았다.

아침에 울(장군의 조카)이 본영으로 갔다. 작별하는 정회를 이길 길이 없었다. 홀로 빈 마루에 앉았노라니 마음을 걷잡을 수 없었다. 늦게 바람이 사나워서 걱정으로 마음이 더욱 무거웠다. 충청 수사가 와서 활을 쏘고 그대로 저녁밥을 함께 먹었다. 달 아래 함께 이야기할 때 옥저 소리가 처량했다. 오래도록 앉았다가 헤어졌다.

갑오년 6월 15일, 맑더니 오후에 비가 뿌렸다.

전문 생략. 아내의 편지에 이들 면이 더위를 먹어 앓는다고 했나. 괴롭고 답답한 일이다.

갑오년 6월 17일, 맑음

전문 생략. 탐선이 들어왔는데 어머님께선 안녕하시나 면은 아주 몹시 앓는다고 했다. 지극히 가슴 아픈 일이다.

갑오년 7월 6일, 종일 궂은 비가 왔다.

전문 생략. 촛불을 켜고 앉았노라니 온갖 걱정이 가슴을 찌른다.

갑오년 7월 11일, 궂은 비가 오고 큰 바람이 불면서 그치지 않았다.

울이 가는 데 곤란할 것이 걱정되었고 면의 병이 어떠한가도 궁금했다. 후문 생략.

갑오년 7월 12일, 맑음

전문 생략. 저녁에 탐선이 들어와 어머님께서 안녕하시다는 것은 살폈으나 면의 병세는 여전히 중하다는 것이었다. 애가 타건만 어찌하랴. 류 정승(성룡)이 돌아갔다는 부고가 순변사에게 왔다고 하나, 이는 필시 시기하는 자들이 말을 만들어 하는 것이리라. 통분함을 참지 못하겠다. 이날 밤 심사가 산란해서 홀로 마루에 앉아 있는데, 내 마음을 스스로 걷잡을 수 없었다. 걱정이 쌓여 밤이 깊도록 잠들지 못했다. 만일 류 정승이 어찌 되었다면 나랏일을 어찌할 것이랴! 어찌할 것이랴!

갑오년 7월 13일, 비

홀로 앉아 면의 병세가 어떤가를 생각하고 글자를 짚어 점을 쳐 보니 군왕을 만나 보는 것 같다는 괘가 나왔다. 아주 좋았다. 다시 짚으니 밤에 등불을 얻은 것 같다는 괘가 나왔으니 두 괘가 다 좋은 것이었다. 마음이 놓였다. 또 류 정승의 점을 친즉, 바다에서 배를 얻은 것과 같다는 괘가 나왔다. 아주 좋다. 저녁내 비가 오는데 홀로 앉아 있는 정회를 무슨 말로 다하랴. 늦게 송전(宋筌)이 돌아가는데 소금 1섬을 주어 보냈다. 마량(馬梁) 첨사와 순천이 보러 왔다가 어두워서야 돌아갔다. 비가 더 올지 갤지를 점쳐 보니, 뱀이 독을 뱉는 것과 같다는 괘가 나왔다. 장차 큰 비가 오겠으니 농사를 위해 걱정이다. 밤에 비가 퍼붓듯이 왔다. 오후 8시께 발포 탐선이 편지를 가지고 돌아갔다.

갑오년 7월 14일, 비

어제 저녁부터 빗발이 삼대 같았다. 집이 새어 마른 데가 없어 간신히 밤을 지냈다. 점괘 얻은 그대로이니 참 기묘한 일이로다. 충청 수사와 순천을 청해다가 장기를 두게 하면서 그것을 구경하는 것으로 소일했다. 그러나 근심이 속에 가득하니 어찌 조금인들 편할 수가 있으리오. 함께 저녁에 수루(戍樓)로 나가 몇 바퀴 돌다가 내려왔다. 탐선이 들어오지 않으니 까닭을 모르겠다. 밤 12시께 또 비가 왔다.

갑오년 8월 2일, 비가 퍼붓듯이 왔다.

초하루 한밤중에 꿈을 꾸니, 부안 사람(장군의 소실)이 아들을 낳았다. 달수로 따져 낳을 달이 아니었으므로 꿈이지만 내쫓아 버렸다. 기운이 나는 것 같다. 늦게 수루 위에 옮아 앉아 충청 수사와 순천(권준) 그리고 마량(강용호)으로 더불어 이야기하며 새로 빚은 술 몇 잔을 마셨다. 종일 비가 왔다. 후문 생략.

갑오년 8월 30일, 맑고 바람도 없었다.

전문 생략. 아침에 탐선이 들어왔는데, 아내의 병세가 아주 위중하다는 것이었으니 벌써 생사 간에 결말이 났을지도 모른다. 나랏일이 이에 이르렀으니 다른 일에 생각이 미칠 수 있으랴마는 세 아들과 한 딸이 어떻게 살아갈꼬. 아프고 괴롭구나. 김양간이 서울서 영의정(류성룡)의 편지와 심충겸의 편지를 가지고 왔는데, 분개한 뜻이 많이 적혀 있었다. 원 수사의 하는 짓은 참으로 해괴하다. 날더러 머뭇거리고 앞으로 나가지 않는다 했다니 이는 천고에 탄식할 일이다. 곤양이 병으로 돌아갔는데 보지 못하고 보내서 유감스럽다. 밤이 들면서 심사가 산란하여 잠을 이루지 못했다.

갑오년 9월 1일, 맑음

앉았다 누웠다 잠을 못 이루고 촛불을 켠 채 뒤척이며 지새었다. 이른 아침 세수하고 고요히 앉아 아내의 병에 대한 점을 쳤더니, "중이 환속(還俗)하는 것 같다."는 괘를 얻고 다시 쳤더니, "의심이 기쁨을 얻은 것 같다."는 괘를 얻었다. 아주 좋다. 또 병세가 나아갈 것인지 어떤지에 대해서 쳐 보니, "귀양 땅에서 친척을 만난 것 같다."는 괘였다. 이 역시 오늘 중에 좋은 소식을 받을 징조다. 순무사(巡撫使)8 서성(徐省)의 서류와 장계가 들어왔다.

갑오년 9월 2일, 맑음

전문 생략. 저녁때 탐선이 들어왔는데, 아내의 병이 덜하기는 하나 원기가 몹시 약하다니 걱정스럽다.

갑오년 9월 3일, 비가 조금 왔다.

새벽에 밀지(密旨)9가 들어왔는데, "수륙 여러 장수들이 팔짱만 끼고

---

8. 순무사: 전시에 군무를 맡아 보는 벼슬.

9. 밀지: 비밀히 내리는 임금의 명령.

서로 바라보고만 있고 한 가지도 계책을 세워 적을 치는 일이 없다."
고 했다. 3년 동안 해상에 있었거늘 어찌 그럴 리가 있으리오!(억울하시다는 표현) 여러 장수들과 함께 맹세하고 죽음으로써 원수를 갚을 뜻으로 날을 보냈지만, 험고한 곳에 자리를 잡고 있는 적이라 경솔히 나가칠 수도 없는 것이고, 더구나 "나를 알고 저를 알아야만 백 번 싸워도 위태함이 없다." 하지 않았는가. 종일 큰 바람이 불었다. 초저녁에 불을 밝히고 혼자 앉아 스스로 생각하니, 나랏일이 어지럽건만 안으로 건질 길이 묘연(杳然)하니 이를 어찌할꼬. 밤 10시께 흥양이 내가 홀로 앉아 있는 줄 알고 들어와 자정까지 이야기하다가 헤어졌다.

갑오년 9월 13일, 맑고 따사로웠다.

어제 취한 것이 아직 안 깨어 방 밖으로 나가지 않았다. 조도어사(調度御使) 윤경립(尹敬立)의 장계 초안 두 통을 본 즉, 하나는 진도 군수 파면을 청한 것이고, 다른 하나는 수군을 서로 바꾸어 징발하지 말 것과 각 고을 수령들을 전쟁터로 보내지 말 것을 청한 것인데, 그 의견은 눈앞의 일만 생각하는 것이었다. 후문 생략.

갑오년 11월 13일, 맑음. 바람이 차차 자니 날씨도 따뜻했다.

전문 생략. 저녁때 윤연(尹連)이 그 누이[10] 편지를 가져왔는데 망언이 많았다. 우스웠다. 버리고자 하나 버리지 못하는 것에 까닭이 있으니 세 아이가 의지할 곳이 없게 되기 때문이다. 15일은 아버님 제삿날

---

10. 윤연의 누이: 이순신 장군의 소실.

이라 오늘부터 공무 보지 않았다. 밤에 달빛이 대낮 같아 밤새 이리 뒤척, 저리 뒤척 잠을 이루지 못했다.

갑오년 11월 15일, 맑음. 따뜻하기가 봄날 같다.
음양이 질서를 잃은 모양이 그야말로 재변이다.

아버님 제삿날이어서 공무를 보지 않았다. 홀로 방 안에 앉았으니, 슬픈 회포를 어찌 다 말하랴! 저물어 탐선이 들어왔는데, 순천 교생(校生)11이 교서의 등본을 가져왔다. 또 아들 울들의 편지를 보니 어머님께서 변함없이 안녕하시다니 다행한 일이다. 상주 사촌 누이의 아들 윤엽(尹曄)이 본영에 이르러 제 모친 편지와 함께 제 편지를 보냈는데, 보니 눈물이 흐르는 것을 막을 길이 없었다. 영의정의 편지도 왔다.

을미년 1월 1일, 맑음

촛불을 밝히고 혼자 앉아 나랏일을 생각하니, 모르는 사이에 눈물이 흐른다. 또 병드신 노친을 생각하며 뜬눈으로 새웠다. 후문 생략.

을미년 1월 5일, 맑음

공문을 적어 보냈다. 봉과 울이 왔다. 어머님께서 안녕하시다니 다행이다. 밤이 새도록 온갖 회포로 잠을 이루지 못했다.

---

11. 교생: 향교 유생의 일부. 뒷날에 와서는 향교의 심부름군으로 되었다.

을미년 3월 23일, 맑음

아침을 먹은 뒤에 세 조방장과 우후와 함께 도보로 앞산 봉우리 위에 올라가 보니 삼 면으로 바라보이는 앞이 탁 트이고 길은 북쪽으로 뚫렸다. 소포12 세울 자리를 닦고 거기에 앉아 종일토록 즐기며 돌아오는 것을 잊었다.

을미년 5월 13일, 비가 퍼붓듯이 왔다. 종일 그치지 않았다.

혼자 대청에 앉았으니 온갖 회포가 끝이 없었다. 배영수를 불러 거문고를 타게 했다. 또 세 조방장을 청해다가 같이 이야기했다. 요사이 탐선이 엿새가 되도록 오지 않는다. 어머님 안부를 알 수 없어 무척 걱정스럽다.

을미년 5월 15일, 굳은 비가 개지 않았다.
지척을 분간하지 못하겠다.

새벽에 꿈이 산란했다. 어머님 안부를 못 들은 지 벌써 이레라 심히 초조했다. 또 해(장군의 조카)가 잘 갔는지 몰라 궁금하다. 아침 후에 나가 공무를 보자니 광양 김두검(金斗劍)이 복병할 적에 순천, 광양 두 원에게서 이중으로 삭료(朔料, 월급)를 받은 것으로 하여 벌로써 해군으로 나왔는데 칼도 활도 아니 찾고 거동이 오만하므로 곤장 70대를 때렸다. 늦게 우수사가 술을 가지고 와서 몹시 취해 돌아갔다.

을미년 6월 9일, 맑음

---

12. 소포: 활을 쏠 때에 건너 편에 과녁으로 세우는 베.

몸이 아직 쾌하지 않아 민망스럽다. 신 조방장과 사도와 방답과 함께 편을 갈라 활을 쏘았는데 신의 편이 이겼다. 저녁에 원수 군관 이희삼(李希參)이 유서를 가지고 왔는데, 조형도(趙亨道)가 무고(誣告)하여 장계하되 "해군 1명에 하루 양식 5홉과 물 7홉씩을 준다."고 했다. 세상일이란 참으로 놀랍다. 천하에 어찌 이같이 무도한 일이 있을 것인가! 어둘녘에 탐선이 들어왔는데 어머님께서 이질에 걸리셨다니 걱정스럽다.

을미년 7월 1일, 잠깐 비가 왔다.

나라의 제삿날이라 공무 보지 않았다. 혼자 다락에 의지해 나랏일을 걱정했다. 정세가 아침이슬 같건만 안으로 정책을 결정할 만한 기둥 같은 인재가 없고, 밖으로 나라를 바로잡을 만한 주춧돌과 같은 인물이 없으니, 사직이 장차 어찌 될지 몰라 마음이 산란했다. 종일토록 누웠다 앉았다 했다.

을미년 7월 10일, 맑음

몸이 몹시 편치 않다. 늦게 우수사와 이야기했다. 양식이 떨어져도 아무런 계책이 없다는 말을 많이 했다. 참으로 민망스럽다. 박 조방장도 왔다. 몇 잔 술을 마시고 몹시 취했다. 밤이 깊어 다락 위에 누웠으니 초생달이 다락에 가득 차 정회를 이길 길이 없었다.

을미년 8월 15일

새벽에 망궐례(望闕禮)13를 행했다. 우수사(이억기 장군)와 가리포(이응

---

13. 망궐례: 대궐을 향해서 절하는 것.

표)와 임치(臨淄) 홍견(洪堅) 등 여러 장수들이 같이 왔다. 이날 삼도 사
사(射士)와 본도 잡색군(雜色軍)14을 먹이고 종일토록 여러 장수들과 같
이 취했다. 밤에 으스름 달빛이 다락에 비쳐 잠을 이루지 못하고 시를
읊으며 긴 밤을 새었다.

병신년 1월 1일, 맑음

새벽 2시께 어머님께 들어가 뵈었다. 늦게 남양 아저씨와 신 사과가
와서 이야기했다. 저녁에 어머님께 하직하고 영으로 돌아왔다. 심회가
산란해서 밤새도록 잠을 이루지 못했다.

병신년 1월 12일, 맑았으나 서풍이 세게 불어 추위가 혹독했다.

날이 거의 샐 무렵 꿈에 한 곳에 이르러 영의정(류성룡)과 함께 이야
기 했다. 한동안 둘이 다 의관을 벗어 놓고 앉았다가 누웠다가 하면서,
서로 나라 걱정을 털어놓다가 끝내는 억울한 사정까지 쏟아 놓았다.
이윽고 바람이 불고 비가 퍼붓는 데도 흩어지지 않고 그대로 조용히
이야기를 계속하는 동안, 만일 서쪽의 적이 급히 몰려오고 남쪽의 적
까지 들어 덤비게 된다면 임금이 어디로 가시랴 하고 걱정만 되뇌이
며 할 말을 알지 못했다. 앞서 들건대 영의정이 천식으로 몹시 편찮다
고 하더니 나았는지 모르겠다. 글자 점을 던져 보았더니 "바람이 물결
을 일으키는 것 같다."는 괘가 나왔다. 또 오늘 중으로 길흉 간에 소식
을 들을 런지 하고 점을 쳐보니 "가난한 사람이 보배를 얻은 것 같다."

---

14. 잡색군: 의식이 있을 때에 쓰이는 갖가지의 인부.

고 괘가 나왔다. 이 괘는 참 좋다. 어제 저녁에 종 금을 본영으로 보냈는데 바람이 사나우니 염려된다. 이하생략.

병신년 1월 13일, 맑음

전문 생략. 달빛은 대낮 같고 바람도 없는데 홀로 앉았으니 심회가 산란했다. 잠을 이루지 못해 신홍수(申弘壽)를 불러 퉁소를 듣다가 밤 10시쯤에 잠들었다.

병신년 2월 14일, 맑음

전문 생략. 경상 수사가 쑥떡과 초 한 쌍을 보내왔다. 낙안과 녹도를 불러 떡을 먹게 했다. 세 곳간에 지붕을 이었다. 얼마 뒤 강진(康津)이 보러왔기에 위로하고 술을 권했다. 저녁에 물을 부엌 가로 끌어들여 물 긷는 수고를 덜게 했다. 이날 밤바다 위에 달빛은 대낮처럼 밝고 물결은 비단결 같은데 혼자서 높은 다락 위에 기대었노라니, 심사가 몹시 어지러워 밤이 깊어서야 잠자리에 들었다. 후문 생략.

병신년 2월 17일, 흐림

전문 생략. 어둘 무렵에 서풍이 크게 일어서 밤새도록 그치지 않았다. 아들이 떠나간 것을 생각하니 걱정스럽다. 답답함을 어찌 다 말하랴. 봄기운이 사람을 괴롭혀 몹시 노곤했다.

병신년 2월 19일, 맑았으나 바람이 크게 불었다.

아들 면이 잘 갔는지 몰라 밤새도록 궁금했다. 후문 생략.

병신년 2월 28일, 맑음

이른 아침에 침을 맞았다. 늦게 나갔다. 장흥과 체찰사의 군관이 왔다. 홍은 체찰사의 종사관이 발행한 군령을 가지고 자기를 체포하러 온 일 때문에 왔다고 한다. 또 전라도 수군 중 우도의 수군만은 좌도와 우도로 내왕하면서 제주도와 진도를 성원하라는 명령도 있었다고 한다. 참 어이없다. 조정의 지도가 이럴 수가 있는가! 체찰사로서 계획이 이뿐이란 말인가! 국가의 일이 이렇고 보니 어찌하랴! 어찌하랴! 저녁에 거제를 불러다가 일을 물어보고 돌려보냈다.

병신년 3월 18일, 맑았으나 종일 동풍이 불고 일기가 몹시 차가웠다.

전문 생략. 이날 밤바다에 달은 어슴푸레 비치고 기운이 몹시 찬데 자려야 잠이 오지 않고 앉으나 누우나 편안치가 못했다. 몸이 좋지 않았다.

병신년 3월 21일, 종일 큰비가 쏟아졌다.

초저녁에 토사곽란(吐瀉癨亂)으로 오래도록 신음하다가 자정께야 조금 가라앉았다. 일어났다 앉았다 몸을 뒤척거리면서 공연한 고생을 하는 듯 생각되어 한스럽기 짝이 없다. 이날 너무나 심심해서 군관 송희립(宋希立), 김대복(金大福), 오철(吳轍) 등을 불러다가 종정도(從政圖)15를 놀았다. 바람막이 3개를 만들어 달았는데, 이언량(李彦良)과 김응겸

---

15. 종정도: 실내 오락의 한가지로 승경도라고도 한다. 넓고 큰 종이에 옛 제도의 벼슬 이름을 차서대로 써 놓은 말판 위에 주사위를 굴려서 얻은 점수에 따라서 벼슬이 오르고 내리는 차서를 익히게 하는 것인데, 먼저 최고의 벼슬에 오르는 사람이 이기는 것이다.

(金應謙)이 만드는 감독을 했다. 자정께야 비가 그치고, 오전 2시쯤에 이지러진 달이 비췄다. 밖으로 나가 거니는데 몸이 몹시 피곤했다.

병신년 5월 6일, 아침에 흐리더니 늦게 큰비가 왔다.

전문 생략. 울(조카)이 김대복과 같은 배로 나갔는데, 비가 쏟아졌으니 잘 갔는지 모르겠다. 밤새도록 앉아서 걱정했다.

병신년 8월 10일, 맑음

전문 생략. 어둘 녘에 달빛은 비단같고 회포는 만 갈래라 잠을 이루지 못했다. 밤 10시에 방에 들었다.

정유년 4월 10일, 맑음

일찍 길을 떠나며 어머님 영연에 하직을 고하고 울며 부르짖었다. 어찌하랴! 어찌하랴! 천지간에 나와 같은 사정이 또 어디 있으랴! 어서 죽는 이만 같지 못하구나. 후문 생략.

정유년 5월 2일, 늦게 갬

전문 생략. 진흥국이 좌수영으로부터 와서 눈물을 흘리며 원균의 일을 이야기했다. 이형복과 신홍수도 왔었다. 남원 종 끝돌이가 아산에서 와서 어머님 영연이 평안하시다고 했고, 또 유헌이가 식구들을 데리고 무사히 금곡에 도착했다고 했다. 홀로 빈 동헌에 앉아 슬픈 정회를 이기지 못했다.

정유년 5월 4일, 비

오늘은 어머님 생신이라 슬프고 서러움을 참을 길이 없었다. 닭이 울자 일어나 앉아 눈물만 흘렸다. 후문 생략.

정유년 5월 5일, 맑음

새벽 꿈이 매우 어지러웠다. 아침에 부사가 보러 왔었다. 늦게 충청 우후 원유남이 한산도에서 와서 원 공의 못된 짓을 많이 전하고, 또 진중의 장졸들이 모두 다 배반하므로 앞일이 어찌 될지 알 수 없다고 했다. 이 날은 단오절인데 천리 밖에 멀리 종군하여 어머님 영연을 모시고 장례도 모시지 못하니 무슨 죄로 이런 갚음을 당하는고! 나와 같은 사정은 고금을 통해서 짝이 없을 것이다. 가슴이 찢어지는 듯 아프다. 다만 때를 못 만난 것을 한탄할 따름이다.

정유년 5월 6일, 맑음

꿈에 돌아가신 두 형님을 뵈었는데 서로 붙들고 우시면서 하시는 말씀이 "장사를 지내기 전에 멀리 천리 밖으로 떠나와 군무에 종사하고 있으니, 대체 모든 일을 누가 주장해 한단 말이냐? 통곡한들 어찌하리." 하셨다. 이것은 두 형님의 혼령이 천리 밖까지 따라오셔서 근심하고 애달파 함을 이렇게까지 하시는 것이니 비통함을 금치 못하겠다. 또 남원의 추수 감독할 일을 염려하시는 데 그것은 무슨 뜻인지 모르겠다. 연일 꿈자리가 어지러운 것은 아마도 두 형님의 혼령이 그윽이 걱정해 주시는 탓이리라. 슬픔이 한결 더해진다. 아침저녁으로 그립고 서러운 마음에 눈물이 엉기어 피가 되건만 아득한 저 하늘은 이 사정을 살펴주지 않으시는가! 왜 어서 죽어지지 않는가! 저녁에 능성 현감 이계명(李繼命)이 역시 상제 몸으로 기용된 사람인데 보러 왔다가 돌아갔다. 흥양에 있는 종 우노음금(禹老音金), 박수매(朴守每), 조택(趙澤)과 순화(順花)의 처가 와서 인사했다. 이기윤(李奇胤)과 몽생(夢生)이 왔다. 송정립(宋廷立)과 송득운(宋得運)도 왔다가 곧 돌아갔다. 저녁에 정원명(鄭元溟)이 한산에서 돌아와서 흉한 자(원균)의 못된 짓을 많이 이야기했다. 또 들으니 부찰사(한효순)가 좌수영으로 나와 병을 조리한다고 한다. 우수사가 편지를 보내어 조상했다.

정유년 5월 21일, 맑음

박천(博川) 유해(柳海)가 서울서 내려와서 한산으로 가서 공을 세우겠노라 했다. 또 말하기를 "은진현(恩津縣)에 이르니 은진 원이 뱃길에 대한 것을 이야기하더라" 했다. 유가 또 말하기를 중한 죄수 이덕룡(李德龍)이란 자를 고소한 사람이 잡혀 세 차례 형장을 맞고 다 죽어간다 하니 놀라지 않을 수가 없었다. 또 과천 좌수 안홍제(安弘濟) 등이 이 상궁(尙宮, 종5품의 여관)에게 말과 스무 살짜리 계집종을 바치고 놓여 나갔다고 했다. 안은 본시 죽을 죄도 아닌데 여러 번 맞아 거의 죽게 되었다가 물건을 바치고서 석방이 되었다는 것이다. 안팎이 모두 바치는 물건의 다소로 죄의 경중을 결정한다니 이러다가는 결말이 어찌 될지 모르겠다. 이야말로 돈만 있으면 죽은 사람의 넋이라도 찾아온다는 것인가!

정유년 7월 9일, 비

내일은 열(둘째 아들)을 아산으로 보내려고 제사에 쓸 과물을 감봉했다. 늦게 윤감(尹鑑)과 문보(文珤)들이 술을 가지고 와서 열과 변 주부에게 작별술을 권하고 돌아갔다. 밤에 달빛이 대낮 같았다. 어머님 그리는 슬픔과 울음으로 밤이 깊도록 잠들지 못했다.

정유년 7월 10일, 맑음

새벽에 열과 존서를 보낼 일로 앉아 날이 새기를 기다렸다. 일찍 아침을 먹고 정을 스스로 억제하지 못해 통곡하며 보냈다. 내가 무슨 죄를 지었기에 이 지경에 이르렀는가! 구례에서 온 말을 타고 가니 더욱 염려된다. 열과 변 주부가 막 떠나자 황 종사관(여일)이 와서 한참이나 이야기했다. 늦게 서철(徐徹)이 보러 왔다. 정상명(鄭翔溟)이 종이로써 마혁(馬革) 만들기를 끝냈다. 저녁에 홀로 빈방에 앉았노라니 정회가 끓어 올라 잠을 이루지 못하고 밤새 뒤척거리기만 했다.

정유년 7월 12일, 맑음

아침에 합천이 햅쌀과 수박을 보냈다. 점심을 지을 즈음 방응원(方應元), 현응진(玄應辰), 홍우공(洪禹功) 임영립(林英立) 등이 박명현(朴名賢)에게 와서 함께 밥을 먹었다. 종 평세(平世)가 열을 따라갔다가 돌아왔다. 잘 갔다는 소식을 들으니 다행이다. 그러나 슬프고 한탄스러움을 어찌 다 말하랴! 이희남(李喜男)이 사철 쑥 백 묶음을 베어 왔다.

정유년 7월 16일, 비가 오다 개다 하면서 종일 흐리고 맑지 못했다.

전문 생략. 소나기가 쏟아졌다. 열이 길 가기에 고생될 것을 생각하고 마음이 놓이지 않았다. 후문 생략.

정유년 8월 12일, 맑음

아침에 장계 초고를 수정했다. 늦게 거제와 발포가 들어와 명령을 들었다. 그편에 배설의 황겁해 하는 말을 들으니 한탄스럽기 짝이 없다. 권세 있는 사람들에게 아첨이나 하여 제가 감당치 못한 지위에까지 올라 국가의 일을 크게 그르치건만 조정에서 살피지 못하고 있으니 어찌하랴! 어찌하랴! 보성 원이 왔다.

정유년 9월 8일, 맑음

여러 장수들을 불러서 대책을 토의했다. 우수사 김억추는 겨우 만호에나 맞을까? 대장 재목은 못 되는 인물인데 좌의정 김응남(金應南)16이 서로 정다운 사이라 억지로 임명해 보낸 것이었다. 이러고서야 조정에 사람이 있다고 할 수가 있는가! 다만 때를 못 만난 것을 한탄할 따름이다.

정유년 9월 11일, 흐리고 비가 올 것 같았다.

홀로 배 위에 앉아 어머님 그리운 생각으로 눈물 지었다. 천지간에 나와 같은 사람이 또 어디 있으랴! 회(큰아들)는 내 심정을 알아채고 몹시 언짢아했다.

---

16. 김응남: 윤두수와 함께 박성을 시켜 이순신 장군을 사형에 처함이 옳다는 상소를 올리게 한 인물이다.

정유년 10월 13일, 맑음

전문 생략. 달빛은 비단결 같고 바람 한 점 없는데, 혼자 뱃전에 앉았다 누었다 밤새 잠을 이루지 못한 채 하늘을 우러러 탄식할 따름이었다.

정유년 10월 19일, 맑음

새벽녘에 한 꿈을 꾸었는데 그 꿈인즉 집의 종 진(辰)이 내려온 것을 보고 죽은 아들 생각이 나서 통곡하는 것이었다. 중간 생략. 어두울 무렵에 코피를 되 남짓이나 흘렸다. 밤에 앉아 생각하고 눈물짓고 했음을 어찌 다 말하랴! 비통한 마음 가슴이 찢어지는 듯함을 누를 길이 없다.

이상에 열기한 일기를 통해서 우리는 장군께서는 근엄하시면서도 다정다감하신 어른이심을 재인식하게 되며, 또 항상 국사를 염려하심에 못지않게 당신 가족에 대한 일로 우수사려(憂愁思慮)하신 것을 살필 수 있는 동시에, 당쟁으로 인한 여러 가지 추악한 정치 양상과 세도 벼슬아치들의 간악하고 음흉한 꼴들에 대한 통탄과 염오(厭惡)감이 강렬하셨던 것을 또한 짐작할 수가 있다. 그리고 당신의 불우하신 신세를 슬퍼하시고 자주 눈물을 흘리시고, 때로는 죽고 싶다는 말씀까지 하기에 이르신 것으로 미루어 볼 때, 이미 적당한 때에 당신의 목숨을 버릴 각오와 결의를 굳히신 것을 넉넉히 알 수가 있는 바이다.

1980년 12월 31일 밤

현충사 참배 후 <필사즉생 필생즉사>비석 앞에서

헌수(獻樹)

크나크신 임의 공덕 앙모하는 충정에서
두 그루 주목을 문하에 심사오니
원컨대 가납하시어 파수로 삼아 주소서.

*필자가 누년에 걸쳐 편집한 <나의 스승 이순신>의 편술을
 마친 기념으로 현충사 고택 문하에 두 그루 주목을 심었다.

한산섬에서

임께서 아끼고 정들이신 고장이라
고향에 찾아온 듯 친근감을 절로 느껴
시야에 드는 모든 것이 귀하게만 보이누나.

자나 깨나 앙모하는 임께 친히 뵈옵는 듯
영연(靈筵)을 우러러서 합장배례 하노라니
가슴에 와닿는 것이 공명정대 일러라.

임께서 거니시던 제승당(制勝堂) 앞뜰에서
저 멀리 물결치는 큰 바다를 바라보매
사바(娑婆)의 우수사려가 씻기는 듯하여라.

필자가 직접 제본한 책 외연과 내지

　2022년 10월 말, 묵향 이상호 선생의 사위이신 최호준 회장님(장아람 재단)이 실로 제본 된 두꺼운 책 한 권을 건네주셨다. 본인의 장인이 쓴 책인데, 어떤지 한 번 살펴보라는 것이었다.

　건네받은 책을 들춰보니 그 옛날 공병우 타자기(지금 젊은 친구들은 알지도 못할)로 손수 빼곡하게 쳐서 작성한 글이 가득 담겨 있었다. 책의 군데 군데마다 새로 타자를 쳐서 고쳐 붙인 내용과 이미 작성해 놓은 글에 다시 또 종이를 붙여 연결하여 내용을 첨가하고, 한자가 필요한 단어마다 손수 한자를 써서 채워놓았는데, 저자가 이 한 권의 책을 만들기 위해 얼마나 정성을 들이고, 긴 시간 수고하며 다듬어 왔는지 한눈에 알 수 있었다. 이분은 도대체 무슨 열심으로 이런 책을 만들었을까 하는 호기심이 일었다. 그러나 그건 타자기로, 한 개인이 만든 책이 주는 단순한 호기심일 뿐 이 책의 저자인 묵향 선생에 대한 이야기를 한 번도 들어본 적이 없을뿐더러 책의 머리말을 쓰신 연도를 살펴보니 1981년인지라 40년도 더 전에 쓰신 이 책이 지금의 시점에 어떤 의미가 있을까 싶었다. 더구나 이순신 장군의 생애를 다룬 책이라 하니, 이순신에 관한 책들이 수없이 많은 이때, 이 책 한 권 더하는 것이 무슨 의미가 있을지 의구심이 일었다.

　제일 먼저 한 일은 타자기로 쓰인 글을 컴퓨터로 옮기는 일이었다. 아무래도 가독성을 높이기 위해서는 정리된 글이 필요해 보였다. 그렇게 컴퓨터로 글을 옮겨 가며 묵향 선생의 글을 한 자 한 자 꼼꼼히

읽어가기 시작했다.

저자가 일러두기에 밝혔듯 장군을 경외하는 마음에서 비롯된 지극한 경어체는 현대를 사는 내게 낯설게 다가왔고, 약간의 거부감 마저 들었다. 그러나 책을 읽어가면 갈수록 선생의 곡진한 경어가 어디로부터 비롯되었는지 알 수 있었고, 선생의 어투에 설득되었다. 그리고 한 마음으로 글에 빠져들어 갔다.

한 개인이 평생에 걸쳐 흠모하고 지켜보며 관련된 자료를 촘촘히 찾아 비교 분석하고, 후손을 만나 교제하며, 하나하나 짚어 써 내려간 글은 원 사료가 갖는 묵직함을 가지고 있었고, 저자가 이순신의 일생과 호흡을 따라가며 포개는 감정의 선은 더욱 절실한 현실이 되어 내 가슴을 파고들었다. 저자의 글을 따라 타이핑을 하며 옳고 그름의 분별없이 당쟁만 일삼는 철없는 조선 대신들의 모습에 같이 울분을 토했고, 불쌍한 백성들이 한없이 가여웠으며, 어머니를 잃은 자식으로, 아들을 잃은 아버지로 단장(斷腸)같은 고통과 외로움, 풍전등화와 같은 조국의 상황에 잠 못 이루는 장군의 심사가 가슴 저미듯 안타깝게 다가왔다. 내가 그토록 감정에 몰두 할 수 있었던 것은 저자가 그 절절함을 각 장면마다 써 내려간 시조와 글들을 통해 자기 일처럼 토해냈기 때문이다.

선생이 철저한 사실에 입각하여 이순신을 고찰하고 치우침 없이 바라보려 애쓴 흔적은 그가 인용한 사료들에서 찾을 수 있다. 춘원 이광수의 『이순신』(1931~1932), 노산 이은상의 『성웅 이순신』(1969), 정조 19년에 간행된 『이충무공전서』(1795)와 임진왜란 7년간(1592~1598)의 진중 기록인 난중일기를 토대로 사실을 고증하고자 했고, 견해가 다른 부분은 비교하여 설명하는 데 충실했다. 이순신에게 누가 될 일은 한치도 허락하지 않으려 했던 묵향 선생의 각오와 철저함을 보게 하는 면모였다. 또한 역사적 지식이 필요한 시대 상황과 인물들에 대한 각주도 꼼꼼하게 달아놓았는데, 이는 오래 연구하고 스스로 공부에 매진한 흔적이며 후손들의 이해를 돕기위한 저자의 배려일 것이다. 그럼에도 지금은 쓰지않는 어려운 단어와 사자성어들이 많아 사전과 한자를 찾아 편집자로서 최대한 이해를 돕는 설명을 덧붙여 놓았다.

약관의 나이에 이순신을 스승삼은 후 장군의 전기를 수없이 읽고 되뇌었던, 그리하여 환갑을 넘긴 나이에 초록을 쓰기 시작하여 고희를 넘겨 마무리를 했던, 이 책 '나의 스승 이순신'을 따라 읽다 보면 긴 호흡으로 이어지는 문장이 버겁다가도 어느 순간 몰입한 자신을 발견할 것이고, 묵향 선생의 곡진한 어투와 함께 그 시절 이순신 장군의 처지와 형편을 헤아릴 수 있을 것이다. '필사즉생 필생즉사(必死則生必生則死)'의 심정으로 나라를 구한 이순신의 위대함과 장군 옆에 동지로 머물렀던 수많은 병사와 민초들의 위대함을 또한 만날 것이며, 모든 것을 잃고도 놀라우리만치 침착한 그의 성품과 탁월한 작전, 나아갈 때와 물러날 때를 아는 분별력과 냉철한 결단력이 가져온 연전연승의 위대한 신화를, 그러나 감당해야 할 나라의 운명과 외로움에 잠 못 드는 그저 한 인간이었던 이순신을 있는 그대로 만나볼 수 있을 것이다.

선생은 이 글의 집필을 시작하며 현충사를 참배하며 쓴 시조에서 "조국이 이제 다시 난구에 빠졌음이 / 임란에 못지않게 심각한 바 있사오매 / 우러러 임을 사모함이 더욱 간절하옵니다."라고 했다. 그때만

큼이나, 아니 지금 더욱 우리나라는 어려운 시절을 지나고 있다. 왜구의 침략과 같은 눈에 보이는 전쟁이 일어난 것은 아니지만, 전 세계적 경제 위기로 인한 경제 침체와 자기 당과 자신의 일신만을 위해 철새처럼 처신하는 정치인들의 위선과 갈등, 옳고 그름조차 분별하지 못하고 줏대 없이 이리저리 갈지자 행보를 하는 나라의 군통수권자를 둔 이때, 우러러 임을 사모함이 더욱 간절하다는 선생의 토로가 우리의 토로와 진배없음을 느낀다.

선생은 이 책을 집필하며 자신의 평생 스승으로 이순신을 삼았을뿐더러 자녀들 각자의 이름으로 다섯 권의 책을 똑같이 직접 타이핑하고 제본하여 남길 만큼 후손의 스승이기를 간절히 원했고, 나아가 이 땅을 사는 우리 모두가 스승 삼기를 바랐을 것이다.

부족한 나의 손이 평생에 걸쳐 써 내려간 묵향 선생의 고고(孤高)한 책을 편집할 기회를 갖게 되어 혹시라도 누가 되지 않을까 염려가 된다. 하지만 원문을 거의 훼손하지 않고 그대로 옮겨 실었기에 선생의 글이 가진 힘이 모든 부족함을 상쇄하고도 남으리라 생각한다. 부디 많은 이들의 손에서 이 책이 읽히고 건네어져 이순신을 스승으로 삼는 이들이 많아지기를, 그래서 어려움에 빠진 이 나라를 근심하며 대안을 찾고, 위기를 함께 극복해 나갈 이순신이 곳곳에 넘쳐나기를 바라본다.

2024년 2월, 편집인 박종숙

나의 스승 이순신

2024년 2월 24일 초판 1쇄 발행

글 묵향 이상호
발행인 박윤희

책임기획 최호준　**책임편집** 박종숙　**디자인** 디자인스튜디오 이곳
경영지원 아트레온　**캘리그라피** 푸름 김수진　**발행처** 도서출판 이곳
등록 2018. 10. 8 신고번호 제2018-000118호　**주소** 서울 송파구 송파대로44길 9(송파동)
이메일 bookndesign@daum.net　**홈페이지** https://bookndesign.com
팩스 0504.062.2548　**블로그** blog.naver.com/designit　**인스타그램** @book_n_design

저작권자 ⓒ 묵향 이상호 2024
ISBN 979-11-93519-11-0(03810)

도서출판 이곳
우리는 단순히 책을 만들지 않습니다.
작가와 책이 마주치는 이곳에서 끊임없이 나음을 너머 다름을 생각합니다.